往日时光

白岩松 题

袁延峰 编著

华夏出版社
HUAXIA PUBLISHING HOUSE

《往日时光》编委会

总 策 划：曹振宇　李延武
策　　划：杨卫东　冯向斌　高　流　马伟伟
　　　　　谷海燕
编　　著：袁延峰

封面题字：白云腾
内文题字：忽培元　白云腾　李春晖

北京知青赴延安插队四十周年联谊会知青代表合影

北京支援安塞的拖拉机进村，同学们与之合影

楼坪公社赵家湾知青在延安

安塞县曹村的同学们步行去延安参观，在杨家岭大礼堂前的合影

陈冬生在安塞工作期间留影

当年商品供应证

积代会会议证

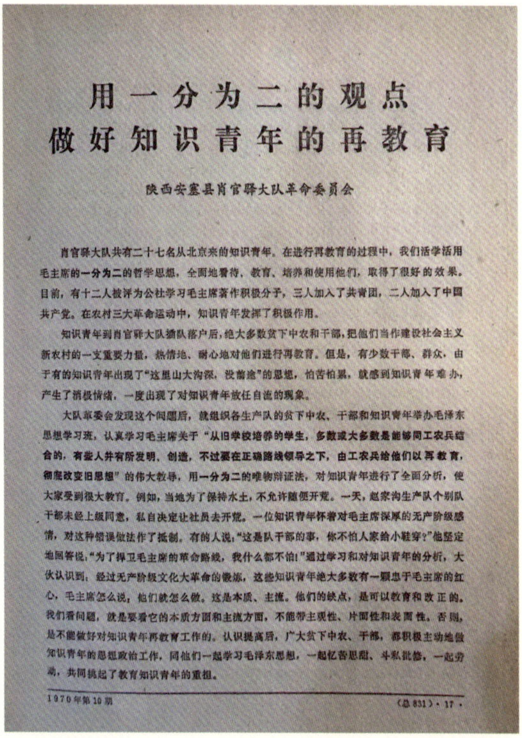

《红旗》杂志1970年10月发表的安塞知青工作经验文章

国家图书馆捐赠证书

首都图书馆收藏证书

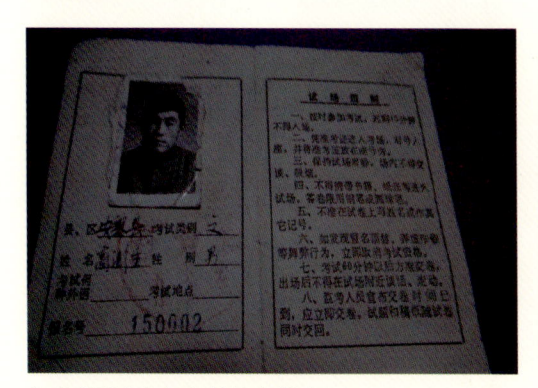

知青高澎生参加高考的准考证

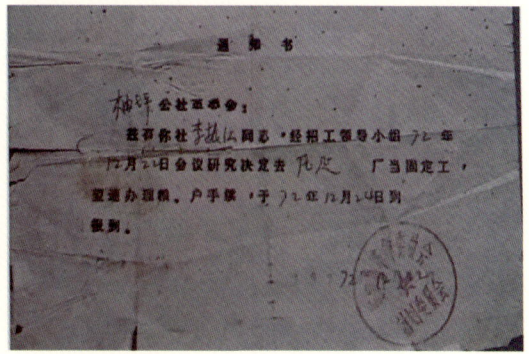

知青招工通知书

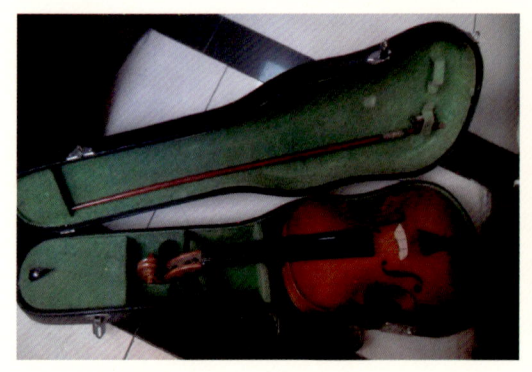

高澎生捐赠的小提琴

高澎生（右）在安塞期间与档案馆副馆长张敏（左）合影

高澎生准备回安塞捐赠图书、小提琴等

高澎生捐赠的收音机

梁广智回安塞时在延安火车站留影

梁雅琪、曹庆生等在首都图书馆捐赠《北京知青在安塞》，左一为首都图书馆工作人员毛强辉，其父母亲曾在安塞插队

二十世纪七十年代的安塞县"革委会"大门　　　知青们在打篮球

沿河湾公社知青赵世雄在延安　　　二十世纪八十年代的王家湾

王子峰（最后一排戴眼镜者）和沿河湾后街队老乡在菜地合影

闫家湾知青老师赵世雄在和他的学生踢足球 　　　　沿河湾知青

沿河湾知青

袁大明耕地 　　　　袁大明（右）与安塞剪纸能手白老庄高如兰

袁大明（二排右一）与他的学生

安塞县部分县委、县武装部领导和工作人员在县委门前合影，第二排站在中间的是县委书记张国生同志，左侧站立者中有孙华荣、常建元，前排蹲着的左侧第一个是梁雅琦、右侧第二个是张思慧

赵世雄与闫家湾小学学生

赵世雄与他的学生

知青背柴，左二为何元良

知青锄地

知青合影，前排着黑衣者为何元良

知青打夯

知青们在知青点就餐

知青合影

知青何元良与村民

知青合影

知青合影

知青合影

黄德鹏回安塞期间与学生周月有及村民合影

知青黄德鹏、杜今元等与学生周月有及冯生刚　　知青黄德鹏书法作品一

知青黄德鹏书法作品二

知青劳动间隙。前排右三为书记常社，后排左一为袁大明

肖官驿知青劳动期间在地头和村民合影

知青梁广智在担水

知青梁广智在锄地

知青梁广智在给庄稼打药

知青掏地

知青推碾子

知青学习

知青任建华（前排中）回安塞期间与插队所在村村民合影

知青回安塞。后排左侧白发者为梁雅琪，后右一为任建华

知青回村受到村民夹道欢迎

知青吆驴送粪

知青正在把杀好的猪清理干净。其中有周保英、经幼亭、辛健等

1969年春夏之交时，知青吆牛耕地，前为经幼亭，后为严政

为了改善伙食，知青们自己养猪养鸡。这是杀猪现场正在给猪称重，其中有赵福生、严政、程晓军

1970年，在村里当妇女队长的知青李芳

1969年，楼坪公社知青合影 　　　　　　　　知青集体学习

1969年秋，曹村严政与同村农民周仁祖、任丕德去延安朱家沟煤矿拉炭时在延安大桥前合影 　　　　　　　　1969年夏末秋初，知青将黄盖（一种油料作物）秸秆背下山

知青在玉米地 　　　　　　　　知青与驻安塞干部

1970年9月，安塞县徐家沟大队、真郊大队部分知青被招到陕西汉中012系统工作。这是在安塞县城大街上的欢送合影留念，前排蹲着的为去汉中012系统工作的同学

1970年10月，北京知青在延安，前排左二为潘秀兰

1973年夏，潘秀兰从延安农科所到安塞县龙安村检查麦穗

1970年冬，北京知青参加安塞农业巡回展，左起：潘秀兰、曹景生、欧阳安武

1971年5月14日，肖官驿大队知青拉练时在延河大桥前合影

1981年，知青们在临潼开作家笔会时的合影，前右一为黄德鹏，中间为路遥，左一为顾佩玲，后排中间位置是作家白描

原安塞区委书记吴聪聪（左二）与知青荣乐乐等在一起

2009年7月，原安塞县委书记雷鸣雄（右二）与荣乐乐、黄德鹏、夏宝庆

《北京知青在安塞》第一卷主编袁梅（左二）和楼坪公社知青在一起（郭维摄）

2018年春节，李峰、李芳、彭湘林、唐亚男回村与村民合影

2020年8月，北京知青石峁子旧址挂牌

2023年冬，梁雅琪（右前一）、曹庆生（左二）、方继红（左一）、杜惠英（右三）等知青前往医院看望在安塞插队受伤、常年住在医院的知青谷辅昆

安塞街景：此地为原体育场所在地，现为改建后的体育场，远处组团建筑群为区委区政府与文化大楼

安塞街景：此地原为墩滩，当年为真武洞公社真郊村玉米地

安塞夜景：白坪新区

安塞夜景：白坪新区档案馆大楼前

安塞夜景：延塞高速南出口迎宾大道

安塞夜景：迎宾大道

延河文化广场：此处原为安塞县第一小学与教育局南边的延河河滩，因广场横跨延河，又称"盖河广场"

中共安塞区委、安塞区人民政府所在地

中心街

安塞老城全景,冯生刚摄,2020年8月

京塞情谊长

曹振宇

鼓乡安塞，古属白翟地，秦汉属上郡高奴县，北魏始分设广洛、永丰两县，隋称金明县，宋改安塞堡，取"安定边塞"之意。元宪宗二年（1252），复设安塞县，距今已有七百余年。其自古有"上群咽喉，北门锁钥"之称。在这里，三山鼎峙，二水交融，腰鼓楼、延河水相映生辉，不愧是虎踞龙盘的风水宝地。

1968年11月20日，安塞县革命委员会下发了《关于安置干部下放劳动、知识青年上山下乡的安置工作的通知》，由此知青上山下乡在安塞县正式拉开帷幕。同年12月，国家主席毛泽东同志在北京发出"知识青年到农村去，接受贫下中农再教育，很有必要"的号召，上山下乡运动随之在安塞县掀起高潮。1969年1月7日，首批北京知青到达安塞，至2月20日，安塞县十个公社219个生产队共接待安置北京知青1933人。1974年西河口公社金盆湾大队再次接待安置北京知青八人。至此，安塞共接待安置北京知青1941人。到1981年底，在安塞插队的北京知青全部迁离农村，安置就业，巧合的是，前后也是十三年，恰巧对应了毛主席和党中央在延安领导全国革命与解放战争的十三年！也许，这是历史的巧合，然而，说这是发生在安塞县社会主义建设道

路上持续时间最长、影响最深远的重大历史事件之一，毫不为过。对于北京知青来说，上山下乡是他们挥之不去的青春记忆，是激情燃烧的岁月与艰苦生活的历练。在那个特殊年代，北京知青在安塞走知识分子与劳动人民相结合的道路，为安塞的建设和发展做出了不可磨灭的积极贡献，与安塞群众结下了深厚情谊。

知识青年上山下乡，是毛泽东主席与党中央为解决城市娃教育和特殊年代一些社会问题，使青年一代接受一种革命精神再教育而作出的重大决策。这种教育，实际上使这些来自城市的青年学子，通过在农村劳动锻炼、接触基层人民群众的方式，阅读社会这部无字天书，体验生活的艰辛和不易。可以说，通过"上山下乡"的磨砺，绝大部分知青达到了精神的自我净化，人生观、世界观的再教育、再塑造。这些来自首都北京的知青，在安塞插队和工作的岁月里，看到了当时中国社会最真实的一面，也因此懂得了人生的艰辛，体会了生活的疾苦与社会发展的重大意义。他们在与安塞人民朝夕相处、同作同劳过程中，又与之建立了不是亲人、胜似亲人的深厚感情，同时也学到了安塞人民坚忍、顽强与拼搏不息、奋斗不止的精神，这种精神深远地影响、成就了他们此后的一生，形成了独具特色的知青精神。很多当年的知青，离开安塞后，正是凭着这种宝贵精神，在此后的人生道路上，做出了一个又一个不平凡的业绩，得到了社会的广泛认可，形成了一种独具地域特色的安塞知青精神。

什么是"安塞知青精神"？我认为是广大北京知青听从党的召唤、为国家分忧、远离父母，投身于条件艰苦的陕北老区农村基层一线，战天斗地、艰苦拼搏、无私奉献，用青春、热血、汗水甚至生命创造的精神。这种精神就是"为国分忧的民族精神、艰苦奋斗的创业精神、无私奉献的主人翁精神、执着进取的时代精神"。它是广大知青在党的坚强领导下，坚持不懈奋斗而创造的宝贵精神财富，既反映了知青的历史精神，也反映了知青的时代精神，完全符

合当今主流价值观的方向。我们要大力弘扬传承安塞知青精神，激励广大干部群众坚定正确的政治方向，不忘初心使命，勇担时代重任，不断开拓进取，为实现祖国复兴与崛起的中国梦贡献智慧力量。

这本散发着浓浓乡情、泛着厚重历史气息的图书，用以情述史的笔法和激情，向时代与世人展示了近两千名北京知青和安塞本地知青在安塞这片黄土高原腹地曾经奉献过的往日时光与青春岁月。书中的每一位作者，都是当年怀揣梦想，不远万里，从北京到延安，再到安塞插队锻炼的亲历者、见证者。这些当年的知青娃，如今都已迈入了暮年岁月。通过他们的深情回望与深挖记忆，从字里行间分明可以看到，他们每个人的内心深处都对安塞这块古老的土地深藏着与自己相伴终生的家乡情结。他们对这片当年贫瘠的故土上经历过的困苦生活，始终有着一种深深的眷恋。也正是这种眷恋，点燃了他们青春灵魂深处对革命圣地延安的向往，促使他们在毛主席"知识青年到农村去"号召下开展的那场声势浩大、举世闻名的上山下乡运动中，满怀革命激情，告别首都、告别亲人，意气风发、义无反顾地奔赴延安，并最终在安塞的山沟拐洼落地生根，播撒汗水，开花结果，茁壮成长，在学习延安精神与安塞劳动人民吃苦耐劳精神基础上，发展出了独具特色的"安塞知青精神"。

苍茫雄浑的黄土高原、淳朴厚道的安塞干部群众张开双臂，用他们无私的关爱，开阔的胸怀，豁达、包容、互助、友善的传统基因，接纳了这些远离家乡、远离父母的青年学子，并竭尽所能、倾尽所有地给予他们尽可能多的关照与较好的生活条件。从许多作者深情回首凝望的字里行间回忆里，可以看到他们内心深深的感激。但是，由于那个年代陕北与首都在物质经济、生活环境等方方面面的巨大差距，以及这里淳朴的民风，古老甚至近乎于愚昧的乡俗，许多知青心理上有了巨大落差。尽管如此，这些远离首都北京的青年学子，以他们激情满怀的革命精神，很快适应了这种落差。他们穿着和当地村民一样打着

补丁的老棉袄，吃着一样的老酸菜、窝窝头，每天和村民一起，面朝黄土背朝天，爬坡下沟，翻山越岭，尽情地挥洒汗水，全身心投入到安塞这片沃土上，在安塞历史长河里留下了他们的华丽印记。

"几回回梦里回延安，双手搂定宝塔山。"这是老一辈革命家、著名诗人贺敬之《回延安》里的诗句，也是诗人离开延安后对延安深深眷恋与思念之情的反映。改革开放后，这1941名曾经来安塞插队落户的北京知青，也没忘记安塞，没忘记曾经照顾他们、引导他们、教育他们的安塞人民。多年来，一批又一批的北京知青，一次又一次地返回安塞，看望乡亲，捐款捐物，兴教助学，投资建设，用他们的实际行动反哺着他们的第二故乡。甚至许多北京知青的子女和安塞当地群众子女联姻，成了常来常往的儿女亲家。而安塞的党委、政府与人民群众，同样牵挂着这批渐渐老去的知青儿女，多年来，接待了一批批个人与团体返乡知青，区上也安排多名领导多次带队赴京慰问看望。2016年8月，《北京知青在安塞》第一卷在这种友好往来基础上，在安塞区委、区政府支持下正式出版发行，受到广大北京知青的热忱欢迎，成为一部记录安塞知青历史与精神的丰厚史料，取得了较好社会效益。

安塞是为人民服务的发祥地、党员承诺制的发起地，也是文化旅游大区、特色产业强区。近年来，区委、区政府坚持以习近平新时代中国特色社会主义思想为指导，深入贯彻落实习近平总书记历次来陕考察重要讲话重要指示精神，坚持大抓产业项目建设、大抓招商引资，坚持统筹高质量发展和高水平安全，大力实施"新型工业强区、特色产业富民、文化旅游带动"发展战略，全力以赴育产业、扩投资、稳增长、保安全，推动经济实现质的有效提升和量的合理增长，加快推进先进制造业发展区、乡村振兴示范区、文化旅游引领区和基层治理样板区建设取得新成效。特别是以新型工业、特色农业、文化旅游为主的现代产业体系加快构建，延塞一体化发展迈出坚实步伐，教育、卫生、就

业、养老等社会民生保障水平全面提升,"134"基层社会治理效能持续释放,基层党的建设创新突破发展,全区上下干事创业、争先进位的氛围更加浓厚,政治生态更加风清气正。安塞先后被授予国家级文化产业示范基地、中国民间文化艺术之乡、国家第七批"绿水青山就是金山银山"实践创新基地;2022年、2023年连续两年入选全国投资潜力百强区。在新时代加快推进安塞高质量发展的关键时期,在全区各级各部门和广大干部群众的支持配合下,安塞区档案馆袁延峰同志主编了这部《往日时光》,这是对《北京知青在安塞》的重铸与完善,也是对北京知青在安塞历史的总结,充分体现了安塞人民对北京知青的深情厚谊和崇敬之情,也充分展现了北京知青在安塞艰苦拼搏和无私奉献的精神。这部书的出版发行,具有使安塞人民更好地铭记这段历史,从中汲取"安塞知青精神"力量、砥砺前行的重要意义。

同时,希望全区广大干部群众努力学习与发扬北京知青挥洒热血、奉献青春的豪情,学习他们坚韧不拔、自强不息、艰苦奋斗、勤勉踏实、勇往直前的精神,奋力谱写中国式现代化新征程、安塞高质量发展新篇章!

腰鼓楼高,延河水长,那鲜艳夺目、高高峙立的腰鼓楼与墩山烽火台,曾经悬挂过1941名来安塞插队的北京知青理想的风帆。尽管,十三年在历史的长河里只是一粒微渺的沙尘;尽管,岁月像延河水一样一去不复返,但历史已经将那段难忘的岁月,将曾经在安塞插队落户的每一个知青光荣的名字与他们崇高的知青精神,深深地镌刻在了安塞这部厚重的历史档案里,并将永久珍藏。

是为序。

(作者系中共延安市安塞区委书记)

难以忘怀的青春记忆

忽培元

"人一生的经历中总有那么一段令人难以忘怀,它就是生活的美丽花朵。要用好的文章真切记录下这段经历。"当我读着《往日时光》的文稿,感动之余,我心里暗暗对自己说。书中的文章质朴无华,娓娓道来,就像亲朋好友之间拉家常,没有作家的架势和华丽辞藻,更没有惊天动地的离奇情节。普通人讲着普通的往事,更像面对挚友讲述自己的一段亲身经历。是什么样的往事经历半个多世纪的烟雨尘封,仍然还如此清晰精确地铭记在心、值得津津乐道?这些平凡人的平凡故事,其中究竟蕴含着怎样的人生经验和生活哲理?这也正是这本奇书的深奥所在、阅读价值所在。

的确,这是一本沉甸甸的奇书。读过之后我的心情更是沉甸甸的,难以平静。说句心里话,这本书让我感觉到了少年时代读红军长征回忆录《红旗飘飘》般的感受。我读书有个习惯:好书不会随便翻。为了集中精力和时间读这部书稿,今年国庆假期,我哪里也没去,一个人闷在工作室潜心细读。既然答应作序,我就得认真读书。更因为我也是知青出身,读着这本不同寻常的书,同时也回味着我的插队生活。那种同呼吸共命运的感觉,大大地增强了文字的亲切感和吸引力。书中的文字,有很多是陕北的方言土语,如山沟沟、土峁峁、窑洞、场院、圪崂崂,还有拦羊的、放牛的、翻地的、拿粪的、背庄稼

▶ 难以忘怀的青春记忆

黄土情深似海
知青意浓如山

为延安市北京知青在延安插队回忆录题
习仲勋培元

忽培元题词

的、直截截的队长、铁锁子会计和吼酸曲的乐天派光棍老汉、好心肠的老婶子二大妈。回忆文章不是小说，读起来却胜似小说，许多场景和人物都是那么吸引人、那么熟悉。二十世纪六七十年代，发生在陕北延安黄土地上的真实故事，点点滴滴地再现，围绕着一条有名的河——延河，构成了一幅当时社会的《清明上河图》。这张"图画"我太熟悉啦！许多故事我都感同身受，很快就和亲爱的作者们融为了一体。读着读着，有些时候，我分辨不清这是别人的回忆还是自己的思念。大量熟悉的山形地貌、风情民俗和方言土语，甚至人名地名，还有家长里短、饭食衣衫，都令我深深地陶醉。每一篇回忆，都引领读者回一趟延安，访一座山村，认识一群天真可爱的知青朋友和勤劳质朴的陕北老乡。那土窑土炕土湾湾、老庄老牛老汉汉，就像一条条流淌不息的小河，汇入延河，不断地唤醒着我的情感记忆。我完全分不清是别人的故事还是自己的经历。那些动人的情节和细节，不是虚构，更没有丝毫夸张。正像新鲜与欢乐无法想象，劳动的繁重与生活的艰辛同样是今天的人们无法想象的。

谁能够相信，一个小姑娘在生产队劳动一整年，到了秋底非但一分钱没分到，还欠了生产队整整十一块口粮钱？这是为什么？因为大片庄稼遭洪水冲了，几乎颗粒无收。这就是严酷的现实，摆在一个不满十八岁的女娃娃面前。明年日子可怎么过呀？她愁得睡不着觉。就在这时，知青们说，明年咱还一搭里过。乐善好施的老乡们也伸出援助的手。"浇树浇根，交人交心。"人与人之间，于苦难中建立的友谊，胜过任何的亲情。这种切身体验，不是任何教科书或高深论著所能讲清楚的。几乎每一位知青都经历了类似的过程，即情感的转移和改变过程，从"小我"向"大我"的放大过程。大家学会了凡事先替别人着想的道理。如此转变的结果，就像志愿军同朝鲜人民。由于艰苦朴素的窑洞生活，北京知青的心和陕北老乡紧紧地贴在了一搭里，从此终生难分难舍。这种潜移默化，锻造了一群人的特殊灵魂和崇高精神。同时也为"北京知青"这个特殊年代的名称，赋予了特定的时代内涵。因此，这些文字虽不是戏剧传奇，却拥有强大的思想和艺术感染力。真实的力量就这样体现出来。真真正正发生过的往事、亲身经历者的讲述，形成了全书的写实风格。回忆中的往事，经历过岁月的淘洗，如同沙里淘金，所得必是没齿难忘的精华，而且永远鲜活。全书四十多篇文章，像磁铁一样紧紧地吸引着读者。我一篇篇地读下来，心灵为之震颤，不知不觉变成了一个老泪横溢的朝圣者。我捧起一掬难以忘怀的青春记忆中的黄土，跪地而拜，喜极而泣。读了这些回忆，我深切地意识到，把上个世纪中叶，城镇知识青年到农村插队称为"锻炼"太恰当了。那的确是名副其实的"锻炼"，是把铁锭烧红了用力锤打的锻炼。而锻炼的高潮则是惊心动魄的"淬火"，最终完成由铁到钢的蜕变。这个过程，包含着对祖国和人民的热爱和奉献，从某种意义上讲，也像红军长征精神一样伟大。

　　知识青年上山下乡，这不是每个人都会有的经历。全国有数千万计的知青经历了同样的命运，付出了同样的青春岁月。我读着《往日时光》，就像阅读一卷浓缩了的知青史和奇异的青春史，难怪会感慨万千。好久没读到如此真切的文章了！

　　安塞县如今已是延安市的一个城区，交通非常便利，可在当年却是十分遥远而闭塞的地方。这些北京知青，隆冬腊月刚到山重水复疑无路的安塞农村插队，那就像走到了天尽头。离北京的家有多远？啥时才能回去见爸妈？谁也说不清呀。用当地老乡的话说，娃娃们过年想家。不善言辞的生产队长到公社开会，带回来知青们的家信。结果在墙崖根晒太阳的知青们捧着家信忍不住嚎啕大哭。队长和老乡们看得也哭了。这是真情感呀！我相信每一位老哥哥老姐姐在回忆起这一段人生时，难免也会动情落泪。把这些故事讲述给年轻人听，有什么不好呢？这样的文字，用陕北话说，字字都是"真颗子"呀，足以正己醒人，足以引导人们返璞归真、洗涤灵魂。书中还有大量讲述知青与老乡之间互

助互爱的动人故事。知青在老乡那里学到了什么，老乡在知青身上学到了什么？点点滴滴的回味，令人神往。如一知青与一放羊娃的友谊，一直保持至今。放羊娃还教会了这知青捏算占卜，孤儿放羊娃成了知青窑的常客，知青把当兵机会让给放羊娃等等，真是情谊深长，看来甚是有趣感人。知青与房东大妈，知青与书记队长等等，都建立起了难以割舍的深情。"延安窑洞住上了北京娃"，这句著名歌词，成为时代的记忆。

两万多名北京知青来到延安，一千九百多名知青落户安塞，就像一颗颗青春的种子落入了温暖的黄土地。他们在这片貌似干旱贫瘠的红色土地上，生根发芽。此后，无论是绿草是茂灌，还是参天大树，都成了装点江山的有用之才。从这个意义上讲，这本书，就是他们成长的源头所在、成就的根本所在。在此，我向各位知青朋友致敬！向本书的每一位作者致敬！愿这种青春源头的回顾，能够激发出我们奋斗人生更加旺盛的生命活力。更希望年轻的朋友能够喜欢这本心血与汗水凝结成的青春宝典，努力从中汲取人生奉献与健康成长的丰富营养。

2023年10月于北京义耕堂

（作者为著名作家、书画家，曾任中华人民共和国国务院参事）

> 夫君子之行，静以修身，俭以养德，非澹泊无以明志，非宁静无以致远

诸葛亮语录 袁延峰同志雅嘱 癸卯夏旬翁白云腾书

著名书法家、原中共陕西省委秘书长、省人大常委会副主任白云腾书赠墨宝

目 录

第一辑 往日时光

忘不了	黄德鹏 /	003
四年的插队生活	丰连福 /	018
无悔的人生第一次抉择	梁雅琦 /	042
回忆难忘的安塞岁月	王 里 /	046
我与北京知青在安塞的岁月	李登科 /	054
新尧坪知青花絮	袁大明 /	064
寻找往日时光	辛 健 /	073
我在楼坪公社郭塌插队的日子	文塞峰 /	080
我的插队经历	高培明 /	099
难忘陕北情	何元良 /	125
难忘北京行	张景亭 /	129
插队生活纪实	梁广智 /	135
终生难忘的插队岁月	张连薇 /	144
我在安塞插队时的生活	吴 正 /	152

i

安塞记忆	鲁米嘉 /	157
插队记事	赵志敏 /	162
我的知青岁月	赫德勤 /	175
难忘的救人经历	胡宗昆 /	182
延安工作拾零	陈巧玲 /	187
难忘第二故乡——安塞贾居	张敏珠 /	191
安塞教会了我爱岗敬业	陈冬生 /	196
第二故乡情	赵世维 /	201
只身夜归路	李　锟 /	212
安塞插队钩沉二事	王子峰 /	214
安塞插队琐记	臧淑兰 /	219
不负韶华，砥砺前行	兰晓萍 /	225
征税记	齐育才 /	239
点滴记忆	杜惠英 /	242

第二辑　知青文苑

安塞琐忆	丰连福 /	247
我的知青岁月	王　里 /	274
安塞十年杂忆	高澎生 /	279
印第安玉米	孙东彦 /	287

第三辑　塞北情深

两代人的共同心愿…………………………………………袁大明 / 293

赴安塞捐书…………………………………………………高澎生 / 299

顽强的小草——琴………………………………………杜惠英 / 302

恩重如山安塞情……………………………………………谷辅昆 / 307

年味浓浓思故乡……………………………………………鲁米嘉 / 312

北京知青轶事………………………………………………李增春 / 315

永远的大背头………………………………………………黄德鹏 / 319

宋坪之家……………………………………………………郝继明 / 323

附录：

北京知青来延安插队人数考证……………………延安市档案馆 / 330

安塞县知青名录…………………………………………………… / 336

后　记……………………………………………………………… / 363

第一辑
往日时光

忘不了

黄德鹏

九年前,即 2014 年,我写了一篇《忘不了》,竟收到了许多读者来信或来电。在那八千字文章的结尾我许诺:忘不了的人太多,忘不了的事儿也太多,有机会我还要写,至少要写百人百事。他们是那么地个性十足,故事也是那么地鲜活有趣,为什么不写呢?没有进入我的百人百事文章中的朋友们,等着我啊!

前排右七为作者

可这么一等，就是九年。如今我还在律师工作的岗位上忙。工作忙是确实的，手懒也是确实的。上次写的六个忘不了，是跳跃式的，没有按照时间顺序，想起谁就写谁。这次，我尽量按照时间顺序来……

一、忘不了那年北京站的送行

那是 1969 年 1 月 21 日上午十时，整列车的北京学生蓄势待发。凄厉的汽笛声一响，站台上顿时哭声一片！我的两个姐姐在站台上朝着列车边跳边哭！这是我这辈子见过的最大的哭声大军。我从车窗探出头，憋得把嘴唇快咬破了，就是不哭，心说我十七岁了，长大了，翅膀硬了，都要去三千里外的延安插队了，男子汉怎能哭鼻子？

但当我的发小二生猛地冲破守卫在绿色列车跟前的红卫兵封锁线突然握住我的手时，外感神经给了我一个加速的刺激，我鼻子一酸，猛吸了一口气，颤抖着呼出时已是泣不成声！我想到了对父母的愧疚：暗自报名上山下乡，暗自销了北京户口，以至于当学校送喜报的人来家时，妈哭了，爸愣了。之后，妈默默地为我整理行装；爸则默默抓起桌上放着的一张购买箱子的票证，去了大栅栏商场。没有一句对我的斥责，然而彼时无声胜有声……

想到此，十七岁的我泪流满面，最后竟哭得稀里哗啦！哭完，车厢里渐渐安静了下来，列车继续行进。我看到高中同学李默丹脖子歪着靠在座位上响起了鼾声……

我想，忍住不哭只是愿望，能不能忍得住才是结果。男儿有泪不轻弹，只因未到动情处。

多年后，在一次纪念活动中，有位知青说：有人说当时北京火车站哭声一片，哪有的事呀！我们响应毛主席的号召离开北京时都是高高兴兴的！我当时

就反驳道：汽笛一响，北京站哭声一片，这是确实的，为此我专门写了日记。哭也哭了，走也走了，没有一个人因为哭了而跳下火车反悔回家的。

有的时候，哭不代表懦弱，多是一种宣泄、一种态度、一种纪念、一种告别，是对旧生活的了断和新生活的开始。

二、忘不了肖官驿的一年半时光

"肖官驿"是安塞县非常古老特别的名字之一。官驿最早始于秦朝，是古时供传递朝廷公文、官员来往及运输中途打尖和住宿的地方。历史上肖官驿村属于秦汉疆界，山顶上依稀可见当年的烽火台、寨墙。而五里开外的蔡阳坪村则属于北方匈奴、羌族、鲜卑族的势力范围。但古时候的官驿遗址在哪里？为什么又加个肖字？这些均无可考。只知道肖官驿附近有郝家岔兵工厂旧址、八路军制药厂旧址、中央军委二局旧址、陕甘宁边区难民纺织厂旧址、八路军印刷厂旧址等。

1. 代课教师

插队当年的九月初，大队书记常社对我说："黄，你、你、你明天去肖官驿学校代、代、代课。"我一问才知顾万喜老师请假一个月回富县老家娶媳妇去了。我当时就说："我不行，我还是个娃娃，文化又少，教不了学的！"说话结巴的常社书记武断地说："你、你、你就是我们这儿的知识分子！明天就——去！"他说"就"的时候特别费劲，声很长，音很重，而那个"去"字，却是轻轻的。我知道，最后这个字才是决定性的。当年的临时调动手续在田埂上用他的嘴巴、我的耳朵就办理完毕。至于为什么叫我一个单字"黄"？据说这是当地人的习惯，也是为了省时间吧。

那一夜我辗转反侧，梦了一夜小学范老师怎样给我们教学。甚至他那面

容、微笑和长长的教鞭敲在讲台的声音都历历在目、声声入耳。第二天我晕晕乎乎地翻了一架大山,过了一条小河,再爬了一个百来米的土坡,就到了肖官驿小学。一群学生正在教室前玩耍说笑,见我来了都围上前。我先问班长在哪儿。一个瘦瘦的、长着一双大眼睛、看上去很精明的娃娃跑到我跟前,一句"老师好",就交代了他的身份。我问这个学校有多少学生,多少个班,都上什么课,课本在哪里。他说:"六个班,六十个学生,语文算数音乐体育就这几门课,课本都在老师住的窑洞的办公桌上。"我乐了:"六个班?怎么才两个教室,怎么上课?"他没乐,小手指着面前的教室说:"一个教室坐两个班,一班头朝东一班头朝西。"我说:"那二二得四——俩教室这才坐四个班呀?还有两个班坐哪儿?"小班长利索地回答:"自由活动,然后再轮换。"哈哈,我还没上课呢,先让小班长给我上了一节调度课!这就等于是一个老师给一个班上课,三个班写作业或者预习复习,剩下的两个班自由活动。活人没让尿憋死。

接下来我发现孩子们读书的时候也都是一口的陕北话。所有读音都没有第一声。如高、超、军,统统念成了第二声。后来我到县九年制学校教学时,一个小孩叫詹光军。这仨字儿念起来都是第一声。而学生们却把这仨字儿都给讲成了第二声。我纠正以后,学生们都记住了詹光军的名字。这个名字的三个字都是第一声的詹光军后来当了陕西省监狱管理局的局长,成了厅级干部。

陕北人说话还有一个特点,就是八个前鼻音韵母 an、ian、uan、üan、en、in、uen、ün,基本读不出来。如说"人民"的时候就说"仍明",说"大前门"的时候就说成"大前蒙"。我就把六十个学生集中起来,攻破这几个前鼻音韵母读不出来的难题。不出一个礼拜,所有学生都把"仍明"说成了"人民",把"大前蒙"说成正确的"大前门"了。我感叹,孩子们的可塑性就是强!之后在正课之余,我就给他们教京剧样板戏,讲北京的故事。孩子们竟然听得津津有味。后来顾万喜老师回来了,我的代课任务也就停止了。再后来我听说顾

老师在大队书记跟前告我状，说我把他的娃娃们带坏了，不听他的话了。书记说："你、你、你得了吧！人家北京娃的教学受到了学生和家长的欢迎。你干不了就走吧。"说"走"的时候，音很重，声很长。我觉得有点对不起顾老师。其实孩子们见了北京知青也就是新鲜而已。后来我和顾万喜老师成了挺好的朋友。对于我在一个礼拜的时间里就让孩子们学会了普通话，他很吃惊。

2. 接待了一位记者

1969年9月份到10月份，我正在肖官驿大队做代课老师。忽然有一天，一位穿着四个兜儿的草绿色军装、皮肤黝黑的中年男人打这儿路过要借宿在学校。我立刻答应了。我所在的学校，就是两间教室外加一孔窑洞。窑洞就是我寝办合一的地方，里面有一盘土炕和一个办公桌。我拿出学生家长送来的鸡蛋炒了一碗（没盘子），又下到供销社提了一瓶太白烧酒。抽着劣质的纸烟盘着腿，我和四兜儿军装男在土炕上喝着说着，直到半夜。后来二人就睡在同一盘土炕上。现在想来挺可乐：当年问都没问过他姓甚名谁，有证件吗？怎么证明他是他？那年头坏人太少，再加上那里太闭塞，就是来个要饭的路过，人们都要上前拉上几句话，更别说来个军人干部什么的了。更有甚者，有人还可能将来人带到家里吃上一顿饭。山里人是朴实的、好客的。当然，也是因为他们见得太少了，没见过汽车的也大有人在。

那一夜，我跟四兜儿中年男聊了很多很多知青的事。第二天他又和大队书记常社谈话，还约了一些社员和生产队长聊天。

没想到就是这一晚的"同居"，日后让安塞县郝家坪公社肖官驿大队及其三十七名北京知青成了响遍全国的新闻事件当事人。这位看上去不起眼的四兜儿军装男，原来是《解放军报》的记者。他的稿件首先发表在1970年6月20日的《延安日报》上；接着，拥有最高权威的由中国共产党中央委员会主办的《红旗》杂志1970年第十期也刊登了他的文章，题目是《用一分为二的观点做

好知识青年的再教育》。据说这是在如此重磅的刊物上刊登的第一篇写知青的文章。现在我还保留着那张报纸和那本《红旗》杂志。还有一张一众北京和本地知青在学校前合影的照片，是县广播站记者赵关夫拍摄的。我是唯一的保存者。后来我用微喷技术把这张弥足珍贵的照片洗出好多张发给和我一起插队的知青们。

假设当年我拒绝了四兜儿军装男的借宿请求，情况会是怎样？毕竟，他的采访是随机的，像我们肖官驿知青这样的，大有人在。机会稍纵即逝，你不敏感，你没抓住，也许就此错过。

3. 难解一个"蹭"字

有一次，烈日炎炎之下，我和两个老乡在一小块地上用老镢头挖土，严格来说是"掘土"，就是把硬硬的土地给刨松了，以便撒籽种地。俩老乡一边干活一边拉着家常，声音很低。我知道肯定是不想让我听见，于是我有意拉开一点距离。可我还是听见了他们说的一句话。镶银牙的老乡跟那个脖子上搭着一个火红玛瑙嘴儿旱烟袋的老乡说："这个黄好蹭劲儿。"

我听进去了，可我不明白，这个"蹭"字是什么意思？是磨蹭，还是有耐力？是贬义，还是褒义？以后多年只要一想起这事儿，我就在琢磨，终不得其解。中国话就是耐琢磨。

4. 沉重的水车零件

赵家沟男知青窑洞前有一个沉重的水车零件，铸铁的，肯定有百斤以上。我和同学们试着往起提，终不得要领，没一人成功。后来，每天收工回来，我都要试一试。试着试着，这身上的力气就有了。终于有一天，我大喊一声，以力拔山兮气盖世之勇，硬生生把这沉重的水车零件给提起来了！之后我的胳膊贼有劲儿，有外村知青来串门儿，我都要让他们一试身手，他们基本都会败下阵来。这水车零件就成了我炫耀功力的资本。

多年过去，我再回村里，一眼看见那熟悉的水车零件。我清理了上面的尘土，想再次提起——可是，再也提不起来了！那沉重的水车零件像是在地上生了根，既熟悉又陌生，让我想了很多。

5. 第一次喝酒

在这里，最大的娱乐就是赶集。赶集，无非就是看看比村里多得多的人和只有县城才有的百货商店以及饭店、食堂、电影院。有次我借老乡的自行车去三十公里外的县城赶集，先翻一架山，又过一条河，再爬一道坡，才上了平坦的大路，自行车也就有了用武之地。其实这路也不是一直平坦的，上坡下坡那是常见的现象。好不容易到了县城，才有了柏油路。这条柏油路宽不过十米，长不过千米，而且只有一条街（没错，五十多年前的安塞就这么一条街）。去食堂吃了点饭，买了两瓶太白酒，我就开始往回赶，到了肖官驿还得下个坡、过条河、翻架山才能回到赵家沟。可想而知，很多时候我都要扛着自行车。扛着扛着天就黑了，走着走着我就迷路了。我见了一条平坦的路就骑，没想到抬头一看没路了！找来找去，我终于看到了回村的路。等回到知青点，厚厚的棉袄已经湿透了。那时没有暖气电炉之类的电器，身子一凉下来，后背的汗水就开始变凉，十分难受！生产队长说："你喝上点酒，然后在炕头睡上一觉，保管第二天精神十足！"

一听这话，我马上就从包里拿出半斤装的太白酒，打开盖对着瓶口直接就喝，不一会儿一瓶酒下肚。好辣好辣，我一边扇着嘴巴一边往炕上躺。这个炕长三米，宽两米五，睡三个男生还有富余，刚才做饭炕已被烧得热热的。我睡在炕头，更是热，不一会儿就进入了梦乡。

第二天上午起来感觉到的就是一个字：爽！我逢人就说，喝酒没有什么了不起，半斤下肚没咋地。

过些天公社开会，通知我去了。晚上照例是聚餐，酒菜伺候。喝酒时我就

说了上面的话，之后就和公社干部拼酒。最后的结果可想而知：二两下肚我就晕了。事后我奇怪地问："为什么半斤没事，二两却招架不住了？"公社革委会主任郭明才听了我说的过程后帮我分析道：赶集累了，喝酒睡了；醒来没事，其实醉了。嘿嘿，还整出顺口溜了！哦，明白了，醉酒的过程正好和睡觉的过程重叠，睡也是晕，醉也是晕啊。以后啊，我还是少喝吧！

6. 这棵大树有阴凉

赵家沟后山上有一棵巨大的杜梨树。它高有十五米，树冠覆盖面积大概有二百平方米甚至更大。杜梨树，古已闻名，唐代杜甫描述杜梨曰："惜哉结实小，酸涩如棠梨。"刘禹锡诗说："闻说天台有遗爱，人将琪树比甘棠。"南宋陆游也说了："棠梨花开社酒浓，南村北村鼓冬冬。"奇怪的是，在光秃秃的黄土地上，赵家沟这棵杜梨树在方圆几平方公里内再没有与之相匹配的树。除了庄稼，只有它鹤立鸡群，一副舍我其谁的英雄模样。据测算，这棵树至少也有二百年的历史了。没开花时它的叶子是绿色的；开花时，花是白色的；结果时，那果实是红红的，像无数个小灯笼；成熟时，它又成了浅咖色。白居易说"有木名杜梨，阴森覆丘壑"，讲的正是杜梨。

每当我们在那个地方干农活，逢中午吃饭休息时，这树下就是最好的遮阴之处。人们散坐在地上吃着家人送来的各种饭菜，吃完了恋恋不舍地离开有阴凉的大树继续干活儿。多少年多少次我都梦见过这棵曾在那个年代给苦熬岁月的人们以关爱以阴凉的杜梨树。现在有个名词叫作"网红打卡地"。其实，在这片贫瘠土地上独树一帜存在的茂盛的巨型杜梨树，更可以让这片土地成为名副其实的旅游网红打卡地！我可以充当导游，给前来打卡的孩子们讲述半个多世纪前北京知青在这里的生活。昨天我给失联多年的赵家沟人高爱民说了我的这想法。他哑然失笑道："哈哈，黄哥，赵家沟后山早就成了种满树的梢林了！你说的那棵杜梨树虽然还在，但肯定不是独树一帜啦！"听得我满心欢喜，又有点失落。虽然那棵杜梨树已不再孤单，可半个世纪以来在我心中神圣的存在也轰然倒塌了。

7. 能干的陕北婆姨

进到生产队，哪个是北京知青哪个是陕北婆姨，分得很清：小脸儿光光的，小模样俊俊的，衣着花红柳绿的，经常爆发出银铃般笑声的是北京女知青；一身暗色服装，甚至打着补丁，不苟言笑，走路腾腾，干活儿麻利，几乎每人都戴着一枚顶针，随时准备做针线活的是陕北婆姨。进到所住的窑洞，比较凌乱的是北京女知青的住处（男知青的更乱）；脚地净净，锅台光光，井井有条的是陕北婆姨家。这还只是表面。真要是劳动起来，陕北婆姨能把北京知青甩出几条沟几道梁。别的不说，就说做茶饭吧，平时显不出，一到田间地头，唯有知青的饭菜显得单调。这还真不能怨我们北京的女生笨，只怪陕北的婆姨太能干。她们能把小米、黄米、玉米、荞麦和各种豆子磨成面打成浆，然后制成各种吃食，我们吃的粉条就是婆姨们用红薯或洋芋制成的；喝的米酒则是她们用酒谷米发酵后制成的。还有一种清酒，具体是怎么制成的我不清楚，类似日本的清酒，喝多了也会醉。我在水利局技术员韩树福家喝过（刚听说他曾在谭家营当过书记。他和我在雷家河为百姓打坝，有过轰轰烈烈的故事。那又是另一本戏了）。

单说陕北婆姨做杂面，那真是一绝：她们能把一小块面擀成像被单那么大的薄片，真是薄如蝉翼！其中的奥秘就是在面里放进一种叫沙蒿的面粉，使这种杂合面异常筋道爽滑；再加上擀面时不停地加上玉米面等补面，使上下层的面不至粘连。这是我在写此文时反复问了包括杜今元（后国家审计署驻西安办事处主任）、朱辽成（安塞县政协主席）、石海军（中国中医药大学党委统战部部长）等多位好友后才弄清的。记得公社信用社主任刘广社替儿子相媳妇时问女方："会纳鞋底吗？会擀杂面吗？"可见这是当好陕北婆姨的基本功。有人

说你怎么不问赵家沟的老乡们？我倒是想问呢，可惜我们这一辈的老乡们几乎都去"那边"了。现在全村除了外出打工的，只剩十几个人，还都是孙子辈儿的，我走时他们的爸妈都还没出生呢！总之，陕北婆姨的能干，三天三夜也说不完。每当在地里吃午饭的时候，知青们看着自己的盘中餐很是尴尬。好在老乡们特别热情，谁家有好吃的，保准送到我们这边来。

8. 杨成山死了

杨成山是生产队副队长兼知青的三管人员，人长得高大，眼珠是黄的，胡子是黄的，牙齿也是半黄不黄的，笑起来两颊各有一条拉长了的酒窝，像极了老外。他的衣着永远被我定格在冬天到来时知青穿的白色光板羊皮大氅上。上山劳动的时候，他爱唱山歌，声音又高又美。这让我想起央视推出过不少会唱歌的西北汉子。他弟弟杨堆山更棒，镶了一颗金牙、脖子上挂着一个红玛瑙嘴儿烟袋。不过要是家在野家砭的大队副书记方老兄来了，所有人统统靠边站。"一对对狸猫锅旮旯卧，不称银钱我称红火"，多年后我还记着这两句酸曲儿。

杨成山有六个女儿，一个个桃花粉面，推到墙上就是画，扔到人堆就是仙。男知青经常为到底谁最漂亮争论不休。其实我知道，最美的女子是高玉富的女儿。她白净的脸上两道弯弯的细眉，小鼻子小嘴儿加上一对清澈迷人的大眼睛外带几颗极小极浅的雀斑。她经常背着不满一岁的小弟弟在知青窑洞前踢毛毽，踢得极稳，背后的娃娃也极乖。后来她远嫁了，也不知便宜了哪个小子。

说是管钱管物管人的三管人员，其实杨成山是三不管。他说："管甚？都知道仨多俩少。只管和娃们交朋友，其他放开。甚事娃们解不下（陕北读音'害不哈'）！"我想，杨成山要是有朝一日当了县长，也能干得呱呱叫。可惜后来不知怎么他连队长都不当了，主动去放羊。他手里总是拄着一根挺长的拦羊铲，山风吹得他的羊皮大氅有节奏地扇动，显得威风凛凛。他说话声音像是碰

到了铁，干脆利索。他的文化水平仅限于会写"杨成山"三个字，但说出的话思路清晰逻辑性强。他脖子上总是挂一个旱烟袋。有一个情节我忘不了：他和大队副书记袁世俊老先生两人用烟袋锅对火，一高一低的两个人把铜烟锅对在一起，一个吹一个吸，只几下，火就对成了。可惜那时我没有照相机，要不然拍下来可以发在报纸上，再起个名字叫"合伙人"，这照片保准火。

写他这么多外表形象，是因为他给我留下的印象太深了！他是我眼里的英雄。有次公社开大会，有几个知青想闹事，他把拦羊铲往地上一戳，大吼一声："他你的，谁敢闹事！"会场顿时就安静了下来。

可惜，他死了。

赵家沟有一条拐沟儿。有一次山体滑坡，把这条沟的下游堵住了，水越聚越多，从此形成了堰塞湖。经常放羊的杨成山突发奇想：何不下去耍耍水！于是他就下去了。一开始他还很谨慎，先用拦羊铲试试深浅再下去，后来胆子大了便往深处游去。这一去他就再没回来。等后来村民发现，人已淹死多时。还是跟我同住一窑洞的知青彭再生和赵广强下去把人捞了上来。出殡那天，天上飘着白色的纸钱，六个桃花粉面的女儿和她们的娘在凄厉的唢呐声和亲友的一片哭泣声中，送走了知青尊敬的三管人员杨成山。可惜那时我早已调离赵家沟。2009年再去时，他的坟都找不到了。

9."可恨"的生产组长

忘不了那个"可恨"的生产组长。那人长得高大粗壮，横眉立目，亚似张飞在世，犹如李逵登场。他手里那把挖地的老镢头，锃明瓦亮，一个有我的两个大。走起路来他的后背像极了一堵墙。他姓胡，大名不知，小名猴头。其实他脾气挺好。他绝不开玩笑，也绝不发脾气。说话言简意赅，基本上是你问他答。他说起话来先张嘴露出一口整齐的白牙笑。可我就是恨他！不光我，几乎所有知青都恨他。因为他就像是周扒皮。每天天不亮，鸡们都还在睡觉，他却

起来了。夜空中他低沉着嗓子"呜——喂"连叫三遍,顿时鸡鸣狗叫跟着凑热闹。村庄各个角落熟睡的男人一个个乖乖从暖暖的被窝里爬起来上工去。我恨他,为什么这么狠心地让我们这么早就起来去受苦,就如同我和炕头儿正在谈恋爱,谈兴正酣时被人拉走,你知道那有多么地不舍多么地留恋?啊,我的炕头和被窝,每天都被他生生地将它们和我分开!

我想着有朝一日离开这里时我先找到他说一声"我恨你"再走。离开赵家沟时我没去找他"算账",因为想明白了:他每天起得比鸡早,睡得比牛晚,不多拿一个工分;他的镬头大,比谁都干得多。他没有欢乐,养着一个全赵家沟最长寿的眼都快睁不开的老妈。中间休息的时候,别人在唱歌拉话,他在擦拭那把能照见人影的老镬头。他让大伙早起为了什么?在那个"掏一个钵钵,吃一个窝窝",广种薄收,有苦力无科技的刀耕火种年代,不早起又能怎样?

多年以后,我和歌唱家李光曦见面时向他讨教,为什么猴头组长每天早起的那一嗓子"呜——喂"方圆几平方公里的犄角旮旯都能听得到。李教授说:第一,山里拢音;第二,清晨安静;第三,声音一拉长,就有了穿透力。啊,

杜今元,冯生刚,黄德鹏,学生周月友,原安塞中学老师田全德

明白了，怪不得山里人喊人时都要先"呜——喂"一声。

10. 队长李家富

队长李家富不会唱歌，说话的内容也都是事务性的。他头上的毛巾经常不洗是油的，说话做事都是干巴巴的，无情无趣。他眼睛不大话不多，每说一句话虽然语气柔和语音沙哑，但都是字字珠玑，毋庸置疑，颇有号召力。他对一年农业和气象的分析，决定了今年种什么粮食作物。例如他根据涝一年旱一年的规律，提出当年要多种洋芋，因为洋芋这东西耐旱、耐瘠，还不挑地。果然那年粮食产量很少，但洋芋却是大丰收。我一年挣了五百多工分，就分了一千斤洋芋。我说："李队长你料事如神啊！"他却沙哑地笑一声"经验、经验"。

可有一件事让我对他的尊重降了一个等级。有一次赶集，他拉着一头肥猪去集上卖，路上听说徐家沟里有玩儿押宝的，鬼使神差就去了，结果输了个精光。回家婆姨问他卖猪的钱呢，他一句话"丢了"，就转头干别的事去了。听说婆姨哭了三天才把眼泪哭干。

11. 养了只小狗儿

刚到赵家沟时，正赶上大雪纷飞，天地雪白。我们去老乡李修德家串门儿发现了一窝小奶狗儿，于是要走了一只。走在路上，那小狗儿一动，不小心掉到了地上。这下可坏了，小狗儿和雪地混在一起，半天找不着。我脚一滑扑倒在地，这份儿的热闹呦！

后来小狗儿成了知青的好朋友，谁来了都想抱抱。尤其女生，抱上以后都要做出亲吻状。后来一个袁姓老乡看上了这条狗，硬说"知青养狗成什么样子"。我清楚地记得那人把"什么"读作"省麻"。

三管人员杨成山这回做了件让知青不高兴的事，硬把可爱的小狗儿给了袁姓社员。再后来听说因为小狗儿动不动就往知青点跑，有一次袁姓社员生气了竟把小狗儿拴在木桩上打死了。男知青义愤填膺把他打了一顿才算是扯平。检

讨书是我先写好的，在杨成山面前挤出几滴眼泪算是过了关。

早先我们在山上锄地时他就指责过知青赵广强："你干起活儿来顾拉话，谷子锄了草留下。你还是大城市来的人呢！"赵广强脸红红的，无言以对。我看不惯，用锄尖在地上写了一个"毫"字，上前拍了一下他的肩膀："哥们儿，你看看这个字——认得吗？"他看了半天，愣说我少写了一横。我说："那一横是莠子，让我给剔出去了。"

12. 小放羊的爱民儿

他叫高爱民。我说："你就是一人民，你自己爱自己，不成了领导了？干脆给你加个儿化音吧。"于是知青都叫他"爱民儿"，免去了他的姓。以至于后来说起他时，我们好半天才想起他姓高。他从小就没了父母，和哥嫂一块儿过日子。一个窑洞一盘炕，咋住？山上有个羊圈，靠山处有个窑洞，他就跟着队里放羊的挤在一起住。他小小年纪，穿得最破，脸儿最皴，生活最可怜。可这娃娃整天乐呵呵的，经常和知青们混在一起，有时给女知青讲鬼的故事，吓得女知青嗷嗷叫。一问他故事真的假的，他皱起眉头认真地说"真的真的我见过"，说完自己先"扑哧"一声笑了。人小鬼大的他有一次歇雨工，和我躺在知青窑洞的炕上，手把手地给我教会了怎样算人的岁数。我至今还记着，时不时在跟人论岁数的时候秀一秀手法。有人问黄律师怎么还会这个，我就说五十多年前插队那儿一个小放羊的给教的。后来来了招兵的，李队长说："娃娃可怜，让他跟你们走吧！"于是李队长一语定乾坤，他真的就当兵走了。当他扔掉身上那件露着棉花的破棉袄穿上军装时，那叫一个精神，真是人的衣衫马的鞍啊！

可后来他惨了。当兵回来后他去了公路段，一次车祸造成高位截瘫，从此与轮椅为伴。他哥哥高清明2008年也出了车祸归了西。嫂子呢，自然也改嫁跟了别人。我听说之后叹了一声："从此高家算是绝后了！"同学说："不，爱

民儿还有个儿子呢。"我说:"高位截瘫还会有儿子?"同学说:"那就不兴高位截瘫前生的?"嗨,可不是嘛。

昨天我和爱民儿通了电话。复转军人的他竟然还是那么乐观,说到最后竟对着手机给我唱起了歌。我一听好家伙,词儿还是现编的:"叫一声黄哥哥我想死个你,尔格不知你在哪里……"听着听着我竟潸然泪下……

不写了,不写了,要写的东西太多。本还想写忘不了雷家河的前后五年时光,忘不了安塞县党校的事;更要写我人生最重要的转折点,也就是做律师这三十多年办过的形形色色的案件。我相信写出来差不多会可读、可看、令人回味吧,但至少还要五万字。唉,留着以后再写吧。

作者简历

黄德鹏: 1951年6月生于北京,就读于北京地安门中学。1969年1月下乡,插队于延安地区安塞县郝家坪公社肖官驿大队赵家沟生产队。先后在陕西、河南两省党校工作学习。曾在《延安文学》《延河》文学杂志发表小说数篇。1986年开始做律师,后升为高级主任律师。

办过多起在国内外有较大影响的案件。曾在央视《今日说法》栏目及《庭审现场》栏目出镜。参加过央视第一期普法特别行动。中国律协会员,北京青年报法律圆桌特约主持人,北京知青网总法律顾问。

四年的插队生活

丰连福

埋骨何须故土，五湖四海为家。
愿将热血洒尽，定将全球赤化。
——当年的豪言壮语

一

1969年。

第一年我茫然不知所措，对农村的一切都感到生疏，对什么事物都感到好奇，生存的空间中弥漫着浓郁的烟火气。这样的人生阅历中，我许多第一次都是在安塞县楼坪公社洛平川后队开始的。

第一次发现虱子时的惊慌。陕北的虱子分不清城乡差别，或者城里人的细皮嫩肉更适合它们的口味，衣服、被褥都得到了它们的光顾，同时还留下了它们的子孙。我们身上瘙痒，"享受"着与村民一样的待遇。

第一次没饭吃时的恓惶。阴历八月十五的晚上，女知青痛哭流涕述说着思亲的凄苦，我随白队长挨家挨户去借粮的困态，毕生难忘。

第一次蒸玉米面窝头时出的洋相。我们只知道要放苏打粉，但是不知道比

例。一碗玉米面配一调羹苏打粉，蒸出来的窝头是深褐色的，一尝，苦涩得直麻舌头，拿去喂猪，猪都不吃。

刚到洛平川时是冬季，我们组织村民学过几次报纸社论。在烟雾弥漫中，就着昏暗的煤油灯，读书声与老汉的鼾声、婆姨做针线纳鞋底的嚓嚓声混合在一起，一个晚上下来，第二天鼻孔都是黑的，咳出的痰也是黑的。

还组织过识字班，手把手地教学，但收效甚微。女娃们害羞，男村民都更喜欢女知青教学。

开春后忙于农活，知青的兴趣锐减，早请示、晚汇报、跳忠字舞等活动慢慢都销声匿迹了。

到洛平川没多久，白队长让我看了一张纸条，上面写着各位知青的家庭情况。我的名字下面是：其父有重大历史问题，正在审查中。我插队前父亲已经进了学习班，不能回家了。我以插队为由，去其单位探视，遭拒绝，就知道没有好事儿。我告诫自己今后要夹着尾巴做人，不能惹是生非，别让我妈为我操心，只能过少言寡语、提心吊胆的日子。

在农活方面，是接受再教育的重点，平日少说多看、多实践。好在技术性不强，只要肯下苦，眼活、手勤，掌握起来也不难。麦收后种荞麦，有一驾牛犋没有人捉，队长让我试试。就这样不到一年的时间，除了撒谷种、糜子种这样的技术活，其他农活我都能招呼几下。当然，我也知道了扬场要站在下风头。

戳牛屁股的活，我一直没有放下过，春种谷、糜，夏种荞麦，秋种小麦，都要吆着牛、扛着犁上山受教育，一直干到1972年种完冬小麦。

那两年，因为我不懂农活，所以话少，显得挺虚心，尊重村民；由于家庭低潮，就不出头露面，少惹是非。相比那些游手好闲、东游西逛、偷鸡摸狗、好逸恶劳者，我属于另类。

"文化大革命"中讲究出身成分，激情四射的小将最吃得开，但是陕北村

民对知青的认可，更注重知青的现实表现。

这里的大环境给了我喘息机会，消减了我思想上的压力负担，让我躲开了蔑视目光的折磨。我心存侥幸，对这些心存善念的村民满怀感激。

当年秋，北京派了慰问团逐村逐队与北京知青座谈。

北京分司厅中学付孟华老师来到了洛平川后队。我们在学校是极熟的师生，彼此知根知底，这时反倒相对无言，对面无语。天气闷热难耐，我邀她到村外小河边走走，一阵凉风袭来，河对岸竟飘起了雨丝。我看着不远处的彩虹，心情好了一些。"现在植物都绿了，满目青翠，比刚来的时候强多了，欣欣向荣的盎然景象能持续到秋末冬初。冬季太压抑，一眼望去荒凉、凄凉至极，胸口都堵得慌。只能慢慢接受，逐步习惯与适应，随着时间的推移，也许慢慢会好起来。不是说时间是疗治心灵创伤的良药吗？……"我缓缓说道。

这时，一阵轰鸣声，震耳欲聋，像国庆节阅兵时坦克车开过的声音，由远而近。河对岸拦羊人大喊着："水来啦！水来啦！"只见平日里清澈的河水遽然变黄了，水流也由平缓开始加快速度，上游一米高的水头扑面而来，齐头并进，河面的宽度极度扩大。

我和付老师急忙跑上山坡，不时回头看看刚才坐过的地方，那里已经被黄水淹没。水流里圆木翻滚，水面上漂浮着死猪、死羊，河道内充斥着杂乱的枯枝败叶！

这就是大自然对人类毁林开荒的惩罚，植被的破坏造成水土流失，雨后发生泥石流和山洪等自然灾害的概率极大。

二

1969年11月上旬，我突然接到大队革委会通知，让我出席"延安地区首届下乡知青活学活用学习毛泽东思想积极分子代表大会"。

学习毛泽东思想，也就是学习《毛泽东选集》。说实话，当时不能随时随地学习毛泽东思想、《毛泽东选集》。首先是没有时间，节气不等人，忙起来，脚打后脑勺，抢农时分秒必争，促生产，夺取粮食大丰收。其次是没精力，终日劳动，体力透支，累得连饭都不想吃，只想睡觉，光顾了拉车（劳动），没时间看路，没有将阶级斗争年年讲、季季讲、月月讲、天天讲、时时讲，没有把毛泽东思想"印在脑子里、融化在血液中、落实到行动上"。所以，戴"积极分子"这顶大帽子，我真是有点不好意思。

1970年。

第二年融入其中，生存是第一位的。这一年，洛平川后队的北京知青一直在减少。开春，高凤春、王玉坤因病退回北京，张金花调回山西老家插队。夏季，张长生招工去了陕西汉中的012基地。秋，白建秀、马树兰调整到其他村。到分豆角、南瓜时，洛平川后队就剩下我一个知青了。

喧闹的日子戛然而止，平静得还真有点不适应。知青灶原本是轮流做饭，现在就我一个人，要生活、生产两不误，真是强人所难。"人是铁，饭是钢，一顿不吃饿得慌"，在什么时代、什么环境下都是颠扑不灭的真理。

左思右想，还是找村民搭伙是最好的出路（现在叫外包）。我的条件是：吃食无所谓，只要干净一点。相比之下，感觉副队长王治生家还可以，就直接去找他商量，将我分配的粮食、蔬菜、油料都给他，每天早晨的工分给他婆姨算劳务费。他们家吃什么，我就吃什么。他盘算了一下说："你一个人分一个半人的量，这就行啦！工分不要给了。多一个人的饭，就是加一瓢水、一把菜、一捧柴的事儿，不算什么！另外，这也不会是长久的事儿，就算帮忙。"这样不愁吃喝、不担水打柴的日子，到1971年清明前结束。

1970年清明前，北京派了干部驻村管理北京知青事务，混乱局面有所改

善，知青的利益也得到了更好的保障。

夏季，汉中012基地来招工，群众推荐，领导审核，一时成了大家议论的重点。五花八门的小道消息满天飞，猜测谣言扰乱人心。

我不为所动，知道这是"矮子里拔将军"的事儿，出身、家庭背景比劳动表现重要。为了不陷入烦恼，也为了躲避是非，我每天还是照常出工劳动。招工很快就结束了，大家又恢复了平日里的正常劳作。一日，几位知青闲聊，谈起这次招工，有人为我鸣不平。我淡然说道："虎落平阳被犬欺，脱毛凤凰不如鸡，历来如此！"这本是一句老话，用来调侃换换心境而已，不知怎么就传到一位老赖耳朵里，整日在我耳边嗡嗡，扯闲谝，挺烦人的。一时"怒从心头起，恶从胆边生"，心中的不满怨气直冲脑门，我不假思索地问他可知后面还有一句话："有朝一日毛长起，凤凰还是凤凰，鸡还是鸡。"他当时就瘪了，臊眉耷眼，快快地走开了。

没多久，知青集中在贺坪办学习班。北京干部李亚松在总结中列举知青的十三种表现，第十三种就是有翻案思想，具体言论是："有朝一日毛长起，凤凰还是凤凰，鸡还是鸡。"

台下的我心中叫苦，这不是在说我吗！都怪自己嘴不好，总想逞能，显摆自己有学问，这下好了，祸从口出，只能自认倒霉。我想：解释没必要，言多必语失，还会引起新的麻烦，适得其反，越抹越黑！哑巴吃黄连，忍了吧！"一笑泯恩仇，一忍躲是非"，无言是最好的自救。

当时洛平川村没有驻村的北京干部，这样就少了见面的尴尬与不快。很快大家淡忘了此事，可是"凤凰"的别称一直伴随着我，现在还时不时被人提起。

秋后分的粮食都存在仓窑里，给了一个半人的量，绰绰有余。不愁吃喝，我就想增加一些生活用品。首先要有一条羊毛毡，它既防潮又保暖，村民家家

户户都用，咱入乡随俗，向老乡学习，不会有错！羊毛毡有沙毡、绵毡、绒毡之分。顾名思义，用山羊毛擀制的毡叫沙毡，用绵羊毛擀制的叫绵毡，用绒毛擀制的叫绒毡。毡在擀制过程中加了绿豆粉的称为硬毡，没有加绿豆粉的被称为软毡。陕北饲养的绵羊少，绵羊毛只够织羊毛袜子用，所以用绵毡的家庭不多。黑山羊绒要上缴给供销社，给国家创外汇，所以我只听说过绒毡，没见过。绵毡、绒毡都属稀罕物，出售得少。另外，物以稀为贵，价格也高。沙毡擀制的硬毡居多，绵毡擀制的软毡居多。思前想后、权衡利弊，沙毡既经济又实惠，我就托村民打听谁出售沙毡。

那时队里分粮食容易，兑现成钱就困难啦！欠粮款的户，都是劳力少、人口多的家庭，小孩一年一个，"增添人口是喜事，要吃要喝是难事"。欠款的窟窿越来越大，只能"拆东墙，补西墙"，"五个瓶子，三个盖"，倒换着来过日子。账上有数、队里无钱是常态，无奈只好扣下欠款户的粮食，什么时候交钱，什么时候给粮食。欠款户暗地里高价卖点麦子、谷子，换来钱，赎回被扣押的粮食，是无可奈何的变通办法。由于大家手里都没有钱，以物易物的交易行为也被众人接受。

我的沙毡就是用一斗谷子换来的，这种事儿不能大张旗鼓地办，大家心照不宣，你知我知。保管员是关键，我送他一包香烟，就疏通好了，其他的事儿，就不用我管了。烧房砭村民有一张狼皮，想换一斗麦子。听说是头年冬季打的狼，皮子都熟好了。我本着"耳听为虚，眼见为实"的原则，一定要先看货，再说买不买。结果一看，狼皮的绒很厚实，皮子熟好了，没有什么怪味道，我是看中了。

陕北小麦种得少，产量低，分得也少。一斗三十斤不是个小数字，直接影响到明年吃白面的数量，还是要掂量掂量。村民在旁边嘟嘟囔囔，直叨唠，怪烦人的，咬咬牙成交吧！

最后觉得还是一个人好，吃亏占便宜都是自己承担，要是集体灶就麻烦了，工分多少直接影响到粮食分多少，大家一起过日子，难免锅铲碰锅沿产生意见。太平均了，不公平，时间长了会闹矛盾。就是想以物易物，也没有那么多的货源呐。能够添置沙毡和狼皮都是因为我是一个人的缘故。

三

1971年。

第三年，我已习惯并适应了插队生活。为了便于知青的管理，1971年清明时上级把我调整到冯庄生产队。

冯庄坐落在四面大山的围拢之中，破落的窑洞像一片片破碎的瓦砾，零乱而孤寂。光秃秃的山梁上，隐隐约约有放羊的人在唱着信天游。这里的知青集体中有十多位北京知青，他们是一个班的同学，以女生居多。

冯庄队是当时安塞县农业生产先进集体，被树立为十面红旗之一。领导班子坚强有力，年轻后生热情高涨，集体主义深入人心，什么工作都好开展，一呼百应，给人热气腾腾、耳目一新的感觉。

冯庄是有着悠久革命历史的村庄，在安塞县的近代革命史上有一号儿。著名的革命前辈郭东升（1908—1936年任中共安塞县委第一任书记，时称工委书记）就出生在这里。

当年冯庄的领导是郭树旺、王明仁、梁队长、马队长、陈队长。陈队长的大儿子腿有残疾，是大队的会计。张占魁是党支部前任书记，一位瘦瘦的干巴老汉，不爱言传；其婆姨是个能人，快言快语，干活麻利；有一个女子在楼坪上学，是庄里的独一份。更特别的是他家有一辆自行车，这在当年是家庭殷实的象征，他家还配有钳子、扳手、打气筒等修理工具。他有个兄弟去当兵，后

来去了煤矿工作，这在当时都是令人羡慕的。

边志发是大队的手扶拖拉机手，后任公社的卡车司机。贾可乾、贾可意、贾可兰都是知名人物。

孙家的锁锭，他一条腿受过伤，要手拄木棍，才能一拐一拐地行走，在队里负责拦羊，追随着羊群爬山越岭甚是辛苦。他腿脚不便，家里烧柴就是个大难题。锁老汉在村旁河畔种了好多柳树桩子，每年砍新生的枝条做烧柴。我到冯庄时，那些柳树桩子直径很粗了，应该是有些年头了。锁老汉性格开朗，喜欢热闹，腿脚不好，还好往前凑；有时开大会还要站在前面，脸不变色心不跳，看着村民们，不时还要抽一袋烟，提提精神。锁老汉的婆姨是新胜沟人，有哮喘病。有次我到新胜沟，见她在硷畔上站着，便邀她一起回冯庄。她苦着脸让我给锁锭捎句话：来接她回冯庄。事后才知道，媳妇回娘家后，要老公来接才能回婆家，否则自己回去是很失面子的事儿。不久，病痛还是夺走了她鲜活的生命。

焦宝宝人憨厚、老实、本分、木讷，婆姨是后沟大台人。梁家的老二（冯庄赤脚医生），他婆姨是洛平川前队李家女子；老三当兵后被提升为军官。

周家老辈兄弟多，周三老汉当过军官，在新疆生产建设兵团娶了河南的婆姨，携家带口返回冯庄务农。周三老汉有好几个儿子，建新是他的长子。他只有一个女子，嫁到了高桥。周二老汉终年拦羊，每日里带上些小米、小锅，在山里挤羊奶熬粥吃。羊羔长大后，羊奶就紧张了，遇上羊的膘不好，就会被人指责太顾自己不顾羊羔了！他婆姨是甘肃人，没见她参加过劳动。

马家住在庄里的制高点，有个儿子当兵，儿媳妇身强力壮是位好劳力，有个女子叫马双。刘家六儿三女，合九位子女，人口众多。

郭焕群是冯庄年轻人中的佼佼者，有文化，人长得也精干，嘴角两侧有两个揪出来的疤（那时候，陕北许多小孩的嘴角都有这样的揪出来的伤疤，据说

可以治病或防病）。他在公社帮助社里工作，队里给记工分，享受村民待遇，类似于现在的借调人员。这就让人羡慕不已。他的服装穿戴也制服化了，发型抛弃了锅盖头，留了大鬓角的分头，看小伙伴们的眼神都流露出不屑一顾的傲慢，说话时浓重的鼻音明显地减少了，新名词层出不穷，视野开阔了，眼界高了。他婆姨是洛平川后队何家女子，名叫"护林"，还有"爱林""改林""蛋儿"三个小姨子，大舅哥叫"何宝"。郭焕群1973年初去铜川煤矿当了工人。我曾去矿上找过他。之后听说他辞去了公职，回乡务农了。2009年回冯庄，听说他的超市开到楼坪街上去了。

张家有个女子叫憨憨，但人很精干，一时粗心大意，将手指给伤着了。

冯庄几十户人家各过各的日子，横着看，好像互不干扰，其实许多家庭之间都有着割不断的血缘关系、理更乱的亲戚关系：张家、刘家、梁家就存在亲戚关系；郭树旺、郭树生是亲兄弟，与郭六（不记得名字了）、郭二、郭三是叔伯血缘关系。冯庄郭姓人口多，都是两个家族，同姓不同宗。

冯庄的年轻人多，队干部有魄力，劳动之余，也不忘娱乐活动。年轻人文化水平普遍不高，但是能说会道的不少。"大瓢的腿、小婷的嘴、沙玉玲的眼窝、黑翡翠的美"，他们的寥寥数语就将四位北京女知青的特点描绘得惟妙惟肖，既合辙又押韵，朗朗上口。是谁创作的不清楚，我去之前就已经流传开了。

"纸烟不好是大前门，婆姨不好是北京人"也在民间流传，不乏幽默风趣。有个队长是唱信天游的高手，音质浑厚敞亮，一曲下来，荡气回肠，直白的语言，穿透心灵的歌词，令人热血激荡，直捣人的心窝窝。

信天游是民俗文化的产物，有着悠久的历史和深厚的群众基础。《三十里铺》《兰花花》《拦羊的哥哥》《送情郎》《走西口》《赶牲灵》《五哥放羊》等叙事歌曲世代相传，脍炙人口。

在黄土高原上，不但色彩单调，而且黄土、风沙给人枯燥、寂寞之感。当地人习惯于站在坡上，从沟底远距离地大声呼叫或交谈。为此，他们常常把声音拉得很长，于是便在高低长短间形成了自由疏散的高音。上至日月星辰、风云雨露，下到花草树木、鸟兽虫鱼，还有柴米油盐、五谷杂粮、衣食起居，都是信天游内容的源泉。从来没有人怀疑过信天游的群众基础，从来没有人质疑过信天游的生命力。热爱信天游不需要理由，哼唱信天游不需要舞台，放歌信天游不需要听众，畅想信天游不需要表白。劳动之余，我记录了一些听到的信天游：

大白（的那个）兔（来）红耳（的那个）朵，像谁（的那个）也不像哥哥。
东山上（那个）点灯（哎）西山上（得个）明，四十里（那个）平川了也瞭不见个人。

拦羊人儿难，哎哟拦羊人儿难，
清早起出个黑夜里还，
撵羊把我的腿跑断，
想妹子把我的泪流干。

粗箩箩（那个）箩来吆细箩箩（那个）掸，
青石磨（就）磨出了好白面。
清油白面调小（那个）蒜，
庄户人日子赛神仙。
粗箩馍馍细箩糕，
怎看妹子怎价好，

阳洼上葫芦背洼上瓜，
梦也不梦咱两个人到一搭。
六月里黄瓜下了架，
巧口口那个说下哄人的话。
你穿红鞋硷畔站，
把我小伙子心搅乱。

我穿红鞋我好看，
与你小伙子何相干？

五谷里数不过豌豆圆，
人里头数那个我可怜。

墙头上跑马还嫌低，
面对面睡下还想你。

六月的日头腊月的风，
世上的男人就爱女人。

前半夜想你吹不灭个灯，
后半夜想你翻不转个身。

陕北出了个刘志丹，
他带上队伍上横山。

洗了个手来和白面,
三哥哥吃了上前线。

鸡蛋壳壳点灯半炕炕明,
烧酒盅盅量米不嫌哥哥穷。

羊羔羔吃奶眼望着妈,
小米饭将我养活大。

猪肉板粉蒸干饭,
香死老婆爱死汉。
荞麦饸饹羊腥汤,
死死活活相跟上。

啥时唱啥时有。信天游会游荡在天空,流走于沟溪,回音于山峁,不被岁月尘封,成为陕北一道淡妆素彩、浓墨风景,这已被世人所公认。

人生阅历中总是有不愉快的事情发生。1971年种荞麦的时候发生了一件事。那天临近收工,我心里阵阵烦躁不安,就想回庄换换衣服,几天下来连脸都没洗,浑身刺痒难耐。我借口没有粮食,以回庄取口粮为由,提前收了牛具。十几里山路,待我回到村边的小河旁,天已经黑了。我趁黑洗了洗身上的汗垢,浑身清爽,精神倍增。

进了知青窑院,灶房的灯还亮着,我知道负责做饭的梁福荣还在,好歹会有饭吃。男生窑里没有灯,我摸黑打开箱子上的锁,但是怎么也提不起上箱盖,无奈去灶房拿来灯照明,发现箱子上的合页已经折弯了。箱子是老式的

樟木箱，合页是熟铜板的如意式，是用两根铜条固定在箱盖上的，轻易破坏不了。箱子是从后面撬开损坏的，所以箱子前面的合页折弯了。看到这个情况，我有点不知所措，因为我那点家当都在箱子里。

谁撬的？为什么撬？拿了什么东西？我头有点蒙。这时梁福荣喊我吃饭，而我还穿着湿漉漉的衣裤，哪还有吃饭的心情？回到灶房我说："我箱子被人撬了，知道谁干的吗？"在场的人都大吃一惊。到现场时，大家面面相觑、无言无语。不知道谁说了句"找老刘去"。

老刘是驻村北京干部刘长会，一位矮矮胖胖的北京东城区商业局干部，学徒出身，做得一手好拉面。很快老刘就被找来了，他看了情况说："先吃饭，我去拿两件衣裤，你先把湿的换下来，有什么事儿明天再说。"看到北京干部，我们就像有了主心骨。凡事都要靠组织，一件杂乱无章的事经过老刘的梳理慢慢清晰了。

我到冯庄三个月时间，与村民尚在熟悉、了解中，接触过程中没有什么分歧冲突，同冯庄的知青只是在一个灶吃饭，劳动是分开的。我基本上是随着村民上山耕地，与其他知青接触也不多，以前不熟悉，现在没交流，报复的可能性不大，偶发性极强。清点一下，衣裤基本上是被席卷一空；粮票、人民币所剩无几。我那点家当都在箱子里，箱子空了，我就一无所有了！

郭队长是第二天中午回到村里的。知青被盗窃是一件大事儿，也是全庄一件丢人的事儿。

晚上收工后在场院开全村大会，决定第二天挨家挨户去搜。为了证明自家的清白，没有谁反对搜家的决定。

隔日郭队长让我到村对面的山峁处看村里的动静。五黄六月树木荒草丛生，在里面待着都闷出一身汗，小虫子直往脸上撞。我看见村里的几位干部一家出、一户进地查看着，郭队长不时朝山峁处望望。这时我静了下来，想：知

青窑院内养着狗，这狗只认北京人，对北京干部、知青，它不会乱咬乱叫；对村队干部和村民可就不讲情面，狂吠扑咬，只有北京知青出面才能制止它，所以村民一般都不从知青窑院旁的街畔过，就是走也是成帮结伙，单独的很少。现在麦收还没有结束，青壮劳力都在山上忙碌，村里的老弱病残不可能干这样的事儿。还是不要折腾村民了吧。我回到村里与老刘说了自己的想法。他觉得有道理，估计不会有什么结果。还是要解决眼前的问题，没有衣裤怎么办？让北京家里寄不太可能，家里没有富余的衣裤，同时也不想给他们增加思想和经济负担。穿老刘的衣裤也不是长久之计，最好是向公社民政部门提出救济，补助一些布票和人民币，重新做衣裤。本着这个思路，我准备与郭队长商量（但此事很快就水落石出了，申请救济的事儿就没有了下文）。

一天忙活下来，全村人都知道了这件事儿，好些人提供了线索，思考的面扩大了，找寻的范围也不仅限于村内。第四天，拦羊人在一个放置寿材的废窑里发现了一个帆布手提包，喊了我去看，包里是我丢了的衣裤。案子有了结局。就这样，我把老刘的衣裤还给了他，家当回来一半。粮票、人民币就当做好事，帮助别人了。

事后将信息归总梳理了一下，觉得盗窃的人应该就在知青窑院内，不会是外人。这个案子时至今日一直没能破，但我坚信冯庄老少爷们是清白的。

这件事儿为我离开知青窑院埋下了伏笔。

四

1972 年。

四年的潜移默化，接受再教育应该出成果了，以前学徒三年就算出师了，可以自立门户，单干了。三年的劳动实践使我认识到，只能跟随季节的变化顺

势而为，不能去做"人哄地一时，地哄人一年"的蠢事。

我懂得与村民起五更、睡半夜，起早摸黑辛勤劳作，才能换取一年的吃、喝、用，才能如鱼得水地知道那一季应该做什么，既不大惊，也不小怪了。随着节气走，保证吃上饭，老几辈子都是这样，不能违背，也不敢违背，这可能就是自然规律。村民不懂这些，但是"老猫房上睡，一辈传一辈"，谁也不会让"不听老人言，吃亏在眼前"的事情发生，只要风调雨顺就能有吃有喝。接受再教育，成了接受老经验的教育，成了生存延续的教育。我们是一群接受继承几千年来刀耕火种的传承人的接班人，接受村民延续了几千年的生存技能的再教育。

趁冬季农闲我回了一趟北京。父亲在单位隔离审查也三年了，是否该毕业了？这直接影响我的去向和今后的生活轨迹。这几年在知青群体中，招工、上学，三天两头就有人离开，说不动心是假的。问题的关键是父亲的政治审查结论。父亲是见到了，这比前次不让见面，大有改观。然而审查人员在场，我们只能泛泛谈些生活琐事。

待审查人员离开后，父亲迅速趴在一台收音机旁听，同时竖起手指在嘴上，暗示我不要讲话。我点点头，表示明白。我环顾四周，除了这台收音机，就是几把座椅，室内空空荡荡的。

这时父亲指了指房门，我不解何意。他直接走了出去，我紧随其后，转进了隔壁的卫生间。这里没有外人，他悄声讲："我没有问题，在《毛泽东选集》的塑料书皮内有写给你们的纸条。这里待的时间不能太长。"短短几句话，我就觉得有了心惊肉跳的恐慌。我忙点点头，表示明白，随即转回了审查室。我知道该离开了，一切如旧，等待、等待，只有等待。

过了"破五"，我就返回冯庄，随后去王瑶水库出民工。

闲暇之余，天南地北，古今中外，我与同去的曹应旺干大特聊得来。他和善的眼神令人兴奋，让人愿意与他交流。三四十岁的他用白羊肚手巾在头上系个"英雄结"——是当地青壮年男子的一种典型装扮，被当地人认为是一种英姿勃发的扮相。他细细的眼睛总是含着笑意，嘴角下有个浅浅的窝，让他更显得慈眉善目的。他的手里总拿着自制的短秆烟斗，他慢慢吸着，从鼻孔里有股青烟飘出，看着沉稳大度。他是典型的陕北汉子，让人不得不另眼相看。他是村里少数有外出走南闯北经历的人之一，见过世面，知道如何与人打交道，处事灵活，办事周到。在一起干了两个多月，天气热了，没有换洗衣服，我只能回队。我自去年箱子被撬，钱、粮票被盗，就心生离开知青窑之意，苦于没有人接纳我，不能解决安身之地，就搁了下来。

这次回冯庄还不能搬出来单住，只能继续和大家混在一起，我心中十分不爽。我将自己的实际情况告诉了曹干大，没想到他爽快地说："你要是不嫌弃，不嫌高，就搬到我的窑院去住。"一句话就解决了我一直发愁的难题。我是一天都不想去知青窑院了。曹干大就托人告诉他婆姨，把一孔闲着的窑洞提前打扫出来。我回去后直接将行李放在了那里，去知青窑背起自己的木箱，头也不回地离开了。

曹干大的窑院在山坡上，属冯庄的制高点，站在那里可以俯视冯庄村的全貌。曹干大的老父亲还在，但不能参加劳动了。曹干妈身体不好，能支撑着把家里的活计干好就不错了。娃娃们都小，帮不了忙，出不了力，只依靠曹干大一个人挣工分，日子过得紧紧巴巴。大女儿招兰是抱养的，身体单薄，两个耳朵显得特别大。即便这种境况下，好心的曹干大还将洛平川村张迎春的残疾弟弟抱过来抚养。

张迎春一家是榆林地区逃荒下来的，家境贫寒，四壁空空如也，土炕上只有一团破棉絮。他摊上知青的事儿，吃了七八年牢饭，出来后娶了后沟石姓有残疾的女子为妻（据说，张出事前就定下了婚姻，该女子一直等着他），生育了三个儿子。迎春有一妹、一弟，弟弟走路像企鹅，一摇一摆。其母生育了弟弟之后不久，就撒手人寰。小弟弟生存艰难，送给人讨条活命，是唯一的选择。身有残疾，行动不便，这也增加了养育的难度。曹干大出于善心，面对困难还是毅然决然接纳了迎春的弟弟，一位腿有残疾的小男孩。二十世纪八十年代还出资数百元，曹干大供他学了一门生存手艺，以便他能自食其力，有所作为。

刘兰是曹干大的小女儿，当时刚会走。我二十世纪八十年代回冯庄的时候，刘兰已经是亭亭玉立的大姑娘啦！我回庄那天是四月初八，庄里的家家户户过节气都改善伙食。我连走几家，一直有个女孩跟着，不言不语。我好奇地问："你是谁家的娃娃？"

"大让你回家呐！""你是曹家娃娃？""是滴，是滴！"我一步一步跟随她走上那山坡路。

天已经黑了，窑洞里闪出昏暗的电灯光，做好的荞麦凉粉摆在灶台上，没有动过。这一切都说明在等我的到来。我忙坐在炕沿边说："不要等我，你们先吃就好了！""哪能呢！多少年回来一趟，怎么也得吃上点呀！"我没说话。还是那热情关爱的语气，那感人肺腑的行动，使我不禁潸然泪下。我望着毫无变化的窑内，知道曹干大的光景依旧。他述说了分田到户后劳作的艰辛，以及曹爷爷、曹干妈的先后离世，让刘兰过早地承受了家庭生活的重担。孩子们慢慢长大了，曹干大却过早地衰老了。

二十世纪九十年代末，我得知刘兰随女婿在安塞包工程，在城里买了楼房。2009年我回冯庄，爬上窑院，看到门窗都被卸走了，窑面坍塌了。原先规整的景象不再，满目疮痍，令人感伤不已。我在原先住的窑洞旁照了张相，想留个念想。有村民给了我个手机号，打过去是刘兰的女婿，他大概说了说情况，我得知刘兰在银川包工程。不久后我在贵州乌江边的龚滩古镇接到了刘兰打来的电话。2012年我自驾去新疆，途中拐了个弯去安塞见到了刘兰及其家人。现在我与刘兰兄妹相称，微信是我们交流的载体。我知道了她的儿女都学业有成，儿子、媳妇都在延安医院工作，并且有了孙子；女儿、女婿在西安工作，也有了后代。刘兰生活得美满幸福。我想曹爷爷、曹干大、曹干妈他们的在天之灵一定会看到这些的，一定会感到欣慰的。

记忆里还有一件让我后悔一辈子的事儿。某日早晨上山耕地，我同一位村民扛着犁走在前面，牛在后面慢慢走。十几里的山路，到目的地时天已经大亮！有些昨晚没有回家的女娃娃还没有起来，窑门关着。同行的村民搞恶作剧，拍门、踹门，大有破门而入之势。窑内女娃娃们叫骂声不断，我怕事态闹大、弄假成真，大声斥责制止了同行村民的胡闹。

不久，梁队长吆着牛也到了地头。我接过自己的牛往坡下赶，梁队长突然高声怒骂起来。梁队长是一位慈眉善目、不苟言笑的长者，平日老好人、和事佬，没见过他高声跟谁说过话。众人都愣愣地看着他，我丈二和尚摸不着头脑。有人悄声告诉我："是在骂你呢！"我有什么好骂的？我又没做什么错事儿。我手持鞭子往坡上边走边问："你骂谁呢？"平日温和的梁队长竟答道："谁问就骂谁呐！你做了好事儿还怕骂！"这时我们之间的距离很近，他一皮鞭抽下来，我躲闪开，顺手抓住皮鞭，一步就蹿到他的身旁，攥住他的一根手指狠劲一转，悲剧不可避免地发生了。大家都愣住了，谁也没有想到结局会是这样。事情的发生，让我失去了理智。我抓了一把镢头，退到一处三角地，以防自己被攻击。一时现场鸦雀无声，只有梁队长疼痛的"哼哼"声。我一步一步倒退着走了很远，看看没有人跟上来，才急匆匆返回村里。

事后才知道，梁队长的大儿媳就在这群女娃娃当中，她都没有搞清楚是谁搞的恶作剧，只听到了我的声音，就断定是我搞的恶作剧。梁队长没有了解情况，相信了儿媳妇的一面之词，造成了这样一场误会。真相大白了，双方的火气慢慢消退。但是我折伤梁队长的手指，却是无可辩驳的事实。

此事儿的解决已经到十月份了。北京干部老刘与郭队长商量着如何解决这

件事儿。老刘找我谈，郭队长与冯庄大队党支部前书记张占魁找梁队长，最后相约到我窑里说开这件事。其中的说客十分重要，要能主事，有威信，办事公平公正公道，一言九鼎。郭队长和张书记都是这样的能人。老刘让我买点散装酒，搞两个菜，关键是要认错，不能胡搅蛮缠。我自知理亏，满口答应，只想早点结束这不冷不热、不阴不阳的局面。

天黑了，老刘、郭队长、张书记先后都来了。迟迟不见梁队长的面，我心里有些不安，怕出变故。曹干大过来告诉我，梁队长在半路上徘徊了好一阵。我赶紧跑出门："梁干大，您怎么不进去？""就来，就来。"梁队长搭讪着随我走进了窑洞。倒酒，让菜，听他们说话，我只有点头的份，赔着小心，不多说一句话，怕破坏了这和解的机会。

酒过三巡，郭队长先开口："连福，这娃好着咧！能吃苦，就是脾气有点急。做下这事儿，后悔得不行。今黑地儿给你梁干大认个错，往后该咋地还咋地。这事儿，就算过去啦！"老刘、张书记随声附和着。我赶紧表态："梁干大，对不住您，让您受苦啦，都是我不对，您大人不计小人过。您有什么要求提出来，我一定照办！"

在众人的说和下，看我一个劲地认错，梁队长也说了些宽慰我的话。气氛和谐了，大家都敞开了喝酒、吃菜。临末了，梁队长说："受苦人吃饭靠工分，我这手，不劳动没有工分，咋吃饭？"

赔些工分，对这个要求我事先有准备，人家提出来合情合理，只是看给多少合适。我不希望因为这点工分办不成这件事，就说："您看多少合适？"梁队长提出："一千。"他手受伤后休息了三个多月，一千工分不多。我满口答应："可以，可以，就让记工员划给您。"我不假思索，不想在这件事上讨价还价，能圆满解决就好。

可是出乎意料，一时众人无言，出现了冷场。我只望着他们"可以，可

以，没关系！"说个不停。

张占魁突然发声："你咋这样？就知道工分、工分，人家连福一个人容易吗？人家的工分是抢来的？你家就缺那点工分，憨货！"我一时发蒙，不知该如何表态。看看老刘，油灯下他也茫然不知所措。郭队长"吧嗒吧嗒"吸着旱烟。梁队长委屈地搓着手，无望地自言自语："一家人要吃饭呢！"我真被这场面给难为住了。不给不行，给多少合适？谁出面提出方案，我都接受，太尴尬，太煎熬！

老刘开口："连福，把梁队长的手指折伤了，一定要赔工分，算补偿。自己要接受这个教训。不赔工分，不给补偿，不行。"

郭队长说："连福，就出七百分吧！"

张占魁武断地说："多啦，多啦！我看五百分就行。这件事就这样啦！今后谁也不许找后账！"

在大家的说和下，我赔五百工分，与梁队长握手言和。

通过这件事，我知道民间的纠纷要有这些协调各方关系的关键人物，虚虚实实，推推让让，拉一拉，退一退，取得平衡，求得和解。

解决这件事的关键人物是张占魁书记，虽然他下台了，但余威尚存，轻易不说话，说话就算数。言谈话语中，他将分寸拿捏得恰到好处，面面俱到，滴水不漏，彰显出一定的领导艺术。当然，梁队长也是买张书记的账，维护张书记的威望。

细想我那时突然情绪失控、失去理智，是因为心中积压了太多的委屈，长期的压抑伤感无处宣泄，沮丧无奈，遇到弱者的指责就怒不可遏，心想连这样的人都能辱骂我，此时此刻不反抗，更待何时！"拔剑不是挥向强者，反而刺向更弱者。"如果不是梁队长，在适当的时候我也会与其他人发生冲突。其结果，还会是这样吗？没有人能给出答案。

人老了，想起以前的事，我就觉得对不起梁队长。二十世纪八十年代回冯庄，我去看过梁队长，他肿胀的手指将伴随他终生。我一再说："对不起！对不起！"他喃喃道："娃小呐！娃小呐！"他还是那位慈祥憨厚的长者。当时我怎么就没能退一步，避免这个悲剧发生。

五

父亲的政治结论是："事出有因，查无实据。"这恰好是在 1972 年知青大招工前得出的结论。北京干部事先进行摸底准备。当时公开宣传有成分论，但不唯成分论，重在本人政治表现。我政审没问题了，劳动表现随即得到各方肯定。

另外，1966 年 5 月 4 日，我刚满十五岁就加入了中国共产主义青年团，是共产党的后备军，曾任少先队大队长。在学生会任职的辉煌历史与四年农村的表现，加之当时楼坪公社的北京知青中只有我是共青团员，这又使我回到被组织信任行列。北京干部王红如讲："这次招工数量大，单位多，可以走不少人。另外还有招兵的名额，你条件符合当兵，是不是考虑去？这样可以剩下一个当工人的名额。"我明确表示不想当兵，主要是退役后不能回北京，得回安塞楼坪，但知青都走了，就我一个人太孤单。

体检政审都通过了。我抽空把养的猪杀了，还买了两张黑山羊皮，请郭队长帮忙给熟好，制成一张羊皮褥子。另外熟了几张黑羊羔皮，请洛平川王治生婆姨帮我做了一件小皮袄，还买了一块牛毛毡。在陕北用牛毛毡的很少，只有饲养员才能收集到一些牛毛，要积攒四五斤才能制毡，收集过程需要很长时间。冯庄牛多，收集牛毛也算是饲养员的副业吧！我又到后沟买了一丈杨木板，改制了一个大木箱。一切都收拾停当，只待招工走人的东风啦！

收到解放军5702工厂的通知已经是年底了。都四年啦！也该苦尽甘来了。我觉得冬日的暖阳带来暖意，温暖我的心房，一定会有春暖花开的好开端。

冬日的雪后，王红如安排我和王利民去安塞县城给5702工厂招工人员送档案，并指定我负责直接交给5702工厂的招工人员。这是多么大的信任呐！我自知责任重大，不能辜负领导的信任，保证完成任务。

两人一辆自行车，在雪地里，连走带推，到沿河湾时天就黑了下来。深夜，我们在安塞县招待所找到了5702工厂的招工人员王某等两人，移交密封好的档案袋，拿到收条，心总算放肚子里了。招工人员只有两个床位，王利民和另外一个招工的到旅馆去住。睡前，王某同我讲："5702工厂是修理飞机的部队工厂，是保密单位，招收人员要求政治觉悟高、思想素质好。这次女生都是保育员、炊事员等；男生则是搬运工、锻造工、翻砂工、炊事员。"父亲就是从事航空工业的，"门里出身，自会三分"，我对机械分类大概知道一些，王某所讲的都属于脏、累、苦的工种，我思想上有些接受不了，只说"没想到你们厂就是这些工种"。（这句话本身就有问题，档案都交了，已经履行完招工手续，我就是5702工厂的人了。）王某讲："你怕吃苦。许多人都表态接受艰苦工作的考验。"我说："家父就是搞航空的，对飞机制造还是清楚的。要是怕吃苦，就不会在延安干四年。我就是对你们提供的工种不感兴趣。""不感兴趣可以不去吗？""一切都晚了，其他工厂都走了！"话不投机半句多，剑拔弩张、针锋相对的结果是不欢而眠。

第二天早饭后，我和王利民推车往回走，王某让我去延安饭店找一个叫刘仁标的谈谈，我没有搭腔。路上我与王利民交换了解的信息，他得到的是什么工种都有，延安地区富县、洛川县招的人都已经去工厂了，安塞县的知青年初才能走，并且他们只是从车间里抽来帮助招工的，具体怎么分配还要到厂里再说，没什么一锤定音的事。后来分配时，全厂各车间科室都有。

一路聊到兰家坪，这是去延安和老沟岔的路口，我想想去延安饭店找刘仁标也谈不出什么名堂，还不如回楼坪交差。见到王红如，我知道了安塞安置办已经来过电话，没有同意5702工厂退人的意见。安置办认为：推荐的人政治、身体条件都符合招工要求；对于工种选择这样的问题，属于思想认识问题，应该由5702工厂自己解决；如坚持退回，要请示延安地区安置办，这样问题就复杂了。后来才知道拒绝工种分配的，还有砖窑湾公社的安奇志，她都被县里退回了，最后是延安地区安置办没同意。说来也巧，后来我们一起被分配到5702工厂器材科油库工作。

1973年初，楼坪公社的王玉兰、程美荣、徐宝义、尚新妹、单荷英、张秀萍、王利民、胡宗昆由我负责带队去延安与其他公社的知青汇合，登上驶往5702工厂的汽车。

在农村接受村民再教育四年的生活结束了，从缴公粮的村民转换为吃商品粮的居民，从第一产业转战第二产业，从农村户口转为城镇户口，我用了四年的时间。

六

延安是加油站，培育了无数的革命力量。延安是扩音器，宣传了毛泽东思想。青山绿水的南泥湾为开荒大生产出过力，为丰衣足食，自给自足，打过翻身仗！

1973年6月9日，一架执行外事任务的专用飞机在延安飞机场降落。周恩来总理走下飞机，向延安地委领导和前来欢迎的群众说的第一句话是："我又回到家里来了！"

是啊，"回家了"！对于这块红色的土地，周总理既熟悉又陌生。熟悉，

是因为他和党中央、毛泽东主席在这里生活战斗了十三个年头，对这里的一草一木他都倾注了深厚的感情；陌生，是因为自1948年离开陕北以后日理万机，他再没有来过延安。二十五年都没能回来看看，轻轻的一句"回家了"，汇总了全部的情感。

贺敬之的《回延安》这样写道："心口呀莫要这么厉害地跳，灰尘呀莫把我的眼睛挡住了……手抓黄土我不放，紧紧儿贴在心窝上。几回回梦里回延安，双手搂定宝塔山。……杨家岭的红旗啊高高地飘，革命万里起高潮！宝塔山下留脚印，毛主席登上了天安门！枣园的灯光照人心，延河滚滚喊'前进'！"。

我嘴拙口笨，但心里明亮："滴水之恩不能忘"，不求"定当涌泉相报"，凡事总要讲个"盐打哪儿咸，醋打哪儿酸"，大树底下来乘凉，"饮水思源"不能忘了挖井人的道理，不用重复讲。

在安塞县楼坪洛平川、冯庄生活了四年，那里成了我魂牵梦绕的地方，明知道帮不上什么忙，总想去看看，变没变什么模样，想知道村民的日子过得怎么样！虽然我也知道，如今他们遇上了好时光，有吃有喝没饥荒。

作者简介

丰连福：1951年出生，北京市分司厅中学初六七届学生。1969年元月赴延安地区安塞县楼坪公社洛平川大队洛平川后队插队，其间曾出席延安地区首届下乡知青活学活用毛泽东思想积极分子代表大会。1971年调整到冯庄大队冯庄生产队，1972年底招工离开延安地区。先后在解放军5702工厂、空军工程部直属仓库、航空工业总公司625研究所、北京市第八中学分校工作。

无悔的人生第一次抉择

梁雅琦

2023年1月27日，弟弟广智在"快乐大家庭"的群中发了一条微信，引发了我的无限回忆。他说："五十四年前的今天，我和姐姐一同去陕北插队。"我响应也写了一句话："这是我人生的第一次选择，是走向社会的起点，终生难忘啊！"

我是1968届的高中毕业生，1965年初中毕业，考入北京女十一中。我高中只上了一年，到1966年6月3日学校就停课了。后来上面派来了工作组，号召同学们复课。然后解放军进校军训，组织同学们学习《毛泽东选集》，组织各样的活动；再后来工宣队进校，成立校革命委员会。一直到1968年该毕业的时候，大学招生还没有恢复，我们也没有分配工作的消息。

当时，我们听说了一些同学走向农村、边疆的事，我校也开始动员六七届毕业生去山西兴县插队。我们班有五位同学报了名，她们的行动对我有所触动。毛主席在《青年运动的方向》一文中说："看一个青年是不是革命的，拿什么做标准呢？拿什么去辨别他呢？只有一个标准，这就是看他愿意不愿意、并且实行不实行和广大的工农群众结合在一块。"这五位同学用实际行动走出了与工农相结合的第一步，我从内心非常敬佩她们，也决心向她们学习。正在这时，1968年底，毛主席发出了"知识青年到农村去，接受贫下中农再教育，

很有必要"的伟大号召。我非常激动，暗下决心，我一定要走与工农群众相结合的革命之路。

不久，学校迎来了来自延安地区安塞县武装部的一位李姓部长，来校介绍安塞县的情况，动员同学们去那里插队。这位李部长操着浓重的佳县口音，给我们讲述了安塞县的三大光荣事件。

第一件，1947年胡宗南进攻延安时，毛主席和党中央在安塞县的王家湾小山村生活战斗了五十八天。根据党中央的指示，彭德怀、习仲勋指挥西北野战军，采取"蘑菇"战术与敌周旋，在青化砭、羊马河、蟠龙镇三战三捷，歼敌一万四千余人。三战大捷之后，当地还在安塞县的真武洞召开了祝捷大会。

第二件，安塞县是张思德烧木炭牺牲的地方。张思德是四川仪陇人，1932年参加革命，走过长征，负过伤。1944年5月，作为中共中央警卫团战士的他在陕北安塞县石峡峪山中烧木炭，因炭窑崩塌而牺牲，是一个忠实为人民利益服务的共产党员。毛主席在中共中央直属机关追悼张思德同志的会议上发表了著名的《为人民服务》的讲话。全心全意为人民服务由此成为我们党的宗旨。

第三件，安塞县砖窑湾的苗店村在抗战时期出现了第一个农业生产合作社，被毛主席誉为合作化的种子。中华人民共和国成立后，毛主席在《关于农业合作化问题》一文中写道："在抗日战争时期，在陕北的安塞县就出现了一个社会主义性质的生产合作社。"

听了李部长的报告，我深深地感到安塞是一个具有革命传统的光荣之地。延安是毛主席生活战斗了十三年的革命圣地，延安养育了中国革命，中国革命从此一步一步走向胜利。中国共产党建立了新中国，才有我们这一代人的幸福成长。听了报告，我内心涌动着革命激情，延安是我们向往的地方，延安就是我去插队的理想地方。由于当时父亲在外地工作，我回家后，把自己的想法向妈妈做了汇报。妈妈说："还没轮到你们，你急什么呀？"我把听到的以及自己的想法、决心、志向反复和妈妈进行了沟通。妈妈又对我说："你只知道下乡光荣，到农村去，但你会遇到想象不到的困难，你做好准备了吗？还是冷静思考一下再定吧！"妈妈的提醒让我冷静下来，我开始思考会遇到什么困难。我们在初中、高中阶段，每年都去农村参加夏收和秋收劳动，劳动的苦我还是有体会的，但想到当地的老乡世世代代都干着面朝黄土背朝天的活，人家能行，我们为什么不行呢？古人云："天降大任于是人也，必先苦其心志，劳其筋骨，饿其体肤……"我们不是正需要这样的磨炼吗？我们身上缺乏的是吃苦耐劳的本领，这正是我们要锻炼自己的地方。

选对了道路就要有主动锻炼自己的意识和行动，"明知山有虎，偏向虎山行"。经过学习和思考，我更加坚定了自己去陕北插队的决心。第二天到学校，同学们都在热议昨天李部长的报告，我也把自己的想法与同学们进行了交流。我们班五位同学——陈巧玲、沈蕾蕾、张宛佳、王俐和我，表示要去延安安塞插队，我们想用实际行动去践行毛主席的教导。共同的志向凝聚了我们的决心和行动，我们一起报了名。

几天后，学校批准了我们的申请，并用大红纸张榜公布。妈妈看到我的决心之大，终于同意我去延安插队，并要求弟弟和我一起去，以便相互有个照应。临行之前爸爸还打回了一份热情真挚的电报，后来被老师拿走存档。电文中鼓励我们好好接受贫下中农的再教育，走好自己的人生之路。

在安塞工作期间，有了学校的批准，有了家长的支持，有了同学的陪伴，我更加坚定了自己的选择。正是有了这样的选择，无论是在农村插队，还是到县上工作，我都受到了艰苦奋斗的延安精神的哺育、全心全意为人民服务的理念的熏陶。这期间，我一方面接受艰苦劳动的锻炼，在广阔天地，滚一身泥巴，练一颗红心，改造自己的主观世界；另一方面在宣传党中央文件、贯彻党

的路线、方针、政策中，在农业学大寨的工作和共青团的工作中，发挥自己的作用，曾多次出席县、地区、省三下乡人员积代会，在插队第二年光荣地加入了中国共产党。此后在国家铁路建设中，在学校培育建设接班人的工作中，在改革开放企业文化建设中，在抗疫、文明社区的建设中，我始终牢记党的教导，不忘初心，牢记使命，将延安精神、延安的革命传统作为自己工作的遵循，积极工作，努力奋斗，曾多次被评为优秀共产党员，多次获得优秀工作者的奖励。在建党一百周年之际，我获得了"光荣在党五十年"纪念章。

我在安塞插队两年，工作九年，这十一年的延安安塞工作实践，让我拥有了满满的延安情怀，延安是我的第二故乡。

感谢、感恩延安这片红色的土地，让我的人生之路走得顺利、健康、阳光，伟大的延安精神，让我一生受益、终生难忘。

作者简介

梁雅琦：1949 年出生，1969 年 1 月至 1970 年 12 月，在延安安塞县砖窑湾公社六联大队插队落户，1970 年 5 月加入中国共产党。1971 年 1 月至 1979 年 12 月，先在安塞革委会政工组工作，后在县团委任文书、团委干事、副书记、书记等职。1980 年调到铁道部第四工程局合肥铁路工程学校工作，任党办干事、校团委书记、校图书馆副主任等职。1991 年 7 月至 2004 年，在北京第二清洁车辆场、环卫集团二清分公司工作，任党委宣传部副部长、部长等职。2021 年建党一百周年之际，荣获"光荣在党五十年"纪念章。现已退休。

回忆难忘的安塞岁月

王 里

插队落户

冬天的陕北，黄土漫天，枯枝败叶，奇冷无比。那是 1969 年初，我们一行十三个同学到陕北安塞县徐家沟小队插队落户。寒气从窑门缝隙钻进来，窑内冰冷无比，这个生疏的小村庄，这个冰冷的除夕，让我们心里凉凉的，凉到彻骨。贫穷的徐家沟小队，没有过年的喜庆气氛，新年首尾交接之时，乡民们早已"弹尽粮绝"，很多家已经吃糠或吃油渣很长时间了。他们两手空空，两眼茫茫，没有东西过年，如何喜庆？除夕中午，队里派来手脚麻利、穿戴干净利索的王大妈给我们做了洋芋疙瘩拌荞麦面饸饹，还不会做饭的我们个个吃得满头大汗、心满意足，感激之情溢于言表。初一那天，跟应景似的，飞飞扬扬的大雪，铺天盖地下白了世界，寒冷度更是到了绝对的饱和值。

窑前的白雪堆落在脚下，冻成了冰堆儿，难免令人惆怅与不安。有两个同学爬上窑顶哭了，我们其余人则坐在碾子上的台阶上望着天空发呆，没有人说话。乡亲们也都在自家窑中避寒。小村寂静无声，我们曾经幻想的农村过年杀猪宰羊、锣鼓喧天的热闹场面则成了幻想中的事。在我的记忆里，那年的春节奇特而荒凉。插队头一年，我们有国家给的每月四十五斤定量粮食和十元钱的

生活补贴，相对于乡亲们，我们总算还可以填饱肚子，说穷途算不上，说末路不至于。

沉甸甸的徐家沟小队

一条五里的乡间小路，就是徐家沟和外界的唯一通道。这个小村只有二十四户人家、三四十眼窑洞，村边一条小河提供着全村人吃喝浆洗用水，川地很少，山地离村很远，常年口粮歉收，乡民们填不饱肚子。从天而降的我们，肩不能扛，手不能提，却要从他们口中夺食，这是给徐家沟村的发展和生存增添了更多的负担，我们的到来无疑是不受欢迎的。我们头脑空空，举目四望，最初来延安时那种憧憬新生活的兴奋与期待，此时变成了莫名的失望与失落。这里的乡民，祖祖辈辈没有出过县城，甚至没有见过火车、汽车，他们无从了解山外的世界。徐家沟只有个别人认识几个字，他们用最原始的办法计算工分、分配粮钱，所有的行为透露着对外界的无知。我们在田间地头给他们讲北京的天安门、长安街、公交车，讲北京的柏油马路走起来脚上不沾土。他们像听天书一般，完全想象不出大城市的繁华。这里没有报纸，听不到新闻广播，无法及时知道国家大事，收成和生计是他们永远的话题。

无论外界如何变化、物质如何繁华，对他们都很遥远，人类文明进步的世界，他们无法享受。这里对我们，也犹如一片迷雾，眼前的凄凉景象是我们从没见过的，即将融入其中，感觉就像是被置于荒野般无所适从。

一种沉重、一种无奈、一种忧伤，让人产生丝丝恐惧，恐惧这一生就这么度过。在徐家沟小队，整劳力十分合一毛五分钱。生产队是按劳动能力来确定工分的，年轻能干的壮劳力一天是十分，老汉和女劳力一天是八分，小孩子一天是六分或者四分。我们呢，男生大多数是八分，个别人给六分，我们四个女

生一律给评四分，和当地的小孩子一样。大家都不吭声，男生看着女生，女生望向男生……是呀，我们连两桶水都挑不起来，有什么资格要求挣高工分呢？这怪不得日出而作、日落而归却终年填不饱肚子的村民，毕竟不能以动机衡量功绩，要用效果说话呀。失败的阴影、未来的渺茫，令我们心情极为低落。春耕开始，早上天蒙蒙亮，队长已站在崖畔上吹哨了。寒冷的早春，春寒料峭，真起不来呀，好像刚躺下筋还没有伸开就又该起床了。别说去干活，在家时就是被叫起来吃饺子，也费劲儿呀！二十世纪六十年代末的徐家沟，春天乡民们的粮食所剩无几，闹春荒并不是新鲜事。乡民们吃糠、吃油渣，靠天吃饭的恶果在我们的意料之中，乡村实际的生存状况却在我们的想象之外。

每天清晨，走在清冷光秃的土山峁上，肚子空空，口干舌燥，吸风饮露，浑身酸痛，要爬十几里山路才能到干活的地方，全然不是在北京爬香山的感觉。上山要光脚，鞋子脱在山下，因为踩着黄土山，每走一步，土都会直接灌进鞋里，只有光脚走才方便。队里仅有的两片川地，一块种蔬菜，成熟后挑到县城去卖，是村里仅有的副业收入。另一块种上玉米，那地里的活要留给有孩子的婆姨和上岁数的老人干。刨山地，则是我们干过最多的农活。一排人楼梯似的站成一行，绕着山刨，一步一镢头，一下一下把整座山刨松。漫无边际的黄土飞扬跋扈，人满身满脸一层浮土，连耳朵眼儿、眼睫毛都落不下。地刨好了，男劳力还要把山下送上来的粪肥撒在地里。这步入人生的第一把黄土，令我们锻炼着臂膀、迎接着挑战。因为徐家沟的山地离村很远，中午饭全在山上吃。到了午饭时间，队长派人下山去给大家取饭。取饭人站在山峁子上一吼，各家把给山上干活人的饭送过去。饭挑上山，乡民们的瓦罐里全是汤汤水水的糜子粥和腌酸菜，家境好些的有时装点干饭。我们知青的午饭是每人两个窝头，就着盐水煮熟的洋芋疙瘩，外加一暖壶开水大家分着喝，一般来说没有菜。这种生活也给了我们极大的刺激，有时心情到了崩溃边缘。

天慢慢黑了，直到看不清地面了，队长喊一声"回咯"，人们便撒腿狂奔下山。我们几个女知青战战兢兢地跟着乡民们往山下出溜，就像瘸驴追着马跑，无论如何也难以追上。等我们进了村，各家的窑顶早已升起了晚炊的烟雾。

山洪暴发

那年的五月，泥石流中的逃生，是我一生中最为险恶的一次经历。那天，队长的哨声响了，只去了我一个女知青，我心情不爽地追随大队人马上了山。麻利、泼辣从来不是我的强项，因而当意外降临的时候，惊恐、危险也多伴随着我。下午，刚刚还是烈日当头，天忽地就黑了下来。大风卷着黄土鬼哭狼嚎地卷地刮起，顿时天昏地暗、日月无光，风扬起尘土从身后扑来，夹带着闷闷的雷声。队长一声大吼："回！"还没容得我们跑，雨水便如飞瀑一般直泻而下，将天地搅成混沌一片，人们呼叫着顿作鸟兽散去。

从没经历过这种灾难的我，一下子魂飞魄散，腿软到无力，心中只剩下灰暗。洪水以迅雷不及掩耳之势从山上冲下来——山洪暴发了！霎时双眼失去了寻找光明的能力，我整个人都瘫软了。我不知道自己是怎么连滚带爬地下了山的，也不知自己光着脚是怎么蹚过了村旁湍急的水流进村的。滂沱大雨中，我回头便看到被冲下山的牛、羊尸体及脸盆大的石头在我刚刚蹚过的河中翻滚着顺势而下。倘若再慢一步，我将被冲入水中，那将是怎样的后果？

这种险恶使人绝望，仿佛落入宇宙的黑洞。浑身湿透的我在踏进窑洞的那一刻，被愁绪吞噬了……

苍茫人生

　　这一年，山洪把庄稼全冲毁了，山地颗粒无收，又是一个歉收年。连年歉收成了徐家沟人的伤痛和困惑。秋收分红，原本应是喜气洋洋的日子，按当地风俗，应有敲锣、打腰鼓、放鞭炮、相互请客迎秋收的快乐情景，现在却无声无息。这年秋季的分配是每人一百一十斤皮粮，每户一瓶油和一捆麻，工分高的壮劳力可以分到几个零花钱，别无他物。公布的分红结果，带着一股寒气钻进我的耳朵，别说没有分到副业钱，因工分低，我还欠生产队十一元粮钱。这也太可悲了！脸上有水流下来，很咸，很咸，我分不清哪滴是汗水、哪滴是眼泪。朦胧的小河边，晃动着我孤单的身影，我就那么走着，走着，走了很久很久……那是我一辈子忘不了的尴尬时刻，我已被生活碰得头破血流，乃至尊严扫地。我好像找不到存在的意义了，好像没有了路，好害怕，好害怕就这样被鄙视下去。

　　我们知青小组就像一个大家庭，我常常为此感到幸运，遇上了这些无争无妒的伙伴，是他们包容了我。大家商议，明年没有了国家的供应，仍然工分合计，不分家不分灶，各尽所能一起生活。绝望中，像刮来一阵清风，抚平了我皱起的情绪，我沐浴着友谊的阳光，耳畔一片歌声相伴。我们一直是每天留一人在家做饭，其余人上山干活。男生做饭都叫苦连天，灶火炭火都烧不好，风箱拉个不停，炭烧了不少，但满窑浓烟不说，水却迟迟烧不开。而且有一次，不会干活的大璞居然把男生炕上的草席和褥子全烧糊了，而饭却没有做熟。尽管没有炒菜，也没有复杂食品可做，就是炭火熬粥、蒸馍，他们也手忙脚乱。年轻力壮的小伙子，常常为此垂头丧气。劳动的苦尚且可以忍受，但烧火做饭的家务活，却令他们十分无奈。炕头会议决定，以后干脆由我一人专职做饭，反正上山干活我只有四个工分。

从此，我成了知青小组的炊事员。我每天早晨五点钟起床，然后挑水、收拾、做早饭。午饭多是蒸窝头外加一暖壶开水，给山上劳动的同学带去。晚饭是糜子干饭、盐水煮洋芋疙瘩或者胡萝卜。天擦黑时，男生们喊着饿回来了，一通狼吞虎咽。在吃不饱又没有菜调剂的情况下，根本无法谈及食欲，能填饱肚子已属不易。三餐粥饭，饥饱无常，也给我们留下了极为痛苦的记忆。这样的日子过到了第二年，村里给了我们一块自留地。乡民们帮助我们种了各种各样的菜，也种了些玉米。桌子上终于有了下饭的菜品，大家可以正常吃饭了。然后我们又买了一头小猪，以备年底卖些钱和改善一下伙食。虽然仍是很贫困，但是大家掌握了很多生存技能，基本上可以适应乡村生活了。年初，党中央知道了延安的情况，特地派来了北京干部，把他们分派在各个领域，协同村民们一起帮助知青处理各种事宜。

北京对于我们变成了遥远的世界，它曾经给我们的荣耀，被黄土高原上的实际生活取代了，生活重新向我们解释着世界。

为师的贡献、沉醉的我心

锅台边的人生琐碎而荒凉，有伙伴们渴望吃饱的期待，有伙伴们对饭菜难以下咽的埋怨，我对此也很无奈。由于吃的饭菜简单易做不费时间，我就有了很多空闲无事可做。想到曾经的豪情满怀，想到曾经决心好好接受贫下中农再教育的誓言，此时都化作了寂寞、空虚，我的内心感觉有些无法释怀。

失望，像窑外的夜色一样笼罩在心头，我以为今后的人生都将染上黑色难见光彩。徐家沟小村太穷，以前的小学老师借故生孩子，一走就没再回来。让村里孩子去县城读完小，又存在太多行不通的困难。一天，大队书记找到我，谈起了重新恢复小学的问题，队里希望我来协助重新恢复这所学校。我立即欣然同意。这对村里是一项必须要抓的工作，对我也是一个考验。如果说插队时我的生活有些黯然失色的话，那么为村里恢复这所小学，就可成为我在农村接受贫下中农再教育的闪光点。做了最好的选择，我找到了用武之地，真可谓适逢其时。生产队把原小学的一孔土窑改作了教室，五排破桌椅被钉好加固，凳子不够，则用几块大石头代替。以我仅接受过的教育，在这孔破窑中，我恢复了停滞两年的徐家沟村小学的教学工作，开始对村里的适龄孩子进行知识传播。教材由我自行编制，课程也是按我对小学内容的理解设置。

说是学校，其实只有十几个学生，年龄相差悬殊，从七八岁到十几岁不等，水平参差不齐。一切从头开始，老实说，困难着实不少。初期，课堂没有严格的规范，完全凭感觉摸着石头过河。学校简陋，软硬件完全都不到位，只有一间上课的教室和一块作为操场的空地。孩子们有牵着羊来的，有抱着弟妹来的，甚至有大光溜不穿衣服来的，一派令人啼笑皆非、不可思议的景象。文化课上，我手把手地教生字讲课文，深入浅出地讲解简单的古诗词，把我有限的知识毫无保留地讲给他们听，让他们学懂学透。这里没有一块像样的黑板，没有一个可以供孩子们锻炼的足球。我就和孩子们一起努力来改变现状。我们找来跳绳、拆了我的衣服缝制沙包，就这么一点一点充实着文化课之外的东西。

黄土高原上民风淳朴，"教书先生"在这里是很受村民看重的。家长和孩子们对我十分敬重，但其实我和孩子们是相互成全、共同成长的。生来就对教书育人有热情的我也一下子对这项工作充满了希望。每天上午下课后，孩子们回家吃午饭，我则去蒸窝头，把午饭给在山上劳动的同学送去，返回时，孩子们也吃完午饭回到学校了。这期间的我，还兼顾着每天给妇女们记工分的工作，生产队开始给我每天记六个工分了，再加上给知青们做饭，我算有了双份

收入。

落寂的天空渐渐泛白，窗前的山桃树春暖花开，人间四月天悄然而至，我也找到了丢失的自尊。

作者简介

王里：1948 年出生，北京 65 中 67 届高中毕业生，1969 年 1 月至 1970 年 9 月在安塞县真武洞公社徐家沟大队徐家沟小队插队落户，1970 年 9 月至 1973 年 3 月在陕西汉中 012 系统 470 厂工作，1973 年 3 月至 1987 年 5 月在西安航空发动机公司工作，1987 年至 1997 年在北京化学试剂有限公司工作，1997 年至 2002 年在北京英特信息网络公司工作。现已退休。

我与北京知青在安塞的岁月

李登科

一、永恒的记忆

知识青年上山下乡,是新中国一段重要而特殊的历史,给作为知识青年的我们留下终生难忘的记忆。每一代人都有每一代人的时代烙印,而知青生活是我们的一段难忘的人生经历。历史创造了知青,知青创造了历史,这段历史改变了许多人的人生道路,铸就了知青的人生格局。

当年北京市1966届、1967届、1968届"老三届"初高中毕业生响应伟大领袖毛泽东主席关于"知识青年到农村去,接受贫下中农的再教育,很有必要"的号召,告别父母,离开首都北京,奔赴延安边远乡村插队落户。

潘秀兰是北京市第五十五中学六七届应届初中毕业生,1968年12月被分配到谭家营公社龙安大队。他们一起的共二十五名知青,分别是女知青十三人:潘秀兰、杨婉章、艾松、李新华、马鸣、张燕、曲桂英、孙爱红、张秀玲、孙玉京、张静娴、马焕文、王瑞颖。男知青十二人:王学强、张世臣、沈增文、王吉宁、解树才、王炳旭、赫德勤、周嘉星、杨少成、薄立民、王海、叶保海。

龙安因宋庆历初年(1041),王信修筑龙安寨而得名。龙安大队共辖三个

自然村（龙安阳队、北队、黄石岸）。全大队共有六十户，五百余人。粮食作物主要为糜谷、小麦、玉米、豆类、荞麦等。潘秀兰所插队的龙安村有二十余户人家，居住分散，窑洞都依山向阳而建。多数人家都住土窑洞，生活条件好点儿的箍个石头接口窑面。龙安阳队插队知青有五男五女，男女分别住两孔窑洞。知青吃水用村里的井水，主食以玉米面、小米为主，菜主要吃土豆、腌制的酸菜等，食用油主要是黄芥和麻籽油，每人每月四两。照明用煤油灯。知青们几个月吃不上肉，真是"三月不知肉味"。

知青到陕北插队，首先要过语言关，要听懂并学会当地的语言，了解当地的民情习俗。陕北话的有些词语很贴近生活，比如说劳动就是"受苦"，农民统称"受苦人"，政府工作人员统称"公家人"，小伙子叫"后生"，结了婚的女子叫"婆姨"，丈夫叫"老汉"，现在叫"尔格"，大雨叫"老雨"，儿子叫"小子"，女儿叫"女子"，单身汉叫"光棍"，举止轻浮的男子叫"晃脑小子"，爱献媚的人叫"添皮子"，有狐臭的人叫"臭狐子"，短裤叫"半裤"，开水叫"滚水"，饺子叫"扁食"，米饭叫"捞饭"，老年人去世了叫"老客了"，待人接物灵活叫"活套"，为人正直、干净整洁叫"拴正"。陕北语言文化丰富，很值得学习。经过一段时间的学习与实践，潘秀兰对陕北民俗、生活习俗（如"暖窑、合龙口、行门户、搭平伙"）以及饮食习惯都有所了解。

潘秀兰经过农村第一线的磨砺，在插队岁月里，为生产队卖过西瓜，在龙安村小学当过教师。她拜贫下中农为师，向乡亲学习劳动方法，掌握了生产生活技能，学会了锄地间苗、收割、掏地、赶毛驴驮粪、耕种、捆背晒打小麦等农活；秋收季节和社员一起收割糜谷、荞麦、挖洋芋；上坡下山、赶毛驴驮粪、耕种，劳动起来时常汗流浃背、湿透衣裳。在苦焦苍凉的自然环境中，潘秀兰克服重重困难，磨炼养成了不畏艰难、吃苦耐劳、艰苦奋斗、团结务实的作风，磨砺出了她自强不息、坚强刚毅的优良品质，顽强坚韧不拔的精神，正

直豪爽的性格。

　　1970年10月，潘秀兰被招工到延安地区农科所任讲解员。她在延安地区农科所工作7年，谦虚谨慎、严于律己、勤勉尽责、身体力行，为延安地区农业展览宣传工作作出了积极贡献。1971年7月，我提干任安塞县人民武装部助理员。同年秋，我在安塞县谭家营公社龙安大队蹲点，潘秀兰从延安地区农科所到龙安大队办有关手续，我认识了她。潘秀兰性格豪爽，坦诚直率。我和她相处了解一年多，于1973年12月结婚。由于我们分居两地，生活上遇到了许多困难。1976年11月，潘秀兰从延安地区农科所调入安塞县商业局副食公司，1976年12月至1978年6月在基层一线的安塞县商业局副食公司工作。副食公司加工车间有职工十六人，主要加工产品有酒、馃馅、面包、糖果、米醋、荞面、酱油、腐竹、酱菜等。潘秀兰虚心向老职工学习，熟练掌握了做各种糕点、酒、酱菜等的操作技术。她工作经常加班加点，起早贪黑，在县副食公司一年半，什么苦活累活都干过。

　　1977年春，安塞县副食公司在办公楼顶上加盖十余间职工宿舍楼，所需材料要从五里以外的徐家沟砖窑用人力车拉运到县副食公司院内。拉砖任务完全落实到车间工人身上。公司要求每天下午四点下班，每天从下午五点半开始两个人拉一辆架子车去砖厂拉砖，夜里十二点才能回来。潘秀兰和公司其他职工一起抱砖装车，手磨破了，仍坚持干，吃了不少苦。每天她拉砖回来，回到家已是次日凌晨一点。回到家，她胳膊疼得都抬不起来，疲惫不堪，第二天早上八点仍照常按时到公司车间上班。基建拉砖忙了一个多月，她挥洒了汗水，付出了艰辛，这是她人生经历中的一段难忘记忆。每年冬季，安塞县副食公司的一项重要任务就是收购羊只交陕西省副食公司，从各公社送来的羊只挤满了副食公司的院子。潘秀兰同公司其他职工一起上手捉羊，送到请来的回民阿訇那里宰杀。年轻女工胡秀芳说："你一个北京知青还能干逮羊这个活？"潘秀兰

说：“你们能干的我也能干。”从徐家沟往县城副食公司拉砖过程中，潘秀兰装车一次抱八块砖，从不偷懒，受到公司经理胡步生的表扬："潘秀兰虽然是大城市来的，真能吃苦，干体力活还行，不比我们本地女子差，真厉害！"

1978年4月，时任安塞县委副书记李兆庆到安塞县商业系统开展调研工作，发现北京知青、现役军人家属潘秀兰在副食公司糕点车间工作，他责成商业局领导将潘秀兰的工作予以调整。1978年5月，潘秀兰调到了安塞县商业局，从事文档管理、出纳、统计兼打字员工作。九年间，她作风严谨，正直无私，兢兢业业、勤勤恳恳地工作。1984年4月，经延安地区行署劳人处批准，潘秀兰转为国家正式干部，同年7月被中共安塞县委评为"模范共产党员"。

1986年11月，我从安塞县人武部转业安置到宁夏青铜峡市税务局，潘秀兰也被安置到宁夏青铜峡市审计局工作，从事内勤、文档管理、行政事业单位审计工作。她坚持原则、踏实肯干、廉洁奉公、默默无闻，工作成绩优异，1987年7月被中共青铜峡市直机关党工委评为优秀共产党员，1988年12月被青铜峡市委、市政府给予记功奖励。2006年7月，潘秀兰光荣退休。

潘秀兰（左三）一家合影。左二为作者李登科

当年豆蔻年华的潘秀兰，如今已是"古稀之年"的老人。这一代人走着走着都成了爷爷奶奶，五十余年的风雨沧桑是那个时代的缩影。知识青年这一代人用青春、激情与智慧谱写了那一段光荣历史。"50后"是不寻常的一代人，经历了各种磨难。知青在陕北这块厚重的黄土地上，把青春留在了农村。也正是这段经历，让他们成为中国最有担当、最能吃苦耐劳、最有奉献精神的一代人。上山下乡，使知青深深地认识到人生衣食住行的不易。在这段特定的蹉跎岁月中，北京知青与安塞人民结下了深情厚谊。举凡山区农村川川峁峁，都留下了北京知青与当地村民互帮互助的真实印记。到安塞插队的北京知青中，有一百二十余人被招收到安塞县各级党政机关及企事业单位工作。选拔担任领导职务的有梁雅琦、林建华、李宝珍、张思慧、张全增、赵志云、任滨、姜芳、王桂英、张力军等，他们富有朝气，勤奋工作，为安塞的发展作出了积极贡献。有的人还扎根在安塞，成为地道的安塞人。

1972年4月的一天，北京知青李宝珍（安塞县妇联干部）在真武洞公社冯家营大队下乡蹲点，在骑自行车回县城的途中，从五十米高的石崖摔下，造成大腿骨折，失血过多，昏迷休克，需要输血救治。安塞县人武部政委、县委书记郭忠信找到我对我说："李参谋，北京知青李宝珍在冯家营下乡回家路途中从石崖上摔下，生命危在旦夕，你赶快去县医院验血、输血。"于是我积极为北京知青李宝珍同志献了血。

在安塞县一千九百余名知青中，有二十余名知青被吸收为安塞中小学公办教师，包括林建华、张树桐、欧阳安武、黄德鹏、张全增、毛玉庭、陈菊萍、崔凯、杨树华、高澎生、皮玫影、刘天台、王新声、王小荣、阴桂兰、陈向东、唐文英、杨芳、夏宝庆、叶世铭、居维纲、张福英。安塞教育能发展到今天，和北京知青在安塞这方土地上默默耕耘不无关系。我们不能忘记，也不会忘记，他们为安塞发展做了大量有益工作，所付出的辛劳，具有珍贵的历史

价值。北京知青高大放，多年来一直与招安公社闫庄大队保持联系，曾几次回闫庄水草沟村看望乡亲们并引进资金四万元，为闫庄村通了电。2016年7月，安塞县建华镇肖官驿村遭受冰雹灾害，当年曾在肖官驿插队的知青张连薇、王淑秀等人为肖官驿村民捐款五千元。北京知青在安塞留下了许多可歌可泣的故事，在安塞广阔的天地留下了青春的足迹。历史将永远铭记北京知青！

二、难忘安塞情怀

我1969年2月应征入伍，在中国人民解放军陕西省安塞县中队、安塞县人民武装部从事军事武装工作十八年，在部队为副营职干部。1986年11月，我从部队转业到青铜峡市税务局，先后任发票管理所所长、纪检监察组组长。我在安塞这片红色土地上度过了十八年的军事生涯，在工作中能统筹处理业务范围内的问题，为安塞县军事武装工作和地方工作作出了积极贡献，受到中共安塞县委、安塞县人武部党委的嘉奖。

我在安塞工作多年，安塞这片神奇的热土，是我魂牵梦绕的地方。那里的一山一水、一草一木，淳朴的民风，忠厚朴实的父老乡亲，在我心中留下了难忘的记忆。安塞县人民政府1972年8月抽调我参加基层村队整顿工作（砖窑湾公社砖中大队新窑台生产队）。经过一年驻队，我体会到了城镇和农村的极大反差，进一步增进了我对农业基础地位的认识。我自觉融入平凡百姓中，与社员同甘共苦：春天播种、扶犁翻地；夏天锄地、培土施肥；秋季镰割绳背、上沟下洼、种冬小麦；冬季打碾入库、修梯田。我通过和群众一起劳动取得了很大收获。

安塞位于延安北部，在抗日战争和解放战争时期，有很多中央直属机关部门均设在安塞。安塞民间文化异彩纷呈，魅力无穷。黄土高坡孕育了黄土风情

文化，以信天游、安塞腰鼓、秧歌、说书、唢呐、农民画和民歌为代表的民间艺术历史悠久、源远流长，这些都给我留下了深刻的印象。

安塞是革命老区，是陕甘宁边区模范县，是张思德烧木炭牺牲的地方。毛主席在转战陕北时，曾在王家湾村住过五十八天，指挥了羊马河、蟠龙等战役。1947年5月14日，西北野战军在安塞县城真武洞马王庙滩召开了庆祝青化砭、羊马河、蟠龙镇"三战三捷"五万军民参加的祝捷大会，周恩来、彭德怀、习仲勋等领导出席了大会并讲了话。

安塞民风淳朴，老乡为人忠厚善良。我下乡在老乡家轮流吃派饭，每家管一天，每家社员都把积攒下来的好吃的荞麦面、小米、杂粮面做上让我吃，我每天向社员交粮票1.5斤、现金0.5元。1973年正月初八，年刚过完，我返回新窑台村，老乡将好茶饭、油馍馍、油糕、米酒、摊煎饼等好吃的给我留着。人有难处时，吃一口常记。人可以无钱，但不可无情。我难以忘记那一粥一饼一汤一菜的深情厚意，难以忘怀和陕北的父老乡亲的军民鱼水情。

1973年夏，我因工作劳累，积劳成疾，砖中大队党支部书记王凤明和新窑台生产队队长徐海升及时为我请医生到我住处帮我看病，生活上给予我关心照顾，这些沉甸甸的深厚情谊，使我感怀不已、念念难忘。著名作家陈继明先生有这样一句名言："如果你在某一个村子里生活过，回过头来想，都是文学。"这一点我体会感触颇深。驻队一年时间，我和砖中大队新窑台村的父老乡亲们朝夕相处，结下了深厚的感情。

战斗的岁月，历史的记忆，使我难忘的人有：安塞县领导崔振文、李正祖、侯文信、李兆庆、张思堂、王辉、文天德。更难以忘怀的人有：安塞县人武部部长董全寿、杨自兴、李继荣、崔贵有，政委杨永瑄、郭忠信、卫效清、田富贵，县中队指导员王金武、队长李东盛。我从一起工作、一起训练的部长政委身上学到了许多好品质、好作风、好经验、好方法。如，政委杨永瑄、卫

效清、田富贵，县政府办公室主任王辉教我如何写文章，给我以写作点拨，让我受益颇深。

在陕西安塞县中队、安塞县人武部工作期间，我参加了中国人民解放军第47军420团教导队延安枣园班长集训队，时间三个月；参加了陕西省军区教导大队防御战术集训；参加了陕西省军区教导大队参谋业务集训，系统地学习了毛主席军事著作《中国革命战争的战略问题》《论持久战》、内务条令、纪律条令、司令部工作、军事地形学、军用文书拟制、识图用图、军兵种知识等课程。我共参加集训六期（每期三个月），参加了延安军分区教导队部分兵器、通信、侦察业务集训，共训练三期（每期两个月）。参训时间共两年零三个月，等于上了一次军校。我学习毛主席军事著作感触颇深。例如：毛主席在军事著作《中国革命战争的战略问题》《论持久战》中列举了一些中外战例，深刻地论证了战争胜负的条件，展示了弱军战胜强军的军事思想。通过学习毛主席的军事思想、防御战术、军事地形学、参谋业务、战例教育、战术演习训练，我开阔了眼界，提高了综合军事素质，受益匪浅，在我军事训练岁月里留下了浓墨重彩的一笔。这为我在部队工作和后来转业到地方工作都奠定了坚实的思想基础。

人在工作中总会有缘遇到对你有提携、帮助之人。我感恩不忘的人有两位，第一位是安塞县委副书记、武装部部长董全寿，董部长力荐我提干，这事我铭记在心。第二位是安塞县委副书记兼组织部部长李兆庆，李兆庆在我家属潘秀兰处于工作低谷困难时期，能为她说话，帮她调整工作单位，这事我和家属潘秀兰终身感激、念念不忘。2016年9月下旬，我去安塞得知李兆庆老书记已于1999年1月溘然长逝。9月30日在李向宏陪同下，我去安塞建华寺仙人桥李兆庆坟前为逝者烧香祭祀，表达深切悼念。

我转业回到青铜峡三十六年，曾两次去安塞看望老领导董全寿。2016年9

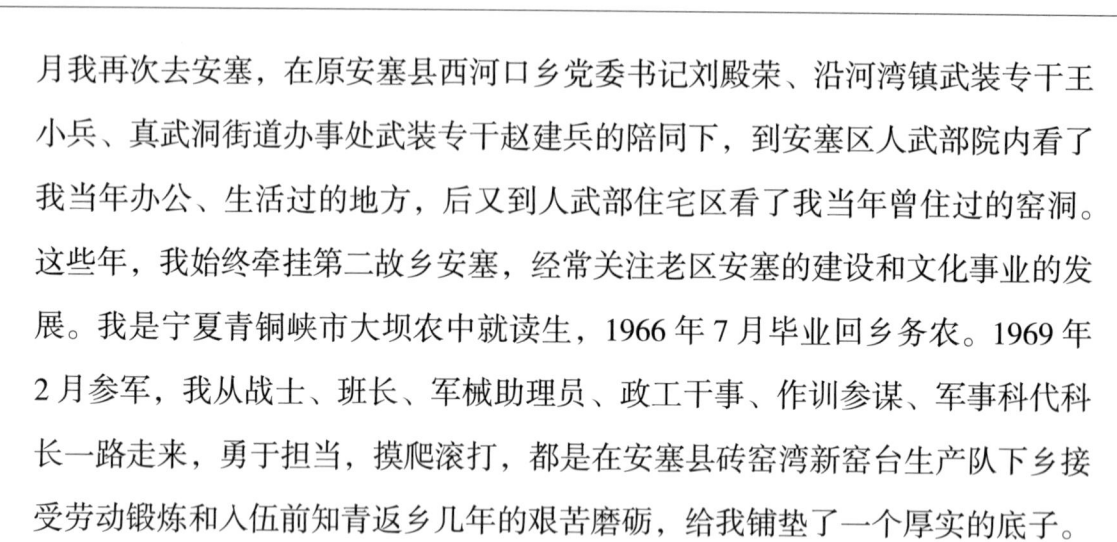

月我再次去安塞，在原安塞县西河口乡党委书记刘殿荣、沿河湾镇武装专干王小兵、真武洞街道办事处武装专干赵建兵的陪同下，到安塞区人武部院内看了我当年办公、生活过的地方，后又到人武部住宅区看了我当年曾住过的窑洞。这些年，我始终牵挂第二故乡安塞，经常关注老区安塞的建设和文化事业的发展。我是宁夏青铜峡市大坝农中就读生，1966年7月毕业回乡务农。1969年2月参军，我从战士、班长、军械助理员、政工干事、作训参谋、军事科代科长一路走来，勇于担当，摸爬滚打，都是在安塞县砖窑湾新窑台生产队下乡接受劳动锻炼和入伍前知青返乡几年的艰苦磨砺，给我铺垫了一个厚实的底子。

安塞是一片红色沃土，有着光荣的革命传统，是党中央在延安十三年的后方基地，我对这片土地充满了深深的眷恋与热爱。神奇的安塞热土为我注入了红色基因，使我传承了革命军人的忠诚与担当，保持了共产党员的崇高信仰，坚定理想信念，不忘初心，牢记使命，守正创新，传承红色基因，发扬革命传统，凝聚老干部正能量，履行好青铜峡市税务局离退休干部党支部书记职责，发挥党支部政治引领作用，努力书写桑榆未晚夕阳红的精彩篇章。

沧海桑田，风雨兼程。北京知青在安塞这片红色沃土下乡锻炼已过去五十多年，如今安塞已不是旧模样，发生了巨大变化，从城镇到乡村，处处看到的是一派生机勃勃，县城更加美丽，社会大局稳定，经济繁荣发展，处处呈现出可喜景象。这些，无不凝聚着一代代安塞共产党人和北京知青当年奋勇争先、砥砺前行所付出的辛劳和汗水。1969年以来的历任安塞县委书记、县长，也一直重视与关怀北京知青。

岁月悠悠，往事萦怀，谨以此文纪念北京知青在安塞农村插队五十六周年的光荣历史和我在安塞的峥嵘岁月，以示永恒纪念。

作者简介

李登科：男，汉族，1950年3月生，青铜峡市大坝镇新桥村人，高中文化程度，中共党员，青铜峡市税务局干部（科级），2010年3月退休。现任中共青铜峡市税务局离退休干部支部委员会书记。1969年2月应征入伍，在中国人民解放军陕西安塞县中队、安塞县人民武装部从事军事武装工作18年，在部队为副营职干部。1986年转业到青铜峡市税务局工作，先后任发票管理所所长、纪检监察组组长等职务。2002年8月受青铜峡市志编委会之聘，经8个月的时间，五易其稿，于2003年3月撰写了八万余字的民情风俗志，编入2004年版《青铜峡市志·民情风俗卷》。2012年4月至6月撰写整理了《青铜峡汉族丧葬风俗志》。2012年8月至10月编写了《李家沟家风礼俗及变迁》，被编入青铜峡文史资料第七辑。2017年10月编写整理了《忆人民的好书记王万元》，被《宁夏党史》2018年第1期党史人物卷收录。撰写的《历史丰碑——记为青铜峡水利枢纽工程作出贡献的建设者》，被《宁夏文史资料》第33辑收录。

新尧坪知青花絮

袁大明

一、新尧坪的大坝有北京知青流的汗水

安塞是中华民族文化的发祥地之一，这块土地具有多崇山峻岭、梁峁连绵、沟壑纵横、山川狭长的地理特点。安塞人民为了让贫瘠的土地多打粮食，持续稳产高产，决心根治这个水土流失严重的地区，计划打坝淤地。从1970年到1977年这八个年头，安塞人工打起三十三座淤地且无排洪渠的大坝，多数都被山水冲垮，只有新尧坪有排洪渠和排水道的大坝始终岿然不动，经受住了山洪的考验。该坝是北京知青带队干部侯振赢设计的。

当初动工修建这座大坝时，两次都没有成功。新尧坪的所有村民和北京知青们在失败面前，毫不气馁，心中始终充满了愚公移山的豪迈精神，开始规划第三次修建大坝的工作。由大队书记张守功，队长张应祯、张世宽、张世强，副队长张守林，村民张世前，复员军人张应贵，党员南志林、张守奇，石匠张世有带头，当地村民和知青下决心再次修建大坝。大家从失败中找原因，知青和村民们人人献计献策，并邀请北京知青带队干部侯振赢主持设计。北京知青和全村男女老少齐上阵，埋头苦干多年，终于建成了有排涝、灌溉、泄洪等多功能的大坝。时至今日，它仍然稳如泰山，屹立在沟口。

望着大坝里的一汪清水，会游泳的知青们个个跃跃欲试。知青付培娣还教过村里的年轻娃娃张福社游泳。至今，张福社每每回忆起往事来还颇感自豪地说："能跟知青学到一种本领，是我这辈子最大的福气！"

二、知青老师教我们抗寒

冬天学校里没有火炉子，同学们冻得瑟瑟发抖，在教室里坐都坐不住，更无心思听知青老师讲课了。付培娣老师为了让同学们暖和身子，就说："你们男同学比赛摔跤吧！看谁的力气大，谁能把谁扳倒。谁要是得胜了，就赢得一颗小红星。女同学可以跳猴皮筋、跳绳、踢鸡毛毽儿赢小红旗。以后，咱们还可以男女生混合分成两队，进行拔河比赛。等放寒假前，看谁的小红星、小红旗多，谁就会得到神秘的大奖。大家说好不好啊？"同学们一听说老师有奖励，都来了精神头，个个摩拳擦掌、跃跃欲试。

下课后，同学们全都跑出教室，参加适合自己的各项体育活动。课间休息结束后，大家全都浑身直冒热气，也不觉得冷了。

其他北京知青听说付老师出点子让同学们抗寒取暖，也受到了启发。刘俊玲从北京带来了排球，王德福带来了足球。村里也很支持这些体育活动，扩建了学校的操场，安装了篮球架子，设置了简易排球网，安上了足球大门。从此，一场别开生面的文娱体育活动在新尧坪村全面展开。虽然二十世纪六七十年代大家的生活很艰苦，但全村百姓都觉得在精神上很富有。

付老师教学有方，赢得了同学们的好感。至今，步入中老年的同学们回忆起当年的往事，都赞不绝口，认为北京的知青老师在困难条件下，总是能出奇地想出各种克服困难的办法。

三、农村的孩子也有了玩具

二十世纪七十年代初，北京知青刘俊岭当老师的那段时期，村子里什么玩具也没有，娃娃们在课余时间，不是靠着黄土墙根晒太阳，就是排着队给前边的同学捉头上的跳蚤。

刘老师发现村子里到处扔了很多空酒瓶子，为了不使同学们寂寞，他灵机一动，发动同学把酒瓶盖收集起来，自己用油漆在瓶盖上面写出象棋棋子的字，还动手搭建了一张石板桌，在石板桌桌面上描绘出象棋棋盘。同学们一下课就都蜂拥着跑向棋桌，抢座位下象棋，观棋、支招的同学围了里三层外三层，大家玩得可开心了。甚至大人们也会在工余时间来下几盘。村子里小同学和村民的娱乐活动一下子就热闹起来。

至今，村子里的下棋高手都是五十多年前那个年代学会下棋的那批人，大家一提起下象棋，都会想起当年的知青刘老师。

四、黄土当本，棍作笔

每当村民们提起小时候上学的艰苦情景，印象最深的，除了吃糠咽菜以外，就是发愁没有钱买作业本和铅笔。怎样才能练习写字和算数呢？

听老人们讲，红军闹革命时，本村的郎中张文学是农民协会的夜校老师，他发明了很多黄土盘练字板。那是在木片框子里撒上薄薄的一层黄土面当纸，小树枝用来当笔，在黄土面上写完了字，上下抖一抖，左右筛一筛，黄土盘的"本本"又恢复原样了。

受到这个启发，村民们做了很多"土盘练习本"和削尖的小木棍"铅笔"，发给上学的娃娃们使用。二十世纪七十年代，北京知青老师付培娣教学的时候，就利用了这个土办法，解决了困难时期上学无纸无笔的大难题。付老师把这个"土盘练习本"的应用发挥到了极致。她在教同学们美术线描课时，就在土盘上创作。她画的毛主席剪影线描极为逼真，各种农村中常见的小动物、农作物、农具的造型栩栩如生、惟妙惟肖，一下子激发了同学们上美术线描课的兴趣。

虽然现在的生活好了，大家买得起纸本和铅笔了，但是当年艰苦奋斗的延安精神让那时候成长起来的一代人受益匪浅。

五、"韭菜"炒鸡蛋

知青刚来到新尧坪插队的 1969 年正月初四，天气晴暖，商继玲爬上脑畔山，看见地里一大片麦青，想到知青灶上已经有好几天没吃上青菜了，就回到知青窑招呼女同学付培娣上山割"韭菜"。

两个人兜里装了几把"韭菜"，开始往回走。哪知上山容易下山难，没有走惯山路的女知青深一脚浅一脚地慢慢磨蹭往回走，恨不得手脚并用，急得哇哇直叫。

村里几个年轻后生听见女同学呼救，争先恐后地爬上脑畔山去"英雄救美"。在回家的路上，女知青觉得收获少了点，还要顺路用镰刀多割些"韭菜"，也让男知青们一块吃上这道美食："韭菜"炒鸡蛋。

后生们看见后忍俊不禁，连连摆手，"脱笑死额了，千万别割，这些是小麦苗啊"！女知青们听了也哈哈大笑，"幸亏你们说得及时，不然这些麦青早就下肚了"。

六、知青参与村办教育事业

新尧坪的教育事业起源于二十世纪二十年代。1928年7月大革命失败后,张文学根据谢子长提出的开办农民协会的建议,辞去瓦窑堡的教学工作,回到家乡新尧坪办起了农民协会。大家在一起学习认字和革命道理,提高政治觉悟,希望以后条件成熟了,在松散的农民协会基础上聚拢坚定的优秀分子,发展成工农自己的一支革命军队,开展武装斗争。

建私塾:1938年至1946年,张文学和张应方在赵家沟、西寺沟、新尧坪办冬学。1961年,借康家的两孔窑洞,正式建校于黄家湾,校长是张文光。1962年,在刘家庙坪建起了安塞第一所农村小学,打了五孔新土窑用作校舍,校长是姚光道、高步春。

办完全小学:1964年至1968年,建起了完全小学,校长是韩秀昌、李清宣。1964年至1969年,先后有教师姚光道、韩秀昌、高养汉、吴彦祥、张文章、高步春、李清宣、杨旭林、刘翠枫。

完全小学发展壮大与改革:1969年大队拆分后,北京知青来到新尧坪,知青付培娣、刘俊岭当了教师,和当地人张文华、张文章、杨旭林共同执教。

1970年大队分开以后,学校搬到新尧坪,在桥儿渠打了三孔窑洞,不久学校又打了三孔,还接上了石窑口,整个窑洞连成一排。校长是知青付培娣,三个年级,复式教学。1972年正式建成为完全小学,校长是张文华,有知青教师刘俊岭。1974年建起了村办初级中学,校长是张文华、张宏航,教师有李芳英、张世东、张宏彦、李春云。1979年,村办初级中学撤销,恢复完全小学。1981年继续扩建校舍,在现村委会办公室后面修了十孔窑洞。2013年修了两层平房。2015年小学也随着全县教育改革而撤掉,其间,有六位村里的同学考入了中专和大学。

在教育改革中，新尧坪学校也随同其他村办学校被撤掉，目前校舍成了村委会办公室。

七、北京知青也影响了陕北人的生活习惯

在北京知青没来新尧坪插队之前，农村人上完厕所都用土疙瘩、树枝解决问题，要不就在厕所边的土墙上蹭一蹭了事，从来不知道还有什么卫生纸一说。妇女例假期就使用旧棉花、破布，或者随便找些旧书本、报纸垫一下敷衍了事，不免引发了各种难以根治的妇女病。

早先，陕北人从来没有刷牙的习惯，看见知青和带队的北京干部刷牙，都好奇地围着看热闹。老乡们背地里啧啧议论："这些人可会日塌了，一根棒棒在嘴里擩来擩去，流出白沫子，怪不得牙齿长得白个锃锃的！"

不知不觉，随着时间流逝，文明的种子潜移默化地在陕北大地生根、发芽、开花、结果。村里的小卖部货架上也摆上了卫生纸、牙膏、香皂、雪花膏，陕北人也都跟着北京娃学打扮、讲卫生、讲文明了。

八、小小的糠窝窝引来了延安大变化

商继玲来到新尧坪插队，正赶上陕北生活最艰苦的一段时间，当年虽然国家给知青拨下来粮食，同学们不愁吃喝，可乡亲们却吃糠咽菜。农民家里每天两三顿饭都是稀汤寡水的野菜汤就着糠窝窝果腹，这些都被知青们看在眼里，难受在心上。

四个月后，商继玲因家中有急事，需回京办事。她跟老红军张海生的婆姨说："二妈，把你们吃的糠窝窝给我几个，我要带回北京，让京城的领导们看

看，陕北尔格苦成了个甚样子！"海生的婆姨高成年说："我家最近没有糠窝窝，我给你蒸上几个玉米馍馍你拿上。"商继玲回答说："我只要糠窝窝！"高成年不知道商继玲的用意是什么，便告诉她："生产队长张世强家里孩子多，日子过得紧巴，你去张家兴许能寻上糠窝窝。"

商继玲怀揣着两个糠窝窝回到北京，通过各种关系，辗转转给了周总理。中央领导由此知道了陕北生活困难，除了国家计委支援延安的五小工业建设发展外，还让北京市对口支援延安各个部门的建设。延安当时大部分乡镇村都得到了北京支援来的农用物资和生活用品。这是商继玲后来的自述。

九、耳濡目染民风民俗

"百里不同风，千里不同俗。"新尧坪历来有淳朴的民风民俗，优良的生活习俗代代承传。这些民风习俗包括剪纸贴窗花、腊月杀年猪、年三十晚上打醋坛子、正月闹秧歌沿门子、箍窑合龙口等，住新窑有暖窑的习俗，过事情有行门户的习俗，村民聚到一块有打平伙的习俗。每逢春节、农历二月二、清明、农历四月八、端午节、农历十月一、腊八节，都有相应的习俗。

北京知青来到新尧坪村后，参与了各种民风民俗活动。尤其到了过年，家家户户都争着叫知青吃年饭。每到此时，知青们对村民都格外尊敬、有礼貌，管长辈叫"大"，管年长的妇女叫"妈"，管年龄相仿的叫"哥""嫂"，惹得外来人看见，都分不清知青和村里人是啥关系，总以为是亲戚、一家人。

十、小银针撬动大病患

新尧坪知青李在成对中医感兴趣，平时闲下来总是拿着一本针灸的书，对

照书中的图像在自己身上反复练习扎穴位，通过进针的深浅、左右捻动银针，找感觉。有的时候没有找准穴位，疼得他龇牙咧嘴。这些都被生产队长张应祯看在眼里，他一直在悄悄地观察，没有吭声，盘算着自己的小九九。

原来，张应祯早年光景过得恓惶，生下娃娃一大堆，吃，吃不上，喝，喝不上。猴娃们都好几岁了，眼看到了上学的年龄，一天到晚还精不留、赤沟子；大人们穿的衣服补丁摞补丁，单衣几乎都快补成了夹袄。张队长有一个娃娃叫张守海，小名"七梨儿"，小时候害病发高烧，因为没钱给孩子及时医治，落下了小儿麻痹。张应祯看到李在成的捻针手法日趋娴熟，便让他试着给自己的孩子针灸治疗。李在成有点顾虑，张应祯鼓励他说："不怕，孩子已经这样了，死马当活马医，没有效果算孩子倒霉，治好了你的美名在外。"

李在成放下了心里的负担，拿出十八般武艺。功夫不负有心人，几个月针灸下来，孩子能靠着拐杖走路，干一些力所能及的劳动了。

"死马能治活，瘫子能走路"，村民们口口相传，李在成在附近村子一下子声名鹊起，上门求医的人络绎不绝，就连外村的人都赶来看病。

后来知青大部分都重新走上新的工作岗位，村民们却始终怀念知青带来的就医便利。那以后，农村从赤脚医生看病发展到合作医疗，村民看病再也不发愁了。

十一、民间文化艺术的复兴

新尧坪的民间文化艺术主要有民歌、秧歌、道情、眉户剧、说古朝等。这些群众喜闻乐见的文化艺术形式，从二十世纪五十年代开始成为当地群众的文化艺术主流，在"文化大革命"时期虽被说成是文化糟粕，受到打压，但新尧坪的群众却不管那一套说辞，始终怀念这些被大家认可的民间艺术，渴望这些民间艺术能够重演，活跃村民的文化娱乐生活。

知青来到村里插队，逢年过节，就给乡亲们表演歌舞、清唱、杂耍等小节目，一下子激发了乡亲们表演民间艺术的热情。在队长张世强和知青老师刘俊岭的带动下，新尧坪村民开始重新闹起秧歌。1973年，刘俊岭当老师的时候，面临闹秧歌、打腰鼓的人才老龄化问题，刘老师认为艺术人才要从娃娃抓起。他请村里的秧歌高手教同学们在学校排练秧歌，并把闹秧歌作为艺术课加入教学内容中。

每逢周末，刘老师教同学们唱样板戏《红灯记》《沙家浜》《白毛女》中的选段，引得乡亲们都来凑热闹。渐渐地，在刘老师周围聚集起一些文艺青年，他们学唱样板戏选段，偷偷唱起怀念的老歌和流行歌曲。

那个时候，改革开放还没有开始，文化的春天还没到来，枯燥繁重的体力劳动压得村民们喘不过气，但是村民们已经按捺不住活跃业余文化生活的热情，一场新与旧、古老与现代的民间文化艺术开始悄悄在安塞大地酝酿、复兴。

作者简历

袁大明： 1969—1972年在安塞县原郝家坪公社插队。1973—1986年在核工业23安装公司汉中工区、北京工区工作。1985年回北京，考入外交学院、北京电大学习。1986—2011年在北京疾控中心某研究所做计算机网络工作。现已退休。

寻找往日时光

辛 健

1970年9月，我从插队的安塞县徐家沟生产队被招工进了位于汉中地区勉县的航空部470厂，从此告别插队生活。离开那天，惜别之情突然袭来，眼泪稀里哗啦滚落，我方知虽然我很想过上有工资保障的生活，但其实徐家沟早已在我心里扎了根。就这么走了？我默默地对着黄土高原敬了个礼，为未来留下一个美丽的背影。云树摇曳几十年，数着时间，捱着想念。人已古稀，站在人生的尾部，回望插队岁月，难免惆怅与怀念，闯荡世界的"苍凉"也是生命

1970年8月，在安塞县徐家沟大队插队的六十五中部分同学于徐家沟知青宿舍院中留影

里难忘的驿站。我和爱人都曾是徐家沟插队的知青，我们曾多次酝酿有生之年一定要回安塞一趟，再看看勤劳朴实的乡亲、那连天的黄土高原以及崖畔上蓬勃盛开的山丹丹花，那是对自己插队生涯无法割舍的情怀。虽然广袤苍茫的黄土高原如今已一片繁华景象，但无论它变成什么样，依旧是曾经接纳和陪伴我们的第二故乡，那里承载了我们人生中太多的重量。

我是1969年1月24日到安塞县插队的北京知青，记得第一天到这里时，生产队的后生用绳子捆好我们的大木箱，背上了半山腰的住处，当时的场景着实震撼了我们。没想到经过一年多的锻炼，当离开徐家沟时，我是自己把箱子背下山的。到徐家沟的那天，队里给我们安排了几个暂时性的住所，我和占安、福生、大璞住进了剪纸能手王大妈家的存粮窑洞。一月底的陕北夜晚特别冷，我们四个为了睡热炕使劲烧炭，半夜闻到糊味，起来一看，把王大妈家的炕席全烧糊了。我们在家时几乎没有生活能力，头一次离开家心里很慌，完全不在状态中。尤其大璞是家中独子，在家时全由母亲照顾，缺乏独立生活能力。

到陕北的第二天一早，大璞从河里提了一桶水倒入盆中洗衣服，放入洗衣粉把衣服泡了泡就晾上了。王大妈赶紧跑过来告诉他，衣服还要用清水漂洗两遍才行。离京前，璞妈觉得被子脏了不便拆洗，特意将大璞的被子里外各缝了两层被里和被面，一层黑色一层蓝色，脏了拆下一层，等两层都脏了，就带回北京洗。谁能想到，几年后在北京与大璞重逢时，他已经是做饭、做家务里里外外一把手了，变化太大了！

我虽在安塞时间不长，但作为第二故乡，安塞却使我深深地眷恋。村里的乡亲们在生活上和劳动中把我们当亲人一样照顾，手把手地教会我们刨地、下种、施肥、锄草，收割，尤其是队长周志明和组长柳发旺，给我们的帮助最大，让我们从五谷不分到初步掌握了基本的农业知识。有些农活看似简单，其

实也不容易掌握，比如秋收大家站成一排在场上打连枷脱豌豆皮。开始时我们总是跟不上大家的节奏，出了不少丑。同时，我们的身体也在劳动的过程中得到了成长和锻炼。从最初的挑水只能挑两个半桶，到担一担粪一口气能担到山上，这种变化令我们自己都佩服自己。

安塞县城离我们村五里地，第二年初，我和占安、福生被派去城里积肥，实际上就是肩担两个粪桶，手拿粪勺粪铲，走街串巷挨家挨户地掏茅房，把掏来的粪便担到县城边，用黄土搅匀，拢成一堆后封盖备用。记得小时候看到抽粪车都捂着鼻子走，如今我们也干起了跟当年老模范石传祥同样的活儿，说明大家思想上起了天大的变化。插队的生活虽然单调辛苦，但却给我们吃苦耐劳打下了坚实的基础。

当时，我们十个人的知青小组如同一个家，大家远离父母和兄弟姐妹，似乎生活在一个相互依存的世界里，因为大家都有平等意识，就有了更多的合作与谦让。工分不分你我，每人都各负其责，团结，一度成为大家关系的主流。知青小组中有勤勤恳恳干活的王占安和刘志刚，有学技术很快的赵福生和程小军，家中有王里专管做饭、喂猪。大家在生活上互相关心、互相帮助，吃饭懂谦让，干活不计较，比如大家从北京带回来的大油、酱油膏等食物全放在灶房共用，像一家人一样坦诚。

1969年底，冬闲时我们全回北京了，只有刘志刚没走。因为粮食歉收，年底我们十个人总共分到一斗麦子，自然应该留给刘志刚吃。可三月份我们回来时，见麦子一粒没动，大家被感动得无以言说。插队第二年，在不断遭遇坎坷和障碍时，我们也一天比一天坚强。我们养了猪、种了菜，饭桌上有了西红柿、茄子、黄瓜，生活逐渐迈入正轨。此时，业余生活也丰富了，有人从北京带来一个排球，闲暇时我们会找块平地打球玩儿。夏天，由徐家沟大队和真郊大队的知青组成的篮球队曾与县中学联队进行过友谊比赛。另外，我们队的男

知青基本上都爱下围棋，两副围棋就是我们晚间和下雨天比试高低、提高棋艺的工具。我们还会邀请曹村队的周保英、严政、夏宏旋等来打团体赛。这些自娱自乐的活动温暖了几多寂寞的岁月。

当年，除了白天单调繁重的劳动外，晚上队里还经常要组织政治学习。大队书记徐振恩为了活跃文化生活，交给我一个重要任务，那就是教大家唱革命歌曲。我连忙从箱子里翻出《革命歌曲大家唱》，从中选出《北京颂歌》抄在纸上，教乡亲们唱。

作者（右）与老同学陈鹏翀1970年摄于安塞街上

在接受贫下中农再教育过程中，我从五谷不分发展到明白了粒粒皆辛苦，从乡亲们那里学到了吃苦耐劳、任劳任怨的品质。我们把北京的十大建筑、天安门、电报大楼和民族宫等介绍给乡亲们，让他们从中认识世界，感受祖国的伟大。说我们这个集体中人才济济绝非虚言：王占安是书香世家子弟，不但棋下得好，书读得多，俄语也不错，可以读原版的俄文名著；赵福生上学时就是数学尖子，功课非常好，书也读得多，出口成章，给大家以启迪；大璞一有空闲就读大本的马列及哲学著作。这个集体的同学相互帮助、相互学习，除了在劳动和生活上得到了锻炼和提高外，也增进了同学之间的友谊，且同甘共苦、相互帮助的友谊一直延续至今。

插队的同学回京后都在各自的工作岗位上为国家做出了贡献，但始终忘不了我们的第二故乡，就连我们十个人的微信群也起名"安塞帮"，多人也先后回访过安塞，看望久别的乡亲，寻找往日的亲情。从他们带回京的照片上，我看到了徐家沟的变化，乡村的日子早已今非昔比。如今虽然环境已改天换地，

但情感并没有改变,这是一种无法言说、十分确切的情感,一种怀念的情绪。所有的东西都是在远去之后才想转身再重复一遍来路,当年心心念念要逃离的地方,如今我们却一心想回去看看,看看那些曾关心、帮助过我们的乡亲,我们深深感念的乡亲们。

2019年5月,在我们插队五十周年的日子,我背负着人生路上的曾经,和爱人终于再一次来到延安,再一次走进安塞。我们要去看看昔日的黄土高原,是如何飞快地变成了满山青绿。

走下小面包车的时候,太阳当空照射,随后我便看见了久闻大名、象征安塞的大腰鼓,它雄厚敦实地矗立在当年被当地人称为墩山的烽火台旧址上。安塞的街道清爽干净,高楼林立,不用深入探索,早已一目了然。我的心中忽然涌起一阵控制不住的兴奋,还有一种非常自豪的快乐。当年的安塞县城让我感知到的是它的贫穷和杂乱,它透着与世无争的气息,只有一家小饭馆、一个邮局和一家小医院。眼里收纳的那几处光阴,似乎无法把情感存放,每一处都是我们今天无法解读的暗语。如今的所见,所有苦涩的回忆都有了归途。我用眼睛亲吻着安塞县城的街道、阔路、高楼、窑洞、绿树,煦风刮来的是暖暖的感觉,用力吸一口故乡的空气,给故乡一个大大的拥抱。

黎明的阳光淡淡地笼罩着通往徐家沟的路,我满怀激情地顺着一条笔直的柏油马路前行,心中好像是赴约一般不能平静。我寻觅记忆中的往日风情,却找不到当年的印象,这里的一切已经今非昔比,早已不见了当年的"西风老树人家",当年必须踩着石头过河进村的路口,

2019年回乡探亲时摄于腰鼓山下

现已修成正规的村口；当年我们住的土窑，已修成一排漂亮的石窑，看上去让我感觉非常洒脱温暖，那种感觉融融地包裹了我的身体，使我印象中一直忘不掉的寒冷，一下子被驱散。我们昔日光脚上去干活的土山，已变成一片绿荫；曾经深藏于黄土山中的故事，早已成了远去的回忆。

踏着旧日的路径，一步一个新奇，行了一路，梦了一路，念了一路，见证了一路，聆听春风诉说着如今的光彩，用旖旎又惊艳的风景疗伤。我们向村里走去，一路无人，偶遇几个孩子，仿佛在笑问"客从何处来"。

我被暖阳下的两位老乡吸引得上前打探，一番互道姓名后喜相逢，原来竟是当年的贫协主席徐振发和他老伴儿，大家畅谈得止不住话口。老主席对我们当年的许多事记忆犹新，还说出了许多人的名字，说了许多当年我做过的事情，感动得我要掉眼泪。我没有想到，八十多岁的老人居然还把我们记得一清二楚，这是什么样的真情实感！老人又打电话叫回了儿子，让他帮我们拍了几张合影留作纪念。

我们依依不舍地离开了老主席的家，一路打探剪纸绘画名人王西安。她是王大妈的女儿，从小和母亲学习剪纸，现在已是大师级人物了，是当年唯一上

2019年5月作者夫妇与年近八十岁的原贫协主席、老队长徐振发夫妇合影

过央视春晚现场表演剪纸技艺的民间艺人。五十多年前我们曾经一起上山干活，她和我爱人也是好朋友。我们在一栋住宅楼前打问时，结果被问者正是王西安本人，真可谓有缘千里来相会了。

一通互道情况后，她带我们去了她的工作室，为我们讲述了剪纸艺术的文化。我们参观了她的作品，后来聊得久久不愿离开。时间过得很快，要离开安塞了，心情波澜起伏，站在安塞的城口，也是我们当年来时的车站处，沐浴在阳光下，不需要语言，不需要说话，我便听见了，听见了安塞的声音。如今走到哪里，我都能听到安塞的呼唤和回应，那是安塞腰鼓的声音，隐隐传来，让人为之骄傲、为之兴奋。腰鼓传播的是安塞的气味，剪纸艺术展现了安塞的身姿，优美动听的陕北民歌在祖国的大地上周旋嘹亮。如今陕北人的幸福生活，分明带给了我们这些曾经在此生活过的人一种由衷的骄傲和惊喜。今天，我用我颤抖着的心，打开尘封的记忆，给人生中那段难忘的岁月以深深的感怀。

作者简介

辛健： 1948年7月出生，北京市六十五中六七届高中毕业生，1969年1月24日到安塞县真武洞公社徐家沟大队徐家沟生产队插队，曾担任过生产队政治队长，1970年8月曾作为徐家沟知青小组先进集体的代表出席了安塞县知青代表大会、延安地区第二届知青代表大会。1970年9月7日被招工进入汉中012系统470厂工作。1973年3月至1987年5月在西安航空发动机公司工作。1987年5月调至北京工美集团总公司工作。经组织推荐，通过北京市成人高考，在北京电大行政管理专业学习三年，获电大优秀毕业生的荣誉。2008年7月退休。

我在楼坪公社郭塌插队的日子

文塞峰

谨以此文纪念知青插队五十六周年并献给同时期共同插队的同学们。

——题记

一、去往插队的地方

1968年12月，毛主席发出了"知识青年到农村去，接受贫下中农的再教育，很有必要"的号召，我和王长明、高培明、樊塞英，被安排到楼坪公社贺坪大队郭塌生产队插队。

1969年农历二月初一，所有安塞籍吃商品粮的，统一安排插队的老三届毕业生，在当年的汽车站院子里（位于今安塞区文化大楼前广场）召开送行大会。高能义代表全体插队知青讲了话，表示铁心务农，扎根农村一辈子。当时政策要求插队落户农村一辈子务农，谁都没有想到会有后来招工招干参军的变化。

会后，带着铺盖碗筷等生活用品，我们乘车去生产队。去南川插队的坐一辆嘎斯车，我们四人和在附近杨窑村插队的延永杰（塞宏）、延建国、梁永山、艾克银，在老沟岔把行李箱子搬下来，等生产队的驴拉架子车来接。

南川河已冰消开河了，但当时这条河凡要过河处都还没有桥，也没有沿石，河水冰冷。俗话说："二八月的河水渗入骨。"那时候，只有公社等单位才有电话，有事时县上给公社打电话，公社用广播喇叭通知生产队。

等了好久，郭塌（塔）和杨窑（尧）队各来了一辆驴拉架子车，郭塌队接我们的是时任生产队长樊仲林。我们把行李装上架子车，生产队的两人和我们八个本地知青都挽起裤腿，蹚水过河。我们跟着驴拉车，步行三十华里，在太阳落山时进了村。

由于是两个生产队，八个人便分别安排住宿。郭塌队给我们安排的住处是生产队粮食保管窑（一间用土墙圈起的房子，房顶上压些羊矸石），没有防雨的功能，所以堆摊了很厚的泥，下面是柠条捆。这里原来是生产队集体养猪、做猪食的地方，从来没有住过人。除了充当饲养室，此窑还承担着完成公购粮的炕干任务。每年秋天，糜谷不干时碾不成小米，就在这里往干炕粮食。

这个炕是正方形，我们四个人不论怎么睡，脚底下还能空出再睡两个人的地方，真是好大一盘炕！靠窗户处自然就成了我们放箱子的地方。脚地距炕塄一米处，放一个能盛三十石黑豆的架囤，是存储生产队一年的牛料、驴料、羊羔料及种子的地方。往生产队走大约用了三个小时，路上，樊仲林给我们大概介绍了生产队的一些事情。

安顿下来后，全村社员都来了，说长道短，嘘寒问暖，娃娃们觉得很是稀罕红火。村里派曹桂花给我们做七天饭。之后，我们四个人轮流做饭，每人一天。

郭塌生产队当时很穷，集体没有收入，年底现金分红，就靠开一个铁匠铺的副业收入，年收入三百元，另外就是交公购粮的收入，剔除开支，所剩无几。一个工日也就几分钱。粮食、现金分红都按工分计算。最多的人家能分到二十来块钱。这就是我们当年插队郭塌生产队时的状况。

二、"安家"郭塌生产队

到村里的第二天，生产队派陈培禄副队长带我去买洋芋和萝卜。陕北人常说春困二月，我们到村里时，正好是二月，家家户户缺粮菜。我们本地知青每月分的粮食与北京知青一样，都是四十五斤，但菜需要自己购买，每月给十二元伙食费，包括买菜钱。长明、培明、塞英让我管账，所以第二天上午，我便拉着架子车去宋坪买洋芋和萝卜。郭塌村没有家户卖菜，因为实际上也没有多余的。

在宋坪买菜时，见到几个北京知青，说他们是农历年前到村上的。那时候菜不贵，洋芋和萝卜都是一斤几分钱，两样买了一百多斤，也就几块钱。

下午我们四个人一起去砍柴。郭塌处于石峡峪一道沟，属于林区地带，烧柴方面在楼坪公社来说拥有不缺柴的自然环境。村里社员一般都去砍干柴，我们听说柠条湿的也能烧着，就去砍柠条，后来才知道我们的砍法不对。社员砍柠条是拿斧头溜地皮把长在一起的统统砍倒，用斧头打实，捆成捆。我们是知法不知窍，一根一根地砍，费时费力，功效低，还把手弄得起了泡，脸上扎了刺。挨着我们住的温志周说："你们刚来不会砍柴，到我们柴垛上拿柴去烧。"后来我们看了他的示范，学会了如何砍柠条。

就这样，"安家"后，我们一点一滴学本领，适应这里的生活。

三、学习当"农民"

第三天开始，生产队给我们派活，让我们与村里顾老汉和妇女们一起掏地。掏的地坡度陡，地块不方便用牛耕犁，我们每天的工分和婆姨们一样。当扛牛具的社员有病或请假时，我们就会被临时安排去耕地。开始我们不会犁地，不是溜壕壕在一个犁沟壕里，就是撂下板凳圪梁梁，有时差点把铧尖弄到脚梁面上！可是我们有股不服气的劲头，经过几天劳作，就掌握了要领。社员说："学生娃心灵手巧，只要能吃苦，就没有学不会的农活。"

就是，从学生到当农民，一切的"本事"，都要从零开始。

四、砍柴遭遇"大猫"

第一次和周志俊砍柴，周志俊专捡干的酸桃柴，说是火焰硬，所以他一会就不见人影了。我听生产队社员说过，离村子不远的八十石沟，他和庄里的人用土枪（自制猎枪）打死了一只豹子。因为那只豹子咬死村里的一头牛，村里人循着血迹，找到了豹子藏身的地方。几十号人，拿着虎叉（三股叉）七八条土枪，经常打山的还带着十几条猎狗，从不同角度瞄准一个地方，然后点柴火往出熏豹子，等到豹子出来的时候，猎枪一起开火。那豹子一声大吼，跳起一丈多高。过了许久，人们溜到跟前看，豹子被打死了。

听村里人说，见了豹子只能说猫，不能说豹子。一说豹子，豹子就伤人。豹子走路时，摇尾巴有响声，啪啪的，光听声音就叫人惊恐万状！

这头一回砍柴，我心想可千万别碰上豹子！周志俊到处找干柴，不知跑到哪里去了。突然间，我听到对面树林里有啪啪、啪啪的响声，而且声音在向我的方向移动，我想叫周志俊，又不敢出声。我心跳加快，赶紧把砍下的酸桃柴放在一起，准备和豹子搏斗时用。转念又想，摔上一根柴看能不能把豹子吓跑，我就捡了一根，用劲摔了出去。猛地听见扑棱棱一声，对面飞起一只啄木鸟，之后，我再也没有听见那种让我心惊肉跳的啪啪声。过了好久，平静下来我才发现自己吓出了一身冷汗！

五、见狼不是传说

　　现在哪里见到狼，当地都要好好宣扬一番，炫耀生态恢复的功效。我们插队的地方，离石峡峪天然林梢沟近，那时候天天可以看到狼。有一次，我们早上担水时碰见了狼，一只狼腿上夹个夹铙（一种铁制夹子），几个人就用水担把狼打死了。大家伙正准备剥了皮吃狼肉，谢家沟来人说是他们下的夹铙，把死狼要走了。

　　这事让队长高凤虎知道了，骂那几个社员是瓷脑，让一个人到谢家沟去要，去了才知道谢家沟人早把狼剥了皮，分给社员了。他们说：“要狼皮就拿走，不要就回去。肉被一家一户地分了，不可能给你了。"那个社员只好拿了一张狼皮回来了。

　　说不定哪天晚上，就会有狼跳进羊圈咬死羊。为防意外，队长安排砍酸枣格针刺加固羊圈围栏。看羊狗见狼来了，屁股稳在地上，抬头朝天狂叫，声音也没有威慑力，因为看羊狗没人喂，就能吃点屎，也没有力气！上山劳动，婆姨们面露窃喜之色，因为要是狼跳羊圈又能分点肉，沾点腥荤。

　　天热的时候，有的家户图凉快，就在院子里睡，这时就让孩子们睡在中间，大人们睡两边。"有时候狼的嘴都凑到人头跟前来了……""张家猪娃被狼叼走了……""高家发现得早，撵得撂下了……"，这种话题经常听到。

　　楼坪不但天然次生林区狼多，而且别的地方也时有狼出没。在沿河湾县南沟孙岔放羊时，我们四个人（高培明、艾克银、延永杰和我）就曾亲眼看见一只狼在羊圈脑畔上跑来跑去，看羊狗蹲在院子里咬，连站也不往起站。狗怂了，狼都猖狂了，别指望狗去赶跑狼了。

　　还有一次，我和高培明一起回家，半路上，他住在高石寺的亲戚家了。我一人回家，当时天还未黑，在闫桥庄沟底，我看到一只狼，它距我只有两米不到，因为刚咬死羊，满嘴红血迹。之前生产队社员告诉我要小心，有狼。我以为他是开玩笑吓唬我，没放在心上。结果这次把我吓得不轻！我连忙装作咳嗽，拿根鞭杆在脊背后胡杨上打。水利专业队的狗听到响动，叫起来了。我赶紧快步走开，没敢回头看。

到了曹庄村，我大腿上的肌肉还在不由自主地跳，回到家早已连累带惊、怕得汗流浃背了！

六、有感理发

剃头理发，本来是很平常的事。二月初一到村上，因为农活多，队长不给放假，头发长了两个多月，我热得不行，剃了一次头。因为头发硬，换了两把剃头刀（刀不快是主因）、三个剃头匠，我才勉强剃成了光头一个。高培明和剃头匠说剃烂的头皮有三十多处。这还罢了，最叫人受不了的是，第二天，曹铁匠家要盖房子，要我去帮忙。刚砍下的杨椽是湿的，很沉，路又远，十几里地，头上出汗了，剃烂的头皮就特别疼、特别难受，可谓终生难忘。

请假回家后，我把家里的推头剪子拿到了郭塌队，免费给社员理发。此后不久，我在店坪小学当民办教师，义务给学生理发，给过路的社员以及贺坪大队的干部和社员理发。我当时手艺很不错，可惜后来参军入伍，复员后工作，没有在理发行业发展，不然成为理发师的可能性很大。

七、水淹住房

我们郭塌队知青住的地方条件差：说是饲养室也可以，因为是集体养猪时

做猪食的地方；说是粮食库房也可以，因为放了个能存三十石黑豆的大架囤，几乎占去了一半的空间；说是地下室也可以，因为院子地面比房子脚地高，房子的背墙连着杨窑队一户社员的地，地面和我们房子的灶台高低一致。

有一天我们收割豌豆，刚把豌豆背到场上，突然雷雨交加，场上没有避雨处，我们就拼力地往住处跑，雨特别大，就地起水。从场上到周永强家不足一百米，我的衣服全湿透了，只好到他家避雨。因为到我们知青住的地方要上一个坡，当时不仅雨大风大，还伴有小冰雹，打到头上生疼。

十几分钟后，雨小了。我们离开周家，赶回自己的住处，到了门口，看见从门缝里往外面淌水，觉得奇怪，赶紧开门看是怎么回事。不料门特别难推开，手一松，门就合到门墙上了。后来才知道，我们邻居家地势高，我们房子的墙钻水了，雨水流进房子里，已经和炕墙一样高，因为门缝排水慢，因此房内水位上涨，快漫上炕了。我们赶紧把两扇门卸下，水很快排出，但到门槛一般高时，水排不出来了。除了炕上的东西，我们的生活用品全浸泡在了水里，还成了泥疙瘩，因为水都是浑泥糊子。见此情形，我们赶紧拿脸盆舀往院子里倒。水位低了，就拿碗舀到洗脸盆里，再倒到院子里。

那次水淹住房后，房子里很潮湿，鞋底虫特别多，很闹心。我们的房子上面没有瓦，也没有青石板，防雷雨还可以，一遇上连阴雨，外面雨停了，里面反而下小雨，后来发现房顶上的柠条缝里有蜈蚣、蝎子，架囤背后和脚地有骚秃子、鞋底虫。时不时就会在锅台处发现蝎子、蜈蚣，怕得人晚上不敢睡觉。

大队拉回来一台磨面机（老百姓叫钢磨），樊塞英因为与队长樊仲林认成一家子，又是本地知青，有文化，能吃苦，恰好遭水灾，就被安排去给大队看钢磨，离开了那间恐怖的住房。

王长明搬了住处，收拾了郭塌生产队的一个闲置圈落去住，而且把婆姨也带到了郭塌。搬家的时候，是我帮助王长明收拾布置的。长明的长子王永红就

是在这间房子里出生的，房子是两间一体的。后来王长明招工到了安塞县邮电局。

樊塞英照看钢磨的地方，是郭塌庙会的戏台。他也把婆姨带过来一起生活，给全大队社员加工米面。后来他被招工到了安塞县水泥厂。

我被生产队派到云台山去支民工，打坝。只有高培明一人留在生产队，依旧住在那间恐怖的房子里，与蜈蚣、蝎子为伴。那时支民工一月一换人，一月满后，我让队里叫高培明换我回生产队，培明却让我继续在坝上支民工，他继续在队里劳动。说实话，我是很感激高培明的。从那时起，不论相隔万里（我在新疆当兵五年），还是近在咫尺（我俩曾同在安塞政府大院工作九年），我们一直是好朋友。1969年年底，他转到真武洞镇五里湾大队神山塌生产队继续插队劳动，后来我招工到了枣林煤矿。

那间令人恐惧的房子，如今早已荡然无存，然而，它给我们知青留下了难以忘怀的记忆。

八、打杏、打酸桃

我们插队的那个年代，农民手头的钱非常紧缺，也就能买点盐和点灯的煤油。那时一块银元卖一块五毛钱，少有两元一块的。农民只能靠刨甘草、野扁豆根，打杏、打酸桃去皮碎核取仁卖钱，购买生活用品，添置被褥衣服。

打杏和打酸桃季节性很强，杏早桃迟，也算是自然界对苍生的眷顾。错开时间，使农民多获得一些收入。杏熟和桃熟的季节，天气炎热，虽然准备了喝的水，但山杏山桃都长在梢沟高山上，为了多打一点，为了安全，都是一个村里的好多人相跟上去打。

这样就有了竞争，要"三快"：跑快些，打快些，捡快些。在没有路的天

然次生林区，林密闷热，基本上汗水不干。把打下的杏或桃背上，再跑着寻找下一棵树，其状况是背负越来越重，人越来越累，越来越渴。到了下午，又累又饿，最难耐的是渴，嗓子眼又干又痛。有时候打的杏或桃多了，重得背不起，但又舍不得扔，大家就硬撑着往回背。

现在回想起那时节的情景，大家都是既想一起壮胆安全，又不想让别人占了好地势、好树，因为地势缓或平坦，打下杏桃好捡，功效高，出力少，收获多，反之则费时费力效率低。

有一次打完杏我口渴得厉害，好不容易找到有水处，结果那水里有倒跌子（一种虫子），但渴得厉害，顾不了许多，连倒跌子和泥沙一起咕噜咕噜地喝进肚子里。说来也怪，喝完没有出现肚子疼的情况！那时不考虑卫生不卫生，人也皮实，不干不净，吃喝没病。缓过劲来，我背着胜利成果，从石峡峪回到郭塌。

打酸桃和打杏程序一样。酸桃仁下饭特别好吃，有一个要领：水要一次加足，中间加水就会出现中毒现象。那时生活困难，吃了一碗又一碗，真是一种享受。那之后几十年了，很少再有吃酸桃饭时的幸福感。

九、山窑记忆

为了解决地薄产量低、社员粮食不够吃的问题，地处天然次生林边的郭塌生产队决定在石峡峪对面的山上，开垦林地，播种粮食。

生产队抽出五六个杠硬劳力，每人一犋牛，连续劳作十天半月，播种粮食作物数十亩，解决口粮不足的问题。这实际上就是毁林种地。公社是不允许的，大家都是偷着干。新开耕地，选择平坦之林地，先用斧头、梢镢砍去天然次生林，将树木拉在一起，点火焚烧，然后耕地撒种。首次一般都是种糜子。

生产队把这种农活称为上农场或者上山窑，选择能吃苦的劳力，吃住劳动都在山上。每天三顿饭，菜都是一家一户收集的盐萝卜与蔓菁，饭则是小米稠饭，十天半月顿顿一样，又苦又累。插队知青中我是唯一一个干过这个活的。那时候，野羊、狼、野猪都能见到，野生古柏树随处可见，就是见不到一个陌生人，除了一起来的五个社员、四头牛，其他都看不到。

山上缺水喝，高风尚是做饭的和拦牛的，我和高培玉、陈培禄、温志周、周志俊上午开荒犁地，下午砍梢林烧树枝，晚上吃饭后就睡觉。日复一日，我们就盼着早些种完地，回到郭塌村，美美喝顿水。

我们总共干了十一天，没见一滴油，没吃一片肉，没点一次灯，没洗一次脸，没刷一次牙。赶回村时，一个个灰头土脑、灰眉瓷眼的，像几个毛野人。

然而，下了蛮劲拼命干的结果，是依旧没能从根本上解决粮食不够吃的难题。

十、捉"黑户"行动

二十世纪七十年代初，榆林地区的农民，因为大集体生产劳动，因为天气干旱少雨，社员出工不出力，收入微薄，出现了走南路、钻梢林当"黑户"的。有的是弟兄结伴，有的是一家齐来。安塞楼坪是天然次生林区，是"黑户"的首选之地。政府为此专门成立了遣返站，延安地区的遣返站在如今高等法院旧址处。

我是贺坪大队的民兵排长。记得贺坪每个生产队都有两三个基干民兵。一天晚上，公社武装部部长黄孝忠紧急集合大家，命令全体民兵营基干民兵分四路出动，彻底把楼坪地面上的"黑户"清理干净，信誓旦旦地说这是反帝反修、加强战备的需要，并嘱咐大家路上一定要注意安全，服从排长的指挥。

我率领的这一路共十三个民兵，是宋坪和贺坪大队的参训基干民兵。我们晚上九点从楼坪出发，夜行了三十来里路程，在凌晨一点左右，抓到了七名"黑户"。为了不让"黑户"溜掉，我们用绳子扎成猪蹄结将四个男人连在一起，两个婆姨单个走，一个一岁左右的小孩由我亲自背着，绕道魏塌，赶天明回到了楼坪公社。我受到了表扬，说背娃娃这办法好，没一个人溜掉。其他三路都没抓住"黑户"，去得早了，"黑户"听到风声藏起来了没找到。黑灯瞎火的，梢林里真的难找。

早上九点多钟，公社开会决定，给抓到的十一个"黑户"办一天学习班，第二天送到延安遣返站。民兵继续上午训练，下午挖防空洞，晚上学习俄语喊话。

晚上九点多，快熄灯的时候，公社武装部部长黄孝忠通知我，公社决定让我带两个民兵，把"黑户"送到延安遣返站。我收拾好被褥、铁锨等送回郭塌，第二天不能带着铺盖铁锨送"黑户"。回到郭塌，我吃了点饭，又动身去了楼坪，基本一晚上没休息。

第二天，我带领两个民兵，背着一个"黑户"的孩子，步行了六十里路，把十一个"黑户"送到了延安遣返站。

十一、买粮"惊历"

我们本地知青在插队的第一年，口粮供应与北京知青一个标准，每月四十五斤成品粮、半斤油、生活费十二元。第二年按劳动挣得的工分，在生产队分五谷杂粮。生产队打的粮食多少不一样，因此，知青的收入也差别很大。不再供给粮油和生活费后，知青们的生活水平也不尽相同。

郭塌和杨窑生产队各四个男知青，每月要去砖窑湾粮站买一次口粮。这两个生产队村民大多同在郭塌村居住，杨窑生产队只有三四户姓杨的在杨窑住。那时候，村名叫杨窑则，现在改名为杨窑。当时两个队各养一头骡子，到了月初，两个生产队就轮流派一个社员，带杨窑一个知青、郭塌一个知青，共三个人赶着两头骡子，每头骡子驮一百八十斤粮食回来。

1969年8月，杨窑队张盛清带我和延永杰去买粮。张盛清是杨窑队副队长，佳县人，爱说笑，怪话多。往砖窑湾去的路上，翻过山到南川公路时，张盛清骑在骡子上夸夸其谈。我和永杰拉着骡子步行，听得津津有味。到了砖窑湾粮站，买好了粮食，已是中午时分，张队长安排吃饭后再回村里。

那时候食堂不多，吃饭是要收粮票的。我和永杰每人吃了三碗白皮面，张队长饭量大，一个人吃了五碗，还喝了两碗面汤。

饭后去粮站驮粮时，拴在电线杆上的郭塌队的那头骡子不见了，可能用嘴啃脱缰绳跑了。我吓得不敢说话，胡思乱想：骡子碰死咋办？跑到延安咋办？寻不见咋办？粮食拿不回去咋办？会不会让我往回背？……一连串的问题在脑子里盘旋着。说实话，人呆了，不知所措。猛听得张队长大喝一声："装粮，回！"

我原以为他只装杨窑队的，不管郭塌队的粮了，谁料他把两个生产队的粮都让杨窑生产队的骡子驮上了！出了砖窑湾街道，我们看见郭塌生产队的骡子正在路边的地里吃庄稼呢！我们大惊大喜，惊的是骡子在吃庄稼，喜的是骡子没跑远，还能驮粮往回赶。

张盛清到跟前逮骡子，它却跑了，气得他狠狠骂个不停。直到在高桥往楼坪走的岔路口，才看到骡子的鞍子又甩掉在路边。张说："塞峰，你背上。"骡鞍子上的垫子全湿透了，靠在我背上，不但热，而且两条胳膊受限制，走路极不方便，我只好反着背上，虽然翘背、垫得生疼，但不敢言传……

这样背了约十里地，到了冯庄和槐树庄的岔路口，骡子不跑了。张盛清慢

慢地哄着把郭塌的骡子捉住了，配好鞍子，将粮食全部给骡子驮上，随即就恨得直骂骡子："看你给爷爷再跑，这么个杂种子……"

我牵着骡子往村里去，张队长说他跑了三十里路，没力气走路了。他骑在杨窑生产队的骡子身上，直到贺坪庄里，才把两个知青点的粮食分别让各自生产队的骡子驮上，回到了郭塌村里。

那时候楼坪没有粮站，如果有，不至于有这样的经历。正是，买粮骡脱缰吃惊不小，反背骡鞍子笑话传大。

十二、知青中的"憨汉"

我曾被村里人称为知青中的憨汉。在郭塌队劳动期间，脏活累活我抢着干，是村里知青中第一个拿粪篓的、第一个上山窑子种地的，是每天都帮村民干活的知青。在劳动之余的休息时间，有的村民会顺便弄点柴。收工回家的时候，我就主动帮忙背到他们家柴垛上。没有柴火，空手收工时，我见到谁担水就帮他把水送到家中，村里人都说我心善。

郭塌村里数高培玉劲大，背庄稼时，谁也没他背得多。郭塌村村里人说，婆姨怕的坐月子，男人怕的背麦子，因为割麦子时天气炎热，虎口夺粮，回来时背一背麦子，汗水一路不干。郭塌村麦捆大，三捆一背，高培玉背五捆。那时候，队里加工分，多背一捆加挣一分（十分为一个工），多数劳力背三捆，有两三个背四捆，原来只有高培玉背得起五捆。我年轻气盛，也背五捆，背老麦轻些，因为麦子秆矮，洋麦子秆高就重。洋麦子据说是加拿大品种，耐寒高产，春天播种，但口感不如老麦。我背五捆洋麦子时，踩到瞎毁（官名田鼠，在地下打洞偷吃粮食，专好在洋芋地打洞）洞上闪了腿，肿了好长时间，也没去医院检查治疗，一瘸一拐地继续干农活。队长开会让评五好社员，大家都同

意评我，后来报到楼坪公社，给我奖了一条毛巾。虽然奖品不大，却是对我劳动能力和态度的一种鼓励肯定。

十三、支民工

我因为背洋麦子弄伤了膝盖，肿了好长时间，走路一瘸一拐的，黑青瘀血，生产队便派我到云台山打坝支民工。

我到了边墙云台山坝施工所报到，被分配到民工一连，驻扎在边墙村。

上工地后，因为腿还肿着，推架子车倒土跑不快，我被安排去掏土，其他掏土的都是老汉，放垴（一种掏挖土的技术活，在陡坡崖势高的情况下工效高但有危险性，必须有经验的人才可以实施）经验多，但都没有我掏土卖力、掏得多，每天分的任务，我多半天就完成了。

有一天，唱夯的人有事请假了，没人领夯喊号子。我掏土时听了好多天，都记下了如何叫打夯号子，就自告奋勇开始叫号子。因为我年轻，声音洪亮，得到了打夯人的认可，之后我就专职叫号子。这样过了二十几天，施工所的赵志富问："你会算土方量不？"我说会，赵便说让我明天试一试。第二天，我给三个民工连划分要完成的土方量任务，赵说数量，我实地划地界。几天之后，赵很满意，以后再不亲自来工地，三个连队的土方量任务都由我一个人划定、验收。不久我被正式安排到施工所，每天的上下工时间、完成任务多少、点名记工，都由我负责，住地也从民工连大通铺搬到了施工所，和给施工所做饭的人住在一起，并上了施工所的灶。所长是雷建基，施工员有赵志富夫妻、呼茂兴和我，他们挣工资，我挣工日，生产队按工记工分。冬天，民工统一放假了，我留下，给全年到云台山打坝工地上干过活的所有民工出具完工证，并统一邮寄到全县派了民工的大队，一直干到快过农历年的时候。由于我是施工

员，所以没有雨工和误工，完成的工日最多。1969年，贺坪大队拉义务工时，郭塌队第一次长了工日，分了点钱，队长非常高兴。

在施工所，我是民工身份，干活特别勤快，所里的人也很满意，但我觉得比在生产队劳动时轻松好多。期间，我写了入党申请书，施工所签注了我在工地上的表现情况，转寄给楼坪公社革命委员会。

1970年春天，考虑到我完成民兵训练任务、支民工和抓"黑户"表现都不错，公社决定让我到店坪小学担任民小教师。

十四、担任公办学校的民小教师

1970年的时候，店坪小学是公办学校，位于楼坪公社贺坪大队贺坪村前坪台地上，有教室五间、办公室三间、灶房一间、杂物存放室一间。二十世纪九十年代，在旧址处新建了张思德希望小学。

店坪小学1970年前开设一至四年级的课程，配备两位国家给发工资的老师，同年升级为楼坪唯一的一所一至五年级的完全小学，因为1969年开始推行教育体制改革，实行小学到高中毕业九年一贯制教育，即小学一到五年级，初中六到七年级，高中八到九年级，各减少一年时间；大学停止考试招生，逐级推荐工农兵大学生；公社配教育专干，开门办学；贫下中农管理农村学校，每个公社办一所中学。

店坪小学顺应潮流，升级为五年制学校，也是因为店坪小学有贺坪大队五个生产队、宋坪大队谢家沟两个生产队、魏塌大队、何塌生产队的生源。原来店坪小学有四十多名学生、两个老师，因为一个姓郭的老师有病去西安治疗，缺一个教师。"文化大革命"期间没有大学毕业生可供分配，初高中毕业生一律下乡插队，民办教师应运而生。我经过楼坪公社审定，到店坪小学担任民办

教师。

1970年春，毛主席给陕甘宁边区的复电重新发表（指1949年10月26日给延安老区人民的复电），1970年成了教育体制改革的初始年，而动员学生入学成了第一要务。

开始报名的第一天，鲁加昌校长被调到楼坪公社任教育专干，负责楼坪公社教育体制改革和楼坪中学教育。报名结束后，学校招到学生四十一名，平均每个生产队五名学生。为了落实复电精神，动员适龄儿童入学，每天放学后，我就逐村逐户调查走访，动员适龄儿童入学。经过半个多月的努力，入学率达到百分之九十八，学生人数由四十一人增加到九十六人，翻了一番。后来担任安塞县农业局长十几年的张俊峰，就是我几次上门动员才入学的。

学生多了一倍，但老师少了两个，一个住院，一个调走，只有我一个人教五个年级。本来是公办小学，却让我一个民办教师教全部学生，教学任务繁重劳累程度可想而知。在这一间教室里讲完课，我必须马上到另两间教室里再接着讲。每个复式班要讲不同年级的不同课程，循环往复，我没有休息时间。音乐、美术、体育都是上大课。

张俊峰、强永奎（原安塞农机局副局长）是我选定的助教，我去另一间教室上课时，他们就负责本教室的学习秩序维护（其实是大一点的学生管理小一点的学生）。在这种情况下，我只得向公社申请增加教师，公社答复郭老师快回来了，再坚持一下。事实是郭老师去西安治病后就一直没有回校。这样半年下来，我的头发全白了。那时候不时兴染发，我只好戴一顶帽子遮掩白头发。晚上我要批改作业，五个年级，有九十六个学生，光语文、数学就一百九十二份作业，还有作文、美术作业，所以我早早睡不成觉。早上和中午是备课时间。我每天累得精疲力尽，曾经几次差点晕倒。公社教育专干、下乡干部、大队干部纷纷向公社领导反映我的情况，说孩子们学习好，帮助家里人干活，把路上的粪蛋蛋都捡得净净的了，排着队唱着歌去学校、回家，没有生事打架骂仗的……有时候公社领导下乡也能看到这些情景。

公社召开活学活用毛主席著作积极分子代表大会，我参加了，交流了情况。后来我被推选为参加县活学活用毛主席著作积极分子代表大会的代表，在县上交流后，我被树为安塞县教育战线标兵，回安塞中学与我的校长、老师座谈交流，还被推选参加延安地区积代会的代表。

在贺坪、宋坪、魏塌三个大队的一致要求下，1970年秋季，公社决定选任在谢家沟插队的北京知青张锁柱到店坪小学担任教师，与我一起教学。同年他被招工到延安地区设计院工作，我亲自送他到老沟岔上车。他拿着生活用品，我帮他背着铺盖卷……

那年12月底，我参军入伍去了新疆。令我欣慰的是，我教的毕业生共十四个，考入楼坪中学的有十三个。

我被树立为安塞县教育战线标兵后不久，我的入党申请得到批准，同年插队的本地知青和返乡知青六百多人，我是第一个加入中国共产党的。在同年入伍的陕北四个县的八百新兵中，我是唯一一个在入伍前加入中国共产党的新兵，我觉得非常自豪！

插队的生产生活是艰辛困苦的，尤其是在落后又贫困的郭塌生产队。然而这为我树立正确人生观奠定了坚实的基础，让我养成了勤奋善良、勇于担当的品质。插队期间养成的吃苦耐劳、乐于奉献的精神品质，多年来我一直保持着。退休以后，我积极参加各种社会公益活动，多次获得各级组织的表彰奖励，其中有安塞区委和延安市委的表彰奖励。

十五、后记

艰辛备至，玉汝于成。始于二十世纪六十年代末的全国知青上山下乡的插队运动，随着党的政策重心的转移，在二十世纪七十年代晚期停止了。广大上山下乡知识青年走进新的历史时期，全国教育转向正轨，重新开始了高考。广大知青通过招工进厂，参军保国。

我们当初插队来楼坪公社时，老沟岔通往楼坪的公路坑洼不平，遇河没有桥，裤腿挽起蹚水过。而今天，人们不再蹚水过河了，一条平坦的柏油公路一直铺到了洛平川。就是贺坪村到郭塌村也有桥通过，人们不用再为过河发愁了。

郭塌村的村容村貌变化更是巨大，原来居住的土窑洞现在基本坍塌完了，代之而起的是砖混平房或者彩钢房。

老地方难以得见，就是当年与我年龄不相上下、年纪偏大一些的老人亦难见几人，大部分过世了。年轻一点的出外打工，甚至进城定居了。进村见不到几个人，再也见不到当年门前大家一起吃饭拉话的热闹场面了。是啊！五十多年过去了，人们的生活、观念变化太大了，再不在那几亩地、几犋牛上精打细算了，而是眼目宽展向外、向更远处张望了。

作者简介

文塞峰：男，汉族，1950 年 10 月生于安塞县城。1969 年 2 月到张思德烧木炭的楼坪公社插队。1970 年 8 月加入中国共产党，12 月参军入伍到了新疆。退伍后在市县党政部门和安塞区真武洞、平桥、化子坪镇工作，2010 年退休。工作期间，曾获得省市县多次表彰奖励。退休后，被返聘参与编修《安塞县志》九年，撰写三部村志，并积极参与各项社会公益事业。2019 年受到延安市委和安塞区委的表彰奖励。

我的插队经历

高培明

一、苦中作乐

1968年12月，六六至六八级初高中老三届知青响应毛主席"知识青年到农村去，接受贫下中农再教育，很有必要"的伟大号召，办理了下乡插队的手续。我们八人本被安排去化子坪公社徐坪，但听年纪大一点的学生说梢沟（有森林的地方）好，梢沟富裕，因此在我们的极力要求下，我们被改派去楼坪公社郭塌生产队。文塞峰、樊塞英、王长明和我四人分到上队郭塌，梁永山、艾克银、延建国、延塞宏四人分到下队杨窑。

1969年农历二月初一，参加完县上的欢送会后，我们乘坐一辆嘎斯车来到楼坪公社老沟岔。两个生产队派人用两辆驴拉架子车将我们接上，我们蹚过几道消冰河，步行三十余里来到郭塌沟口。沟口右边上圾有一庙区，左侧路边一个戏台，听说这里每年四月八的庙会远近闻名、热闹非凡。郭塌正沟属湾塌地，向后沟一眼望去，已经退化的天然次生林映入眼帘，只有远处王沟塌以后到石峡峪，森林相当茂密。这里乔灌混交，最高最大的树是背搭树，最多的树是枫树，还有白杨、桦树、柏树、柁蒿、杜梨、山桃、山杏等，以及好多叫不上名的树木。灌木主要有沙柳、柠条、狼牙刺、大马茹、枸子、水柁蒿、酸刺

（沙棘）、水楸子、六道子、柏棘、龙柏梢，还有叫不上名的各种野花野草。

　　郭塌当庄有一棵很大的老槐树，枝繁叶茂，也称镇庄树或村庄象征，是村民夏季休闲纳凉之处。我们的住处就在旁边不远处的生产队粮食保管房，抬手跳起就可够着房檐，门槛离地有一尺有余，是一处比正常房子低一点的矮房子。进门右手放一个可存三十余石粮食的架囤，左侧就是蛤蟆口灶火（灶口较大）卧牛炕（形容灶膛之大可卧牛），灶膛宽深，专烧干柴硬棒。四方大炕超长超宽，是为生产队炕干粮食而修。我们四人就在此房安了家。队上派人做饭七天，之后我们就轮流做饭，生熟合适，稠稀没掌握，将就吃饱，不管吃好。每人每月供应四十五斤粮食，需赶上骡子翻山到砖窑湾镇粮站去买，多半是粗粮。因年轻苦重（劳动强度大）不够吃，每人在家里拿来杂面等粮补充不足。

　　郭塌村经济落后，村民思想陈旧，梢沟气息浓厚，广种薄收，平均分配，条件不如下队杨窑。下队知青住石窑，我们住羊干石垴顶矮房。我们在家时生活虽然艰苦，但都是饭来张口、衣来伸手，有大人呵护。扎根农村，环境突变，我们需好长时间适应。好在是本乡天地，风土人情容易接受，我们比北京知青的境况好了许多。每到夜晚，梢沟那股阴气逼来，浑身凉飕飕的。春天每遇刮大风沙尘暴，整个梢沟的树木被风吹得呼呼震山作响，我们新来的根本不敢一个人到梢林里去。各种鸟兽叫声此起彼伏，最出名的就数黄岗鸟（学名不详），"黄岗、黄岗、黄——岗"，一声紧接一声，由低到高，再由高到低，声嘶力竭，彻夜不停。据当地老农讲，黄岗鸟彻夜嘶叫，直到眼中流出鲜血，昏倒后掉到树下，第二天太阳一晒，慢慢苏醒缓过神来，又飞到树上，晚上继续号叫。飞鸟有老皂鹰、猫头鹰、雌怪子、乌鸦（黑老鸹）、白脖子鸦、红嘴鸦、喜鹊、麻野鹊、钳树锛锛（啄木鸟）、水咕咕、憨半痴（安鹑）、百灵、金翅、火连伴、水雀、麻雀、木鸽、鸽虎、雀鹞子、黄毽子、山鸡、野鸡、野鸭子、干叭叭等，还有好多都叫不上名字。野兽有土豹子、野猪、羊鹿子（野羊）、山狸子、野猫、野兔、黄鼬、狼、豺狼（狼虫）、狗獾、狐狸等。

刚到郭塌村，我们对一切感到新鲜，感情冲动，态度积极，争相表现。我是八名知青中年龄最小的一个，不满十七周岁，下队延塞宏与我同岁可生月比我早。村里年轻人很少，二十岁至三十来岁中间断档，年龄大的瘸拐子多，梢沟水质不好，属柳根水，孩子不易存活。我们去时最大的女孩冯登连才十七岁，第二年春与文塞峰结婚，最大的男孩叫樊大强，十六岁。下队最大的女孩叫兰花，当时十九岁，最大的男孩叫喜娃，十七岁，其余的孩子都小。知青到队，很快和村民混熟，打成一片。

我们到村第二天，几人商量，到石峡峪后沟张思德牺牲处参观，重温毛主席"为人民服务"思想。中午时分，我们来到石峡峪后沟上山处，见张思德烈士墓前立一块黑色大理石墓碑，碑文由延安一位姓张的书法家书写。我们在墓前庄重地行三鞠躬礼，悼念烈士英灵，体会领袖教诲：为人民利益而死，死得其所，重于泰山。拜谒烈士墓后，我们观看了张思德牺牲的木炭窑，窑早已坍塌，原貌全无。这样艰苦的环境，烈士全心全意为边区政府烧木炭献出年轻生命，给后人作出光辉典范，激励我们把为人民服务宗旨永记心间。返回途中，我们吃了所带干粮，喝了几口消冰水。水里漂浮着枯树叶，水下有一种小虫叫倒跌子。我们边走边谈，评论张思德牺牲事迹、毛主席在延安十三年的故事，讨论如何发扬延安精神，扎根农村。大家各抒己见，不觉已到半沟，又看到来时看到的场景：好多一搂多粗、高大的背搭树横七竖八，斜摆十字（到处乱丢），被伐倒在沟道两旁。正不知何故，忽听半坬树林有人在伐木，我们呐喊将其叫下来打问，原来是郭塌村社员高凤礼，说他家盖房，经石峡峪林场批准，拣盗林贼砍倒没拉走的干杨树做檩条。我们问他："沟里伐倒的这些大树怎回事？"高凤礼说："这些都是'文化大革命'时林场没人管被人盗伐的，因道路不好，树大潮湿，太重而运不出去。革委会成立后，林场工作、生产恢

复正常，盗贼也就没法运了，以后林场会将其分解，装车运往外地支援国家建设。"

我们来时和老乡借了几把大斧头，听说梢沟栒子好，准备顺路砍几根，但是谁也不认识，想请高凤礼教认一下，高说太忙顾不上，在我们一再请求下才带我们到背坬处，只找到一米来高的一株小栒子。我们谁也没记准样子，一路见端正的就砍，拿不准就扔，猴子扳苞谷，最终每人都砍了几根。下午太阳落山时走到王沟塌村前，快到郭塌村后塌路边时，听见群鸟嘶叫，声音嘈杂，往上边塌地一看，见好大一处墓地，中间长一棵特粗的背搭树，树干三人搂不住，主干有十来米高，拐枝四股八岔，树冠二三十米，树上住着一种约二十公分长的黑色红嘴小鸟，上下翻飞，嘎嘎乱叫，朽树枝被啄出无数鸟洞，这时正是群鸟归巢的时间。这种鸟当地人叫干叭叭，成百上千，叫声汇集，噪声洪大，远传半里之外。此墓地系杨窑队的杨家老陵，后人已移居谢家沟。这棵背搭树远近闻名，生长年限不详，据说可打好几十副棺材，也是我们在那之前见过的最大树木。回到村里，我们把石峡峪沟砍的棍子让老乡看，他们都说除了我砍的那根指头粗细的是栒子外，其余的全是水柁蒿、六道子等。

第三天，我们开始正式参加劳动，我们知青和社员一道去王沟塌村前拐沟后山砍伐盖马棚用的杨树橼。清早出发，到地方只见满山杨树，社员将十几公分粗的独拨杨树几斧砍倒，又把树梢截掉，每人用绳捆住三根杨树橼套绳拉上，顺坡滑到沟底装上架子车。队长满足了我们知青的好奇心，让我们去砍栒子，这里栒子一丛一丛特别多。我们每人砍了十几根打成一梱，套绳拉下山，分别装上三辆架子车，拉回村里吃早饭。上午的任务是给杨橼刮皮，第一天劳动，我们觉得轻松愉快。从此，我们正式开始每天参加生产队集体劳动，上午犁地种豌豆、谷子等作物，下午开荒掏（翻）狼牙刺地。

我"文化大革命"时在高石寺我二爸家住，村里社员好耍赌，牛棋扔在山

上，地里没人干活。我年纪小，好奇心大，就和村里小孩上山吆牛犁地玩耍。起先牛不听使唤满地乱跑，犁下的地深浅不一，不成体统。我二爸也喜赌不上山，却鼓励我，坚持学上几天就会了。就这样，我学会了犁地，也给二爸挣了工分，同时为后来插队提前学会了一项农技。

到郭塌后，犁地自然是轻车熟路，我立马进入角色。生产队安排一犋牛犁地任务，其他知青拿粪、掏边畔，学习一段时间后才胜任犁地任务。我喜欢使用快牛，双牛犁地慢慢腾腾，心里急躁，不由得用鞭子狠抽，但牛早已被打疲，打也无济于事。我们同院社员温志周使唤的是一头黑灰色带土灰花纹的大犍牛，他生性暴烈，稍一吆喝，拉着犁走得很快，既省力又痛快。我常与其换着使唤牲口。温志周一家也没少帮知青，大家都深表感谢。社员掏地用的蛮镢只有二斤重。我们为了显示年轻人的勇气，表现积极，让村里曹铁匠定做了二斤半到三斤重的大蛮镢，下队梁永山的蛮镢做了四斤重。知青劳动虽不识头当，但舍身子卖力，生产队社员个个服气，交口称赞。半月后召开社员会给知青评定工分，两种方案：第一种就知青劳动表现应评十分满分，和社员一样每月定工二十五个；第二种方案就是评九分，每月定工二十个。

我们商量后一致认为，知青离家远，若有事请假误工，则完不成定额要扣分，所以主动要求挣九分，每月定工二十个。社员会一致通过。后来经了解，我们两队知青评分在全县知青中算最高的。

集体劳动，男女搭配，场面红火热闹。本地社员的话题主要是家长里短，周边的奇闻轶事，神鬼传说，男女绯闻，风流闹剧。知青思想开放，爱讲一些国内外大事。我们看书多，村里人爱听我们讲述四大名著、《说岳全传》《三侠五义》《隋唐演义》《杨家将》《今古奇观》等。我们讲得最多的是电影故事，例如《地道战》《地雷战》《平原游击队》《铁道游击队》《甲午海战》等。村民尤其是年轻人和小孩子，最爱听战斗故事，聚精会神，听得津津有味。地里劳动时，有人偶尔唱一些民歌小调。我们知青为活跃气氛，也唱一些革命红歌，学唱一些信天游民歌，并喜欢传唱苏联的怀旧名曲，如《莫斯科郊外的晚上》《喀秋莎》《三套车》等，也学唱一些酒曲。每天收工后，有知青借来村里人的一个质量不太好的旧板胡，拉得虽不着调，大家却抢着自娱自乐，抒发心中闷气。闲时我也和塞峰下几盘象棋，两人棋艺相当，互不谦让。有时半夜醒来，我们就拿起板胡拉起来，也不管是否吵醒群众。有时我们会叫醒同伴，点上油灯，裹着被子对杀几盘象棋后倒头再睡。

我们上下两队的劳动地有时正好安排在一座山，距离不远，隔沟相望，我们互相呐喊打招呼，收工时吹响口哨同路回家。有一天，两队隔沟在狼牙刺地开荒，劳动的人都赤脚打片（不穿鞋子），裤腿挽至膝盖，也不怕刺扎、蝎子乱爬蜇人，大家使劲卖力，向对方展示劳动劲头。两边正在较劲，忽听对面杨窑队工地有人大喊"妈呀，我被蛇咬了，快打蛇救命"。只见一后生镢头一扔，几跳蹦下山去，边跑边喊"快打蛇救命"。他跑到沟底，沿沟滩蒲草地向王沟塌方向拼命奔跑，跑出一里多路才缓过神来，知道蛇并未追来才慢慢返回工地。我们呐喊询问什么情况，原来是叫喜娃的后生开荒地时正好挖到瞎毁（鼹鼠）洞，里边盘卧了一条大蛇，镢头砍到蛇的头部处将其砍伤。蛇觉着疼，蛇尾猛向上一甩，打到喜娃手背上。喜娃一看，惊慌失措，精神崩溃，跑了一里多路才恢复神智。

时间过得飞快，不觉已到夏季，我们已半年没见肉影子了。伏里天旱，正遇收割麦子，俗称男人怕的割麦子，女人怕的坐月子，由于气温高，背麦子时汗如雨下，流入眼睛痛苦难忍，尤其是麦芒掉在脖子上，拉出多条红道子，被汗水一渗，皮肤火辣焦疼，相当难受。中午时分，肚中饥饿，我们心想能吃上一顿好饭多美。麦子收割完后，庄稼需要雨水，可望眼欲穿，老天就是不下雨。这时，老年人建议放生（给龙王爷许愿杀猪宰羊）求雨。队长听从建议，

杀了一头猪，猪肉相当于市民凭票购买的二等肉。我们四名知青分肉四斤，小炒一锅，也没放任何配菜，每人分到一碗，猪肉黄米饭，连汤吃了个精光，总算解了一顿馋，心中美极了，这也是我们每人长那么大吃肉最多的一次。

收完麦子，把麦子一背三捆，背到场边堆成麦垛。堆麦垛可是技术活，那些有经验的老农站在上边接住麦捆堆垛，年轻人在下边用铁杈往堆顶扔麦捆，麦堆顶部逐渐退后缩小，尖顶处用麦鱼泥压住抹实，这样就不易漏水。这时，山里的庄稼地已锄完，接下来的工作就是翻麦地，准备秋播。我和几个社员赶五犋牛到王沟塌对面后山翻麦地，还有俩人磨地，用镢头翻边畔。正干得起劲，突然从前面梢林跑上来一只野羊，有人大喊"快打羊鹿子"。我一看，野羊顺着翻过的地朝我这边飞快跑来。我心情激动，赶忙拿起一把蛮镢，在野羊跑至离我四五米远时，使劲将蛮镢对准野羊头部甩去。由于用力过猛，蛮镢擦着野羊耳朵飞过，惊得野羊几窜，跑下地畔钻入沟底梢林，立马消失得无影无踪。社员抱怨我打得太高，我也追悔莫及。这是我在郭塌插队时唯一一次看见野羊。

夏季天气闷热，阳光歹毒，人们肩上晒起层层焦皮。我们房子矮，烟囱低，灶火忌风，每当南风刮来，风流倒灌，满灶口冒烟，房子里被烟罩得什么也看不清，呛得人两眼流泪睁不开。尤其是被雨淋湿的片柴，遇上南风就会让人遭大罪。轮到我做饭，眼看超过饭时，烟熏火燎就是不赶趟，心中焦急，此时恨不得几镢头将灶台刨烂重垒，又想不现实，无济于事，只能硬着头皮，坚持将饭潦草做熟，跑步送到地里。同学早已等得望眼欲穿，我立马道歉，向其解释送饭迟的原因。

进入七月，阴雨连绵，我们住的房子遭了大难，外边下大雨，屋里下小雨，炕上水汪至炕栏，脚地汪水半尺深，已无法居住。队长樊仲林着急无奈，腾出自家一盘小炕让知青居住。三天后，雨还下个不停，队里也无活可干，常

住队长家也不方便，尽给人添麻烦。我们几人商量，干脆回家，雨停后再来参加劳动。于是第二天，我们披着雨布，挽起裤腿，赤脚背包，天明起身，九十里路翻两座山，赶中午就回到了县城家中。这次连阴雨一直持续下至农历七月底。天晴后，八月初快秋收时我们才返回队上，用干柴昼夜突击将湿炕烧干，从队长家搬回住处。生产队派人重新整修了房顶石板，防止再次漏雨。这些事至今我们都记忆犹新。

秋收开始了，满山遍野的庄稼成熟了，看着即将收获的劳动成果，人人脸上挂着笑容。秋收背打，将收割的各种庄稼分别背到多个场上，按要求的厚度摊开，社员排成两排，用连枷用力拍打，场面活跃，节奏和谐。翻打三遍后，用木杈挑出秸秆，粮食颗粒拥堆，用木锨借风势将糠皮扬出，剩下干净的粮食装入口袋，用牲口驮回，交保管员入库保管。另一种方法是将谷穗用铡刀铡下摊到场上，派一社员吆着一群牛顺时针踩踏，口里唱着信天游，有时变换各种吆喝声，另有几个社员用木杈不停翻动谷穗，很快就将谷粒脱光，挑出穗秆，将谷壳扬出，干净谷子交保管室。还有一种方法就是将庄稼摊到场上，用牛拉着一个大碌碡碾压，省时省力，扬场方法同上。粮食入库后，已进入冬季，队上组织分粮到户，我们知青每人分得一石二斗多原粮，合计不到四百斤，现金分红二三十块。下来就是沤肥备种，为来年春耕做准备。社员们也轻松下来，有的割条子编筐，做杈耙连枷，有的用荆条编荆笆卖钱，贴补零花，还有的出门办年货，走亲访友，说媳妇，嫁女。我们知青也无事，就放假回家了。

二、学煨枸子

受孙（头脑较笨、只懂埋头干活的人）走老山（陕北的深沟大山），枸子直砍完。这两句俗语我在插队前就听说过，我们插队郭塌时，脑子里就想到了梢沟的栒子棍，因那时家家户户都使用过此物。插队后我们心想一定要砍一些栒子拿回家使用，却不知栒子必须火煨加工后方可使用。栒子生长在背坬，丛生灌木，主干粗细匀称，稍有弯度，皮色墨绿，木质坚硬细腻，不易断裂。刚到生产队，去砍杨橼时我们砍回十几根栒子，后来劳动时顺路又砍了一些。温志周、陈培录等人耐心教授，热情示范，手把手教会了我们煨栒子技术。首先将刚做过饭烧下的柴火枝连同草木灰在灶膛内摊平，一次将三四根栒子棍埋在柴火灰下，隔一会翻动一下。十来分钟后，栒子表皮煨焦了，迅速拉出拿到院中，使劲在地下摔掼几下，为其松动筋骨（降低硬度，增强易弯程度），然后一脚踩住一头，用手扳住另一头，将弯曲的地方向反方向扳直。待一会冷却，栒子已经笔直，硬度固定。这时，趁着还有余热，几下将外皮剥离，露出黄里透红、略带焦色、手感光滑的成品。用锯子将两边毛头锯掉，即整个工序完成。二十来天后，我们几人的煨栒子技术已相当熟练，不亚于老农，每人都备好几十根斧把、锤把、鞭杆、手杖。

三、听周老汉讲打猎

周老汉，五十几岁，他耳聋，什么也听不见，全靠对口形打手势来领会对方意思。这老汉心地善良，待人热情，忠厚老实，乐于助人，对知青没少传授农技，平时对人讲话高声，生怕别人也像自己一样听不见。

有一天下雨农闲，我们几人到周老汉家看其用荆条编筐，他边编边对我们讲述职业猎人打山（打猎）的故事。打猎出发，伙计问头领："今天向哪开？"头领答复"向前开"。这是猎人的行话，意思是奔钱去。猎人除带着枪支、库刀、猎杈、匕首、绳索、露营用帐篷被褥、干粮饮水、锅盆灶具、食盐调料，还引一二十条猎狗。猎狗平时很少投喂食物，个个练成了体瘦腰细、四腿修

长、奔跑飞快、耐力超强、按指令出击的捕猎能手。领头猎狗称作挑叉狗，本领超强出众，可带领群狗较好完成围猎任务。

每到狩猎目的地，猎人观察地形，仔细分析野兽活动轨迹，发现目标，先指挥猎狗悄声包抄靠近，而后伺机围猎。最好打的是野羊，没有危险。遇到野猪，猎狗将其围至山圪崂或大树下，这时猎人慢慢靠近埋伏，瞄准射击，争取一枪毙命。枪声一响，猎狗群起扑上，咬住不放。猎人上前查看，若野猪已死，"汰"的一声，猎狗松口退开，猎人立马动手开膛剥皮，肠肚下水奖励猎狗，猎狗也觉得很有成就感。最难打的就是豹子，因为豹子不但凶猛残暴，还会爬树。有人说豹子宁舍命不卖姓，遇豹说是猫，它也不会主动攻击人，如说是豹子，危险就大了，它舍命也要扑上来。发现豹子，猎狗迅速包围，豹子很快爬上跟前大树，在树杈处头朝下观察，伺机逃跑。这时猎人摸到附近树林或灌木丛下，开枪将豹子打中，让其掉下树来。打到致命处还好，如致重伤，豹子凶相毕露，要么伤人，要么咬死猎狗，这时猎人就要瞅准补枪或用铁杈、库刀将其杀死。豹皮贵重，豹肉可食，豹骨也是很好的药材，有定痛镇惊、祛风通络之功效。

每当狩猎成功，猎人就地埋锅，生火煮肉，庆祝胜利。有些好奇的人跟随猎人体验狩猎生活，猎人盛情款待，大家共享野餐。开席猎人用行话谦让客人"吃"，客人也要客气地说"同吃"，不能说"不吃"，吃饱不能说"吃饱了"，要说"吃好了"，并且要将筷子扔到地上，千万不能把筷子放在碗上，否则就犯了猎人的禁忌。

打猎并非一帆风顺，也有出错发生危险的。有一伙猎人刚用一石二斗老谷米换到一只挑叉狗（领头猎狗），心里喜欢，特别器重，在特训一段时间后，出去首次狩猎。这只挑叉狗确实表现不凡，遇到一只土豹子，带领群狗将其围住。豹子立即爬上大树，头朝下咆哮。猎人瞄准开枪，豹子掉下树来，但没

死。挑叉狗勇敢上前咬住豹子的喉咙，豹子挣扎着，一爪子将这只挑叉狗肚膛抓破，肠肚倒了一地，挑叉狗立时倒地毙命。猎人见状，赶快补射几枪将豹子打死。看见自己心爱的挑叉狗丧命，猎人痛不欲生，嚎啕大哭，就和死了孩子一样心疼不已。还有弟兄二人带同行猎户一同狩猎，猎狗将一只豹子围到树上，哥哥开枪把豹子打下来，赶忙上前查看。不料豹子只受重伤，拼命跃起，一爪子将哥哥的头皮抓下来把眼睛遮盖住了。弟弟见状，立即拿起四五尺长的带把库刀，趁豹子又一次扑起，一库刀刺入豹子前胸。借着惯性，弟弟用锋利的库刀将豹子开膛破肚，豹子倒地死亡。弟弟迅速将哥哥的头皮按贴到头顶，撒上随身所带止血伤药，简单包扎，绑担架与同伙抬着送往医院缝合抢救，挽回哥哥一条性命。真是上阵父子兵，打豹亲兄弟，说得一点都不假。

就在这年夏季，郭塌原老队长高凤虎的老婆与村里几个妇女到石峡峪后沟梢林打山桃山杏。那时山桃核可卖钱，山桃仁可做山桃饭。干杏皮可卖钱，杏仁可入药，也可榨油，做各种糕点，经济价值高。梢沟人将此作为副业，增加经济收入。老高婆干活泼辣，手脚勤快，这次进沟上山，不觉中与同伴走散，正准备爬上一株较大的结满果实的杏树，谁料猛一抬头，看见不远处大树杈上有一只黄色带花纹皮毛动物头朝下窥视。高老婆惊恐得差点瘫坐地上，稍一定神，悄声撤离，打下的山桃山杏全部丢弃。她一路惊魂未定，跌跌撞撞跑回家中。每次她向人诉说，都不免心有余悸，恐惧心理久久不能消除。这也给村里人警示，再去梢沟打杏采药必须结伴而行，不可单独行事。

还有一种动物形状像狼，皮毛红褐色，当地人叫它狼虫，实际学名就是豺狼，十几只结群出没。豹子、野猪、饿狼均不是豺狼的对手，因为后者会群攻击对手。如遇单身人进梢林，狼虫不但不会攻击伤害，反而跟在人后边，把人安全送出梢沟。

四、遇狼故事

　　身居梢沟的人遇狼是常事，但我们插队时狼已很少。此前，村里组织劳力去石峡峪后山打场，几天粮食打完，派社员吆牲口驮粮运回。生产队会计名叫苏志成，有一次他割了一捆山桃条子扛在肩上，正哼着小曲沿沟道行走，突然前梢林陡坡上跑下来两只大灰狼，围住苏志成。因刚在山上吃过羊，两只狼张着血盆大嘴，还喷着血滴，咆哮声吓人。苏志成拿着镰刀左挥右挡。狼见镰刀砍来，跳往一边。苏大喊"救命"。前边不远处走着保管员张丙林，苏会计拼命喊叫"张丙林快打狼，救命呀"。可张丙林是个聋人，任凭苏会计怎么喊叫，他愣是没听见，只顾背着杈耙连枷走回去了。正在苏会计与狼搏斗精疲力竭之时，后沟前来打扫山场扫尾工作的几个社员路过，见状合力上前赶走了野狼。苏志成经此惊吓，呆若木鸡。几人将苏带回。他已呆头呆脑、精神恍惚，十叫九不应，三个多月后才缓过神来。

　　插队第二十八天时，上下队知青第一次回家。每人背着一捆十来根自己亲手加工的枸子棍。我背了粗细十一根，还有副队长陈培录托我给县林业局工作的父亲陈启发捎带的四升黄米。最逗人的是文塞峰，他将十四根枸子棍两边用四根夹棍捆成一片。路上遇人议论，说我们像是去梢沟开荒的"黑户"。塞峰嫌人说得难听，想出一个办法，给那一片枸子棍一头套了一个面袋子，一头套了一件短裤子，中间搭了一件棉袄。这下叫他们笑话。他的行为逗得大家捧腹大笑。

　　我们一路走一路说笑，翻过第二座山，从桑塌村下山，前边来到孙岔，几人说得正欢，听见沟对面孙岔脑畔山拦羊的大喊："狼吃羊啦，受狼（当地人叫狗赶狼的口号）！"我们顺着喊声一看，见一只刚吃过羊的大灰狼，嘴角被羊血染红，慢悠悠从一家窑脑畔上边走过。我们都纷纷大喊起来。塞峰说：

"这样喊，狼根本不怕，大家要放声大笑，狼肯定害怕。"于是我们一起高声大笑。说也奇怪，狼听到笑声折身向山上跑去，不一会就消失得无影无踪。这次遇狼，是我插队以来的第一次，也是仅有的一次。

夏季有一天，我和文塞峰又一次相跟回家，没走往常回家之路，绕道皮塔，在塞峰亲戚家吃了一顿中午饭，下午路过高石寺我二爸家，我住下未走。塞峰坚持要赶回家中。这时太阳已快落山，步行十里，天已麻麻黑，塞峰经闫桥庄下山快到沟底，见一大灰狼站在路上边不远处土峁上。俗称狼有蹭毛，遇上不免胆寒，塞峰挥动手中随身鞭杆，高声咳嗽几声为自己壮胆，狼也未敢追来。第二天碰见塞峰，他向我说了昨晚闫桥遇狼经过，还觉后怕，我也就没有强留他夜宿高石寺向他道歉。

五、狐狸咬人不吉利

夏季的一天，我们全队社员在郭塌脑畔山上锄地。下午时分，忽然听到对面杨窑后山有一动物咬叫，还带有小孩哭腔，我们知青此前谁也没有听过这样的叫声。这时有一老农说："这是狐子咬哩，也不知道在咬什么哩？如果朝着山崖咬叫，土崖可能崩塌，朝着水咬，可能发山水，如果近处朝人咬叫，可能有什么造灾（灾难预兆），非常不好。听老辈人讲，如遇狐子朝人咬，一是应面朝狐子撒尿，二是立即撕破左边裤腿，便可化解灾运。"社员们纷纷议论，我们谁也没把此事放在心上。

农历八月，秋收开始，庄子周围的庄稼都已收割背到了场上。队上派出十几名精壮劳力去石峡峪后沟山上收割背打庄稼，派我吆驴给社员送工具和饮食。我赶着队里个头最小的一头小毛驴，驮着杈耙连枷和生活用品送至山场沟底，社员们背着上山去了，队长让我原路返回。我用镰刀沿途割了一捆山桃条子扛在肩上，骑上小毛驴哼着小曲走着，快到王沟塌村时，看见小河对面割过糜子的地里有一大群野鸡，有好几十只慢悠悠边走边啄食掉下的糜粒，五彩羽毛被快要落山的太阳的光照得一闪一闪的，无比鲜艳。我正在仔细欣赏时，突然看见离野鸡群三四米的地方有一只黄褐色毛茸茸的野兽趴伏在地上，两只前爪抱着头部静候野鸡走近，伺机扑食。我顿时心跳加快，不由得紧张起来，搞不清那是一只什么野兽。我赶紧从山桃条子中间抽出镰刀做好反击准备。这时我骑驴已距离那群野鸡越来越近，路中间横着一条一米来宽的水渠，小毛驴走下小渠，紧走两步冲上前头路面。那只野兽受惊站了起来，野鸡群"哗"的一声，全数飞向山上梢林。我定睛一看，原来是一只火红色的狐狸，这时狐狸转身朝前沟逃去，消失在梢林里，我刚才的紧张心情也平静了下来。

入冬以来，上队只有我一人留守，下队也只剩延塞宏一人，我俩商量次日回家。

第二天早晨鸡刚叫，我俩便起床了，在下队知青窑洞做饭，做稀饭烙饼，打算饭后出发。没有钟表，我们也不知迟早。黎明前的天很黑，我们只看到满天星星。我身穿一件旧军大衣，头上拢着一条白色羊肚子手巾，简直就像一个务农的退伍兵。塞宏穿得也很土气。我俩都手握一根手腕粗的柏木杆杖，肩挂黄色帆布挂包，走到郭塌沟岔，过冰滩到贺坪学校拐上大道。我们正在说笑着向前走，突然从上路边三米高的梯田地畔冲出一只狐狸，朝着我俩狂咬，叫声恐怖，像狗咬却拉着哭腔。我俩顿时惊慌失措，毛骨悚然，恐惧到了极点。因天太黑，虽离得很近却看不清狐狸的狰狞凶相，我俩谁也没敢吭声，也忘记了老农教的化解危机的方法，只顾相扶着迅速走过。赶到谢家沟村时，我们还能听见狐狸叫声。延塞宏此前没有听过如此恐怖的叫声，问我："刚才是什么动物？"我说："可能是狐狸，我听到过。老乡说狐子咬人不吉利，我现在真的后怕。"塞宏说："我现在心里也不是滋味，别放在心上，继续上路。"

谢家沟后沟上山，四处梢梁，各种鸟兽叫声不断，但没有刚才那样令人恐惧。翻过山头，走了二十五里路，天色麻麻亮，我们的心情才平静下来。从高桥公社任台进沟，经庙安翻山到桑塌下山进入县南沟，沿沟道行走，遇河道冰滩就溜冰（陕北人叫打擦擦），我俩玩得不亦乐乎。偶遇一处冻得非常光滑的冰滩，我心想这下能溜一个十几米长的好冰，就把那根柏木杆杖双手倒背，两头抓住，大喊一声"看我给你玩一个高级的"，随即用足力气，紧跑几步，抬脚准备滑得远远的。没想到刚滑不到一米，我就被一个小冰钉绊了一个仰面大扎，一屁股坐到冰面上，两只手倒托着杆杖，身体失去重心，猛地仰面摔下去。我只听到脖子"嘎巴"响了一声，立马疼得几乎失去意识。延塞宏见状，先是嘲笑："看你再显能，玩砸了吧？快起来再耍几个花样。"这时我躺在冰滩上，脸色煞白，已不会动了。塞宏见我不动弹，也慌了手脚，可怎么也拉不起来我，拉扯好长时间，才勉强将我扶着站起身。我两手肿痛黑青，什么也抓不住，那根杆杖也由塞宏拿着。塞宏扶我慢慢走了几里路，我的脚步才逐渐灵活，就这样在午后回到家中。饭熟了，我的手没知觉拿不了筷子，需家人喂吃，半个月手都不听使唤，一直等黑青和肿胀彻底消退后才恢复正常。这次遇难，至今五十多年过去了，现在我想起来还觉得疼痛刻骨。狐子咬人不吉利的说法，我这辈子深信不疑。

六、同学情深

我们知青四人相处融洽，头顶一个天，脚踩一处地，同饮一汪水，一锅搅稠稀，互相关心，互敬互让，宁过苦日子，将好东西留给对方。

樊塞英属鼠，年龄最大，忠厚老实，性格温和，见人就笑，乐于助人，劳动踏实肯干，表现突出，生产队推荐到大队粮食加工点照看钢磨，晚上住郭塌

沟岔戏台磨房，后将家属带来，另起灶打伙。

王长明属牛，性格内向，遇事急躁。那年秋季，一天晚上收工后，我已将饭做好，长明放下工具，拿起牙具到院中刷牙，刷刷停停，抬眼望星空，唉声叹气。我也搞不清状况，叫着他的小名："周栓，有什么事把你愁成这样？快说出来别憋坏了"。在我再三追问下，他才说出原委。原来，他的妻子预产期就在最近，他心里着急犯愁，不知如何处置。我说："咳，为啥不早说？生孩子是大事，你在这里急死管啥用？明天赶快回去，送医院不就放心了！"长明听我一说，长吁一口气，第二天清早动身返回家中。几个月后，他将老婆孩子带来队上，生产队为其收拾了一处旧马棚，改造整修后他就在那儿安家了。

文塞峰属虎，长我两岁，上学时高一个年级。插队后我俩因性格相近——都活泼开朗，所以义气相投，无话不谈。有一次我俩相跟由家返队，我父亲看我步行路远太苦，花三十块钱给我买了一辆破旧自行车，我俩轮流互带，转延安沿公路骑行，到莫家湾后村头石壳下歇脚，一块吃了所带干粮——煮鸡蛋和烙饼。塞峰这时对我说："给你教唱一段小曲。"我说："求之不得。"于是塞峰给我教唱了一首陕北小曲。

大巴巴辫子红根根，

红头绳又梳两缨缨，

弯弯眉儿杏子眼，

口唇又拿胭脂点，

两耳又戴生金环，

豆芽根根嗯……

这一段小曲我一学就会，时间过去五十多年，至今记忆犹新。后来塞峰到云台山大坝支义务搞副业，我也安心留队劳动。当年腊月，我结婚了。第二年正月塞峰也同郭塌女子结婚，支义务回来就被大队安排在贺坪小学教学，后去新疆

参军。

七、坚定信念，转社插队

1970年春，我在郭塌插队整一周年时，组织安排我转社插队到真武洞公社牛心湾生产队，与四名北京知青同一小组插队并安家，随后发现两村虽都是农村，但环境差异大，人们的生活习惯都不太一样。北京知青和本地知青的处事风格也不太一样，但我们有共同语言，劳动时喜欢往一块凑。北京一个男知青名叫陈立堂，外号叫"寡妇"，一米八几的个头，身材魁梧，力气过人，干活卖力，但不识分寸，脾气冒失莽撞。另一名男生叫王力军，个头不高，人很精干，聪明活泼，喜欢唱中外有名的歌曲，还有北京知青传唱的流行歌曲。两个女知青，一个叫赵美蓉，一个叫张秀珍，都长得精干秀气，喜欢与村里妇女交流，学习劳动技能。

牛心湾一共十几户人，劳动力不多，我去了村里就是精壮劳力，并被选为副队长，每天负责管理社员上工下工，分配劳动任务，分发工分，收工后抽时间像在郭塌时一样为全村人义务理发。当时"农业学大寨"运动正在高潮时期，我做得最多的还是带领辅助劳力修梯田打坝，有时还参加联村会战，开展劳动竞赛，赛歌赛诗。工地彩旗飘扬，到处是标语横幅，口号响亮，夏战三伏，冬战三九，干到腊月二十九，吃罢饺子再动手。劳动虽苦，但还算乐活。这期间，北京知青和我建立起了深厚的同志情谊，上地结伴，互诉劳动生活感受，几乎无话不谈。北京知青真叫人看着心疼，他们对当地生活习惯难以适应，生一顿、熟一顿，饥一顿、饱一顿，生活相当艰苦。有时我会邀请他们来家吃饭。

牛心湾通五里湾村沟底有一水坝，水深四五米。一天在山上锄糜子，中午

下到坝梁休息，北京知青问我："敢不敢下坝游泳？"我说："敢，我也喜欢游泳。"他们上工时就有此打算，里边事先穿了泳装，我刚好穿的短裤，也方便下水。社员们围上来观看，因从未见过女知青穿泳装，议论纷纷，指指点点，认为太过开放。两名女知青为防胡说八道，把社员统统赶到坝梁前边，不准偷看。我们在坝里水中游了几个来回，有几个社员爬上坝梁偷偷观看被发现，让两个女生骂了个狗血淋头。

八、身体力行，排艰克难

牛心湾后湾地形独特，就像一颗牛心，村子因此得名。地里瞎毁（鼹鼠）很多，损害庄稼严重。我向村里一个老农学会一种独特的打瞎毁方法：先用锄头将地里洞印刨开，刨一会儿若洞口被湿土封住，证明洞中有瞎毁；再次刨开洞口，这时用湿土捏成洞口大小圆球将洞口堵住，留下小缝；用两厘米多粗的柳条弯成一张弓，弓弦中间绑一木棍，头上装一细钢筋磨尖箭头，弓背向下用一根二尺来长的木杈棍顶住弓背，棍上端拴绳绑一根一尺来长的细木棍；利用杠杆作用将弓弦挑起，箭头正对洞顶，杠杆另一头用一根细绳，头上拴一细铁丝钩，在瞎毁洞口下方处平插一根小木棍，将上边铁丝钩挂到木棍头；下弓远近距离洞口顺坡向下一大拃，洞口向上距离半拃，平地多半拃；可多处按此法下弓，弓安好后，一会待瞎毁前来封洞，拥土推动洞口土球，触动杠杆脱钩，箭头射向洞下，正中瞎毁腰部。这个方法几乎百发百中，有时一天能打四五只，比其他地方用多根竹签吊石片的方法简单实用、效率更高，有效防止了鼠害泛滥。

夏季的一天，我带社员在西山梁锄地，来送饭的是几个半大小孩。他们路过一片麦地时，发现跑过来一只小狗獾，小孩放下饭罐，抄起扁担将其打昏抓到工地。有一社员说："十斤獾子九斤油，剩下一斤净骨头，獾肉好吃暖肚，獾油可治烧伤，我带着刀子，让我来剥皮。"一会狗獾"嗝嗝"叫着活过来，剥獾人拿起扁担又照獾头打了几下，总以为打死了。皮刚剥一半，獾子又"嗝嗝"叫开了。这下惹怒剥獾人，举起锄头反过来用鹰钩将獾头骨砸碎。直到剥完獾皮，獾子还在微弱嘶叫，可见此动物生命力有多强。过了几天，我带社员去后湾锄玉米，又见一大獾子穿过玉米林钻入沟对面枣树台下一个山水洞。几个年轻后生追过去，认定獾子就在洞子里边。为防獾子损害玉米，我马上派人回村拿来镢头铁锨，几人轮流挖洞，半天挖进去十几米，仍不见獾子踪影。派一人上半梁查看，原来此洞直通半山一个山水串管，獾子早从另一头逃走了。辛苦半天，前功尽弃，很是扫兴。

让我刻骨铭心、痛记一生的要数三次背柴背庄稼差点累坏的事。头一次是在西山梁劳动，我利用休息时间砍下一大背蒿柴，因当时柴湿未往回背，过十几天柴已晾干，我请假一早晨去西山梁背柴。晾柴的地方离上地畔有两米多高的一个圪塄，把柴抱上来再背费时费劲，于是我就在下边把柴整起一大背，有点超重。我用镢头在圪塄上修了五六个台阶，背起柴禾，觉得有些吃力，但抱着侥幸心理，顺台阶往上背。爬了四个台阶，因圪塄太高，剩两个卡住怎么也爬不上去了，向回退根本下不去，甩开背子就会掉下一百多米的深沟。这时我已累得快不行了，心想决不能半途而废，伸手抽出头顶后边别的镢头，在面前慢慢向下挖土，一会挖下去近半米的坑，身子可以转动了，一手抓住绳头，侧身将镢头使劲掏入地中，拽住镢头把爬上地畔，翻转身体，双手拽住两根绳头，使出全身力气硬生生把一大背柴拉上了地畔。柴虽拉上来了，我已累得精疲力尽，加上饥饿，根本把柴背不回去了。于是我把绳解开，空手走回家中，累得饭也不想吃，灰心透了。第二天早上请假，我分两次把柴背回了家。

第二次是秋收后我一早带社员去西山梁后头五里湾村对面底沟背荞麦，两

个人背一垄，去得早的都拣路近、干燥点的背走了，到最后剩下底畔平坦处的一垄荞麦，长得又高且潮湿，只剩我一人，再派一个人来不划算，况我是副队长，只好硬着头皮一个人背。这背荞麦超重太多，平时二百斤一麻袋的粮食我背起不觉得重，可这是带秆庄稼，背子体积太大，况且要上好几十米立梁。我拼命使劲背了上去，累得气喘吁吁、汗流浃背、两腿打颤、眼冒金星。在山顶休息了一会儿，我艰难地背着往回走，心里默默背诵主席语录："下定决心，不怕牺牲，排除万难，去争取胜利。"就这样，我坚持把这一大背荞麦背回当庄场上。这时社员们都已吃过早饭，我回家匆匆吃了饭，又赶着上工去了。

　　第三次是去西山场给饲养室背干草，我狠劲背了一大背。在村底井子湾往过走时，有一段石壳，上边有一块三四米见方的大石块，两侧已有裂缝，半截悬空，只靠下边的灰石支撑，看上去摇摇欲坠。别的社员背着干草都顺利通过了，可我的背子比别人高出一二尺，并且超长，走到那块巨石下怎么都过不去。蹲下身子过，背子太重又坚持不住，我只好侧身跪在地上往过挪。可前边有一处不足三尺宽的悬空木栈道，虽只有三米多长，但跪着走，背子悬空根本过不去。我只好让背子一头落地，慢慢抽出腿，侧身用手拽住背绳，使劲拉住不让干草掉下栈桥，转过身来，双手拉住背绳，背靠石崖，使尽全身力气，把已半截悬空的一大背干草拖过了栈桥，还要把背子拖上桥头一个较高的平台。此时我已精疲力尽，可也不能半途而废，一旦松手，干草必将掉下几十米的深沟。我稍作休息，使出全身力气，猛地向上一提，将一大背干草拉上了平台，但由于肚皮鼓劲太猛，只听"嘭"的一声，我两块七毛钱新买还不到一个月的一条牛皮裤带齐齐断成两段。我坐在地上缓了好长时间，从上衣兜里拿出一根平时捆小东西用的细绳子把裤子系住，重新整理好干草背子，背到了饲养室。

　　这次事后，我深觉井子湾那块悬空大石头已成隐患，不尽早排除，一旦掉落，后果不堪设想。因此我搞了几斤炸药，和四五个社员一起，上面半山梁树

上拴绳，将二人吊至悬崖支撑石块上方，取掉石渣浮土，用钢钎刨钻，一人把钻，一人抡锤，在巨石下方与山体连接处打了两个眼，装上炸药，导火线放长到上方路边。点燃后，人都躲至安全处。一会只听"咚咚"两声巨响，石渣飞溅，蹦起老高，落到沟对面几十米远的地里，撞得悬崖峭壁叭叭直响，随即"轰隆"一声，那块巨石掉下了几十米深的沟底，碰得沟对面的石崖一声巨响，还把旁边沟道一棵脸盆粗的大柳树拦腰"咔嚓"一声砸成两截。巨石清除，社员没有了后顾之忧，井子湾路也宽了，群众交口称赞。

九、农村多见闻，经历有插曲

秋收后有一天，我和社员在当庄场上打庄稼，闲谈中有人说咱的这个场地还没有赵攀林家仓窑大。我和北京知青都觉好奇，正好赵的儿子赵学能也在一起打场，我们要求他带我们去参观一下。赵学能说"可以"，于是取来钥匙带我们去看。我们进门一看眼前景象，顿觉惊讶，因为我们此前从来没见过这么大的土窑。此窑因土崖高，红胶土夹灰石，土质坚硬，故能打成如此大窑。它高约五米，宽五米，深十几米，放置了两个能存五六十石（担）粮食的大架囤，配有木制高梯供人上下存取粮食，还有二三十石（担）的架囤排列两边，另有各种农具、扇车、生活用具若干件。即便放了这么多东西，还有很大空间，可站十几人分两排打庄稼，真是大开眼界。据村里人讲，赵家在新中国成立前是安塞远近闻名的大地主，出门骑骡子大马，种地牛犋摆队，羊只成群猪满圈，雇着长工伙计，年产粮食百余石（担），家底厚实。新中国成立后政府念其对穷人多有善举，为延安边区政府多次捐款送粮，支援边区建设，故未深究追责。

村里还有几家赵姓人，都是穷苦出身，生活一般。其中有一个叫赵攀银的，十几岁参加解放军，参加多次战斗，未曾受伤，二十来年没有回家。我们

插队时他回来探望八十几岁的老母,我们有幸与其碰面,他当时是兰州军区营级干部,处处展现出威武的军人气质。他的老母亲感到无比骄傲和自豪,见人就说"我娃打仗没伤,性命保全,是善人头上有老天爷保佑着哩"。赵老太因脸上有疤,村里人习惯叫她疤老婆,和三儿子赵攀库都是热心人,乐于助人。我家属几次有病和遭遇困难,他们母子二人都热情帮助。二位老人在我参加工作离开后不久相继去世,这份恩情我终生难忘。

珍宝岛事件后,中苏关系紧张,我们都是基干民兵,经常集训和拉练野营。龙安村古时就是边塞古战场,也是现代战略要地。当时的口号是"深挖洞,广积粮,不称霸",当地决定在龙安村阳背庄开挖防空洞,为防止苏修入侵构筑坚强防线。全县民兵抽调骨干参与施工,并要求所有民兵必须学会"不许动!缴枪不杀!"等十句俄语口令。有时半夜通知早起,得赶夜路步行三十里赶到龙安参加训练。

1971年春,我有幸参加了全公社学习毛主席著作积极分子代表大会。这时已陆续开始招工,很多北京和当地知青都走上了工作岗位,牛心湾的两个北京知青也有了工作,两名知青转回了北京。我因劳动积极、吃苦卖力,生产队借口缺少精壮劳力不给报名,以致错过几次招工机会。十月份,公社召开全社干部、大队书记、生产队长三级干部大会,我队队长因事出门不在,我代表他前去参加会议。会上分配一批招工名额,我立即为自己报了名,随即就被录取了,后被分配到县枣林煤矿。可就在报到日期临近的前三天,却发生了一件事,这件事差点让我失去这次招工机会。

这天,我带领全村男女社员到西山梁刨洋芋,中午过后正干得起劲,看见山崾崄闫岔地畔上来一后生,准备到底沟砍柴。我队一社员说这是闫岔有名的二流子,姓李,小名叫臭毛,好吃懒做,有时去医院卖血,前几天发现在我队洋芋地偷挖一口袋洋芋拿到真武洞集市去卖,被他遇上过,今天可能又来偷洋芋了。社员们一听，让我带人把臭毛叫过来问一下，吓唬吓唬。我有心不去，又怕社员们说我不负责任，就想，问一下也无妨。于是我带了一个比我大一岁的后生，姓高小名叫福和，体格魁伟，全大队有名的劲大后生，过去问臭毛是否偷了我队洋芋。臭毛一口否认，并双手高举镢头，扬言要将我俩砍死。福和见状感到危险，赶忙绕到臭毛身后将其连膀抱住。由于力大过人，臭毛两条胳膊被抱至胸前，手中镢头迅速缩了回来，镢刃反转砍在臭毛前额头上，他的额头立即裂开六七公分长的一道血口子，深至骨头，鲜血直流。我跨步上前夺下臭毛手中的镢头，连同背柴用的麻绳一块扔下沟。臭毛趴地大哭。我一看这样流血要出大事，忙让福和用臭毛的布衫暂时为其包住头。我跑回家中找了一包止血药粉、一根长条布和一小块新棉花跑上山来，见臭毛伤口仍在滴血，已将三十来公分见方的一块干土浸湿。我赶紧为其伤口撒上止血药粉，压上棉花，用布条包扎，止住了血，劝其回家。臭毛哭着回闫岔去了。

过了半个多小时，我们看见闫岔脑畔山小路上臭毛父母带着臭毛边嚎边骂上来了。来到我队洋芋地，臭毛父亲举着一把老镢头，问："谁是福和？老爷一镢头把你龟孙子砍死。"福和一看这阵势，早吓得失了声，躲在人群背后不敢出来。我一看这个情形，只好出面应对："我就是福和。"臭毛父亲恨得咬牙切齿，举着镢头的双手微微发抖，并未落下。该人是出名的心善老实人，根本不会真的砍人的。臭毛母亲也不认识我，虽认识福和，可情急中也没看清楚是否真假，扑上来一把扯住我的衣领，立即撕掉我两颗扣子，在洋芋地厮打开来。社员多人劝架，把一大片洋芋地踩得乱七八糟。这时，我队队长赶着几头毛驴上地驮洋芋，见状喝停厮斗，答应让我和福和带臭毛去县医院疗伤，并负责伤情后续，混乱局面才平息下来。于是，臭毛骑驴，我在前边拉，福和在后边赶，臭毛母亲跟随照看。路上臭毛母亲的态度开始缓和，知道我是插队知青，妻子也是本大队前后村人，原来真正的福和她也认识，说话口气好多了。

十里路，一小时就到了医院。此时天已麻麻黑，我说："医院现在已下班，你们在大门口等候，我去找医生，联系好再叫你们进来。"我来到急诊室，值班大夫名叫王忠，我一看原来认识，就向王大夫说了臭毛的受伤经过。王大夫笑着说："你们这下吃亏了。让病人过来就诊，放宽心，我会处理好的。"我出去将一行人叫进急诊室。王大夫解开布条，扔掉棉花说："伤口已不出血，用针缝合也没有必要，只要清洗消毒，再上药包扎，开点消炎药就好了。"臭毛母亲说："不行，必须住院治疗，这么大一块伤，不缝针留下疤怎办？"

王大夫说："这样的一点小硬伤根本达不到住院标准，况已止血，缝针也要留疤，不但留伤疤，还要留针线疤，更难看，只能回家休养。如果不行，你去找院长，看能不能给你批准。"臭毛母亲一看也没辙了，只好同意回家。王大夫处理好伤口，上药包扎又开了一点消炎药，一共花了八毛钱。我把药费付了。从大门出来，臭毛母亲问我："你们家在哪住？咱们上你家。"我说："我家在牛心湾，街上是父母家，坚决不能去！要么送到牛心湾我家去。"福和说去他家。臭毛母亲一看不行，只好同意回家，但条件是如果伤情有变化还要找我们。我让福和赶驴送臭毛回闫岔，我当晚住在了老家。三天后，我去煤矿报到上班。过了二十来天，我家里人让拉煤车司机捎来话，说臭毛伤口发炎了，来找麻烦，福和领着母亲去臭毛家赔情，说好话，并给送了二升小米。臭毛家是全大队出名的困难户，一见送来小米，立马笑脸相迎，并说受苦人皮实，忍一忍就好了，不碍事。这事之后臭毛家再没有追究。

十、再走知青路，重温插队情

插队三年，郭塌一块的樊塞英也参加了工作，并将家属安置到了真武洞公社滴水沟生产队；王长明两口子都参加了工作；文塞峰后来参军到新疆，还给

我寄来一套新军装。因那时军服军帽是年轻人的最爱，我收到后心里非常激动。塞峰退伍后被安排到延安山狼岔地区办的社会教养院工作。记得我出差在延安城与塞峰相遇，同宿东关旅社，两人互相介绍了各自工作生活情况。我向他背诵了我作的两首诗，塞峰近年提起还能一字不差地背出。1979年，我经塞峰父亲推荐，由煤矿调到检察院工作。我们几人无论工作如何变换，始终没忘掉农民和农村生活，我们的知青情结与友谊更加牢固。与我在牛心湾一块插队的北京知青后来虽未再联系，但相处经历我却难以忘怀。

知青岁月虽然短暂，生活经历并不精彩辉煌，但切切实实都是自己的亲身经历、见闻和体验，没有半点虚假、杜撰、夸张成分。插队生活虽过去已经五十余年，但每每想起都历历在目，就像火红的烙铁打下的深深印记，是我们这一代人宝贵的精神财富。前几年，我刻意重走了一次知青路，想找回那些艰苦奋斗的美好印象。然而郭塌村早已改头换面，那棵镇庄老槐树已荡然无存，杨家老陵那棵特大背搭树也被砍伐了，梢沟已退化。我们知青住的矮房子拆掉了，温志周家古时花石窑洞也没了，新修的石窑里住着温家大儿媳，发现来客，热情让座，端上一杯热茶。她虽不认识我，但听老人在世时经常提起。正在这时，老队长高凤虎的老婆拄着拐棍从上庄下来走进温家，但怎么也想不起我是谁。我说是插队知青高培明，高老婆立马心情激动，说起知青生活和劳动情况，又扯起那年打杏遇上豹子的精彩片段，并说村上过去三十岁以上的那拨人只有她和高凤礼还活着，都已七十大几，村里年轻人都出外谋生或定居他乡，剩下的人都不认识了。闲聊约有一小时，最后我们依依道别。两年后，听人说，那两位老人也相继去世了。

第二个插队村牛心湾，虽距离只有十里地，但自从离开后，近年我只去了一次。现后湾因地形独特，已建成公墓，成为逝者仙居之地。村里老年人均已去世，和我同年等岁的有三人在公墓打工，其他人都移居五里湾沟和白坪安置

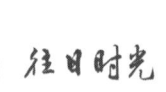

小区，有两户在曹庄安置小区。有些经营果园和大棚菜的，在集市上经常碰到，我们会交谈一些创建产业、脱贫致富方面的话题。

岁月如梭，光阴似箭，回首往事，不觉很是感慨，特以此诗结尾：

知青情可贵，友谊价更高。

困境见真情，奋斗结硕果。

多写回忆录，珍惜每一天。

夕阳无限好，发挥好余热。

作者简历

高培明：男，1952 年生，安塞县中学 68 级毕业生，中共党员，1968 年 12 月起先后在楼坪公社郭塌生产队和真武洞公社牛心湾生产队插队；1971 年 11 月起在安塞县枣林煤矿工作，先后任提升工、以工代干保管兼出纳、文书等职；1979 年 3 月调安塞县人民检察院工作并转干，先后担任法警、会计、书记员、检察员、检察委员会委员、办公室主任等职；1986 年 3 月调砖窑湾镇政府任镇长；1990 年 3 月调王窑乡政府任乡长；1993 年 3 月调安塞县乡镇企业局任局长；1997 年 3 月调县城建局任局长；2000 年 3 月任城建局党支部书记；2005 年 8 月离岗；2012 年 9 月退休。

难忘陕北情

何元良

我是北京女十一中六七届初中毕业生。1969年1月27日,我们告别家乡北京,满怀豪情奔赴革命圣地延安,开始接受贫下中农再教育的新生活,也由此迈出了走向社会的第一步。我们十四名女生和五名男生被分配到安塞县砖窑湾公社苗店大队段庄生产队。初来乍到,十几岁的学生娃从繁华的城市到边远的山村,一切都那么陌生和不知所措。当时又是严寒的冬天,冰天雪地,山路湿滑,漆黑的夜晚没有电灯,没有水,我们这些城市里长大的孩子,一时之间很难适应。当此之时,是淳朴善良的老乡们,把我们当成自己的孩子一样呵护,送水送柴,手把手地教我们烧火做饭、担水砍柴等生活技能。

刚到村里不久,就赶上过春节,考虑到我们远离父母的思家心情,春节期间,生产队长把我们知青分别安排到老乡家过年。在贫困山村物资奇缺,哪家的生活都不富裕的情况下,每个接待知青的家庭都倾其所有,把过年全家舍不得吃的鸡蛋、肉食、油馍、饺子、白面馍等好吃的拿出来接待我们,一连好几天啊!老乡们的热情好客和对知青的爱护,深深地感动着我。第一次远离父母过这样一个不寻常的春节,让我久久不能忘怀!更让我终生难忘的是1970年初夏,毛主席给延安人民的"复电"重新发表,生产队也因此掀起了农田基建的新高潮。我们队在龙王庙沟修建一座淤地大坝,连续多天,知青和社员都奋

战在大坝上。

六月十二日早上,我倒完第一车土,拉车低头上坡时,一个同学正在抢镢刨土,抡起的老镢头不慎碰到我的左眼上,顿时左眼鲜血直流,双眼睁不开了!周围的老乡焦急万分,七手八脚将我放到架子车上送往医院。工地到公社医院六七里地,山路崎岖,还要过一条河。拉车的社员薛美子心急如焚,哪管这些,一路飞跑,气喘吁吁。我躺在车上十分不安,一再跟他说:"我不要紧,你慢点走,我可以自己过河……"可是他根本不顾冰冷的河水和自己严重的关节炎,毫不犹豫地拉车蹚水过河直奔医院。

护送的社员也是一路心急如焚地护送着我到达砖窑湾公社医院。由于伤势严重,公社医院决定立即转送延安地区医院。我被送到地区医院后,伤情惊动了延安地区的各级领导和北京赴延安插队的干部代表,他们纷纷赶到医院看望。当得知我左眼球伤势太重,治好的可能性很小后,延安的领导同志还是千方百计地组织抢救,明确表示哪怕只有一线希望,也要尽百分之百的努力,不惜一切代价保住我的眼睛,并且亲自派车从近百里外的南泥湾接来了北京医疗队宣武医院的眼科主任邓福珠大夫,协同地区医院眼科刘主任制定治疗方案。

就这样,为保住一线光明,一场紧张的北京和延安携手抢救知青伤眼的手术开始了!两位大夫携手作战,他们聚精会神、精益求精,在只有零点二毫米薄的眼角膜上一针一针地进行分层缝合,经过三个多小时紧张细致的操作,在破损的眼球上,一共缝了四十多针,保住了我的眼球。一场手术,温暖着我的心,凝聚着延安人的诚心、爱心和责任心,让我感激不尽。

住院期间,我受到了延安人民亲切的关怀和照顾。各级领导多次到医院看望我,鼓励我要坚强,要面对现实,要有战胜伤痛的信心。我们公社的社员不顾路途遥远,各队纷纷派出代表来医院探望,使我从心底真切地感受到了胜似父母的关爱。这一切是延安人民对知识青年的无私关怀,更是他们给了我战胜

病痛的信心和勇气。这些点点滴滴的延安情，我至今难以忘怀。

住院四十天后，党组织为了使我的伤眼视力得到更好的恢复，决定送我回北京进一步治疗。安塞县知青办派干部张景亭同志护送我回到北京，并协同北京东城知青办的同志为我联系了同仁医院、北京中医医院和解放军301医院最好的大夫，进行中西医和针灸结合治疗，努力争取恢复视力。北京的大夫得知我是为建设延安负伤，都十分同情。他们热情负责，精心会诊，制定治疗方案，一致认为像我这样受到严重创伤的眼睛，能保住眼球，并缝合得如此精细真是少有。他们何曾知道，为保住我这小小的眼球，多少人付出了心血和爱护呀！就说护送我回京的张景亭同志，不仅一路上无微不至地照顾我吃、喝、住，还得保证我的安全。到北京后他又顶着烈日奔走在各大医院，为我联系最好的医生，以求得到更好的治疗。我劝他不要这么辛苦，他却说："只要你的眼睛能得到最好的治疗，延安人民也就放心了，我再累也高兴。"为了安抚我父母，他多次到我家拜访探望，了解家长心情，协调最佳方案，以达到最圆满的效果。

我在北京治病期间，延安人民也一直关怀着我。党组织和贫下中农经常来信问候我的病情，安抚我的情绪，鼓励我战胜困难。县里来京办事人员和北京干部与领导也经常来我家看望我，让我倍感亲人般的温暖。这一切都让我永远忘不了延安人民的深情厚谊。

安塞知青代表给我送来慰问信，每封信都饱含着对我的关心和爱护。他们深情地表示："元良，就是你残废了，我们也要养活你一辈子。"

在医院期间，生产队派专人在医院照顾我的生活起居，村里的老乡托人把家里仅有的鸡蛋、挂面、白糖和香油等当时非常稀缺的食品送到医院为我补充营养。一些素不相识的解放军、下放干部和知识青年也来病房探望。呀！小小的病房，怎么能盛得下延安人民如此之多的深情厚谊呢！

在北京治疗半年后，我的眼睛虽然没有复明，但眼球保住了。因为忘不了延安情，次年开春，我又回到所在生产队，投入到建设陕北农村的劳动中。同时，党组织和延安人民在各方面都给了我许多关怀、培养和教育，使我在人生道路上茁壮成长。

1971年7月，在建党五十周年的时候，我光荣地加入了中国共产党。组织上推荐我参加了"延安地区北京知识青年赴京学习汇报团"。是延安人民的革命精神教育了我，让我的思想境界得到了提高，让我树立了为人民服务的人生观，也因此，我才有了这样的机遇。短短的几年插队经历，让我受益终身。

回忆往事，情难舍，义难断。我在安塞的生活仅仅是生命长河中的一个阶段，我失去的是一只眼睛，收获的是陕北人民的深情厚谊。五十多年来，我从来不曾、不敢忘记。

安塞，是北京知青的第二故乡，更是培育我们成长的摇篮！

作者简介

何元良： 女，中共党员，大专学历。插队前就读于北京女十一中，67届初中毕业。1969年1月赴陕西省延安地区安塞县砖窑湾公社苗店大队段庄生产队插队。1973年4月回京，曾就职于东城区饮食公司、中国评剧院。2005年11月从北京市文化局资产监督管理中心退休。

难忘北京行

张景亭

护送知青治眼睛，
才有良机赴北京。
首都人物援圣地，
复电鼓舞陕甘宁。

（一）

1970年夏，安塞县砖窑湾公社苗店大队段庄生产队，北京插队知青小组在一次农业学大寨农田基建劳动中，发生了一件惨痛的事故，前边一男青年用镢挖土，由于操作方法不规范，不是由前扬起，再下落入土，而是将镢头从背后抡起，违规操作，碰伤了后边正低头用力拉车上坡的女青年何元良的左眼。经延安人民医院和北京眼科专家抢救缝合治疗后，延地革委会决定由安塞县负责将何元良送回北京治疗。

我刚参加完延安地区知识青年积极分子代表大会回来，就得知县革委会确定派我护送何元良回京治疗。去首都是我梦寐以求的心愿，可这次去北京不是一般性的出差办事，这是一次特殊任务，我受党和政府与领导的重托，成为延

安、北京两地人民深情厚谊的桥梁，肩负重任，非同小可。

那时候，我妻响应"我们也有两只手，不在城里吃闲饭"的号召，带着两个孩子回老家已经一年多了。这次我去北京出差，决心带她们娘仨去北京开开眼界。我提前写信告诉了她等车的时间和地点，可忘了"不见不散"的约定。

这次赴京，我不光要护送何元良，还要捎带把已回北京的部分知青的箱子行李送到铜川火车站，托运回北京后再负责交还知青本人。

第一次见到何元良，我很心酸。她是县社两级的先进知识青年，还是一个如花似玉的女孩子。安塞县当时只有县革委会有一辆破旧卡司汽车，满载了一车箱行李，我和身受重伤的何元良挤坐在行李中。7月25日，在安塞至铜川的公路上，我坐在车厢里，这是责任，要保证车上物件不脱落丢失，而元良坐在驾驶室内，是由于残病身体的安全需要。

汽车行到黄陵龙首，我老远就盯着约好的地方，可怎么也找不见妻儿娘仨的人影。我不敢叫停车，心里万分失望，心说不去也罢，可千万别出什么意外。

我把元良安排在铜川"五一饭店"住宿后，急忙到火车站托运箱子等行李。好家伙，车站要打开每只箱子一一检验，并要登记箱内大小物件，谈何容易？只我一人，麻烦费时不说，还要撬锁翻箱倒柜，这是违规行为，又没人跟车押运，到北京后如何给知青和家长交代？

但是没办法，撬吧！翻吧！登记吧！三个多小时过去了，才登记了六七只箱子。我一边担心元良一个人没吃没喝，一边又牵挂妻儿娘仨人到底哪儿去了，有些焦躁。此时，车站领导也觉得费事，占了场地，影响他们的工作，叫大家停下来不用检查登记了。谢天谢地，我整理箱子，挂上撬坏的锁子，办好托运手续，回到饭店。

进饭店后我还对她们娘仨来找我抱着一丝希望，就特别注意"旅客留言

牌"，发现有个"我住二楼 16 号大房间"的留言，通过辨认字迹，我确认是我妻所写无疑，总算找到她们了。

第二天早上，坐火车离开铜川，我们到达西安时已是中午。我按"穷家富路，安全第一"的出远门的经验，从关心爱护人的意识出发，在没有专职医护人员跟护的情况下，决定给元良买一张卧铺票，以保证元良少受颠簸。我和妻儿坐硬席也可省些花销。细心的元良猜测出我的意图后，坚决反对买卧铺，要和我们同甘共苦，说少花点钱。元良这种艰苦节俭、坚强忍耐的精神，深深地打动了我。我只好都买了硬座车票，随后像摆地摊一样在火车站广场的阴凉处行走站坐消磨时光，直等到下午五点多，才检票进站上了火车。

元良在硬席座位上坐了整整一夜，一定腰痛眼困，却没跟我提出任何要求。

火车在黑夜里奔跑，车上的大部分旅客在火车的隆隆声中进入梦乡。因车箱内很热，我和妻子便把熟睡的孩子都放到座椅底下。我离座站起端详着元良这位刚离开父母到革命圣地延安不到两年的少女，经历了风吹日晒，经寒过暑，饥热一顿，饱冷一餐，一年四季同贫下中农生活劳动在一起，她的脸晒黑了，手上长了茧子，和农民有了共同的语言与感情，却万万没想到眼睛会受伤。说那个抢镢头的男知青有过错，倒不如怪贫下中农没有手把手教好他使用各种农活器具的技巧与要领，这都是我们管理知青的干部的责任。现在可好，怎么才能给她父母和首都人民送回一个健全的孩子呢？我们安塞人对不起知青家长，对不起北京人民，对不起信任人民群众的毛主席。看着坐在窗边熟睡的、伤眼被眼罩护着的何元良，我特别难受。她还是个孩子，怎能经受得起五官残缺的伤痛和打击，如何面对失去一只眼睛给精神留下的创伤？

此时，元良受了火车的震动醒了，发现我呆呆地站着望着她。我赶快偏头回避元良的目光，怕她看到我已湿润的双眼，只听见元良说："老张，我给你

看着孩子吧，你们也累了，睡一会吧，到北京还早着呢！"声音是那样清澈，我很感动，点头坐下。

7月27日下午六点，我们到达北京。下火车后，元良的同学来接站，一直细心地把我们领到东城区革委会政治组的振玺同志面前，随后又把我们送到煤渣胡同东城区安置办公室。

我在离县时就决定进京后先避免元良同父母家人见面，待一切安排好后，再让她全家团聚，以免发生冲突。可到京后，可能是元良的同学泄密了，元良的母亲在我们刚开始安排工作时就闯了进来。元良从来没有告诉父母家人她眼受伤的事。现在元良以极度不安的心情，在在场众人的陪同下见到了她的父母，那声泪俱下、痛彻肝肠的气氛笼罩了整个接待室。我也伤感落泪，用不成文体的"响应毛主席号召，落实光辉复电，为国家为集体光荣负伤……"来安慰元良的父母。面对难以接受的残忍现实，用什么语言才能安抚元良父母的情绪，使他们冷静下来？我想只能从爱护元良的基点出发，淡化这种悲伤。我说："你们伤心，我们都能理解。我们来的目的就是为元良治疗，咱们把悲伤化为积极配合治疗的行动吧！"好在，元良父母听从了我们的劝说。我们把他们送回了家。晚上，当地把我们安排到牛街一个旅社。

第二天，我们就投入了工作。

8月1日我就东城区安办、几家医院和元良家长关于"在京医治何元良眼睛的协商意见"，我有关人员进行了协商，大家对于安塞县肯定何元良积极响应毛主席"接受贫下中农再教育"号召，积极参加落实"光辉复电"，在生产建设活动中因公负伤，给予了高度评价和肯定，并对安塞人民和各级党政组织为抢救何元良受伤的眼睛所采取的积极态度和得力措施，表示赞扬和感谢。各级组织、延安和首都医疗单位对元良父母在医治上没有提出任何不合理要求，且能顾全大局、紧密配合、克服困难、胸怀豁达的思想境界和高风亮节的风格，表示敬佩和感谢。这一事故的发生、发展和结局，每一环节都体现了"自力更生，艰苦奋斗"的延安精神，凸显出"一方有难，八方支援"的社会主义大家庭的优越性。

协议里把有关医疗项目、医疗费用、各方的责任和义务，还有相互联系和交款方式等方面都想得周到细致，以保证元良的医治有保障，元良能早日康复。我向县委和革委会作了汇报，得到了"可行"的答复后，在协议书上签上了"安塞县革委会知青办张景亭"，宣告护送元良回京医治任务顺利结束。

返回安塞后，我把去北京所完成的几项工作向县革委会领导和北京驻县代表作了详细汇报，并表示愿意接受对我无组织纪律而私自带家属去北京的批评和处分。领导肯定了我的工作成绩并表扬了我，并没批评我。

不久，县革委会政工组组长李俊奇又派我到"安塞县毛泽东思想宣传队"去。计委雷五本开玩笑叫我"张导"，我单位老翟说我"只会表演葵花向阳开"。离开了知青办一年多后，我又回到知青办。接着我又被抽中下乡参加"整顿农村基层领导班子"，驻队蹲点至1978年春，我奉调沿河湾公社，彻底离开县革委会。

不管我在哪里，元良一直留在我的记忆里，她的眼睛治疗和恢复得怎么样？相关部门是否保证了"协议"的执行，特别是安塞相关部门是否按时如数给同仁医院和元良寄去了医疗费和生活费？

有一年，我得知元良返回安塞后，被分配到安塞县粮食局工作了，我很高兴，这是组织的照顾，也解决了她父母的后顾之忧。一天，我因回单位领下乡的粮票和补助伙食费，在街上碰见了元良。我看到元良的左眼似乎不是她自己的眼睛，而是假眼。我不敢问，难过地低下头想："她还是个孩子，就失去了一只眼睛。"元良似乎看透了我的心思，对我说伤眼没能恢复和保住，由于怕株连另一只眼睛，只好摘除了，换了瓷假眼，说着就动手取出让我看。我急忙

阻止说我知道了，让她把义眼戴好，千万保护好另一只眼睛。元良的伤眼已在我的心里抹去了，而这只"新生的眼睛"，却永远留在我的心中和记忆里。

作者简介

张景亭： 1939年10月生于延安市黄陵县隆坊镇鲁村，共产党员，大专学历。1962年10月参加工作，先后任安塞县真武洞完小教师兼少先队大队辅导员、共青团支委，安塞县农业中学主办；1968年底调任安塞县革委会知青办干事；1978年春任沿河湾革委会副主任兼安塞县水土保持实验区工作站站长；1984春任安塞县委统战部副部长。1986年回原籍黄陵县，先后任黄陵县委统战部副部长、黄陵县委党史研究室任副主任，2000年退休。

插队生活纪实

梁广智

1969年1月27日，是我终生难忘的日子，这一天，我离开首都北京，和姐姐奔赴革命老区延安安塞插队。当时我的心情既激动又茫然，不知道延安是什么样子，只有郭兰英唱的陕北民歌《南泥湾》歌词给我留下的印象，"到处是庄稼，遍地是牛羊……是陕北的好江南"。

怀着朦胧的想法，我登上知青专列，28日到达铜川，因大雪封山住在铜川一中。虽然三天之后雪停了，但山上的积雪还有。我们坐上轮胎绑着防滑链的卡车向延安进发，早上八点上车，经过近八个小时的颠簸，下午四点才到延安，下车时双腿都冻麻木了。抬头就看到

图为1969年春节，作者和好友黄志强在安塞县砖窑湾公社六联大队崖窑坪队插队落户居住的窑洞前合影

了宝塔山，同学们都非常激动，不知哪位知青还高声朗诵起来。当天延安人民用小米饭欢迎北京的知青，我们吃着小米饭，不远处大喇叭广播着欢迎词，播音员用洪亮的声音说道："抗日与解放战争期间，我们八路军、新四军用小米加步枪，打败了日本侵略者，打败了蒋介石，解放了全中国……"这声音至今还经常在我耳边响起。

虽然小米饭没有大米饭好吃，但它养育了革命，养育了这里的人民，养育了来延安的北京知青，所以小米蕴含着浓厚的革命真情。延安的这第一顿小米饭，我至今仍觉口有余香，味觉记忆犹存。

插队第一年

我插队落户的地方是安塞县，现在是延安市安塞区砖窑湾公社六联大队。这里距离公社还要翻一座山，约十五里地，大约是离公社最远的大队。我被分在崖窑坪小队，这里有七八户人家，我当年就住在村民葛老汉家。他家给我们腾了一孔窑洞，我和二十一中的黄志强住在一起，黄志强是21日提前到的。记得到了队里的第一天，我们第一顿饭吃的是杂面面条，这是当年当地最好的饭食，用豌豆面与白面和在一起，擀成薄薄的面条。擀面是考察婆姨做饭手艺的关键。我记得浇面的卤，当地老乡叫臊子，是羊肉丁、土豆丁、豆腐丁做的。老乡热情地给我们煮面盛面，让我们吃饱吃好。至今回想起那碗杂面面条，我依旧回味无穷。

1969年春节在阳历二月中旬，我们到队里才一个星期就赶上过春节，那时农闲，老乡们争着拉我去家里轮流吃饭，东家一顿西家一顿，吃油馍馍，喝米酒。他们拿出了最好的饭菜来招待我们。

为了让家里少担心我们，我们请公社照相馆的师傅到队里，给我们照了

相，我和姐姐、志强分别照了一张，寄回北京让家人看，以抚慰家人的思念与担忧。后来的日子，我听妹妹说，那年春节，家里两个大的孩子插队陕北，父亲远在云南，母亲没有心情过年，连过年的饺子也没做，大年初一就骑着自行车到处闲逛散心。现在想起来我依旧觉得心酸。

春节后，生产队给我们每个知青配备的劳动工具共六大件，有镢头、斧子、铁锹、绳子、锄头、镰刀。这些工具一直伴随着我们后来的插队生活。劳动的第一件事情是要学会上山打柴。队里派村民白长海带着我们进山打柴。他挑一些有老乡年前撂倒柴的山，找一些直溜的干柴教我们怎么整理背子、怎么走路稳当。在老白的示范下，我们学会了打柴，一年下来能从开头每天打几十斤发展到后来每天打一百多斤。虽然很累，也很辛苦，但为了做饭、烧水、取暖，我们必须学会。

插队第一年，我们和老乡一样下地干活，这里的土地大都分布在山峁上，经过多年的雨水冲刷形成沟壑，主要种植谷子、糜子和少量的小麦。一年四季雨水很少，可以说是靠天吃饭。他们管下地干活叫受苦，非常形象。开始我们和社员一样干送粪、播种、锄草等农活，第一年我们一天挣六分，相当于当地婆姨的工分，第二年八分，第三年开始才挣十分。经过一段时间的锻炼，各种农活，我们基本都能干了。

水土不服

一晃几个月过去了，我们的生活逐步走向正轨，白天和社员一起下地干活，队长带着我们耕地、送粪、刨地、锄苗等等，什么都干。我们住的窑洞是葛老汉家的一孔闲窑，因好长时间没有人住，有些潮，尽管天天做饭、烧火，也解决不了潮的问题。吃的水是沟底流过的稍沟水，挑回来要沉淀一下才能

1971年10月，作者在窑洞前与黄志强下象棋

做饭，从那年夏天开始我就闹起了水土不服，开始身上起了红点，痒得钻心，只好挠，但挠也不解决问题。挠来挠去身上起了很多水泡，流了很多黄水，就更痒了。到后来我身上的淋巴都肿起来了，走不了路，没法下地干活。志强找到队长王增厚，王队长见我这个样子说："不能再耽误了，得去公社卫生院看病。"志强和队长商量说："广智走不了路，您看用队里的驴驮着他，我带他去行吗？"队长爽快地答应道："能行，每天队里给你派上一头驴，你带他去公社看病。"队长的一番话让我十分感动，乡亲们对我们这些孩子真好啊。

第二天，志强用队里的毛驴驮着我翻山越岭到了公社卫生院，经过医生诊治，我身上溃烂的情况得到了缓解。志强每天带我去公社医院打针输液，忙前忙后，一个多星期后，我的病逐渐好起来了。现在回想起来，多亏了志强帮我，多亏了队长的关心关怀，多亏了医生的精心治疗，使得我的病得以痊愈，真是患难见真情。现在我和志强都在北京生活，依然保持联系。是他在我最难的时候帮助了我、救了我，我们不是兄弟却胜似兄弟的真情值得我一生珍惜。

第一次回家

1969年国庆节后，陕北的秋收开始了，我们与老乡一起收割谷子、糜子、玉米、荞麦。收获的季节，大家的心情十分高兴。当年按照插队时的规定，知青第一年享受国家供应十个月的粮食，每月四十五斤毛粮、三两油，从十一月

开始就要从生产队分粮了。十月中旬我和志强的粮食已经吃得差不多了，新粮还没分，怎么办？总不能挨饿吧！

我和志强一合计，回北京。

十月下旬的一天下午，我和志强翻过一座山，到了砖窑湾公社的公路边。公共汽车一天一班，早就开走了，我俩只好在公路边，看着过往的卡车一辆一辆从身边驶过。眼看天色渐渐黑了，我们沿着公路朝着延安方向走去，一边走一边回头看。正在我们走走停停的时候，我们就看到远处驶来一辆大卡车。我们俩站在路中央向卡车挥手。卡车到了我们面前停下来，我们一看车牌是解放军的车。司机探出头问我们去哪里，我说："解放军同志，我们是北京的学生，在这里插队，我们要去延安再回北京探亲，没钱坐车，您能捎我们到延安吗？"解放军听完，爽快地说："上来吧，我们也去延安。"就这样，我俩搭车顺利到达延安。

我们没急于找旅店住宿，先到了延安长途汽车站看有没有第二天去铜川的车票。当我看到车站售票窗口贴着的通知，心就凉了，通知是这样写的："为防止北京知青倒流回城，本售票处去往铜川西安的车票，不售给北京知青学生。"落款是延安运输公司长途汽车站。买不到票怎么回家呢？

我们在汽车站徘徊了许久，也没想出个好办法，索性不想了，转到站外溜达。当时的延安是非常贫穷的，街上来往的人都穿得破破烂烂，还有些人沿街乞讨要饭。看着这些人，我突然想到一个办法，车站不卖给知青车票，当地人总能买票吧！我找个当地人帮我买票不就行了，于是我对一个身穿羊皮袄的乞讨者说："你愿不愿意帮我买两张延安到铜川的汽车票？我给你一斤陕西粮票、两毛钱。"他非常爽快地答应了。当年的一斤陕西粮票、两毛钱可以让人在饭馆吃一顿好饭，相当于现在的几十元。

第二天清晨六点，汽车站开始售票了，穿羊皮袄的人帮我们买了去铜川的

票，我也守信给了他粮票和钱。拿着到手的票，早上八点我们坐上了开往铜川的汽车，当时我们心里别提多高兴了。我们当天到达铜川后，转火车到西安，从西安又坐了近二十个小时火车回到北京。

回到阔别一年的家，妈妈看到消瘦的我，问我"过得怎么样？"。我说："挺好的，能吃饱，别人能生活，我也能过。"我的原则是对家人报喜不报忧。就这样，我在北京家里住了四个月，在家过了一个春节。给我印象最深的是北京市在春节供应节日商品，也给回家探亲的插队知青半斤花生、三两瓜子，还有香油和补助。这些和北京市民的待遇是一样的，让我感受到了首都对我们知青的关心和温暖。1970年3月返回陕北时，妈妈怕我回去吃不好饭，给我带了很多吃的，挂面、酱油膏、炸酱等等，装了几个大提包。回到队里，我把吃的东西大部分给了同学，自己留了小部分，开始了新一年的生活。

北京支援延安

经过一年努力，我的身体适应了当地的生活习惯。回来后，生产队根据出工情况给我分配了口粮。由于皮肤病，我误工多，挣的工分不够，分配时我还掏了十六元，才分了一个半人的粮食，大约四百五十斤毛粮。这也深深地刺痛了我，我觉得干了一年，连自己都养活不了。

当时延安地区老百姓的生活很艰苦，糠菜半年粮，有的人冬闲时去讨饭，春天再回来劳动。1969年来延安插队的北京知识青年达两万八千人，我们安塞县也有近两千名北京知青，给本来就不富裕的陕北老乡增加了负担。缺油少盐的日子，让知青忧心忡忡，不安心劳动的人大有人在。这种情况反映到北京，惊动了党中央。为此党中央国务院召开了延安地区有安置北京知青插队县的县委书记、县知青办主任座谈会，这在历史上还是第一次。会后中央专门

发了二十六号文件，对知识青年的安置工作给出了很多具体政策。北京市还派了一千二百名北京干部支援延安，帮助管理知青。

来到六联大队的北京干部叫张汉英，来自东城区工会。他四十多岁，个头不高，是一个平易近人、很有亲和力的干部。我

梁广智（中）田间小憩时与队友攀谈

们大家都称呼他张叔。他到了我们大队以后，第一件事是重新把知青组织起来，把分散在四五处的知青，全部迁到苗家河队，利用知青建房款，让生产队选址打了五孔窑洞，把知青全部集中在一起，便于生活、便于管理。后来在他的带领下，我们知青集体开始了新的生活。张叔组织我们学习《毛泽东选集》，每月还开一次讲用会，大家轮流讲学习体会。他还对每个知青的体会进行点评。通过学习，大家也能够安下心来，接受插队生活的现实。

为了改善知青的生活，张叔还帮助我们买了两头猪崽，让我们养猪。我们还从北京买来菜籽，在生产队分给我们的自留地里种了各种蔬菜，有茄子、西红柿、柿子椒等，长势喜人，当年的生活就有了改善。

1971年后，经过了两年多的锻炼，知青们迎来了招工上学的好消息。张叔为了能够尽快地把这些北京知青安置出去，下了很大的功夫。二十世纪七十年代初，"文化大革命"还没有结束，同学中有一部分人的家长，有这样那样的"问题"。受到家长的影响，有的分配就业、推荐上学等都成了大问题。北京干部看在眼里，急在心上，在推荐会上，与招工的单位据理力争，讲政策。通过他们的努力，一大部分同学走上了新的工作岗位。

我们大队的知青陆续都分配走了，由于身体原因，村里就剩下我一个知青

了。小的时候，我左边的胳膊感染过骨结核，做过刮骨手术，随着年龄的增长，做过手术的手臂发育受到影响，与正常的手臂相差一手掌长，干起农活很别扭，招工上学的相关单位都以我是残疾人为由而拒绝给我机会。

张叔对我很关照，劝我不要着急，耐心等待机会。后来在张叔的关照下，经过北京医疗队王云钊医生的帮助，我到延安人民医院进行了检查，医院给我开具了伤残诊断证明，并经安塞知青办和北京知青办批准，于1973年初病退回到了北京。

再回延安

梁广智（右二）和北京知青联谊会知青合影

2009年7月，应安塞区政协邀请，我和安塞北京知青联谊会荣乐乐会长一行十人重返延安，时隔40年终于回到我插队的第二故乡——安塞。这是我离开延安后第一次"回家"，心情无比激动。

当列车驶入黄土高原，从车窗向外望去，山上绿树成林，光秃秃的黄土山不见了，绿色植被恢复了。我心里想，这四十年的变化太大了，完全认不出来了啊。

包茂高速路从县城穿过，安塞标志性建筑物红色的大腰鼓楼，高高矗立在县政府南边的腰鼓山（原称墩山）上，城内道路整洁，高楼林立，充满了生机与活力。

在县里，我们受到了隆重的接待，县委书记、县长亲自和我们座谈，政协主席朱辽成全程陪同，亲切的话语使我们仿佛又回到了四十年前受到热烈欢迎的时刻，场面非常感人。第二天，我们公社大队的领导开车接我们回了村。

村支书文平见到我们非常高兴。我插队时他在村里还是个娃娃，一路上他和我们聊天拉家常，介绍队里的变化。回到队里，我看到了当年的老队长王丕宽，都是快八十岁的人了，精神还很好，还认识我，说："你是梁雅琦的弟弟梁广智。"在书记的陪同下，我们参观了队里的蔬菜大棚，也去看了我曾经住过的知青集体窑洞，由于多年没人居住，窑面破旧，但仍然保持着原来的面貌。我站在窑洞前思绪万千，插队时的生活一幕幕浮现在眼前。站在山坡上，放眼对面山，满山绿树，尽收眼底。退耕还林，保持水土，保护生态，造福子孙后代，这是党的好政策带来的山乡巨变。

临走时，队里的乡亲们送出我们好远，还给我们带上了当地的小米、黄米等土特产，让我们十分感动。再见乡亲们，再见安塞，再见延安。我在有生之年还会回来看望乡亲们！

作者简介

梁广智：1950年12月出生，1967年北京铁路二中毕业，1969年1月与姐姐到延安安塞县砖窑湾公社六联大队插队。1973年3月病退回京，在北京朝阳区副食品公司立新基层店工作，担任副经理、党支部书记。回京后，坚持边工作边学习，先后在朝阳职工大学、中央党校北京市委党校分校学习，取得经济管理专业本科学历。2011年退休。

终生难忘的插队岁月

张连薇

我是北京地安门中学六七届学生,1969年1月到安塞插队,曾在安塞和延安工作,1983年调离延安。回想一生中最美好的黄金岁月,都是在陕北安塞度过的,我心中思绪万千,往事历历在目。

一、到达肖官驿

1970年夏,肖官驿大队知青学习会。前排蹲坐着的是张连薇,站立者为霍秋梅,霍秋梅右后为王淑秀,后排戴白毛巾者为黄德鹏

1969年1月,正值天寒地冻的时节,我们从北京出发,在火车上、铜川、延安、安塞县城各住了一晚,终于看到了肖官驿生产队来接我们的老乡和几辆毛驴车。分到肖官驿的知青共十一人(八女三男)。我们把箱子和行李放到车上,人坐上驴车就上路了。县城距肖官驿四十六里,当时有二十里路可以走汽车,但这段路要过四道河,后面的路只能走架子车和

自行车，一会儿上坡，一会儿下坡，后来小毛驴拼了死劲也上不去坡了，我们都下了车，开始步行。一路上大家走得很累，就在老乡说还有十里路到达肖官驿时，天空开始刮起了黄风，空气中弥漫着沙尘，呛得人喘不过气。一路上我们和大风搏斗着，睁不开眼，一个个都成了土人。傍晚时分，总算到了郝家坪公社肖官驿村，在这里，我们开始了插队生活。

二、肖官驿的乡亲们温暖了我们的心

肖官驿地处县城北边，是一个只有三十几户人家的小山村，全大队有四个自然村，肖官驿的条件比周边村稍好一些，有公社的卫生分院、代销店，卫生院外有一口水井，延河的支流肖水河从村边流过。肖官驿值得回忆的人和事太多了，但让我记忆最深刻的是到生产队后过的第一个春节。

陕北农村的条件是很艰苦的，刚到生产队，一切都不习惯，大家一个个都灰溜溜的，打不起精神，所有人都特别想家。村里老乡在农闲时常聚集在代销店或小学校门前聊天。春节前的一天，天气晴朗，知青们也在小学校门前和老乡们一起聊天晒太阳，村里的娃娃们在一旁嬉戏玩耍。这时队长向这边走来，手里拿着厚厚的一摞信，边走边喊，娃娃们北京来信了。大家立即围了过去，每人都收到了两三封信。看到家里的第一封信，知青们情不自禁地都哭了，这一切乡亲们都看在了眼里。队长在村里是个见过世面的人，他的伯父随部队作战后留在了兰州军区，他曾数次到兰州、西宁去探望伯父，所以队长总觉得我们这些北京娃娃来到农村受苦了，很照顾我们。我们刚到肖官驿时不会担水，不会烧火，也不会做饭，队里就派人帮我们做。马上过年了，村里有几家办喜事的，谁家办喜事，知青就都被请到谁家去吃席。没人家办喜事的时候，村里就把我们分散派到各家去吃饭，老乡们都争着把准备好的过年食品给我们吃，

自己却舍不得吃。可以说过年这些天，我们吃遍了陕北农村的美食：炸糕、油馍馍、扁食、粉汤、带馅的黄馍馍、八大碗、羊肉等。我曾多次听队长说："娃娃们要吃饱，吃饱不想家。"生产队对我们的体贴照顾，乡亲们对我们的一片真情，让我们很感动。虽然条件很艰苦，但我们过得很愉快。

有一天下雨没出工，一个老乡让他家女娃给我们送来一升葵花子。我们特别激动，一个个高兴得手舞足蹈，七手八脚地开始烧火炒瓜子。瓜子炒熟了，大家迫不及待地开吃，吃得那叫一个高兴，这个说这瓜子怎么这么香呀，那个说在北京时吃的瓜子真的没这个好吃，还有人说这瓜子真比肉香。当时在北京只有过年凭票、凭购物本才能买到瓜子和花生，而且每人只给几两，现在在这穷乡僻壤，老乡把自家自留地种的为数不多的、留着给自己家娃娃吃的葵花子送给我们，想到这些，一股暖流涌向心田。淳朴善良的老乡们对我们太好了，拿我们当自己家孩子一样看待，事事关心爱护我们。我们虽然远离亲人，但肖官驿的老乡就是我们的亲人啊。这时又有几户老乡陆续给我们送来葵花子和黄豆，并告诉我们怎么炒出来的黄豆酥脆，什么时候放点淡盐水更好吃。五十多年过去了，现在想起这些，我心中还是感慨万千，好想念善良的肖官驿的亲人们啊。

插队第一年，我们没有挨过饿，而且每顿饭都是有菜有主食，队长经常派婆姨们变着花样帮我们改善伙食。那时候，不管是本村的还是周边村的，只要有杀猪的老乡，都会到我们知青点卖肉。有时买了肉，连酱油都没有了，我们就到老乡家去讨酱（豌豆做的），虽然酱的颜色有点重，但味道不错。不管去谁家讨，老乡都高高兴兴地给我们。离我们近的两家，被我们多次讨要，也没有不耐烦过。现在想想，那时候真的是孩子，也不懂得不好意思。我回京后曾把老乡对我们的好和我们与老乡间的生活趣事讲给父母听，父母眼中闪着泪花，由衷地感谢老乡们像父母一样关心爱护我们。第一年回家后，父母都说我

人胖了，身体更健壮了，他们也更放心了。

在插队的日子里，我认真地学着每一样农活，送粪、掏地、点豆、铡草、锄地、割麦子等等，有时要走三四里山路去干活，中午还不回来。当时为学会担水，我磨破了肩膀。我开始干农活后，手上磨出层层血泡。当时确实挺苦挺累的，但我始终坚信，只要坚持，一切困难都会被克服。插队的种种经历，锻炼了我的意志品质，培养了我不畏艰难、积极向上、热情开朗、真诚宽厚的性格，使我终身受益。知青们每天收工回来，吃过饭就坐在崖畔上聊天、唱歌，生活得非常快乐。

广阔天地，大有作为，肖官驿大队的知青在农村的表现都很好，能和老乡打成一片，虚心接受贫下中农再教育，多人在插队期间入团入党，是全县知青的先进集体。1970年第十期《红旗》杂志还刊登了肖官驿大队知青接受再教育的文章。

1971年2月，我离开肖官驿，被抽调到沿河湾公社马家沟队蹲点，协助县里干部，共同做好基层的管理以及当时的"一打三反"工作。这一年，我住在老乡家，每天吃派饭。蹲点结束后，我被分到安塞县文教系统新华书店工作。

三、在新华书店的日子

安塞县新华书店是县里唯一一家书店，共有职工六七人，包括会计、出纳、保管、营业员及下乡流动销售员。我到书店后被分在门市做营业员。

门市部的面积约五十平方米，营业员平时就我一人，负责营业和店内书架及柜台的卫生。店里中午的时候人多一些，来的大部分是中学生。遇到赶集的日子，人就更多了。书店忙的时候也是很累的。

新华书店担负着整个安塞县中小学校学生春秋两季课本的发行,每年过年前后的年画销售也非常火爆。春节期间,特别是遇到赶集日,满屋子全是人,真可以用摩肩接踵来形容。

年画销售高潮一过,马上迎来春季课本销售,除了大宗的订单从库房销售,全县其他村办小学的订单都在门市销售。最忙的时候全员上阵,经常是顾不上吃午饭。来买课本的民小老师,有的离县城将近百里,交通不便,山路崎岖来一趟很不容易,所以这段时间我们保证,不管是上班前还是下班后,有来买课本的,无条件即时办理,必须让学生们按时拿到课本,让老师和同学们满意。

书店的书籍订阅是各出版社将订单邮寄给各地的新华书店,然后根据书店的订单数量进行发货。书店虽属事业单位,但订单填写得是否合适,直接关系到销售和库存。为此我们在门市部挂出意见簿,顾客有需要的书籍,但店内没有的可以进行登记。那几年高考还没有恢复,关于学习的辅导资料和工具书非常短缺,如《成语小词典》《汉语常用词典》《数学识题解析》《钢笔字帖》等,有关于这方面的订单我们参考学生的实际需要,订购全部所需数量。对于不好

张连薇1972年6月在安塞县新华书店花椒树旁

1975年9月张连薇和书店同事分别前留影时,花椒树已长高

订购的书籍，我们会主动与新华书店总店发行科联系，发行科查到我们所需的书籍有哪个出版社已经开始发行了，会给我们寄来订单，我们就可以订阅了。订阅工作得到了广大师生的欢迎，对同学们的学习起到了很大的帮助。为此，安塞县新华书店的工作多次受到县里的表扬。

中国历来都有过年贴年画、贴春联的习俗，特别是在农村，每家每户都有需求，过年要换新年画，办喜事也要贴年画，可以说年画丰富了人们的精神生活，满足了人们的视觉享受，美化了居住环境。每年书店的年画基本销售一空。销售年画是最麻烦的，年画尺寸大，纸薄，很容易破损，有一点损坏就没人要了。为此，我们把年画编号后，提前进行编号组合，有的是两张画一组，有的三张画一组。如胖娃娃抱着大鲤鱼的年年有余，搭配一套样板戏的四条屏，总之，花色样式尽量艳丽漂亮，卷好系好。这个办法减少了销售环节，加快了销售速度，受到老乡们的赞扬，特别是逢赶集日时，非常受欢迎。

了解了书店的工作性质和情况，我想我不能在工作量最大、工作最忙最累的时候逃避，我要在工作需要的时候，积极主动地做好本职工作。我在书店工作期间遇到四个春节，除了一次家中有事回京探亲，其余年份在工作最忙的时

2015年9月张连薇回安塞时去看望书店老同事任佩玲

候，我始终坚守在自己的岗位上。

在书店工作，我学到了很多，例如熟练掌握了珠算的多位数乘除法，因为珠算在当时的工作中是随时要用到的。对每次新进的书，我都粗略地看一下，了解书的主要内容，以便能更好地向读者介绍推荐新书。我的工作得到了大家的认可。书店的几位同事关系都很好，真的是生活上互相关心、工作中互相帮助。

2015年回安塞时我去看望了书店的老同事，见面后有说不完的话、叙不完的情。

四、后记

1975年9月，我被调到了延安地区建筑设计室工作，1983年3月离开延安。正如一首歌中所唱的，"人生中最美的珍藏，正是那些往日时光"。岁月如梭，往事如烟，但第二故乡的山山水水、像亲人一般的乡亲们、同事们，是刻在我脑海中永远的记忆、永远的珍藏。

现在安塞已成为延安市的一个区，与市区连成一片，我和同队的王淑秀、霍秋梅、周福生四人于2015年9月、2017年9月两次回肖官驿看望老乡，并给每家带去礼物，亲人们相见热泪盈眶。我们和乡亲们相互嘘寒问暖，有说不完的话。队里杀了羊招待我们，临走还给我们带了红枣和小米，大家都非常兴奋。2016年肖官驿遭受严重雹灾，我们很心痛，非常惦念乡亲们，我们四人为表达我们的微薄心意，捐款五千元，为老乡们送去面粉和食用油。现在肖官驿老乡们家家都过上了好日子，村里有考上大学的，有在县城买房的，有在延安、西安工作的，村里婆姨们人人都有手机，还建了微信群。队里还有一个香菇养植厂，生产的香菇质量很好，销量不错。亲眼看到乡亲们现在的幸福生

活，我们真的为他们高兴。

2017年9月回安塞期间，我们在延安住了十天，亲眼看到了延安的巨大变化。延安的交通四通八达，真的是今非昔比，现在的延安一点都不比大城市差。登上延安最高的清凉山的山顶，眺望宝塔山和延安新城老城景色，非常兴奋，我们真为延安的飞速发展骄傲。我们还先后参观游览了枣园、延安革命纪念馆、延安北京知青博物馆、杨家岭、金延安、安塞腰鼓山、南泥湾、黄帝陵、壶口瀑布、延川梁家河、乾坤湾、榆林红石峡、靖边波浪谷等。

我在延安生活工作了十四年，难忘的青春十四年啊。我最忘不了的是老区的乡亲们积极乐观、正直淳朴、真挚善良的品质，这也是我一生的座右铭。感谢老区的乡亲们，如此厚待我们。愿老区的乡亲们幸福万年长。

作者简介

张连薇：北京地安门中学67届学生。1969年1月21日到安塞郝家坪公社肖官驿插队，1971年2月至11月在安塞沿河湾公社蹲点，1971年12月至1975年9月在安塞县新华书店工作，1975年9月至1983年3月在延安地区建筑设计室工作，1983年3月至1991年6月在河北宣化啤酒厂基建办公室工作，1991年8月至2006年在北京祥龙博瑞汽车服务（集团）有限公司资产管理部工作，2006年退休。

我在安塞插队时的生活

吴 正

我十八岁那年响应党的号召来到陕北安塞插队落户，在插队时和当地农民同吃、同住、同劳动，虚心接受贫下中农的再教育。这一段不平凡的经历让我终生难忘。

参加第二届延安地区积代会。前排右三为作者，右二为梁雅琦

到农村不久，我切身感受到了农村生活环境的贫苦、当地医疗卫生资源的匮乏。在缺医少药的情况下，我决定通过自学针灸的方式帮助当地村民缓解疾病带来的困扰和疼痛，祛除病害。我经常步行四十里地到县里购买有关针灸的书，边学边实践，在自己身上反复练习针灸技艺，只为能够尽早为村民们诊病和治疗。下面讲几个我亲身经历的小故事。

一、我为村民针灸得到了他们的认可

一天在山上锄地时，一位三十多岁的老乡（帮助知青做饭的大师傅的弟弟）突然腹部剧烈疼痛，当时我看到他在地头来回打滚的样子，诊断他是胃痉挛发作。我给他在腹部中脘等穴位下针，结果立即见效，病人的痛楚得到了明显缓解。见此情景，围观的村民们惊喜地看向我，纷纷表达了感激之情。自那以后，我会针灸看病的消息就传开了，村民们偶有头痛脑热，都愿意找我帮忙诊断和医治。

二、学习与实践

记得有一次，牛队长的儿子突发高烧不退。深夜，我匆匆赶到队长家中，队长问我会不会打针。孩子烧得厉害，可天色已晚，去不了公社卫生院，家中有公社卫生站取来的注射液。那时我只会针灸，没有注射的经验，但看孩子烧得那么厉害，全身滚烫，我觉得不能袖手旁观，救人要紧，于是便做好消毒工作，给孩子注射了药剂。因为是第一次使用注射针，操作的时候皮肤表层鼓起大包，药水没有进入肌肉。我一边揉一边往下扎，终于成功把药注射了进去。经过一夜的守候，第二天孩子退烧了。我在感到欣慰的同时，也深刻意识到，

光会针灸满足不了治病的需要，还要继续学习和实践更多的医疗知识才能够帮助村民。随后我在回京探亲期间，买了维生素 B_{12}，在父母和兄弟姐妹身上练习注射。归队后我又到公社卫生站虚心请教医生，边看书边学习，很快掌握了注射技巧。我不仅会扎针灸，还学会了打针，这在当时无疑极大地方便了村民看病。

三、突发事件

一天，我们正在劳动，突然听到对面阳队有人喊"窑塌了，快救人呀！"。大家立刻奔赴现场，现场一片混乱。有的人下半身埋在土里，有的人只露出一只胳膊在喊，有的人在哭，大部分人都在用双手刨土。听有人喊"土里还埋着人呢！"，我们知青立刻加入了救助现场。

人多力量大，一会儿，两个农民和我们的同学邵英才都被救出来了。当时让他们平躺在地上，同学们轮流为邵英才做人工呼吸。我立即拿起了针，给他们三人在急救穴位上扎了针。通过救治，两个农民苏醒过来，而我的同学邵英才因事发前刚吃过一口馒头，土又埋得太久太深，他的心脏永远停止了跳动。

插队不到六个月，北京知青邵英才就这样离开了这个世界。现场的知

作者插队期间同插队知青在延安参观杨家岭革命旧址留影，从右至左，依次为吴正、李敏霞、宋玉梅、李玉娟

青同学全都哭了！后来我们集体为他守灵，寄托我们的哀思！

还有一次，阳队来人叫我去给产妇接生。我当时就蒙了，抓起一本医书，急忙奔到产妇家。产妇正躺在沾满灶灰的炕上，孩子已经快降生了，产妇一直在呻吟着。她的爱人双手沾满鲜血，坐在炕边不知所措。我当时也没了主意，一边安慰他俩，一边在产妇肚脐下关元等穴扎了三针。孩子出生后，我一直陪护在产妇身边，边看医书边安慰他们夫妇俩，等待公社医生的到来。后来医生肯定了我现场的救助方法。这次突发事件让我意识到我掌握的医疗知识太少，想做个名副其实的赤脚医生，自己还差得远呢，下决心一定要努力学习！

四、村民们的馈赠

我的针灸治病技术得到了村民的认可。一位老大爷多年的老寒腿犯病了，疼得无法行走，我就用长针透穴的方法为他连续治疗了七天。老人家腿疼有所缓解，为了答谢我，给我煮了一碗杂面，碗里竟然放了七个鸡蛋。

一天晚上，有一位老人突然牙疼得厉害，我给他在脸上颊车、下关等穴强刺激扎了五针，合谷穴透后溪穴，三天后老汉的牙疼好了。事后他很感激我，连续几天邀请我去他家，说是让我给他扎针，其实饭菜早已备好。我盛情难却，只好顺从了。

招工离开前，知道我要去工厂了，村民们轮流请我到他们家吃饭。不少人为我送来了大枣、鸡蛋、小米等，仅鸭梨就装了两提包。临走那段时间，我很少在集体灶用餐。我真是不舍队里的父老乡亲们啊！

在陕北插队的故事很多很多。这段不平凡的岁月与经历，为我今后的人生历程打下了坚实的基础！我终生难忘那里的山、那里的水、那里的土地，那些朴实憨厚、可爱可亲、值得尊敬的乡民！

作者简介

吴正：女，1950 年出生于北京，1967 年毕业于北京第五十四中学。1969 年 1 月 15 日，响应党的号召来到陕北安塞县沿河湾公社闫家湾大队花里湾背队插队。插队期间，曾于 1969 年、1970 年两次参加延安地区活学活用毛主席著作积极分子代表大会。1970 年 9 月，被招工到陕西汉中 81 号信箱，做统计工作。1987 年 6 月调回北京，在北京地铁运营有限公司供电分公司做综合统计工作。2002 年首都经贸大学统计专业研究生毕业。曾于 1999 年、2010 年两次从北京回到陕北，参加知青林植树造林活动。

安塞记忆

鲁米嘉

王窑水库建设的回忆

光阴荏苒，岁月如梭，每当回忆起五十多年前王窑水库的建设，我便沉浸在青春岁月参与水库建设的许多美好记忆里……

1970年初，我们知青插队的地方，经上级和专家多次考察调研与勘测后，被确定为修建水库的最佳地理位置，它位于黄河支流延河的一级支流——杏子河中游的延安市安塞区王窑乡陈子沟村（也就是包括我们队和相邻的郭家沟队）。此地的乡亲们，每天沸沸扬扬地谈论的全是将离别祖辈几代人居住的家园的话题，必须服从大局，这是国家规划建设的需要，所有村民必须为大家舍小家，做好迁移准备。移民安置工作在分期分批地宣传、疏导、准备落实……

王窑水库开工建设初期，上级指示各生产队的民工先填沟平地，把沟壑纵横的山窝窝沟岔口的山地一个个填平填齐。确保工程地质、地基稳固，才能确保下一步水库基建的顺利实施。我们全大队十几名知青没有迁移家园的诸多问题。队里知青听公社统一调整后，再统一分配到王窑其他公社的队里。在这种情况下，队里知青自然就是当之无愧的建设水库的第一批积极响应者。王窑水库初期工程建设选址开工，将建设我们插队的地方作为建设水库工程第一

阶段，我们队和郭家沟队的连接地段，自然是水库第一阶段开工建设的关键点位。

在上级分批分期部署安排，迁移任务陆续落实的情况下，全大队的所有社员全力投入王窑水库的初期工程建设。我们这些知青意气风发、干劲十足，与各公社派来的知青们和社员民工们组成各自的先锋队，投入了工地大会战，与队里的民工同甘共苦，同吃、同住、同劳动。

我们参与水库建设正值秋末冬初，会战约定三个多月。回想当时，没有任何机械化设备，我们全凭双手和自带的手工工具，如老镢、铁锹、架子车、打石夯，一铲一铲地挖土装车，人工拉推车，每天都挖够规定的土方……

为了使土方平整坚固，就需要当时不可缺少的打石夯。这一般是男强劳力的活，可我竟和生产队的女知青李春生、徐桂林、章洁燕、乔茂珍组合，轮流打石夯。她们四人拉着绳子，石夯角绑扎粗绳，我当中间一根木棍的夯手，也就是指挥。我们还要和老乡们一样，学着喊出打石夯的口号。我们必须集中精力，五人互相配合，用劲一致，稍有一方用劲不足，石夯方向偏了，就会砸到我的脚！只有用劲平衡，石夯抬起的高度合适，平稳落地，打石夯才能起到平整土地的作用。当时正值秋冬季，全国农村正掀起农业学大寨的热潮，我们也用实际行动做了贡献，可以说是自豪终生！

我是个爱说爱笑的乐观派。刚开始，我提心吊胆地尝试模仿工地其他打夯组合的节奏和打夯的口令。刚开始我用力不平衡，抬起的高度也不够，但我多次试着配合，悟出感觉，终于找到了打石夯的窍门和用劲技巧，减少了东拉西扯不一致而造成的胳膊、肩膀疼痛现象。我们用最短的时间掌握了打夯的技巧，加油呼喊，和工地对面男劳力的打夯号子声遥相呼应，响彻了整个工地和山谷，同时也给工地带来了欢乐气氛！

"赌局"的启示

每逢过年、节假日或和全家人聚餐的时候,我都会将我在陕北亲身经历的一件事当笑话讲给家人和亲朋好友听,因为那是给我人生留下刻骨铭心的记忆的往事……

1972年,我被安塞地方政府分配到安塞县唯一的影剧院工作。当时县文化馆、电影院、书店、广播站是一体的文化单位,员工都安排在一个大灶(食堂)上吃饭,每人每天统一一日三餐的定量,定时就餐。就餐如有变化,都要提前跟食堂管理员或做饭大师傅报备,否则就没有多的餐食或会造成浪费。

在当时的计划经济时代,粮票是命根子。我们刚分配工作岗位,就按国家定量规定,交全国通用粮票,定量定餐。

1972年6月的一天,正好赶上那天是安塞县真武洞镇赶大集的日子,一般逢农历四、九是赶集日。安塞县真武洞镇唯一的新建不久的电影院,必须满足喜爱看电影的县城人和赶集必看电影的群众的观影需求。

记得那天放映的是国产影片《喜盈门》,因为在放映过程中放映机出了点故障,延误了放映结束时间,自然也就耽误了我吃午饭。等放映结束我赶去吃午饭时,管理员和大师傅特别尴尬和疑惑地问我怎么现在才来吃饭。十分简易的餐厅窑洞里,还有其他文委口的同仁们在陆续取饭和吃饭。我当时十分诧异地问:"我没报我不吃午饭,怎么就没有我吃的了?"可能当时询问的口气带着饿急了的劲,一下惹急了做饭的大师傅,他用标准的陕北话对我说:"你们电影院领导没告诉你吗?文委上级有人视察工作,你那份饭已经打走了……"我正疑虑时,大师傅把大灶台上的大蒸笼盖子拎起说:"你看,锅里只剩下我自己从家里带来吃的两个高粱麸皮与糠面做的窝头,你们北京娃吃不哈(下)这个。"他还带着讽刺口吻说："北京娃就是北京娃，你们也就是到陕北插队镀镀金，吃不了我们这里受苦人的苦和罪，早晚都会回京的……"大师傅的话一下激怒了我，我义正词严、理直气壮地当着食堂吃饭的几个熟悉的各单位同仁的面，反驳了大师傅几句。大师傅马上说："你敢打赌吗？今天你当着大家的面把这两个高粱麸皮窝窝吃了，我立刻给你上一盘炒鸡蛋！"我一听，毫不犹豫地当着在场所有人的面，答应了这场"赌局"。

回想当时吃的那两个高粱麸皮与糠面混杂的窝窝头，我拿到手里时它就散成了碎渣块。我想，一鼓作气吞咽下去还不容易吗？可真没想到，窝窝头粗糙得嚼不动，吃在嘴里就像满嘴吃的麸皮渣粒，难以下咽，还真叫我"始料未及"！但想到这场赌局不能输，我就强忍着，尽量不让在场人看出我难咽的破绽，把两个粗糙的窝窝头咽进了肚子里。在场的人都拍手叫好，说："好样的！好样的！赢啦！赢啦！一盘炒鸡蛋！一盘炒鸡蛋！"听着大家的叫好声，我坦然自若、不动声色地露出了胜利的微笑，随后上了趟厕所，把糠面麸皮全都吐了出来……等翻江倒海的肠胃稍舒服点，我带着胜利的欣慰回到食堂一看，一盘炒鸡蛋已被见证我胜局的同仁们"光盘"啦！

此后，每当我参加家庭和亲朋好友的聚会、过年过节时，看到满桌摆满丰盛的美味佳肴，我不由自主地就会想起当年在陕北可笑的"赌局"的故事……

作者简介

鲁米嘉：1951年出生，1969年至1971年到延安地区安塞县王窑公社道地湾大队道地湾小队插队。1971年被评为大队、王窑公社学习毛著积极分子代表，参加县级积代会，同年七月左右被抽调到安塞县沿河湾公社主管妇女工作，不挣工资，实为记工分的蹲点干部。

1972年至1988年到安塞县影剧院工作，担任电影放映员兼会计，1988年至1991年调入安塞县税务局，1991年调回北京国家税务局崇文分局，2006年底退休。回京后在工作中多次荣获组织奖励与优秀共产党员称号。

插队记事

赵志敏

搭便车

当年来陕北插队时,这里交通极为不便。从延安去招安的班车只有一趟,并且不是每天都有,人们的出行主要靠两条腿。

1971年12月31日清晨,我提着一包吃的,从延安向招安行走着。我和同学们约定好,元旦回招安生产队。不想早晨醒来,我感觉头疼,鼻塞,浑身没劲儿。在延安工作的同学劝我别走了,我不肯失信,提着东西上路了。

从延安到安塞的班车已错过了,不然的话,我可以坐到沿河湾,少走五十里地。我想,以前多次日行九十里,今天动身又早,一定可以在日落前赶到招安。但是那天走出三十多里路时,我就觉得双腿像灌了铅一样,提包分外沉,就连身上的短棉大衣似乎也比往日重了几倍。每当汽车擦身而过,就扬起一阵尘土。我几次想拦车,都没鼓起勇气。前面一个大坡,我摇摇晃晃地往上挪。"嘀——"远远又传来汽车喇叭声,我实在有些走不动了,心想:这回碰碰运气。我一回头,看见不是拉货的大卡车,却是一辆小吉普。我心说,嗐!这不是咱能够坐的车。我低了头,继续往前挪。"嘀嘀",后面的喇叭声又响了,我赶紧往路边儿让让。"嘎",汽车在我身边停住了。我惊奇地抬头望着,张了张

口，什么也没说出来。

"你去哪儿啊？"司机问我。"招安，您呢？""去王窑水库。""那我和您顺路，您能不能……""我知道，你上来吧。"我喜出望外，赶紧绕过车头，上了吉普车。车又开了，我深深吐出一口气，很舒适地坐着，开始打量这位司机。只见他五十岁左右，忠厚慈祥的面容，只是看不出身高。我心里想："我又没招呼，他怎么就停车了呢？"这么想着，我不由得就问出了口。他说："我看你的外表像北京知青，又是很累的样子，估计你是去真武洞或是王窑方向，我想可以带你一程。我在延安接触过几个北京知青，人都很好，你们很能吃苦。一见你们我就想起我的孩子了，所以我愿意帮你们做点事儿。"交谈中，我知道他叫李玉，是湖北人，现在延安地委开车。他的儿子和我们知青年龄相仿，也在农村插队。"以后你到延安，有时间到我那儿去玩儿，到地委一打听就能找到我。"我点点头。

很快，吉普车到了招安。我请他去知青点吃顿饭，他谢绝了，道一声"再见"，吉普车向前奔去了。路边的一个婆姨见我从车上下来，开玩笑地说："呦，两天不见，你咋屁股冒烟儿了？"我举起拳头作势要打，说："满嘴胡说，我是碰上好人了。"她一边笑着躲着，一边说："我们陕北好人就是多嘛！"

1973年，我上大学了，临离开陕北时，我特意到延安地委打听此人，不巧他外出了，我很遗憾。这么多年过去了，李师傅应该早已退休了，但他的慈祥面容时时在我的脑海中出现。他是好人，祝他健康长寿！

指点迷津

"一道道那个山来哟，一道道水……"一曲信天游在空旷无人的山中响起，在山路间婉转飘荡，山风阵阵，声音忽高忽低。这人唱得带劲儿，走得也不

慢，转过一道弯，人就露面儿了。一身带补丁的蓝裤褂，足蹬一双解放鞋，肩挎一个草绿色书包，头上梳着两条小辫儿，左手还拿着一根树枝，边走边抡着。

"穿林海，跨雪原，气冲霄汉……"她又唱起来了，还是一口京腔京韵呢！不用说，你也猜着了，这就是我——当年在陕北农村插队的一名北京知青。我在安塞县招安公社招安生产队插队，那次出门儿是到相邻的砖窑湾公社去。干啥？看手腕儿，说来话长。当年陕北农村没有电灯，若没有月亮，晚上外面黑咕隆咚，真是伸手不见五指。就是这样的一个晚上，我们几个知青下山开会，走在后面的一个同学拿着手电照亮，我走在最前面，拐弯时一脚踏空，头朝下栽去。我起来时只觉得右手腕儿钻心地痛，脖子也疼。

第二天我去公社医院，医生说是掌骨错位，帮我正骨，疼得我直跳脚。十天后，脖子痛减轻了，可手腕不见好。我请假去延安医院检查，大夫说是软组织扭伤，休息几天就好了。又过了十来天，右手依旧不消肿。有个同学说北京医疗队在砖窑湾，听说领队的是北京积水潭医院的大夫，让我不如去那儿看看。砖窑湾距招安公社九十多里地，走大路，要绕道延安，顺了走两天；走小路要翻两架山，一天能到。可我不认识去砖窑湾的路，又没伴儿。咋办呢？一位老乡对我说，这条电话线就是到砖窑湾的，顺着它走，没有错。我问了一下大致方向，又去生产队请了假。

第二天天刚亮，我就一个人上路了。越往前走，路上的人越少，后来简直就见不到行人了。一个人走路闷得很，也累，我干脆唱起歌儿来。反正也用不着担心有人笑话，可着嗓子把会的歌儿、京剧，一首接一首、一段接一段地唱起来。也怪，这么一来，不闷了，走路也觉得轻快多了。翻过一座山，有树林子了，路也窄了。走着走着，我觉得不对劲儿了，怎么路拐到这么陡的山坡上来了？而且坡上的树竟然这么密！我停下脚步，四面望着，忽听到前方传来砍树声，便大喊："噢，老乡，往砖窑湾咋走哇？"砍树声停止了。树叶一响，闪

出一位砍柴的老乡，说："你走错了，会客（回去），过河，顺着电线走。"我回头一望，可不是，电线在山坡下架过河，上对面的坡了。"噢，谢谢啦！"我一面转回来，一面怪自己大意粗心。这回我小心了，走不远便注意看看电话线。我心想，不知这电话线是哪些架线工架的，我可从心里谢谢你们了。

翻第二架山时已是下午，我有些着急，天黑不到，可就麻烦了。我加快脚步，到了山顶，太阳已挨到山边儿。这时从岔道上过来几个人，一问，路没错，山下就是砖窑湾。又转过一个弯儿，我突然看见山脚下升起缕缕炊烟，啊，终于快到了，我向山下走去。天快黑时，我到了砖窑湾知青点，就住在那里。

第二天，我在砖窑湾公社医院找到了积水潭医院的骨科大夫，他正在安装调试一台仪器。他为我拍了 X 光，说是舟状骨骨折，已形成囊肿，不知还能不能长上。他给我上了药，又打上石膏，嘱咐我注意事项，并说他将去延安地区医院，在那里待上一段时间，让我过两个月左右去找他。我又走回招安。两个月后，我去延安地区医院找到积水潭医院的这位大夫。他为我拆掉石膏，再拍 X 光。仪器显示出骨头的状况，他惊喜地说："你的骨头长上了，很好。"

我的手好了，正常干活儿一点儿不耽误。人们常说，菩萨、有道行的人为芸芸众生指点迷津，我去求医竟靠电话线指点方向，当初架线的工人们恐怕也没有料到这一层，我感谢他们。我也感谢那位积水潭医院的大夫，他默默无闻，一文不取，为我治好了手，有益于我的一生。此事我终生难忘。

在后来的人生旅程中，我时时用此事告诫自己：但行好事，莫问前程。

黄土地

"知识青年到农村去，接受贫下中农再教育，很有必要。"1968 年，毛主席这一段话，把知识青年上山下乡的浪潮推向高峰，多少还在犹豫之中的中学

生一下子做出了决断：插队去！"要走，就不怕远，哪儿的黄土不埋人？"这是我的想法，既然离开了北京，又何必在乎出去一千里还是两千里！何况，抚育炎黄子孙的摇篮——黄河，是流经了黄土高原才成为黄河的。那黄土高原最著名的地方——革命的摇篮延安，以及那红色根据地、神奇的传说、轰轰烈烈的大生产运动所发出的魅力，在深深地吸引着我，使我热血沸腾。于是我与同我一样极少走出北京城圈儿的中学生们，打起行装，一批批奔向深厚、粗犷、广袤的黄土地。

上山容易下山难，这是俗语。我们带着虔诚的做小学生的心理，来到安塞县招安公社招安生产队，第一次接触了"白羊肚手巾红腰带"的人——中国典型的农民。这里是丘陵地带，出门便要上坡下坡。没有电灯，晚上窑洞里只有煤油灯发出淡淡的光亮。同学们戏称："这里是出门碰鼻子，到处光秃秃，晚上黑乎乎，下雨滑溜溜。"走路，真成了一大难题。刚到生产队没几天，一场大雪，把黄土坡装点成银堆玉雕的世界，那景致真是美极了。然而，走惯柏油马路的我们可苦了，走不了几步便是一跤，惹得婆姨女子们哈哈大笑。倒是几个热心肠的娃娃，跑在我们前面开路，隔三五步就从土坡上抠几块黄土，摔在路上，让我们踩着走。在坡陡的地方，他们又伸手拉我们一把。我们这些十八九岁的人倒成了他们照顾的对象。最让人头疼的是每次到山上的窑洞吃饭，爬上去累得气喘吁吁，而下山呢，就轻松得多。由此，我们得出结论："下山容易上山难。"

为我们烧饭的谢老汉听了直摇头。他说："上山容易下山难。为啥呢？高山怕摇汉，再高的山人也能上去。莫性急，一步一步上，指定上去了。下山难，背东西下山更难，一步不稳就要摔倒。"我们不以为然。

很快春暖花开，该下地干活了。广种薄收是当时陕北农村的一大特色：一个人满山坡撒种子，一群人拿着镢头一字排开，从山坡下开始，拿"旋"往山坡上掏地，一上午便掏到山峁上。生产队长，一个四十多岁的老农民，他的一声"收工"，社员们便把镢头往肩上一扛，飞快地"飘"下山去，往往把我们北京知青远远抛在后面。而生产队长总是和我们一起走，并一再叮嘱："脚后跟先沾地，踩稳。"很快，我们也健步如飞了。我们依旧是那个观点："下山容易上山难。"

生产队长竟也不赞同，他说："这是因为你们空手走。"

夏收了，随风摇曳的麦子很快被割下来打成一个个麦捆。天还早，队长决定，男社员每人背四捆儿下山，背两趟；北京知青和女人可以不背。男知青们坚决不享受女人的待遇，每人背两捆儿，还说："女的就是不行。"我不服气："女的怎么不行？"我抄起绳子就捆。生产队长见拦不住，便说："你要背就背一捆儿吧。"一捆儿？那不是用胳肢窝夹也能夹走吗？还叫背？我一定要背两捆儿。我顺利地到了场上。刚刚放下背子，我就听有人说："非要和我们男的一样，差远了。"回头一看是几个男生，原来他们每人竟背了四捆儿。一看男生那满脸的得意，顿时我不服气的劲儿上来了："不信我就背不了四捆儿！"我一声不吭，抽下绳子向山上冲去。背起四捆麦子，这次我可真体会到了"下山难"三个字的分量，每迈一步，腿都在打颤。一个不高的坎儿都下不去，只能找斜坡蹭下去。我纳闷，同样重量的东西，我曾背上山来，腿肚子没有打颤，这下山怎么了？不知不觉，我落在了最后。我走到一个两尺高的坎儿旁，把背子放在上面歇口气。望望场院，还远远地在坡下，通往场院的路上空空荡荡，只有离场院不远的路上还有几个人在晃。太阳不知什么时候没影儿了，天色有些发暗，我不由得有几分着急，一使劲儿站起来，刚要迈步，一团黑影挡到我面前，定睛一看，是民兵连长。他笑着说："你太好强了，非得男女都一样？来，给我吧。"原来他背完两趟后，听男生说，我又上山了，便来接我。

回到场院，生产队长也在，见了我，说："你这个女子真是不服输。第一

天背，哪能背那么多！"很快，我背四捆儿下山不成问题了，别的女生也同样背四捆儿。也就是从那年起，生产队打破了女人不背背子下山的惯例，婆姨女子们都背起麦捆下山了。而我也由此事明白了"上山容易下山难"的道理。

"受苦"的山村生活

初到山村，每当山峁上响起谢老汉那拖得长长的声音"杨方——吃饭喽！"，我们便知道饭熟了，相跟着到山上的窑洞里吃饭。

杨方是女知青中年龄最大的一个，在谢老汉那里，她的名字是我们知青的代名词。刚到生产队时，队里专门派谢老汉为我们做饭。陕北的饭食与北京的相差甚远。北京以小麦、大米为主食，这里是以小米杂粮为主，而且烧的是柴火，用的是柴锅，我们不会呀。谢老汉很会烧火做饭，三鼓捣两鼓捣，两根粗粗的树干，就在灶里吐起长长的火舌。而我们一上手，大火便弱了下去，怎么加柴也不行。谢老汉指点着："火要虚嘛，柴草越多越不得烧！"别看老汉不识字，说话倒蛮在理。饭熟了，谢老汉便到院外崖畔上喊杨方，陕北话的发音令我们大笑不已。

有一次，老汉又走到崖畔前，还没等他开口，我们几个早到的便嘻嘻哈哈地学他喊人。没想到他运了一口气，竟用北京语音喊了出来："杨方——吃饭来——"洪亮的声音远远送了出去。这下我们几个愣住了，"哎哟！谢干大，您老北京话学得不错呀！""嗓子也够响亮的。"老汉笑着说："拦羊时吆喝的嗓音比这还大。几个灰女子，不许再学我老汉了。"

不久，生产队让我们自己做饭了。我们轮流做，慢慢地，大家都会做饭了。然而，更大的难题来了。刚到农村，我们吃商品粮，每人每月四十四斤，够吃。秋收后，粮站停止供应，我们和社员一样分口粮。第一年插队遇上丰收

年，成年人每人全年四百斤原粮（带壳儿的）。老乡会过，再加上有老有小，日子还能过得去。我们就惨了，都是二十岁上下的人，正能吃，再加上活儿累，又没油水，这四百斤原粮怎么也不够。于是我们也学着精打细算，每天计算着吃。轮着在家里做饭的同学，总是等到别人都吃过了，自己才吃。见到做饭的人没吃饱，老乡不解，说："哪有饿死的伙头军？"我们说："粮食不够，可不是得先饿伙头军。"

挨饿的滋味真不好受。有时饿得浑身发软，七斤半的老镢头在手里是那样地沉。晚上饿得睡不着，我们就躺在被窝里大侃，什么全聚德的烤鸭多香，翠花楼的菜多好，谁家有什么拿手菜……开"精神会餐"。即使如此，我们谁也没误过工。转眼到了冬天，同学们纷纷回北京过年，一来地里没有活儿了，二来回京可以省下好大一部分口粮。

之前跟农村从不沾边儿的我们，实实在在地"修理地球"了。

和老乡一起干农活儿，一伸手，老乡便笑出声。好在这些知识青年干活儿都不惜力气，也不甘落后。种坑田是陕北农村搞高产的一项措施，就是挖个坑，把有限的肥料撒进去，再丢粒种子，盖上土，以便充分利用肥和水。可打坑田是个苦差事，最有本事的老农也得用老镢头挖七下才挖一个坑。几天下来，我们都得了腱鞘炎，手指攥上就伸不开，只能一根儿一根儿掰开。

一天夜里，我梦见打坑田，累极了，就往地下一躺，想歇会儿，可不知怎么的，就是歇不了，还是在抡镢头打坑。朦胧中听到旁边一个同学在跟我喊什么，手上一阵钻心地疼，我醒了，只听见身边的同学在哼哼。我问她怎么了，她说手疼得要命。第二天早上，我们一看手，上面都是大血泡。我的右手从手心红肿到手背，怪不得夜里那么疼呢。"锄禾日当午"，从小就听到这句诗，当我们第一次跟社员一起锄地时，却不那么富有诗意。哪是麦苗，哪是草，我们辨不清。生产队长交代了一番后，就开始锄地。

我小心翼翼地挥动锄头，怕把麦苗碰坏。有几棵长得很壮实，周围是些小的。"小的一定是草"，我这么想着，很费力地除掉小的，留下几棵大的。突然旁边的社员伸过锄头，就把几棵大的全锄掉了。"干吗？"我有些不悦。"那全是草。""你怎么不早说？""早说了，你能记得真吗？"那社员一笑。渐渐地，锄地也不是什么难事了。

打柴是农家必不可少的劳动。煤贵，烧不起，只有去沟里砍柴。第一次打柴由老乡带着，我们每人揣上两个馍，扛上"程咬金"的斧子，挂着绳子，就出发了。那时天很冷，走出三十多里地，到了树林密集的沟里。冬天树叶子都落下了，看不出是活树还是枯死的树。老乡能辨出，问他吧。可在我们争论的时候，他早到坡上去砍树了。再说我们来了十六个人，他也不能为每个人找棵死树。"要是夏天就好了。一下子就看出该砍哪棵树。""废话，咱们现在怎么办？"我们又争论起来。"嗐，逮着一棵砍不就得了。"一个男生说。"要是活树怎么办？多可惜呀。"女生反对。"那咋办？咱们在这儿干耗着？""不管它，咱总不能白来一趟。"一个男生说着走到一棵不太大的树前，砍了起来。于是，我们都各自选了一棵树砍了起来。结果，我们砍的大部分是活树。"这么破坏树林真不是事儿。"同学们又争论起来。"那也得先顾肚皮。"争论自然没有结论。老乡整好自己的柴火，就来帮助我们。在他的帮助下，我们才将柴背子整理好。

在回家的路上，老乡告诉我们，三十年前，我们村儿的不远处就是森林，现在都砍光了。我们听了，心里沉甸甸的。

向老乡学什么？

我们是来接受再教育的，贫下中农是老师，我们是贫下中农的学生。书本

上的贫下中农都是有远见卓识的，一心为公，热爱集体，但在现实中，极少见到这么完美的典型。

农民爱劳动，不怕累，那要看在哪儿干：给自家干，争分夺秒；一到集体上工，慢慢吞吞，能少干就少干点儿。对集体或他人之物，顺手牵羊者常有，偷奸耍滑的不在少数。我们该向老乡学什么呢？困惑在我们心中产生。那一天收工，我听说一个男生和一个社员吵架了，就问他怎么回事儿。他说，他去收我们在场院的一份粮食，看见那个社员正从我们的粮食堆儿里往他家的堆儿里拨。这个同学说他，他还不认账，反说这个同学胡说。前两天这个社员把知青晾在窑前矮墙上的一双球鞋偷走了，现在又得寸进尺。这个同学气愤之下，把他偷球鞋的事儿说了出来，那个社员还是不承认。这同学说："你儿子现在脚上穿的鞋就是我的。你看看那鞋厂的牌子，你在哪儿能买到那鞋？公社商店有吗？"那社员不吱声了。第二天，那双鞋又出现在了我们窑前的矮墙上。这又引起我们的争论。

现实生活中的贫下中农和戏台上的不一样，和书本上的也不太一样。每天上工，钟声早响了，总是知青第一个到达，社员们到了实在不能再磨蹭的地步才慢吞吞地来了。下地干活，有人连大小便也要等歇过歇儿之后再去，以便少干会儿活。而收工后去自留地干活儿，他们则如猛虎下山，那利索，那快劲儿！一个人能顶仨人干。最有趣的是，自留地每年都重新调整一次。若问为什么，答，社员把好肥都上到自留地里了，故年年调换。我们要把这些都学了，我们将成什么样的人？当然，这场争论是没有结果的。

关于老乡，有两件事却深深地印在我的脑海里。那就是在特殊的时候，老乡的表现绝对不同寻常。那年深秋，生产队在招安古城墙脚下平整土地。一天夕阳西下时分，突然，积年的老土墙坍塌，和石头一样硬的土疙瘩砸下来，瞬间将一名男生埋至腰际。大家七手八脚地将他扒出时，他的腿已被砸折。大家

将他抬到公社卫生院，但卫生院因设备太简陋，无法接骨，于是生产队长决定连夜送伤员去延安地区医院。他指定了两个年轻力壮的社员和几个男知青一起去。人们在十几辆架子车中挑选了一辆最好的，铺上棉被，把伤员放上去，又盖上一床厚棉被后出发了。人们将他们送到村口，这时太阳已下山。第二天下午，我听说两个社员回来了，就急忙去探听消息。他俩刚从队长那儿回来，坐在大树下歇脚。我过去问情况，他们说骨接上了，打了石膏。几个男知青留在医院照顾伤员，他俩回来报信儿。说着，一个社员脱下鞋子磕打土。我看见他脚上有好几个血泡。他说，走了一夜，几个人脚上都起了泡，来回一百八十多里地，连个盹儿都没打。真够辛苦的，我向他们道谢。他俩却说："哪里话，你们离家几千里，不容易，又是在咱招安受了伤，我们出这点儿力，没啥！"淳朴的语言，没有丝毫的做作。

还有一件事儿。一次我们自己去砍柴，太贪多了，每人整了沉沉的一背柴，结果走得太慢了，眼看太阳偏西，离家还有很远的路。当天完全黑下来时，我们还要翻一道梁、过一道河。那天有月亮，清朗的月光下，黛色的山峁，摇曳的树枝，陕北的风景别具一格。我们顾不上领略这诗情画意，深一脚浅一脚地走着，肚子早饿得咕咕叫了。大家互相鼓励着，摇摇摆摆地向山上爬。最先上到顶峰的同学说："那边怎么那么多的灯笼火把，出了什么事了？"隐隐约约的呼喊声，连我们走在后边的女生也听见了。"噢，是队里来人接咱们啦！"前边儿的男生高兴得扔下背子跳起来，大喊大叫，随后拖着柴背子往山下出溜。我爬上梁顶一看，远远的河边儿一溜儿亮光在移动，真壮观。我不觉精神一振，急忙下山。走出不远，村里的几个青年迎上来："哎呀！你们可回来了，全村的人都急坏了。"说着他们把我们背的柴都接过去了。走到河边儿，我才看清，男女老少都有，有的高举着马灯，有的打着火把，有的拿着手电，一多半人已蹚过河，见了我们争相询问，簇拥着我们回村。刚到村口，一

位站在高处的大婶儿大声问："都回来了哦？""回来了。""饭好了，让娃们赶快吃饭去，娃们饿坏了。"从大家的七嘴八舌中，我们得知，收工后，队长没回家吃饭，先来看我们柴背得怎么样，听说都没回来，就着急了，赶紧找村支书和另外几个队干部，招呼村里的青年人去接我们，同时安排人为我们做饭。消息很快传遍全村，几乎所有能出动的人都出动了。回到住处，一拨又一拨的人来看望我们。

平日静悄悄的山村，这晚异常热闹。那情，那景，至今想起来都令人激动不已。接人不挣工分，何况大部分人不是队干部派的，是自愿来的。这与平时在队里干活儿磨洋工形成鲜明对比。我们还能说老乡自私落后吗？陕北生活苦，粮食不够吃，老乡们个个是过日子好手。糠糠菜菜，汤汤水水，晚上喝碗稀粥就算一顿饭。"宁要细流流，不要断流流。"真是掐着指头过日子。然而有乞丐上门时，每家都多多少少送点吃的或给碗米。我感到不解，问了几个婆姨女子，她们都说："亏也亏不到这一口，给了，老天爷会知道，明年地里就都有了。"

我不信老天爷，但她们的善良心肠却让我感动，而且她们说得那么肯定，对来年充满信心。陕北老乡朴实无华，默默劳作，为他人做出奉献而毫不炫耀，值得我们学习。

记得那年春节，同学们有的招工走了，有的回家过年了，生产队只剩下我和两个男生。不要说鱼啊肉的没有，就连柴也不多了。陕北的冬天真够冷的，窑里放盆儿水，第二天早上准冻成冰。我每天都是蒙头大睡。柴太少了，舍不得用来取暖。那天，我们三个正坐在灶房里略有暖乎气的炕上垂头丧气，窗外响起了脚步声，是生产队长来了。他说："队里的贫下中农商量过了，过节这几天你们就到贫下中农家里吃饭，一家一顿，从年三十晚上到初五不准烧火。当然，烧开水除外。"正说着，外面有人喊："队长，柴背来了。"我隔窗一看，

两个小伙子把两背柴放在了我们院儿里。队长又对我说:"女子,你住的窑里也烧点儿火,别冻出病来。"冬天的陕北农村每天只吃两顿饭,从年三十晚到初五,我们去了十几家,有几家队里没安排的也来请,结果那几天我们每天都吃三顿饭。家家的主人都是满面春风,大碗肉,大碗鸡,炒的、煮的、蒸的、炸的,摆满一桌,让我们敞开肚子吃。

劳作一年的农家,就过年这几天享受一番,但他们并不会因为我们这些不沾亲不带故的人白吃而减少菜肴。那亲如一家的真挚情感,让我们从心底里感到温暖。这情,这谊,暖透肺腑的感觉,我无法用语言表达出来。

光阴荏苒,五十多年过去了,在黄土地发生的一幕幕似乎仍在眼前。陕北农民不仅教会了我们在困苦中生存的技能,更是让我们受到了吃苦耐劳、朴实宽厚、为他人奉献而毫不炫耀、为明天的美好生活奋力拼搏的中华民族优秀品质的熏陶,这些都成为我们后来一生的底气,支撑着我们在人生的道路上不断前进。

作者简介

赵志敏:原北京知青,1973年到复旦大学学习,工农兵大学生。1976年分配到陕西日报社任编辑。1978年调到铁路系统,1981年到人民铁道报社工作,任编辑、记者、主任编辑。2005年初退休。

我的知青岁月

赫德勤

出征记

1968年12月,毛主席发出了"知识青年到农村去,接受贫下中农的再教育,很有必要"的号召,全国立即掀起了知识青年上山下乡的高潮。

我是一名初中毕业生,又是一名共青团员,理所当然要响应领袖的号召。于是,我瞒着父母,拿着户口簿,毅然报名去延安插队。

1969年1月21日,北京车站人山人海,挤满了送行的亲人。我告别了父母,告别了北京,没有悲伤,没有留恋,乘上知青专列。车笛长鸣,火车载着一批热血青年,徐徐离开北京站,呼啸西行。

听了一天一夜铁轨的咣当声,列车经过西安到达铜川车站。知青们又换坐卡车,长长的车队,载着我们,浩浩荡荡奔向陕北,奔向我们向往的红色延安。

那时铜川到延安的公路都是黄土砂石路,汽车一过,尘土飞扬,前边走车,后边吃土,是很形象的比喻。我的十八岁生日就是吃着尘土过的,也算是一次别开生面的生日吧。

车队开到安塞县城,各村派人把分配到自家村的知青接走。我们又换驴拉

车,但只拉箱子和行李。我们跟着车徒步而行,走了三十多里路才到沐浴大队。后又通知我换到龙安阳队,又往回走了十多里来到我插队的目的地。

陕北农村建制都不大,龙安阳队才有十几户人家,住的窑洞都依山向阳,分散而居。大多数人家都住土窑洞,生活条件好点儿的箍个石头窑面。

窑洞冬暖夏凉,很适合居住。我们在阳队插队的知青有五男五女,分别住两孔窑洞。老乡们把窑里烧得暖暖的,炕是热热的,给知青一种温暖如家的感觉。

为了迎接插队知青,给我们接风洗尘,队里特地做了荞面饸饹。在当地,只有办婚宴或来了贵客才做荞面饸饹。在物资匮乏的年代,荞面是非常稀缺的食物。吃了这顿饸饹,知青就算是队里正式的一员了。

过语言文化关

既然到陕北插队,那么首先要过语言关,要懂得并学会当地的语言,了解当地的风土人情和习俗。

初来乍到,我们知青根本听不懂当地的语言,当地人也听不懂北京知青的话,需要懂两地语言的人给翻译一下。因为交流有一定困难,闹出了许多笑话。有一次知青同老乡交谈,老乡有时说"害不哈",有时说"害哈了"。我们却误认为他害怕我们,就说,"你别害怕,我们不打人"。大家哈哈大笑。原来"害哈"和"害不哈",就是懂与不懂的意思。

经过一段时间的接触与交流,我们和老乡之间基本上没有语言障碍了,不用翻译,可以互相交谈了。我们还学说了几句陕北话,老乡也学会了几句北京话。陕北话有些词语很贴近生活,比如说劳动就是"受苦",农民统统是"受苦人",政府工作人员是"公家人",小伙子叫"后生",结了婚的女人叫"婆

姨",管丈夫叫"老汉"。陕北语言文化是很值得学习和研究的。陕北民歌我特别爱听,像《兰花花》《信天游》《走西口》《五哥放羊》等,都是脍炙人口、百听不厌的民歌。

由于黄土文化与北京文化的碰撞与交融,陕北话与普通话的交集,形成了一种独创的陕北普通话和北京陕北话的混合语言。

过生活关

我们知青都是刚刚离校的学生,在北京上学时没有或很少做饭,过着衣来伸手、饭来张口的日子,离开父母基本上什么也不会,没有什么生活技能。

刚来插队时,我们饭不会做,水不会担,柴不会背,一切都要从零学起。

马队长派来两位婆姨教我们知青怎样做当地的饭菜,如捞小米饭、蒸馍馍、熬小米菜粥、煮玉米饭、擀杂面面条等。她们教我们怎样省柴烧火,教我们怎样熬洋芋酸菜(因当地农村食油很少,经常吃没有油水的熬菜,不吃炒菜),教我们推磨滚碾子,教我们如何把毛粮(带皮的粮食)加工成米和面。婆姨们手把手教会我们很多做饭和生活技能。

过了几天,队长派人带知青买了各种灶具和生活必需品,让知青自己做饭。我们十个人轮流,每天留两人做饭。一开始哪是做饭呐,简直是受罪呀。虽然做的只是点简单的饭菜,但我们还是手忙脚乱的,不是把饭做夹生了,就是做糊了,有时收工回来,饭还没熟。碰到阴雨天气,柴被浇湿,无法做饭,只能吃点剩饭。有时烟道不通畅,往回倒烟,呛得人眼泪直流。时间长了,我们慢慢也都会做饭了。

队长说,你们知青也养只猪吧,年底长大可以杀了,卖一部分,你们自己过年也可以有肉吃。在老乡的帮助下,我们花三元买了只小猪崽。老乡给我们

讲了一些喂养常识。猪崽跟着我们也受饿，没什么残羹剩饭，只能喝点刷锅水，吃点糠和野菜。猪崽不怎么长个，到年底只长到八十多斤。

我们知青不太会安排生活，过日子心里没数。第一年国家分给每个知青四百斤毛粮，经过加工也就剩三百五十斤左右。我们都是正长身体的年龄，一个月的口粮根本就不够。干一天农活又累又饿，肚子里没有什么油水，也没有什么蔬菜，所以我们都特别能吃。

当年农村生活很清苦，一年基本上都吃粗粮，吃不上一两顿白面。大家都渴望能吃上白面馒头。麦收时节，队里分给我们知青每人只有四升麦子，加工成面粉拢共才十斤多。当地农村要过六月六传统节日，我们连吃了三天馒头，把白面都吃光了。之后的日子可想而知，只能天天吃玉米面和其他粗粮了。

就是因为知青不会计划盘算，所以还没到年底，粮食都吃完了。我们只能寅吃卯粮，向队里借粮，明年再还呗。

当地农村都是婆姨、女子做饭、做家务，男人都不做饭，因为男人做饭会被笑话的。婆姨、女子都会过日子，会调剂生活，手也很巧，能用有限的口粮做出很多美食、小吃。每个传统节日，如农历二月二、五月端午、六月六、八月十五等都要调剂一下生活。乡亲们很好客，做点凉粉、杂面等美食小吃都要请知青到家中做客。我们也不会做，就等于解馋打牙祭了。我们插队的第一个春节就是在老乡家过的。老乡家做了黄馍馍、炸油圈、猪肉炖粉条还有米酒等，我们吃得都特别香，和回到家里一样，感到特别温暖。

过好劳动关

我们插队后的第一次劳动就是修梯田。

当年国家号召要过一个革命化的春节，在大年初二一早，马队长就招呼大

家下地干活，要干的农活就是修梯田。

当时正值寒冬，天寒地冻，我们不知怎么干。马队长先给我们做了个示范，然后我们就开始干活。我们用镢头把冻土刨开，下面是较湿软的黄土，用铁锹先把土堆成弧形堰墙，然后把土墙拍实，再把田地整成平地。

因为陕北大部分土地都是广种薄收，靠天吃饭，修梯田就是为了不让雨水流失，做好水土保持，提高粮食产量。

头一天干农活，我们累得腰酸胳膊疼，第二天早上起不来炕。马队长说："你们知青没受过苦（干农活），过一段时间就不疼了。"

冬天起猪羊粪是个苦重的活儿。粪土冻得很结实，一镢头下去，粪和冰碴四溅，迸得身上、脸上都是，溅到嘴里很不是滋味。起完猪羊粪，要回垫黄土，让家畜有个干净的家。

春天备耕，要往田地里送粪。大部分田地都在山上。要先把粪土装进麻袋里，抱在驴背上，再驮到田里，倒成一堆堆的。麻袋里的粪土死沉死沉的。抱粪和送粪一天干下来，腰都快要累折了，但是我还是坚持干下来了。

播种时，先把种子和粪土拌在一起，一人用脚步丈量，走一步，挖一个土窝窝，另一个人挎着粪斗，走一步抓一把粪种，撒在窝窝里，再用脚埋住踩平。

大片大片的田地都是这样人工播种的，可见劳动量是多么大呀！等到田里的秧苗长到一拃左右高时，就该间苗锄地了。十几个人排成一溜儿，一人占两垄，一起前行。眼要尖，手要快，脚站稳，把秧苗周边的杂草锄掉，留下好苗壮苗。一开始，我们手忙脚乱，没少把秧苗带草一块锄掉。老乡耐心地教我们怎样锄得又准又快。时间长了，我们就比较熟练地掌握了锄地技巧，和老乡能齐头并进把地锄好。

到了夏季，玉米长到一人多高。雨后要给玉米地松土，锄草，给玉米根部培土。

玉米地里空间狭小，又闷又热，男劳力都穿着小汗夹，锄一会儿地，就汗流浃背。玉米叶子刮到身上、脸上，又痒又疼。但我们不能停歇，为了保墒保收成，大家都在赶活儿，争取在短时间内把玉米地全都锄完。

陕北的麦子大都种在山上，要比平原地区晚一个月才成熟。麦收时，全村男女劳动力都要上山抢收麦子。麦子一熟，就怕下雨，趁着天晴，要抓紧收割、脱粒、装仓。

天上骄阳似火，山上麦穗金黄。男女劳动力齐上阵，争先恐后来竞赛，只听见镰刀割麦的欻欻声。半天工夫，麦子一大片一大片被割倒。打捆，上肩，每人一捆背下山，送到打麦场上。

我那时瘦小，马队长不让我背麦，我非要坚持背一捆下山，一路摇摇晃晃，总算背到了麦场上。

有一次割麦时，我不小心把手指割破了，我用土把伤口压住止血，没想到伤口发炎化脓，没钱医治，只能忍痛自愈。

通过这件事，我想到老乡们有个头疼脑热的小病也无钱医治，我要是学点医疗知识，会给乡亲们看看病，也算是给他们做点好事。

于是，我趁着回京探亲时，买了针灸用金属针具和医疗书籍，在自己身上做试验，终于掌握了针刺技术和简单的医疗知识。乡亲们有个头疼脑热、牙疼、腿疼，我就可以给他们扎针治病，乡亲们也很感激我。

我插队的时间总共是一年十一个月。春耕、夏锄、秋收、冬不闲，田地的活计几乎都干过；拦羊、放牛、看青、卖西瓜、赶驴车送公粮也干过；担水、打柴、上山送饭也干过。这都是乡亲们手把手、耐心细致、一点一点地教给我的，他们就是我学习农业技术的老师。

那时农村不让搞副业，队里公款很少，农民到年底分红时几乎分不到现金。劳动都靠记工分。壮男劳动力一天挣十个工分，工值合两角钱。婆姨女子挣八个工分。知青刚插队时挣六个工分。

我为了多挣点工分，第一年没舍得歇工，几乎天天出工，到年底分红时才挣一千多点工分。等分完口粮算下来，我还倒欠了队里九块钱。

插队第二年，工分涨到八分，等到分红时，我挣了十二块。队里没现金给，也只好欠着。这时我被延长油矿招工了，要不然我都不知道怎样生活、过日子。当年，老乡们的生活是多么艰难呀！

陕北乡亲们都很淳朴、善良、热心，对北京知青像待自己的娃一样亲。我参加工作后，还专程从永坪骑行一百二十多里到龙安看望队里可亲可敬的乡亲们，我永远忘不了你们！

作者简介

赫德勤：1951 年 1 月 23 日生于北京。1966 年北京五十五中学初中毕业。1969 年 1 月 23 日赴陕西省延安地区安塞县谭家营公社龙安大队阳队插队。1970 年 12 月被招工到延长油矿工作，先当炼油厂工人，后任该厂子弟中学教师。1991 年调回北京，在北京 196 中学英语教研室、校政教处就职，2011 年 1 月退休。

难忘的救人经历

胡宗昆

记得应该是在1971年的一天，当时在楼坪公社修"复电"水库工地上，作为一个游泳项目中绝对属于"二把刀"水平的我，居然从水库里救出一位当地后生。由于当时事发突然，而且对被救的当地后生连姓甚名谁都不清楚，我也没有告诉过更多的同学，所以此事一直尘封至今。

事情发生在水库工地中午"歇晌"的时候，头顶的太阳直射到楼坪川里的"复电"水库大坝现场，当时没有完工的坝体截住那一汪清水沿河向上，辗转经过宋坪，水平面已经接近几公里开外的谢家沟了。在中午"歇晌"的时间里，没有了嘈杂鼎沸的劳动场面，没有了水库大坝上的土夯叫号，没有了油锤与石钎的敲击，因为繁重的体力劳动消耗，劳累的人们都巴不得抓住这短暂的"歇晌"就地小睡一会儿，只有个别半大的后生在嬉戏打闹着。

突然，我们学校初二四班的金姓男同学（插队在冯庄大队新胜沟队，其去向是"转插"回原籍河北省蓟县）与一位当地后生在坝体上一前一后打闹着追逐奔跑过来。对于陕北自小"受苦"出身的后生来说，这位健硕的后生耐力应该很好，但是奔跑绝对不是他的强项。

就在即将被金同学抓到的那一刻，那后生瞬间做出了不可思议的动作，返身向水中跑去。金同学笑了："好你个臭小子，平地上你绝对跑不赢我，还往水里跑，看我要让你喝个饱。"于是他坐在地上不慌不忙地脱掉衣裤，迎面向那后生逼去。没有两个回合，交手过程极快，只见一个漂亮的水中擒拿动作，那个后生就被金同学反剪着胳膊带着向深水区游去。在用力向前一送后，金同学就得意地呲着他那标志性的一口白牙，笑嘻嘻地回游上岸，穿上衣服扬长而去。

这里需要交代一下背景情况。当年在农村兴修小水利、建设小流域治理工程风靡一时，各公社所修的小水库，全都是靠农村劳动力的人拉肩扛，在垒打土坝坝体时，只能使用石夯，甚至连木夯都用。楼坪公社"复电"水库的坝体就是这样垒土而成：每两米高为一层，在向上一层垒土时，留出两米距离，所以坝体的横截面就是由一个个上边短下边长的"标准梯形"组成。介绍到这里，你可以想象得到，由于金同学的莽撞导致了那位后生当时身处险境，虽然仅仅被送到离坝体十几米远的水里，但是库水的深度应该早已经是十米以上了。

"有人落水了！"急切的求救声惊动了所有在场的人。由于当地人无人会水，大家聚拢在刚才嬉闹的现场都束手无策。有人在寻找着"肇事者"金同学，马上有人说他已经离开工地去楼坪公社的供销社了。几位中年汉子反应过来："北京知青都会游泳，现场有没有北京知青？"说话间落水的后生已经从库底浮了上来，带上来一大片黄泥。他的两只胳膊无序地上下摆动，脑瓜盖顶上露出个直径八到十厘米的圆。很快地，一串水泡，人又沉了下去。

怎么办？怎么办？一直在现场观瞧的我对后生落水的过程一览无余，虽然我也在为这位不知姓名的后生着急，但是我对自己的游泳水平再清楚不过了，用现在的流行语来说，我就是个"菜鸟"。班里的同学经常笑话我，说我体育方面从来都不达标。要好的同学们在什刹海横渡纵游时，我就是帮他们抱衣服的跟班小弟。

由于我在游泳时从来不敢在水里埋下自己的头,所以我的身体在水里从来都是"直"着的。到延安插队后,仅有的几次下水,同学们都向上游游去(甚至游到宋坪以上),而我只敢在离坝体两米远处"过过水"而已。这时几位中年社员(按照陕北当地的称呼应该是叫作"干大")走过来对我说:"我们看了半天了,这里只有你一个北京知青,你救救这个后生吧!"不善言辞的我并没有什么"高大上"的想法,当时也不觉得害怕,只是告诉大家我的水性非常差,如果我能够把后生拉上来,还请大家都来帮我一把。

在我向水边走去的时候,那个后生又一次从水下浮了上来,同时又带上来一大片黄泥,两只胳膊更加无序地上下摆动,很快又是一串水泡,人又沉了下去。在现场所有老乡的注视下,我这个"二把刀"向前游去。会游泳的人可能也就是一个猛子的距离,可是我不行,我只能按照自己的速度向前缓慢游动⋯⋯

此时,我在脑海里把会游泳的同学平时所说过的水中救人的过程大概过了一遍,印象最深刻的是,施救时必须要与被救人保持一定的身体距离,千万不能让被救者抓住自己,更不能被抱住,甚至要在施救前将落水者迅速拍晕⋯⋯刚想到这里,那位后生第三次浮上来了。我伸出左手一把就握住了他的手,随即转身单臂回游,心中默念着:"1、2、3、4⋯⋯"我觉得由于落水时间关系,他应该处在尚有意识与失去意识之间,在身体上还是比较配合我的。

但是在我默念到"11"还是"12"的时候,我猛地感觉到从脚下开始,温度开始扎凉扎凉地向上蔓延,我知道我也开始下沉了,这时还喝了一口水。说不害怕是假的,但是我知道这是由于自己的游泳姿势不正确,身体没有浮起来的结果,豁出去吧!在水面吸口气后,我把头埋下去将身体放平,右臂再次紧划。当又喝了一口水,我已经感觉到窒息的那一刻,突然间我的膝盖碰到了泥,也就是说我已经带着那个后生来到了岸边。

我将左手拼力向前一带，将落水后生交给了岸边的老乡，几个年轻人立即将他抬上了坝顶。这时，岸边的扁担铁锨都向我伸过来，我赶紧抓住一个上了岸。我才出水，就有许多人要来搀扶我。我谢绝了，只是喘着气坐到了地上。

那位后生平躺在坝顶上，肚子像孕妇一样鼓着。有人一按，他的嘴里立即出现了细细的水柱。还有人敲打着他的脸，叫着他的乳名。正当大家又把他反过来脸朝下继续吐水的时候，他的母亲已经从家里赶到坝体上。听旁边的人说，他家好像在楼坪与宋坪中间那道沟里的田家沟生产队。

现在回忆起来，总是让人觉得非常奇怪，据说那个村子距离大坝应该有七八里远，信息是如何传递的，那位母亲又是怎样风风火火地赶到现场的，实在是不可思议。赶来的母亲见后生已经醒来，就要求他站起来，向我这个"救命恩人"叩谢救命之恩。虽然我一再拒绝，但是那位母亲不容置疑的态度与那几位"干大"的一再坚持，让将满二十周岁的我非常尴尬地被那个后生行了三磕头重礼。

在一番忙乱之后，我舒了口气，将刚才发生的事情在脑海里认真地"复盘"，不禁心中一紧，无论是那个后生落水后的状况，还是整个施救过程，都是细思极恐。首先应该肯定的是事出紧急，我这个游泳"菜鸟"去下水施救属于箭在弦上，不得不发，救人肯定是正确的。但是，再把救人步骤细化分解，可以得出结论：我施救成功纯属偶然。我是在后生落水后，经过水中的三次沉底又拼命上浮，他本人已经意识模糊，身体不自觉地配合我的前提下，才会施救成功。但是贸然行事的后果，也让我感觉到了真正的后怕。当然，由于最后后生安全脱险，后生的家人没有去追究那位金同学的责任。但是如果我没有救出后生，同时自己还被拖入水，后果将不堪设想。

对此次救人的经历，我仅仅对同队插友杨瑞祥、金世禄说过，再没有与任何人讲起过。原因是我认为人已经救出来了，就没有再宣扬的理由。而且那是

我们到农村插队的第三年，知青们都在密切关注着自己的分配去向，此事的发生，虽然属于玩笑开得不妥，应该也算是个事故，可能会对金同学的分配造成影响，至少管理我们的北京干部点名批评绝对不会少的。更何况当年我的性格非常内向，即便是说出来，又有哪位同学会相信我这种"菜鸟"能够在水库中救人呢？这些都是那次救人经历被尘封五十年的原因。

作者简介

胡宗昆：男，北京市分司厅中学初67届毕业生。1969年1月到安塞县楼坪公社乔庄大队赵家湾生产队插队；1972年底被推荐到空军第5702工厂，1991年6月返京后在企业工作。长期从事管理工作，曾担任车间主任、厂长、书记、物业公司经理等职。回京后多次获奖，荣立二等功；曾被授予东城区优秀共产党员、北京市机电工业系统岗位明星、北京市总工会爱国立功竞赛标兵、北京市劳动模范等荣誉称号。

延安工作拾零

陈巧玲

延安地区建筑工程公司原系陕西省第五建筑工程公司，后下放地方，更名为陕西省延安地区建筑工程公司，重点业务范围是延安地区和国家重点工程项目。公司有一个机修厂、三个工地，总计三千多人，工地都是跟着工程项目流动，工程项目在哪儿，工地就在哪儿。机修厂与公司总部不是流动单位，位于延安市内，就在延安市长途汽车站旁边。插队一年多后，1970年10月左右，我就被招进了延安地区建筑工程公司机修厂，当上一名机修工人。

机修厂有七个车间，木工车间两人、车工车间四人、钳工车间四人、机修车间八人、电焊车间两人、浇铸车间一人、电工车间四人，厂里还有相关的办公室人员、厂办人员、劳资人员、技术员、食堂管理员等。技术员是位刚毕业的理工科大学生。写这篇文章的时候，我首先想到的是对我人生影响深刻的几位师傅以及我与他们共事的工作和生活过往。我的师傅姓丁，四十五六岁，人聪明能干，心地善良。那时工资不高，他的家属和孩子都在农村，但他衣着干净朴素。有一年他的二儿子放假来延安看他爸爸，这孩子精神灵动，浓眉大眼，干干净净，典型的陕北娃娃，很有家庭教养，懂礼貌，见面就叫我阿姨，给我留下了很好的印象。

玩耍是孩子们的天性，一起玩耍难免有磕碰、会受伤。丁师傅的二儿子就

因为在一起扭打中右臂受伤，没过几天还肿起来了。丁师傅赶紧带他到医院治疗。我看到后说，咋不找他们理论理论，起码医疗费让他们出。丁师傅却说，孩子们之间打闹玩耍，没轻没重的，磕碰难免，过些日子会好的。

陕北人挺有意思，小孩子打闹不仅不急、不劝，还在旁边看热闹，说就要看谁有办法把对方制服，这样掐出王来。在我看来，他们的思维方式怪有意思的。

机修厂检修的机器设备大部分是土建的搅拌机、打夯机、搅拌器等。一般这些机械设备损坏了，仅是相关部件坏了，受损螺母、螺栓好多不是非标准件，需要手工制作加工，这就给修理工、钳工提出高标准要求，要求个人基本功过硬。制作非标准件，每一道工序都有具体要求。而下料是钳工的基本功，操作时要求站姿正确，腿脚位置有角度要求。这样拉锯平稳有力，锯料时推拉平稳，锯线平直，否则，下道工序就麻烦。只要有活，我都积极干。因为只有多干，才能练出臂力，臂力强了，才能操作平稳。不做无用功，工件加工速度快，工件很快就可完成。就拿我二级工考试为例，先下一块四十五毫米圆钢的六十毫米长的料，准备做个大螺栓，螺帽部分是个六方帽，栓部分有螺纹，由车工完成。我先下料，车工加工出螺纹，我再做出六方帽。下料时，一下一下锯着，半个小时锯断。那时年轻，干活时虽然经常累得大汗淋漓，但也不敢停下来。最后工长陈师傅说，加工速度可以，不慢，考核通过。加工六方帽时，先计算出六方边长（六方边长正是圆钢的半径），再按此尺寸锯出六个面，每个面要相同，再一个一个把面锉平。如果一个面出错，整个六方螺栓就报废了。我非常认真地加工每一道工序，最后用钢尺测量合格，顺利通过验收。

那年师傅们涨工资，几个人合伙请大家吃饭，还盛情邀请了我参加。那是我人生第一次参加的多人聚餐，师傅们有说有笑，非常高兴。那是"文化大革命"后第一次给职工涨工资，大家高兴得像小孩似的，异常兴奋，我至今记忆

犹新。车工班长王师傅是退伍军人，那年他才二十五岁，是个精干帅小伙，双眼皮大眼睛，皮肤白净。据说他的父亲是位老干部。这位班长脾气不好，对我们知青也看不惯。刚开始，打他那里找人，出来没关好门，他就用脚踹，关好门，口里还叨叨地埋怨几句，给人一种不礼貌的感觉。但有一次，一件事改变了我对他的看法。工地有位职工受伤需要献血，机修厂的好几位师傅参加了，其中也有我。轮到王班长，献血人数够了，王班长依旧笑眯眯地啥也没说就去抽血了。后来无事时我就愿意与王班长聊上几句。

记得有一次到工地检修，因为工件坏了，需要车工加工。王班长车工技术好，就由他去加工。那次是到山里的工地，王班长带着猎枪到山里顺便打了两只野山鸡，当晚就做着吃了，第二天早饭给我拿了半只。我说，你们还买鸡吃。旁边的丁师傅说，哪里，这是昨天王师傅在山里打的野山鸡，晚上我们就做着吃了，这是给你留的。野山鸡做得味道不错，非常好吃，那也是我平生第一次吃到野山鸡肉，回味无穷。这些师傅平常没有夸夸其谈的话语，却以实际行动给了我关心和温暖。陕北老乡的宽宏、包容与善良，留给我终生难忘的记忆。

在公司工作期间，公司派我和另一位女同事（北京清华附中毕业生）外调。我们从延安长途车站坐车去延川某个公社，后面的路程没有了公交，一打听，到目的地还要搭车。我俩只好在路边等车，很长时间没有车路过，好不容易等来了辆手扶拖拉机，车上没有几个人，其中还有个抱着一岁娃娃的年轻妇女。司机不愿意加人上车。我俩说了好多求人的话，最后司机才同意我们上车。上了车后，我心想这下可以顺利到达目的地了。延安的公路都是随山势而修建的，有的地段路况好，有的地段路况不好，甚至非常危险，一面是陡峭的山崖，一面是滚滚的延河水。公路与延河水落差有十几层楼高，让人望而生畏。

那次出差差点出事。半路上，手扶拖拉机上坡时突然熄火，顺着山坡下滑

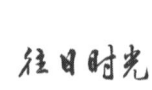

失控。车上的人慌乱起来，腿脚利索反应快的马上跳下车去。等我跳下车的时候，拖拉机刹住了。大家一看，车轮正好停在了悬崖边上。好险啊，望着悬崖下滚滚的延河水，我们都倒吸了一口凉气，心想差点没命了。这时司机满头大汗，下车看到这种情况，脸都吓白了，抱孩子的年轻妇女更是脸色惨白。等车修好了，到达了目的地后，我还心有余悸。这次经历我至今难忘。

我是一个普通的知青，就像一棵小草，每天迎着阳光雨露，自由地生长着。虽然人生经历过风风雨雨，但乌云散去，我依然在阳光下茁壮成长，以坚强的生命力生长着。生活的历练、意志的磨炼，丰富了我的人生。

我经常怀念那段曾经的生活与经历！延安，我的第二故乡！

作者简介

陈巧玲： 1948 年出生。1961 年在北京十五中上学，后转至北京女十一中就读初中、高中。1969 年 1 月到陕西延安地区安塞县砖窑湾公社六联大队插队。1970 年 12 月，招工到延安地区建筑工程公司机修厂。1978 年 5 月至 1998 年 9 月，先后在河北沧州地区印刷厂、北京市机油滤清器厂和北京市汽车分电器厂工作，曾当过工人、排版车间校对和厂工会干部，现已退休。

难忘第二故乡——安塞贾居

张敏珠

我的脑海里至今清晰记得,我在陕西安塞县贾居那段插队生活和工作的情景,其中伴随着欢喜与悲伤。现在我已到了古稀之年,心静时,这些往事仍不时一幕一幕浮现在眼前,久久挥之不去。

青年时,我响应国家号召,从北京到陕西省安塞县插队落户,后来辗转回京。如今我已从那个意气风发的青年人变为满头白发的迟暮老人,很多事情与经历都已在记忆中慢慢淡去,早已忘怀,唯有五十四年前和伙伴们插队的小山村,美丽、可爱的第二故乡贾居,一直留在我心底。

在离开贾居后的日子里,我多少次魂牵梦绕地回到了贾居。那潺潺的小溪,绵延到深潭洞里,洞里挂满着像水晶般的冰柱。一群群野鸽子见了人惊恐地扑棱翅膀飞向远方。春天到来时,漫山遍野生机盎然,村对面小山林里满山遍野的梨树、沙果树、苹果树、桃树、杏树的花就会竞相开放、香味扑鼻。美不胜收的春天景象总会像画面一样,一幕幕地浮现在我眼前。

有人说我性格秉直,做人不会绕来绕去、拐弯抹角。我想这一定是和我青年时代的经历有关,让我养成了独特的人格。

时至今日,我还总能回忆起刚来插队落脚时,和老乡们在一起生活的点点滴滴。和以前接触的城里人不同,他们用善良、淳朴、真诚的心和品格来对待和感染着我们这些在城市中长大的孩子，让我们学会了在这穷乡僻壤的小山村独立生活、品味人生。

那时村里生活要用大木桶从山下小溪中担水。要知道，到山下河里担水，回来时都是上坡路，不能歇，一停下来，小半桶水会顺着惯性甩出去，费半天劲就白跑一趟，所以必须学会在恰当的节奏下左右肩换担子。木桶装满了水比空着的铁桶都重许多。刚干这个活时，我们这些在父母身边连家务都不怎么做的学生，咬牙坚持，双肩都磨出了淤血印子。好在年轻人吃得了苦，在老乡的耐心指导下，我们很快就学会了这项本领，也渐渐适应了这个生活环境。

我们这道川距离梢沟较近，附近村庄的村民全以烧柴为主。冬天农闲时节，老乡们要到附近几十里路外的梢沟去砍柴，准备一年用的柴火。知青当然也要学会上山砍柴、背柴，而这是对我们的一次严峻考验。

我们这批知青是在1969年寒冬腊月之际来安塞插队的，刚到生产队没两天就赶上当地下鹅毛大雪，到处都是白茫茫的一片。

队里派三管（专管知青的生活、学习和劳动）人员武占义大哥带领我们上山砍柴，准备过冬物资。知青们背着长把的大斧头和绳索，穿着塑料底的棉鞋，排成一队走在冰冷的雪地上。上山都是崎岖不平的乡间小路，一步一打滑。身边就是悬崖峭壁，令人胆战心惊。队伍小心翼翼地行进着，呼啸的北风夹杂着漫天飞舞的雪片，毫不留情地拍打在脸上，好冷的天啊。

武大哥在风声中呼喊："不要怕，挺起胸，昂起头，径直走，有我断后保护你们，谁都不会有事的！要有信心，一会儿就到了。"在他的鼓舞下，我们冰冷和胆怯的心一下子被触动了。是啊，我们都是年轻人，都有颗火热的心，有什么艰难险阻不能克服呢？

于是，大家不再唯唯诺诺、如履薄冰，而是勇敢地抬起头，步子也迈开了，果然没多久就到了梢沟附近。梢沟到处是密密麻麻的小树林，也有高大的

树木。

武大哥说："娃娃们，把绳索拿过来，我先给你们做示范，你们要好好看。"他三步并作两步地跑上山去，"咔嚓、咔嚓"地砍起树来。别看他个头不太高，但劳动起来真是一把好手。手起斧落，一根根树枝瞬间就断了下来。不一会儿，我们就在他的指挥下将一堆堆柴树枝用绳索打成捆，放到了每个人的背上。

我个子小，自然背得最少。武大哥亲自帮我把柴在背上固定好。回去还是他断后，出发前他反复叮嘱我们，路上一定要注意别滑倒，山道不平，脚底下不利索就有掉到山崖下的危险。路很远，天气不好，背上还有负重，回程队伍的速度慢了很多。但大家已不再恐惧，一路上竟然还有说有笑。

天黑前，我们终于顺利赶回了贾居知青点。把身上背的柴火放下来，堆好，每个人都大汗淋漓，但看着这些第一次的劳动成果却兴高采烈。我们虽然还不能独立去砍树，但武大哥一路上用坦诚和真挚的心给我们点起了不灭的火把。

劳动还要继续。武大哥又教我们如何用干细树枝搭成斜叉，留出中间透气的空间，再用火柴点着干树枝，往里吹进氧气，让火逐渐旺起来。就这样，在武大哥和每位老乡一点一点耐心地传授下，我们在农村这所人生大课堂从小学生做起，努力学习着各种知识和本领。

我们在广阔的农村，和这些淳朴、善良、真诚、踏实的陕北农民朝夕相处，渐渐地学会了爬山、耕地、锄地、收割庄稼。

我深深体会到，原来想当好农民也不容易。他们的日子很艰难，清晨鸡叫起身，晚上戴月而归，吃小米稠粥放上些菜就填饱了肚子。他们偶尔吃一顿杂面，也要把知青们请到家里来做客。而我们刚到这里每个月有四十四斤毛粮，比农民的伙食好多了，所以每次做了烙饼、馒头，我们也会邀请老乡们过来

品尝。

一眨眼，近三年的插队生活结束了，我被分配到县农机厂工作，依依不舍地离开了贾居。离开时，我已成了地道的贾居人，有着和当地人一样的性情和品格。于是，在以后的工作和生活里，我常不自觉地会用武大哥和乡亲们的方式来为人处世，脑中也就时常闪念出贾居的一切，尤其是村里的父老乡亲，他们成了我一生的牵挂与眷恋。

四十年后，我从北京返回村里看望乡亲们。欣喜的是，贾居已经旧貌换新颜，土窑变成了宽敞明亮的石窑，电灯电话一应俱全，村旁就是车来车往的柏油公路。农民们不用辛勤劳作，而是到山上种树，退耕还林，每年国家给予补贴。

遗憾的是，在寻找故人时了解到，当初的老队长、武大哥，还有很多可亲可敬的大哥大叔都已辞世，他们的音容笑貌，这么多年还一直鲜活地镌刻在我心中。

每一段路都朝着目标延伸，每一段独特的经历都构成独特的自己。三年在贾居的乡村生活，十六载漫长的陕北人生路，我在这片厚重的黄土地上工作、学习、结婚、生子，我的血液早已融入这片土地里。这里是我生命的第二个起点，是我生命旅程中无法抹去的深深眷恋。

黄土地上的父老乡亲们啊，忘不了你们一颗颗真诚、善良、淳朴、热情的心。

所以，可爱的第二故乡，我以绵薄的心意，祝愿你的明天更加美丽、富饶！

作者简历

张敏珠： 女，1948年12月15日生，北京二十二中67届高中毕业生。1969年1月21日赴陕西安塞县砖窑湾公社苗店大队贾居生产队插队落户。1971年11月分配到安塞县农机厂，1978年调至县城关供销社，任统计兼出纳，1985年调至辽宁锦州铸石厂，就职于总务、宣传部、财务部。1993年底，为照顾儿子，提前离岗。回京后一直在做会计工作，直至退休。

安塞教会了我爱岗敬业

陈冬生

1949年11月，我出生在首都北京，是共和国的同龄人，生在新中国，长在红旗下。我们这代人跟随着祖国经历了风风雨雨，我们的命运和共和国的发展紧密地联系在一起。

我这个在北京胡同里长大的北京男孩，从无忧无虑的孩童到读书学习的青年，从将青春年华奉献给陕北到改革开放回京后，继续在司机的岗位上为首都建设贡献力量；从勤奋工作到五十五岁退休，一路走来，今天，我已经进入了古稀之年，回顾走过的路，感慨万千。

二十世纪六十年代末，我初中毕业。在伟大领袖毛主席发出"知识青年到农村去，接受贫下中农的再教育，很有必要"的号召后，我怀着一颗火热的心，响应号召，来到延安安塞县真武洞公社徐家沟大队马家沟生产队插队落户。刚到插队地点时，陕北老区的情况与我们的想象还是有差距的，焦躁的情绪缠绕着我们。是陕北老乡以宽厚的胸襟接纳了我们，爱护、帮助了我们，使我们浮躁的心安静下来。在这里，我经受了艰苦劳动的锻炼和考验。不久，我第一批被招工到县农机厂。1973年，县里成立运输公司，又将我调到县运输公司。

插队以来，我深深体会到老区生产落后、地多人少、广种薄收、十年九旱、靠天吃饭的现实。这里自然条件恶劣，由于常年垦荒严重破坏了植被，水土流失严重；天气变化无常，冬天冰雪封山，夏天洪水成灾。这里相对封闭，交通极为不便，公路少，老百姓靠人背、肩扛、人拉架子车、驴车和驴驮来完成运输任务，许多老百姓连汽车的影子也没见过。我目睹了当时的情况，立志当一个驾驶员，把握好方向盘，为老区的人民做贡献，为改变山区面貌出把力。

调到县运输公司，为实现我的理想创造了条件。公司派我到延安军分区进行了三个月的紧张训练。在军分区教员的帮助下，我认真学习交规和驾驶技术，双手紧握方向盘，两眼观察仪表，平视前方，起步停车，换挡前进，不久就基本掌握了驾驶要领。教员还对我们进行了交通法规的教育，教我们做文明驾驶员。在师傅的带领下，不久我们便能上路行驶了。我非常兴奋。我想，既然选择了这一职业，我一定要将工作做好，绝不辜负老区人民与领导对我的关爱。二十世纪七十年代初，我二十多岁，驾驶着解放牌大卡车，奔驰在西北高原。在崎岖道路上的驾驶经历锻炼了我、教育了我、帮助了我，使我在人生的道路上迈出了可喜的一步。

那里的人，那里的路，那里的山，那里的日日夜夜，我是永远忘不了的。无论是冰封雪冻的冬天，还是烈日炎炎的酷夏，为当地人民办的一件件平凡的事，都深刻地留在了我的记忆里。有时春天解冻，导致有些道路塌方，给运输造成了困难。我开着运送化肥的车，被堵在半路上，前不着村后不着店，有时一堵就是一两天。当时我就想，人在车就在，绝不能让国家的财产遭受损失。爱护车，爱护货，就是我的责任。而且我运的是化肥，这是春耕必用的物资，农时不能违啊。我步行到附近村庄联系周边的社队，动员人民群众来修路。在老乡的帮助下，路修好了，又能继续上路送化肥，为农民春播增产打下基础了。这样的事几乎每年都会遇到。

1973年，周总理访问延安，在与延安地区领导座谈中提出了延安三年改变面貌、五年粮食产量翻一番的目标。周总理表示：目标实现，他再来延安。听到这些时，我备受鼓舞。我想，为了实现这一愿望，我必须进一步干好本职工作，贡献力量。当时我们的主要任务就是县上急需什么，我们就运送什么。二十世纪七十年代初，安塞县北边几个公社遭遇旱灾，老乡的口粮成了大问题，国家调拨了返销粮，我们从西安拉，往返两天，多拉快跑，及时将返销粮送到基层粮站，解决了老乡的燃眉之急。为了确保县农机厂的燃料供应，我们要定期去山西柳林拉焦炭，为此我们要走子长、吴堡，过黄河，然后上山走盘山公路。那儿的路一边是高山，一边是深沟，很难走。我只能集中精力把好方向盘，始终将安全放在第一位。有时我为县物资公司拉木料，要去黄陵、黄龙等地。黄陵路还好说，黄龙的木料都处在大梢沟的深处，基本没有路。我也去定边拉食盐；去吴旗、延长拉石油；春天去杨凌武功拉树苗，去延安拉化肥。不管什么困难，都没有挡住我的车轮，我每次都能安全完成运输任务。

　　1977年夏，延安遇到了一场大洪水。水火无情，大水漫进县城，公路上面的桥被冲垮，路被冲断，公路下边位置较低的商铺居民家都进了水，造成了很大的损失。在大灾面前，运输一刻不能停，我们全公司的职工都积极地投身抗洪救灾的第一线。每天我驾车行程四百公里，从西安、延安等地运救济粮、抗洪物资和人民生活用品。高强度的工作，虽然很苦很累，但当我看到我运送的水泥、钢材、木料等生产资料送到了抢修工程一线，就感到再苦再累也值得。在陕北当了十年驾驶员，我没出过一次事故。

　　二十世纪八十年代，我调回北京的商业系统，仍然做驾驶员工作。我热爱自己的岗位，虽然生活环境变了，可我的老本行没变，为人民服务的初心没变。无论是市内提货还是长途运输，甚至车辆的保养，我都尽职尽责完成任务。面对改革开放的新形势，我所在的公家商店销售不景气。领导让我们全体

职工出主意，想办法。我当即回答："咱们不是有大篷车吗！赶集去。"此后，在单位书记的带领下，除了日常工作外，我每三天跑一次外地赶集，凌晨三点半准时出发，六点半准时到大集现场，将货物送到城乡接合部。为活跃城乡经济互动做贡献的同时，我们也得到了丰厚的回报。每次忙活到中午十二点往回返，收入都在2500元到3000元，这在二十世纪八十年代对于小门店来说是一笔可观的收入，商店的效益也一天比一天好起来。回京二十多年，我安全行驶两百万公里无事故，受到市交通管理委员会的表彰奖励，这给我的职业生涯画上了圆满的句号。

2019年，在我们纪念插队五十周年的日子里，我积极参加了县知青联谊会组织的回报第二故乡的公益活动，积极捐款捐物，并送物资回安塞，回报老区老乡当年对我们的关爱。

我就是一名普通的司机，之所以能够顺利地完成工作任务，几十年安全驾驶无事故，在本职工作中做出自己的业绩，得到单位及上级领导和同事们的认可，我想与我的插队生活经历是分不开的。一是艰苦的插队生活教育了我。有了这段插队锻炼，我分外珍惜这份工作，并养成了在工作中不怕苦累、不怕困难、勤勉踏实的工作作风。二是我们安塞县是张思德烧木炭牺牲的地方，毛主席在张思德的追悼会上发表了《为人民服务》的著名讲话。全心全意为人民服务、时刻将人民的利益放在第一位，成为我工作的行动指南。毛主席的教导、张思德全心全意为人民服务的光辉形象，时刻激励着我爱岗敬业、自强不息。

我感谢安塞这块神圣的地方！我热爱安塞的山山水水！我怀念安塞的父老乡亲！

作者简介

陈冬生：男，北京市安定门中学六七届初中毕业生。1969年1月赴延安地区安塞县真武洞公社徐家沟大队马家沟生产队插队落户，1970年10月被招工到县农机厂，1973年5月调安塞县运输公司任司机。1980年10月回京，在北京东城区运输公司、东城百货公司从事驾驶员工作，曾任车队队长，多次受到市交通管理委员会和单位的表彰奖励。退休后曾返聘到东城百货公司的三产云蒙山旅游景点、东城区环卫局金星保洁公司、大兴地龙保洁公司做业务经理。担任过十年社区志愿者。

第二故乡情

赵世维

1968年,全国掀起了知识青年上山下乡的高潮。我响应党的号召,于1969年1月从北京来到陕北延安地区安塞县沿河湾公社闫家湾大队花柳弯背队插队,成为一名知青。

初到农村

刚到插队的农村时,我们看到,在这贫穷落后的山村里,虽然人们整日面朝黄土背朝天地辛勤劳作,却依然过着缺吃少穿的艰苦生活,这使我们这些从大城市来的青年学生感到心酸。

我们刚来到这里时生活很不习惯,生产队派来了"三管"人员,使我们在政治学习上有人管、生产劳动有人教、集体生活有人帮。我们不会做饭,村里就派来了会做饭的人(我们称他为"大师傅")。我们刚来不久就赶上过春节,乡亲们拿出平时不舍得吃的米糕、油馍、油糕、瓜子、大红枣送给我们吃,还请我们到他们住的窑洞里盘腿上火炕喝热腾腾的米酒、吃各种好吃的,让我们这些远离家乡的知青感到心里热乎乎的。多好的陕北人呀!

春节过后没多长日子,生产队就开始上工安排干农活了。

一天，生产队安排我试着去铡草喂牲口。我当时觉得多下力气压铡刀就行了。其实，往铡刀口下续草是个技术活儿，续草人要趁着铡刀有节奏起落的空当拿着整理好的一定数量的秸秆整齐地往铡刀口里续，弄不好就会被铡刀切到手。只有有经验的人才能干这事。我试着一紧一慢地压铡把，不一会儿就气喘吁吁、汗流浃背、腰酸腿疼，手掌上起了好几个大血泡，实在干不下去了。劳动一天下来浑身无力，第二天起床都困难。

我刚参加农业劳动时，没有掌握农活技能，生产队就安排我送粪，就是把擂好的粪装进几条长条形的粗毛口袋里，陆续抱起放在几头毛驴的背上，然后两三个人赶着这些毛驴将粪送到山上的地里。我个头稍高，把粪袋子放上驴背也不困难。有一次，我刚把驴赶到半山腰，驴就不往上走了。不管我在前面用力拉，还是在后面使劲推，驴就是不走，气得我拿树枝用力抽了一下驴屁股。谁想驴用力一甩，把粪袋子甩到了我身上，把我砸倒了。被粪袋子紧紧地压着，我一时起不来，那驴倒不紧不慢地顺着山路溜达着回驴圈去了。

不久，生产队照顾我们几个体力差的男知青和女知青跟着村里的婆姨和半大孩子一块儿干活，做的都是农田基建、平整土地、拦水坝等技术含量较低的农活。

几年后，送粪、锄草、种菜、收割庄稼等农活，我们基本上都会干了。我觉得，最累最苦的农活就是"背背子"了，那是把绳子套上木圈，捆住重重的庄稼（或其他重物），放在后背上，低头弯腰，吃力地慢步行走，将背子运送到指定地点。运送过程中，串串汗珠不断地顺着脸颊流淌，被汗水浸湿的眼睛涩痛难忍，背上被重物压得生疼，嘴里喘着粗气，腿沉重得像灌了铅似的迈不开。到了夏天，尽管天气炎热，人们也必须穿上长衫裤，戴上草帽，防止被太阳暴晒。我那时图凉快，剃了光头，穿着短袖衫干活儿，结果被太阳晒得头昏眼花，头皮火辣辣地疼，胳膊也脱了好几层皮。

尽管那个时候很艰苦，但乡亲们仍时常照顾我们，让我们这些知青觉得很温暖。每当我们上山干农活儿，刨地、锄草或收庄稼靠近沟边的时候，乡亲们都会不约而同地跑过来，善意地把我们知青挤到中间，生怕我们不小心掉到沟下去。

经过与乡亲们同吃同住同劳动，我们这些插队的知青被陕北老乡朴实善良的优秀品质和努力改变家乡面貌的艰苦奋斗精神所激励，从他们身上，我们领悟到：在人生的道路上，要不畏艰难、努力拼搏。

在这偏远闭塞的山村里，乡亲们缺吃少穿，更缺文化知识。村里大部分人是文盲或半文盲，文化教育水平非常落后。全大队仅有的一所小学，也因为政治运动停课了，孩子们无学可上。晚上，一些孩子就来到知青住的窑洞，拿着用各色纸张拼凑的小本子，点上小油灯让知青教他们识字。后来，国家普及农村教育，大队办起了第一个有高小（三到五年级）的小学，个别生产队也办起了有一、二年级的初小学校。

1973年，我加入了共青团，担任了大队团支部副书记，更积极参加村里青年们的文化活动。此外，我还成为播放幻灯片的解说员，用普通话解说片中的内容，获得了村民们的一致好评。

就在这年的春天，大队领导任命我担任大队学校的民办教师。那时，教育部门规定：小学为五年制，春季入学，冬季毕业。

我所教的是三、五年级，是同教室轮流上课的复式班。我教的五年级就是闫家湾第一个高小毕业班了。我所教的学生年龄偏大，并且接受能力参差不齐。那时生产队办的学校大多数非常简陋：把木板用锅底灰涂黑，钉在木头架子上或者墙上当作黑板；用石头垒在两端，上面架上木板就是桌椅了。学生们坐在昏暗的窑洞里点上煤油灯上课。天气好时，我就把窑洞门打开透些亮，门口放上木架黑板。那时候，教学条件的确简陋，但是学生们都很用功，出了不

少人才。

我所任教的大队学校教学条件稍好一些，学校盖有两间大土房作为教室，石板盖顶，向阳面有较大的木格窗，光线自然比窑洞教室亮些。旧桌凳都是木制的。教室最前面摆放了一张带抽屉的桌子，桌子上放着粉笔盒和红蓝墨水瓶，一个旧闹钟还有一个吹上下课铃用的哨子，抽屉里放着教师用书、课程表和学生花名册。桌子旁配有一个条凳。

每天早上，学生们个个挎着旧布包，装上课本和几本用各种颜色纸张拼凑的作业本就从各村来上学了。住在远离学校数里地的学生，为了学到知识，必须早早起床，带上午饭吃的干粮，拄着棍子，跋山涉水，急急赶往学校。要是赶上了雨雪天，他们就只好手拉手，脚踩泥泞的小路，小心翼翼地慢慢前行，生怕摔倒受伤。孩子们多不容易啊！

每当看到这些山里娃娃纯真的小脸和一双双渴望学到知识的眼睛，我就暗下决心，一定要培养好他们！

教书育人先要提高自己的修养，作为点亮孩子们求知梦的启蒙老师，我必须努力学习，提高自身的道德、知识水平和业务能力，锻炼好身体，才能把更多的知识传授给这些天真可爱的娃娃，让他们德智体全面发展，成长为有知识、有文化的一代新人。

我白天认真教课，晚上在煤油灯下仔细批改作业，然后在深夜里认真准备好第二天要讲的课。每到星期天，我都要读些科普知识和生活常识方面的书，晚上还要参加政治夜校的活动，同时兼顾教成人扫盲班认字和读书的工作。

我调整好复式班各年级的数学、语文、音乐、体育、阅读、大字等课程表，有时候还请来驻村医生到校讲卫生课，教娃娃们刷牙洗脸讲究卫生。另外，我还在每周的周末增加了一节班会课，讨论和讲评一周来的教学情况，以便及时解决教学上的问题。

在教数学应用题时，我采用当年我的班主任教给我的有别于一般教材的"直观图解法"解答应用题，先画张图，标出题中的量化关系，再分析、解答题目的要求，最后得到正确的答案。一开始学生们不理解，嫌麻烦，经过我反复讲解，带领他们不断练习，学生们很快就掌握了这种方法，解起令他们头疼的应用题也得心应手多了。后来，据几个当了公办教师的学生反映，他们借用此法教出来的学生数学成绩都非常好。

教语文课时，我不仅教学生们学习生字、词语，分析课文，还和学生们一起用普通话大声朗读课文，背诵重点章节和佳句。在每节课结束前，我会留下一点时间讨论分析课文的重点内容，以加深学生对课文的理解和记忆。

我每天会安排一节大字课，这对农村的孩子们来说也很实用。我要求学生们练好字，提高书法水平。我自己也努力写好板书和钢笔字。许多学生字写得不错，他们经常帮助生产队办黑板报，写宣传材料，帮助村民写信、写春联，把学到的本事用到了实际生活中。

我唱歌水平不高，但会吹笛子和口琴，有一点基础的乐理知识，勉强能带领学生们一起唱陕北民谣等歌曲。后来北京知青郑宗明同学来校任教，他父亲是中央乐团（现中央交响乐团）的男高音歌唱家。他的音乐素质较高，还会吹长笛，在考入陕西音乐学院之前教会了学生们许多歌曲，弥补了学校音乐课的不足。后来大队又建成了以青年为主要成员的文化室，我的大部分学生成了文化室的文艺骨干，为村里活跃传统文化活动做出了贡献。

1974年冬，在安塞县举办的首届腰鼓表演比赛中，我们闫家湾大队的腰鼓队获得了第三名的好成绩。在当年北京举办的亚运会上，也有我的学生参加了腰鼓表演。2019年庆祝新中国成立七十周年庆典文艺表演中，我的学生——时任安塞区西河口乡党委书记的刘殿荣带领陕北腰鼓队在天安门广场为党和国家领导人与首都人民表演了精彩的"安塞腰鼓"。

为了提高学校办学水平，在大队领导的支持下，学校后来又建成了有玻璃大窗的大教室，教室旁建有男女分开的新厕所。此外，在教室前面还修建了一个供学生们参加体育活动的大操场，有了篮球架和乒乓球台。我回忆当年做广播体操的动作，每天早上带领学生们做体操，还时常和学生们一起踢足球、打篮球和乒乓球，锻炼身体。学校的操场也吸引了村里许多青年来这里进行文体活动。学生们和青年们的体质增强了，农村文化体育事业的发展得到了大力推动。

那个时候山里的村民在"艰苦奋斗，自力更生"的延安精神鼓舞下，努力改变家乡面貌，生产有了发展，基本上解决了吃粮的问题，生活也有了些改善，但集体经济还是不太发达，学校也没有什么经费，教具少，不利于教学。我就把"勤工俭学"的办法搬来，要求学生暑假期间在帮助家里割猪草时顺便采集一定数量的甘草根、小柴胡等，卖给公社供销社。我还在秋冬季组织学生们冒着树刺扎手的危险，上山砍些柠条、荆条，用火烤软后编织成筐子，拿到集市上卖掉。这两项所得钱款由大队会计记账管理。这样就增加了学校的收入，进一步改善了办学条件，解决了教学用的粉笔、笔墨和学生用的课本、作业本等学习用具的经费问题，减轻了学生家长的经济负担。我当民办教师时，生产队给我记工分，上级每月补贴五元钱，北京的家里也时常寄钱给我。除了用于购买个人生活必需品外，我就用这些钱买了大珠算教具、足球、篮球、跑步接力棒、板球拍和球、乒乓球拍以及跳绳、毛毽等小型教具及体育用品送给了学校，又把村里知青王雷、彭利民等人招工临走时留给我的乒乓球拍也一并送给学校，供学生们使用。

我每天在放学之前会抽一点时间给渴望了解外面世界的学生讲讲有关城市文明、先进文化的知识，让娃娃们增长见识，养成刷牙洗脚的良好卫生习惯，做个学习进步、懂得文明礼貌、有理想、体格健壮的好学生。

那些年，沿河湾公社只有一所初中学校，能容纳的学生有限，只有经过严格考试、成绩优秀的高小毕业生才能进入该校学习。我们闫家湾大队小学的毕业生考入公社中学的个人和集体的平均成绩均名列前茅。

从1974年春季开始，我只教五年级毕业班，其余班级由其他老师任教。

1974年，在县文教局召开的安塞县教育工作会议上，我被评为安塞县先进教师。同年11月，我在沿河湾公社团代会上被选为团委委员。1975年7月，我参加了延安地区上山下乡知识青年农业学大寨先进代表会议。10月，我和在沿河湾公社中学任学生团支部书记的我的学生高新胜共同参加了安塞县第十一届团代会，我被选入了主席团。

我所取得的成绩离不开大队领导和广大村民的支持帮助。1974年，北京知青们经过参军、招工、上学等，都陆续离开了农村，奔赴各条战线参加了工

教师赵世维（后排左二）、郑宗明（后排左三）和全校学生合影

作，我因为"海外关系"的原因，继续留在了生产队。当时，大队里的北京知青只剩下我一个人，我又要教书又要做饭，经常忙不过来。大队党支部书记刘海清和负责学校工作的支部委员徐爱莲老师时常关心我，帮助我解决生活上遇到的困难，让我在生产队里优先使用磨米面的设备，村里种植的瓜果蔬菜也让我随意采摘食用。乡亲们逢年过节还会请我到他们家里吃饭。一些男学生也主动帮助我打理自留地、菜地，还会帮我拉风箱做饭。

记得有一天晚上，我因病发高烧昏倒了。村里有个叫换儿的青年得知消息后，立刻点上马灯，在漆黑的夜晚沿着山间小路，赶到几里外的赤脚医生白金宇家里，请来白大夫给我治病。我打针和吃药后，我的体温降了下来，然后我迷迷糊糊睡着了。第二天凌晨我醒来后，看见白大夫在给我盖被子，原来他怕生病的我一个人在屋里出意外，足足守护了我一夜，真不知道怎样感谢他才好！

后来，白大夫经过卫生部门的严格考试，成为正式医生，在沿河湾公社卫生院工作，后调入安塞县中医医院，成为当地有名的中医，真是实至名归！

1975年12月，我离开了那片让我充满感情的黄土地，告别了淳朴忠厚的陕北父老乡亲和我天真可爱的学生们，结束了我长达七年的知青生活，进入了工厂工作。1990年，我调回北京工作。生活稳定后，我还时常会梦到插队时期那段艰苦的生活和当山村教师时那段充实、愉快的日子，渴望再次见到那开满鲜花的美丽山村和勤劳质朴的乡亲们，还有我那些天真活泼的学生。

2023年5月13日，我回访自己的第二故乡——安塞，受到了当年在闫家湾小学一起教书的老师们、学生们和乡亲们的热情欢迎。我心情激动，百感交集。看到昔日的黄土高坡已绿树成荫，不远的山头上架起了高压线，我深深地为山村的变化而欣喜。虽然我们北京知青住过的土窑塌了，但是村里家家户户都修起了新石窑，有了电灯，引进了自来水。通往各家院子的土路都修成了水

泥路、石子路，许多院子里都停着汽车。当年的水渠已盖上水泥板材成了水泥路。村里原来的菜地上，建成了一座座果蔬大棚。村前来往车辆的土路已改建为水泥公路，路两边都是各种建筑物，除了住宅还有库房、店铺等。大队里居然还有个"建华民俗博物馆"，里面有好几万件藏品可供人们参观。大队不远处有高速公路穿过。变化太大了！印象中的小山村早已改变了模样，我真的认不出来了。

山在变，地在变，人更在变。

我们回村的车刚停在村边小广场，就见到广场边廊上挂着欢迎我的横幅。乡亲们拍着手，嘴里喊着欢迎我的口号热情地拥了上来。见到这意外的惊喜，我心潮澎湃、激动无比，也立即冲上前去和他们一一握手表示感谢！

经介绍我才知道，前来的乡亲有现任的大队书记周小平，还有大队会计。忽然，有个人问我认不认识他，我看了一眼就脱口而出："高凤山！咱们生产队里的会计。"他高兴地点了点头，旁人说他还担任过大队党支部的副书记呢！说话间，一位六十岁上下的人迎面走了过来，在大家的提醒下，我认出了他："懒猫！"他傻笑着点了点头。我对他印象深刻是因为当年他捞河柴落入洪水中，差点被山洪卷走，幸亏被北京知青杨福友、金广禄和回乡转插知青闫凤山奋力救起来。当年救起他之后，我还从井里打水挨个儿给他们冲洗泥乎乎的身子。听说"懒猫"家的光景还不错，两个儿子和儿媳妇都很孝顺，一家子过着幸福的生活。不一会儿，来了辆小客车，原来是徐老师把当年的大队书记刘海青夫妇接回村与我见面，这让我不知怎样表达感谢才好。

住在别处的老师和我当年的学生陆续专程回村里来了，我们和全村的乡亲们合影之后，又和几位老师合了影，其中有两位是我原来的学生，后来成为公办教师，现在也已退休了。

我们一行人聚在我学生马夹家的窑洞院子里拉话，队里送来了西瓜、香瓜

等水果。另外，住在延安市的学生们还特地送来香蕉、苹果等，招待我们这些回村的老师。山里人尊重知识，尊重教书的老师，视老师为孩子们的父母，也清楚"知识改变命运"的道理。从闫家湾毕业出去的学生和他们的子女，大部分考入初中、高中，甚至有些人考上了中专、大学，成为建设陕北的有用人才。我看到了昔日的学生们在如今的岗位上都取得了优异的成绩，深感欣慰。全程陪同我走延安之行的学生刘殿荣，曾任安塞畜牧局局长，作为"优秀共产党员"的他，在任期间不辞辛苦地到全国各地考察，引进了优良种羊，让乡亲不用外出打工，实现了在家门口就业，过上了小康的生活。他按副县职待遇退休后，"人退身不退"，忠诚党的红心没有退，义务帮助大队建起了蔬菜大棚，让村民走上了勤劳致富的道路。

我的学生闫伟东是延安市政府研究室一级调研员，《延安市人民政府政报》执行副主编，中国作家协会会员，延安市"十大社科名家"，发表原创论文二十多篇、文学作品二百多篇，获各类文化艺术奖七十多次，被誉为"延安红色文化作家"。

此行我还了解到，延安市水利局三级调研员闫兴慧、延安市市场监督管理局局长梁建军、安塞区水务局正科级干部闫少华、延安市森林公安局局长闫军华、安塞区退耕办正科级干部李海军、延安地区人保公司干部汪国清等众多我的学生在各行各业的工作中都有所建树，我作为他们曾经的山村启蒙老师，感到非常欣慰，我当初的努力没有白费！

这次延安行，圆了我几十年的回乡梦！感谢我的学生们和曾经的老师同事们、乡亲们的热情接待。

作者简介

赵世维： 男，1951年生，1964年在北京市第54中学上学，1969年1月到陕西省安塞县沿河湾公社闫家湾大队花里湾生产队插队。先后担任公社团委委员、大队团支部副书记、小学民办教师。1975年12月被招工到陕西省耀县西北耐火材料厂研究所任助理工程师。1990年3月回京，后为北京市总工会劳动午报社干部。现已退休。

只身夜归路

李 锟

　　1972年底，我被招工到位于关中地区的5702厂工作。进厂前受到驻公社北京干部的指派，我去安塞县城专程送我们几个同学的人事档案。去的时候我骑了不知打哪儿借来的一辆破自行车，在雪后坑洼不平的一百一十华里土石路上走了一整天。在走到距离县城三十里的沿河湾公社时，自行车的前轮轴都已经被颠松了，我只得无奈地找当地老乡借扳手修车。但是老乡们哪儿有什么工具，只找到了一把纳鞋底用的针钳。我勉强紧了一下，凑合着总算骑到了安塞县城。

　　我当日交付档案，向有关部门交还了自行车，吃饭休息。第二天中午，驻县北京干部在街上的饭馆请我吃了一碗面条。由于是人家请的，所以虽然我没吃饱，也没好意思多要。随后我在街上花六角八分钱买了一瓶北京葡萄酒，又买了一斤绿豆糕带给同学，然后开始步行六十多华里山路，抄近路走回生产队。

　　回程路途不再走大路，只能是走川进沟，翻山越岭，穿村过户，不时会遇见群狗狂追。山沟里光线阴暗，我只能摸索着前行。不知走了多久，我来到了深沟尽头的转角处，确实是山重水复疑无路，待转过弯来，柳暗花明又一沟，只是当时心情紧张，加上饥饿和疲劳，所以也无心体会什么诗情画意。走到了山沟的尽头，天色黑了下来，月亮升空，再爬上山顶，朦胧的月光下，总算好走些了。

但是不久，又要穿行一处恶狗驻守的院落。当时手无寸铁，我只能在附近的柴堆里抽到一根麻柴杆儿作为"防身武器"。说是武器，其实只是去掉麻皮的麻秆，甚至不能用力挥舞，一挥即断。当然，狗并不知道我拿的是什么东西，反正能吓唬一下狗吧。值得庆幸的是，当晚恶狗并没在院子里，否则在山间小路，连躲闪错身都非常困难。我提心吊胆地穿过院落，深深地体验了一把什么叫作"麻杆儿打狼——两头害怕"。

山里没有行人，静悄悄的，因为心情非常紧张，随着走在山间小路上的颠簸，背包里的酒瓶晃荡作响，脚下不时传来碎石掉落到沟底时的响声，这些声音刺激着我的神经，心里随时都会一惊一乍，一直处在高度紧张的状态。直到最后下山，沿着一处小坝，走出山沟，通过了村后的一段小路，我的神经才稍有放松。回到队里的时候，已经是晚上十点多了。那时村里各家各户灯火基本都熄了，但我的心情却豁然放松了，直接回窑休息。

这是离开陕北农村之前，唯一的一次独自赴县城办事，当时我并不熟悉道路，大概因为年轻，事前什么都没多想。但是沿途之紧张、劳累和辛苦，给我留下了深刻的记忆。那一年，我二十一岁。转过年来，1973 年元月初，我离开了王窑公社，到 5702 工厂当了一名机修车工，结束了四年的插队生活。

作者简介

李锟： 原北京 128 中学六七届初中毕业生，1969 年元月赴延安地区安塞县王窑公社白家洼大队插队。1971 年因修建王窑水库，迁至王窑大队杏树台小队插队，1972 年底被招工到 5702 工厂工作。1986 年调回北京，就职于化学工业出版社印刷厂，2011 年退休。

安塞插队钩沉二事

王子峰

现在我老了,每天喝点小酒,遛遛小狗,躺在床上看会儿小说,日子过得还算逍遥。每天我都到安塞知青群里打卡,这几天忽然多了许多关于知青们的回忆,脑海里就像放电影一样,一幕一幕停不下来。

我在沿河湾后街生产队插队两年半,当年也像大多数知青一样,有着青年人的激情,有着改天换地的冲动,并且付诸行动,也曾发出稍纵即逝的光。

"知青"是一个时代的名称,是历史的产物,我们应尽自己所能,记录、完善、丰富其内涵。

秸秆糖化饲料

那是1970年初,我和队里的三位同学有幸到部队学习了制作糖化饲料技术。那是一种养猪用的饲料,把本不该猪吃的玉米秆、麦秆等作物粉碎,经高温软化发酵,待到软化后的饲料发出酒香味,便可以和其他饲料混在一起喂猪了。在那个物资匮乏的年代,尤其在十分贫困的陕北,这真是一个不错的方法,也是一个令人振奋的方法。

在生产队待了一年,肉是什么味,我们早就忘了。正是应了那句话"贫穷限制了我们的想象"。现在不一样了，有了猪饲料的来源，还怕吃不上猪肉吗？如果糖化饲料制作成功，不仅能造福陕北的乡亲们，而且更能体现"广阔天地，大有作为"。

下一步就是开展糖化饲料制作的试验工作。说干就干，材料就用老乡们烧火用的玉米芯子。玉米芯子很好找，到处都是。我们找了一些比较好的，没有霉点而且干燥的，用刀把它们剁碎，再放到碾子上去压。我们没有借用生产队的毛驴，同学们轮流上阵推碾子，同时又借来了笸箩和箩，筛选下我们需要的部分。忙活了大半天，我们才碾够了我们所需的用料。现在想想，那时如果有一台粉碎机，可能也就是几分钟的时间，就能粉碎出我们所需的用料。

材料准备好了，还要做一个类似烤箱的锅台。我们哪会做这个？好在我们和老乡的关系不错，老乡对我们这些北京娃也很热情，一会儿就找来两个做锅台的高手。通过我们的讲解，基于我们提出的对锅台的要求，他们在我们院子的墙根下开始施工。

北京娃要做养猪用的糖化饲料，消息开始在生产队传开，引得一些小娃娃到我们的住处围观。看着这些头发有点零乱、黑黑的小手、身上穿着破旧棉衣的孩子，我不由得问了一句："想吃肉肉吗？"娃娃们瞪大了眼看着我不说话，我又问了一句："想吃肉肉吗？"娃娃们仍然一脸茫然。在他们的小脑瓜里，可能没有肉肉这个词。看着他们的表情，我的心有点痛。

灶台盘好了，一切就绪。我们把粉碎好的玉米芯用水搅拌，小心翼翼地用手捏紧成团，玉米芯团要一碰能散开就达到标准了。然后我们把它们装入一个罐子内，插上早就准备好的温度计，封上罐口，放入类似烤箱的灶台中进行烤制。这个过程是制作糖化饲料的重要步骤之一。每个同学都在灶台边守护着，不时看看温度计，对灶内的火进行控制。已经傍晚了，灶火映着一张张青春的脸，脸上都写满了期待和兴奋。

天完全黑下来了，烤制也顺利完成，打开罐子，立刻冒出一股香气，用手捏一捏，比较柔软，但还没有酒香气，还需要进一步发酵。当时正是冬末，天气还有点冷，而发酵需四十度左右的温度，有点像农村油馍馍面的发酵。

　　温度低、时间短，怎么办？天已黑了一段时间了，室内温度只有十几度，而且劳累一天了，大家都需要休息。干脆，抱着它一起钻被窝里睡吧，于是罐子和我一起进了被窝。和罐子一起睡当然不舒服了，可是为了我们的试验成功，也只有这样了。为了防止罐子夜里意外翻倒，我把罐子的封口又加固了一下。在期待中，我最终扛不过身体的疲劳，慢慢睡去。天快亮了，我猛然惊醒，赶紧看看罐子，罐子完好。我急忙打开罐子的封口，一股浓浓的酒香飘出……"成功了！"我大喊一声。同屋的同学们都被惊醒了，抢着趴到罐口闻着浓浓的酒香，脸上都是陶醉的表情。大家赶紧起床，穿好衣服，迫不及待地来到屋外。院内有一只房东养的猪，我们急忙把猪叫过来，倒了一勺饲料给猪吃，然而猪只是嗅了嗅，张开嘴试着吃了一点点，然后调头走了。怎么回事？我们有点傻眼。

　　听说县副食公司也在搞发酵饲料，我们决定去看看。一位老师傅接待了我们。老师傅慈眉善目，带我们去了一个房间。一打开门我们就嗅到一股酒香味。他的发酵饲料的做法与我们的做法在原理上是一样的，先要高温软化，然后再发酵。但是他说的一点很重要，那就是发酵过的饲料要和其他正常猪饲料混合喂，猪才喜欢吃，单独喂发酵饲料猪不喜欢吃。原因找到了，我们的心也放下了。

　　当时我们还听说真武洞的知青在搞什么真菌试验。我们打听了一下搞试验的地方，就顺着山坡爬了上去，来到一处院落。一名知青接待了我们。听到我们的来意，他也没有犹豫，便带我们来到一个房间，房间里的温度要比一般的房间高许多，房间内用塑料布单独隔离出一个小试验室。隔着塑料布，我

们看到了白白的长势很好的真菌。我们和他交谈了很久，真菌、糖化饲料还有其他……

这次试验虽然成功了，但由于多种原因，糖化饲料并没有得到大面积的推广。但实践让我们有了创新的意识，实干的自信。在广阔天地，知青正在展示着青春与知识带来的力量，憧憬着造福陕北人民的美好未来。

抗洪救灾

1977年夏，安塞发了大水，下游的延安大桥被冲毁。那一年，河水已漫过县城的延河，虽然看不到具体情况，但是通过上游传回来的信息可以想象。如此巨大的水流携带着泥沙向下游一路狂奔……

那天晚上，我正在载波室值班，电报室是高成义值班。天空黑压压的，下着倾盆大雨，根本没有停下来的意思。我在载波机房巡视了一遍，又看了看通往各公社的电话线路，一切正常，就拿了本书，随便翻着看看。突然，电话机房来电，坪桥、化子坪电话线路中断。我急忙进行测试，证实两地电话线均已断线。我正在做着测试记录，电话又响了，招安也联系不上了。我想，可能是暴雨洪水造成下游沿河湾和延安的电话线路中断，于是立刻给电报室的高成义打电话，叫他立即向延安邮电局电报室申请开通无线电报。高成义没有犹豫，马上就向延安局申请，同时开启无线电报。那时的电报机都是电子管的，需要几分钟的预热。就在无线电报机开启后不到十分钟，沿河湾和延安的电话线路也全部中断了。至此，安塞和外界的有线通讯全部中断。只有无线电报机因提前开启，才没有和外界断了联系。

一封封气象站的气象水文电报发了出去。

一封封县委、县政府的电报发了出去。

全县对外电话线瘫痪，我守在载波室没有意义了，就来到电报房。平时无线电报机是由延安维护的，但有时我也帮助换个保险管、电子管之类的。我上来就是以防万一，电报机如果有了问题我也能搭把手。还好，电报机一切正常。那时我们县城晚上没电，只能使用手摇发电机发电。电报员高成义按下电键的那一刻，手摇发电机启动，非常费力，我的体力坚持不了几分钟。后来领导叫了几个人轮换着摇动发电，才解决了问题。天还是那样黑，雨还是那样大。局里已经组织人把机要文件、财务账目、重要档案等向山上转移了，人员也开始向山上疏散。我们几人还留在电报房，通过无线电向延安传达着气象站送来的气象和水文资料，还有县委、县政府给延安的报告。在大灾面前，我们坚守岗位，按时准确地传达了信息，为减少国家和人民财产损失奉献了绵薄之力。洪水过后，大家都说安塞邮电通讯工作做得好，没耽误事，这是对我们抗洪救灾工作最大的褒奖。

作者简介

王子峰：1951 年 3 月 23 出生，北京第二十七中学六七届初中毕业，1969 年 1 月在延安地区安塞县沿河湾公社后街大队后街小队插队。

1971 年 5 月 21 日加入中国共产党，9 月被分配到安塞邮电局工作，从事过邮递员、机线员、载波机务员工作。1990 年 3 月调回北京，在北京核仪器厂工作，从事电话室机务员工作，后调到该厂第二研究室从事设备维修工作。2006 年退休，返聘后仍从事设备维修工作。2012 年至 2018 年改聘为监控室监控员，现已退休。在建党 100 周年之际，荣获"光荣在党 50 年"纪念章。

安塞插队琐记

臧淑兰

1969年元月19日，我响应毛主席"知识青年到农村去，接受贫下中农再教育，很有必要"的伟大号召，来到革命圣地延安插队，被分配到安塞县谭家营公社谭家营大队落户。本队共有十一个知青，七女四男。

臧淑兰（第一排左二）在安塞工作期间与同事合影

从北京到延安，一路坐火车，倒汽车，三天三夜，最后步行几十里才到生产队，大家终于舒了口气，感叹到家的感觉真好！淳朴、善良的乡亲们早就等在那儿了，他们热情地招呼我们，接过我们随身携带的背包和行囊，给我们准备了招待贵客的饸饹面。热气腾腾的荞麦饸饹羊腥汤端上桌，我们也饿了，狼吞虎咽地吃了到家的第一顿饭，唇齿留香，至今记忆犹新。饭后，队长给我们安排好住处，我们也整理好行装，准备开始新的生活。

很快就过年了，由于刚到不久，村主任安排每个村干部领一名知青到家过年。同学们一商议，怕给老乡带来麻烦和不便，便婉拒了乡亲们的盛情和好意，决定自己过年。村主任同意了，送来米、面、肉、菜等物资。同学们都很感动，商量着一定好好过个年。

大年三十，女知青开始动手准备包饺子了。人生第一次不在北京自己家过年，但热闹气氛也让大家十分快乐和兴奋。同学们有说有笑，议论着来队里的见闻。新年脚步临近了，大家慢慢地安静下来，不知是谁先哭了，说是想家了，顿时哭声一片。哭归哭，想家归想家，日子还是要过下去。

第二天，乡亲们送来了油馍馍、黄馍馍、枣糕等过年食品，多么淳朴憨厚的老乡啊！在我们初来乍到、情绪极不稳定的时刻，他们用最善良的行动安抚了我们躁动不安的心。同学们也都相互劝慰着、鼓励着，表达着既来之则安之的坚定态度。我的心情逐渐平复下来，准备迎接新的挑战。开始新生活，适应新环境，首先要学会自己做饭。

刚开始，七个女生轮流做饭，一人一周。从来没烧过柴火的我们，根本不会烧柴火灶，不是饭烧煳了，就是烧不熟、夹生了，菜不是炒咸了就是炒淡了，手忙脚乱还吃不上应时的饭菜。我们向村里的老婆婆大嫂子们学习，每天做什么饭事先计划好。好厨师要讲究火候，什么时候要旺火，什么时候要小火，火大了如何处理，火小了如何处理，都要了解。慢慢地，我们从实践中摸

索出一些烧火的规律和经验。

在城市粮站买来的都是加工好的米面，如何加工粮食，制成成品，也是我们要面对的实际问题。滚碾子、推磨，我们过去见都没见过，更别说会干了。队里派婆姨手把手地教我们加工制作玉米面。玉米粒先用湿布擦一遍，再碾去皮拉成粒，然后磨成玉米面过箩过细，才成玉米面。玉米面既可以做窝头，也可做发糕。老乡教我们认识了什么是谷子，什么是糜子。谷子去皮就是小米，糜子去皮就是大黄米。黄米还分软硬，软米是做年糕用的，硬米就是像大米一样捞饭吃的。

为了丰富大家的伙食，队里还给我们抓了一头小猪仔，做饭带喂猪，一年下来还杀了一头两百多斤的猪。炼好的猪油装在罐里，炒菜时挖上一勺，饭菜喷香可口，大家的生活水平明显上了一个台阶。五谷不分的我们，学会了很多此前不了解的知识，掌握了做饭的技巧，吃上了可口的饭菜。

在农村必须学会干农活，我们就从最基础的农活技术学起，跟着老乡掏地、锄地、抓粪、点豆、种菜、收割、打麦等等。乡亲们手把手地教，我们认真地学，很快也学会了各种农活。

不论是学农活，还是冬闲修梯田，我都扑下身子，身体力行，出力实干。当年我还是青年突击队、铁姑娘队的成员。实干加苦干，我赢得了队干部和老乡们的肯定。只要有外出开会和学习的机会，公社和大队都派我参加。通过学习，我开阔了视野，也提高了我在农村大有作为的信心。

在农村，知识青年要发挥特长，为社会主义新农村建设贡献力量。到队后，在没有开始春耕之前，生产队交给我的第一项任务就是带领社员们学习毛主席著作，学习"老三篇"。由于当地老百姓文化水平普遍低，学起来很困难，我就耐心地一字字、一句句地反复教他们。"功夫不负有心人"，他们认真学习，很快流畅地背了下来。县里领导到基层检查工作，老乡当面背诵，受到领导的

好评。我的组织能力和认真负责的工作态度也得到了认可。

我还利用课余时间到学校教同学们学唱样板戏，丰富他们的兴趣爱好。我不仅为贫困偏僻山区送去了先进的文化知识，同时也与群众打成一片。

1971年6月，陕西日报社在洛川县开办了为期一个月的通讯员学习班，给安塞县五个名额，全县据此从各个公社选派五人，最终前去学习的全部是北京女知青。在培训班里，我们学习了相关政策、通讯知识，学习如何写报道等。当年农业学大寨运动中，修梯田、打坝，群众干得热火朝天，涌现出许多好人好事。回县后，在宣传部的领导下，我们下到基层，深入群众，学习、采访、收集大量素材，写成稿件，由县广播站进行广播宣传，号召全县人民学先进、赶先进，为推动安塞县农田基本建设的发展起到了积极作用。

1971年，"县革委会"根据上级分配的指标，将农村的一些民办教师、知识青年中表现好的同学转为公办教师，充实到干部队伍中来。其中有些同志没有当教师，而是由县里分配做行政工作。我有幸成为其中的一员，被分配到高桥公社当妇女干部。

我于1972年到高桥公社赴任。公社干部是最基层的干部，也是最接地气的干部，直接与老百姓打交道，日常工作千头万绪，工作量很大。每个干部承包一个大队，与农民同吃、同住、同劳动，白天下地，晚上要给社员开会，宣传党的方针政策。工作开展难度不小，需要付出较大的心力，宣传阻力也很大，尤其是计划生育工作。

计划生育工作是我的工作重点，也是难点，且难度不小。有一些不理解国家计划生育政策的人骂我："一个女娃娃干这种断子绝孙的事，真丢人。"我硬着头皮，顶着压力，顶着骂声，还得把工作完成。经过多次开会学习，一些妇女同意带环，于是队里派拖拉机拉她们去医院，结果半路上她们说上厕所，就都跑得没影了。

工作还要做，不能泄气。我与她们同劳动，拉家常，多次深入计生对象家中，苦口婆心宣传计划生育政策，帮她们干家务，建立一种互相信任的良好关系，然后再动员她们带环。通过我的劝说和宣传，很多妇女心悦诚服地配合我们的工作。

后来，我还运用典型引路工作方法，推动全社计划生育工作向好的方面转化，较好地完成了组织上交给我的任务。

村里有一户家庭，主妇四十二岁，生过十一个孩子，留住九个，老大是女孩，八个男孩，家里还有七十多岁的公公，加上夫妻俩，一家十二口人，两个壮劳力，生活实在困难。男孩淘气，费鞋费衣服。她每天天不亮就起来做饭、洗衣服、喂鸡、喂猪、滚碾子、推磨，从早忙到晚，不得闲。晚上吃完饭，老的小的都睡了，她还得在油灯下缝补衣服，做鞋底，每天睡不了几个小时。就这样，后边的孩子衣服和鞋没做完，前边的衣服又破了，没完没了的活，累得她像个六十多岁的老婆婆。大冬天，孩子们穿着破棉袄和补丁单裤，穿着一双单片鞋，看起来令人心酸。于是我到她家去，边帮她干家务边做工作，说她的辛苦和累没人心疼，只有自己解放自己。我被她公公骂，被往外驱赶，但我依旧要去做她的工作。我就这样苦口婆心地劝说，终于感动了她，她同意去结扎。我带她去了医院。回来休息几天后，她的身体很快康复了，没有任何后遗症。她身心愉快，想干什么干什么，家里人也不说什么了。村里的婆姨们前去探望，问东问西，看她很好，也动了心。我抓住这个有利时机开会宣传此事，让她言传身教，帮我宣传教育妇女们只有解放了自己，生活才能更好。这次宣传调动了全村妇女计划生育的积极性，她们踊跃报名，我也顺利完成任务。

公社四年的艰苦生活，繁重的学习工作，让我身心很疲惫，身体越来越差。我不时就头昏脑涨，人瘦了，血压也低，吃药打针，只能管一时，终于，从不服输的我再也支撑不住，病倒了。

县领导经过研究,调我到县招待所从事会计登记工作。1976年,我拖着疲惫的身躯,到县招待所就职。生活稳定,工作压力小了,再加上县城较好的医疗条件,我很快恢复了健康。我暗下决心,一定好好工作,决不辜负领导的关怀和照顾。一有空,我就帮助服务员打扫卫生、清洗床单,开大会时又去厨房帮忙,配合所里同志完成各项工作。

十六年的陕北生活,历练了我的意志,让我更加坚强、成熟,让我学到了许多在学校学不到的东西。安塞是我的社会大学,丰富了我的人生,帮助我确立了自己的人生观、价值观和世界观,为我日后的工作奠定了良好的思想基础。这些精神财富和无形资产,永远激励着我全心全意为人民服务,脚踏实地地报效国家。

作者简介

臧淑兰:女,1950年2月22日出生于北京。1966年初中毕业于北京五十五中学,1969年到革命圣地延安插队,落户安塞县谭家营公社谭家营大队。1971年到县委宣传部从事通讯报道工作,1972年调高桥公社任妇干、代团干。1976年调县委招待所从事会计登记工作。1985年调回北京,在国防科工委印刷厂任厂家委会主任。2005年正式退休。

不负韶华，砥砺前行

兰晓萍

三年多的陕北插队生活，对于我们这些已近古稀之年的人来说是短暂的，却给我们打下了深深的烙印，让我们成为共和国特殊的"知青"群体。在陕北这所"劳动大学"中，我们生活在中国最大的群体——农民群体中，体验他们的生活，感受他们的劳苦，聆听他们的诉求，同时也为他们开启了一扇了解外面世界的窗户。我们用所学的知识帮助他们，用现代的生活方式影响他们，与他们结下了深厚的友谊。严酷的自然环境，迫使我们学会了生存；繁重的体力劳动，锻炼了我们的筋骨，磨炼了我们的意志。毫无疑问，陕北插队的经历，对我们的世界观、人生观产生了深远的影响，让我们学会了与困难抗争、在逆境中前行。

从理想主义者到脚踏实地的实干家

1969年1月15日，我和来自全北京市其他学校的知青聚集在北京站，与前来送别的家人道别。车站人声鼎沸，扩音器里不断播放着革命歌曲和毛主席语录。与周边人不同的是，别人在放声大哭，而我和小蕾两家人却是有说有笑。我们是带着"天将降大任于是人也"的豪情、对未知生活的向往和要干一

番事业的冲动去插队的。当时有句流行的话，即中国六亿人口，五亿是农民，只有了解农民才能了解中国。走与工农相结合的道路，是改造旧世界、建立新世界的必由之路。

据资料介绍，1969年元月，有三批共两万八千多名知青从北京前往延安地区插队。我们是1月15日出发的，应该是第二批。

满载知青的火车一路风驰电掣，从北京开往西安。在西安，我们换乘绿皮车到达铜川，在铜川的"迎接北京知青转运站"乘敞篷大卡车前往延安。卡车行驶在沟壑纵横的黄土高原上，道路曲折迂回，路面狭窄不平，天下着大雪，看着路基下深邃的沟壑，真让人提心吊胆。到达延安后，在延安师范接待站，我们换乘前往安塞县沿河湾公社的卡车。沿河湾公社与延安县交界，卡车很快便抵达沿河湾。

畔坡山的老乡们很快找到了我们，他们热情地打招呼，帮助我们搬运行李。大件的用驴驮，小件的或驴不好驮的人背。我们跟着他们，沿着沿河湾

插队期间与同学们在延安王家坪合影

后街南侧的沟底往西南方向走十二里路，就是方家河大队的所在地——方家河村。我们从村西头的小路上山，沿着山梁和梯田向西又走了八里山路。一路上积雪很深，我们深一脚浅一脚的。我们徒手步行，老乡们则赶着毛驴，还背着我们的行李，其难度可想而知。印象最深的是一位张姓老汉，他患有大骨节病，却还抢着背了我们沉重的大木箱（毛驴不好驮），在覆盖大雪的山路间，一瘸一拐地往上攀爬。我们爬上乏驴湾时，已经精疲力竭，一屁股坐在地上，发誓永不下山。远处那座白雪覆盖、层层窑洞依山而建、炊烟袅袅的小山村，便是畔坡山小队了。

1969年冬，我有幸参加了延安地区第一届下乡知青积代会。会议期间，与会代表集体参观了杨家岭、王家坪革命旧址和四八烈士墓。在王家坪有一张毛主席送毛岸英去农村的照片，站在照片前，我久久不愿离去。

1946年春，为了让从苏联回来的毛岸英适应中国的革命环境，毛主席决定让他去当农民，拜当时最有名的延安劳动模范吴满有为老师。毛岸英带着自己的行李、干粮和种地用的种子，步行了十五里地来到了吴家所在的枣园。从1946年春天到1946年秋天胡宗南进犯延安为止，毛岸英跟着吴满有学会了开荒、种地、打谷、扬场。每隔一个月，毛岸英都要回到延安一次，向毛主席汇报自己的心得体会。1946年4月，毛岸英以《解放日报》记者的身份，参加了陕甘宁边区第三届参议会。在会议期间，他以亲身经历，对陕甘宁边区的土地改革、精兵简政等问题提出了自己的见解。

我经常讲述这个故事，不仅是讲给别人听，更是说给自己听，让自己更深切地体会知识青年走与工农相结合道路的深层意义，感受主席对革命的继承者——年轻一代所寄予的期望。

在老乡们的帮助下，我们相继渡过了生活关、劳动关，与老乡建立了深厚感情，也有了更多的共同语言。我们朝夕相处，一起干农活，一起打坝修梯田，而我则从一个浪漫的理想主义者，逐步变成了一个从实际出发，脚踏实地的实干家。

和朴实的人在一起，可以纯洁灵魂

畔坡山是个只有二十户人家、一百人左右的小村庄。村民以田姓、张姓居多，还有人家姓赵、王、呼、姜、康。他们共同的特点是都有着陕北人吃苦耐劳、淳朴善良的品性。村里人和睦相处，相互帮衬，全劳力仅二十余人，却经营着周边十来座山。他们日出而作、日落而归，为了节约往返时间，早、中两顿饭都送到地头。由于生产方式落后，他们只能广种薄收，靠天吃饭。人们每天体力消耗很大，不要说干农活，就是翻山越岭走到地头，都会气喘吁吁。村里的耕地主要是坡地，是轮耕开垦的荒地，坡度较陡，一般从山脚一直延续到山顶。部分地势比较舒缓的山上建有梯田，层层叠叠，可以防止水土流失，是从1958年开始修建的。山下还淤了几块坝地，是村里最好的农田。坡地耕种非常原始，先是用老镢头将土刨松，然后由有经验的老农顺着山势撒种，再将大土疙瘩打碎，用镢头敲或赶上一群羊踏踩。比较平缓的坡，可以让体重较轻的人站在用荆条编的箅子上，由驴拉着磨地。接下来就是要等老天爷下雨，然后间苗、除草和收割了。由于土地贫瘠，缺肥、缺水，有些地块亩产不足百斤。

畔坡山人祖祖辈辈就是这样面朝黄土背朝天地终年劳作，却难得温饱。在他们看来人就是要吃苦的，他们称自己为"受苦人"，管劳动叫"受苦"，在"苦"中寻乐。

我永远不会忘记那劳动场景：二三十人从山脚到山上依次排开，一边劳作一边唱歌，这边唱罢那边和，一首首信天游回荡在山谷中，高亢、激昂，抒发着对美好生活的向往、对幸福的追求。

畔坡山不富裕，家家户户衣不蔽体、食不果腹，过着半年糠菜半年粮的日子。然而，他们却毫无怨言地张开双臂，接纳我们这些四体不勤、五谷不分，还要从他们那里"争夺"口粮的人。他们说："你们是公家的人，是飞鸽牌的，将来是要做大事的。毛主席让你们到陕北，就是让你们知道陕北老百姓的生活。"

到陕北刚入村时，由于城乡差别，生活上我们几乎是"小白"。村里的汉子们帮助我们劈柴、盘灶，孩子们带我们去打柴、挖野菜、捡地耳，婆姨女子们手把手地教我们过生活。很快，我们具备了独立生活的能力，学会了劈柴、烧火、做饭、驮水、磨面、推碾子。我们学会了煮小米饭、做懒汉饭，学会了贴饼子、捏扁食、擀杂面，甚至学会了做油馍馍、炸年糕、做月饼、包半尺长的陕北大粽子，认识了不少能吃的野果子和野菜。我们还跟老人们学捻羊毛、纺线、纳锅盖。乡亲们的友善，让我们感觉到了家的温暖。

进村不久就赶上过春节，为了减轻我们的思乡之情，队里安排村里老乡轮流请我们吃饭。家家户户都拿出过节才舍得吃的东西款待我们，如扁食、杂面、荞麦面、猫耳朵、花馍馍、炸糕、油馍馍。看着旁边眼巴巴望着我们的孩子，我们心中有种说不出来的滋味。

刚到队里时，我们对村周边的环境不太熟悉。有次男知青们出去打柴，很晚都没有回来。我们去向队长求助。他二话没说，不顾一天的劳顿，带着乡亲们打着火把满山去找，直到很晚才与他们一起返回。原来几个男生走到了村东头的坟岗子，四周飘动的磷火把他们吓坏了，他们慌不择路，结果迷路了。从那以后，村里规定，知青出去打柴，一定要有村里人带着。

村里人的善良不仅表现在他们对待知青的态度上，而且表现在他们对待外来乞讨者和盲流的态度上。当年在延安地区，由于水土流失严重，靠天吃饭，

在延安四八烈士陵园张思德烈士墓前

广种薄收，要饭是一种非常普遍的现象，延安大街上随处可见乞讨者，我们村也来过不少。对于行乞者，知青一般不予理睬，认为他们是懒汉，不劳而食。老乡却说："要饭的一般都是好人，由于天灾地里长不出稞子，没有活路了才出来要饭的，能帮衬就帮衬一把。"村里还有一个盲流，据说是从河南过来的大学生，在村里已生活多年，会木匠活和画画。他住在村子里的一孔烂窑里，在山里开了几亩荒地，自食其力。要知道在那个年月，私自开荒是违法的。老乡们都睁一眼闭一眼，说"他有难，给他个活路"，还经常请他打柜子、画柜面，给他找些活做。

1935年10月，经过二万五千里长征的中央红军到达陕北，陕北便成为中共中央的所在地。在陕北有很多老革命，他们早年参加革命，南征北战，为中国人民的解放事业贡献了自己的一生，新中国成立后由于没有文化便回乡务农，我们村负责管理知青的大队委张万有便是其中的一个。他经常和我们讲起当年在延安的经历，那时他搞后勤，负责为中央买木头盖房子。杨家岭、王家坪和中央大礼堂的建设他都参与过。后来他成了队里的驴倌，负责养驴以及驴的调配使用。方家河队有个张老汉，在大队基建队，我们经常在一起劳动，成了忘年交。他常常很自豪地谈起当年在延安和邓颖超在一个党小组，邓颖超是他们的党小组组长。他曾是方家河大队的党支部书记，"文化大革命"中被当成走资派批斗。我们认识他时他已经六十多岁了，还身体健硕、性格开朗，和我们一样修梯田、打坝。这些老革命功高不傲，从不向国家伸手要名誉、要待遇，和普通老百姓一样，自食其力，过着清贫的生活。他们参加革命不是为了一己私利，而是为了人民的解放事业，他们是真正的共产党人。

在村里这样的风气影响下，我们知青之间的关系也非常和谐。我们从未分灶、分账，工分统一记在知青户账下。在不到一年的时间里，我们八名知青中的三名男生离开了，剩下四个女生和一个男生继续相互关照，各尽所能，一起度过那段艰苦的岁月。

老乡吃苦耐劳、淳朴善良、待人宽厚、不求名利的品德，让我们的心灵纯洁，潜移默化地影响了我们的一生。

知识是改变落后面貌的金钥匙

畔坡山应该算是一个文盲村，村里青壮年几乎都不识字，有些文化的只有三个人，一个是会计，据说曾经是个阴阳先生；一个是曾经在公社粮库工作过的人，由于队里收入高，1958年辞职返乡了；再有一个在县城上了几天初中，赶上"文化大革命"就回家了。老乡调侃，只要认识"男、女"两个字，在城里不走错厕所门就行了。由于没有文化，很多老乡很难接受外面的新鲜事物，更不要说农业机械化和科学种田理念了。

在延安开积代会期间，我们搞到几本很实用的识字手册。在生产队长的支持下，我们在村里办起了夜校，并利用劳动休息空隙教大家识字。村里的婆姨女子一般不参加队里劳动，为了开阔她们的眼界，我们定期组织她们读报、听广播。

为了丰富村里的生活，我们还组织村里的娃娃们成立宣传队，教他们唱歌、跳舞，自编自演了一些小节目，深受乡亲们的喜爱。

当时知青窑一排三孔，东面的一孔住女生，中间是知青的灶房和仓库，西面的一孔是队里开会议事的地方。队里将这孔窑洞改建成小学，由知青当老师，我也去上过几天课。我们进村时，村里没有小学，只有个别人家将孩子送到数里外的邻村读书。我们动员村里所有适龄儿童上学，包括已经在队里参加劳动的。队里给老师记工分，其他的老师自己解决。孩子们热情很高，积极出主意想办法。大家一起到山里挖草药、刨甘草，送到集上卖掉，换回所需的书本和学习用具。学校采用辅导式教学，根据孩子们的文化程度和年龄分为五个年级，孩子们一起上音乐、体育课，一起背九九乘法表，数学、语文则按年级分开上。一节课要教好几个年级，上完课的孩子就到院子里，用树枝在地上写写算算。有的学生背着弟弟妹妹上学。看着他们认真学习的样子，我们感到十分欣慰。

　　1972年5月，随着最后一位知青的离开，畔坡山的知青点被撤销了，村里在外面请了老师接替知青的教学工作。听说后来孩子们有的在外面念书，有的考上了初中、技校，有的还成为畔坡山的老师。知青的到来，不仅仅开阔了老乡们的眼界，更播下了希望的种子。我们离开两年后，畔坡山脱离了方家河大队，升级为畔坡山大队。之后在本村几个有文化的年轻人的带领下，老乡们克服重重困难从外面拉电进村，彻底改变了麻油点灯的落后状况。他们在村子的脑畔修建水窖，用泵将水从山脚抽到山顶的水窖中，并为家家户户铺设水管，安装水龙头，彻底解决了畔坡山用毛驴驮水的困难。

在劳动中磨炼意志

　　畔坡山的自然环境较差，山高，水资源匮乏，早年还是陕北三大地方病（甲状腺肿大、大骨节病和克山心脏病）的流行区。村里有不少老人、青年因

患大骨节病而丧失劳动能力，也有小孩患有克山心脏病。老乡说，1947年以前，村里的婆姨们要到山下去生孩子，满月了才能带回来，否则养不活。后来，孩子的存活率高了一些，但小牛、小驴生下来还是活不成。据说，知青进村那天出生的小牛居然活了，老乡说是知青带来了福气。

畔坡山的人吃苦耐劳是出了名的，夏天天长，早上四点出工，晚上七八点回来，除去吃饭时间，一天劳作十三四个小时。村里的娃娃们，很小就开始帮助家里做事。经常可以看到五六岁的女孩背着弟弟妹妹，挖野菜、打羊草、捡地耳样样精通。六七岁的男孩就跟随大人上山砍柴，背起的柴草比他自己都高。孩子们八九岁就开始上山劳动，和大人干同样的活，一天只挣两三个工分。从小的磨炼，使他们练就了一副好身板，也培养了他们勇于担当和吃苦耐劳的品质。

我们初到村里，已经是十七八岁的成年人，四个女生都是大院出来的，四个男生尽管家境不同，但也没人有过这种艰苦生活的经历。大家肩不能挑、手不能提，想在这里独立生存，首要的就是过劳动关。尽管在北京参加过学校组织的学农劳动，但和这里是完全不可比的。

在老乡手把手的教导下，我们历经了春耕、夏锄、秋收，干过耕田刨地、掏粪倒羊圈、撒粪点种、间苗除草、收割打场等最基本的农活。在知青的影响下，以前从不下地干活的婆姨、女子，也加入我们的行列。最初，不要说劳动，就是从村里走到沟底，再爬山走到地头，都累得一屁股坐下不想起来。灼热的阳光，高强度的劳动，使得我们汗流浃背、精疲力竭，但乡亲们你追我赶的劳动场面、高亢悠长的信天游歌声、诙谐的调侃，让我们忘记了一切疲惫和烦恼，享受着劳动的快乐。

后来农业学大寨，方家河大队成立了常年基建队。呼大队长带着我们畔坡山的知青和一群婆姨、女子、娃娃，修梯田、打坝。基建队的劳动强度比种地还要大，按老乡的话叫"苦重"。

梯田，就是在较平缓的坡地上修建的一层层阶梯式的平整农田，可以防止水土流失，提高农作物产量。修梯田，要先在坡地上丈量好一层梯田的宽度，依着山势画线，再将坡地的表层熟土堆放一旁，然后沿线挖沟取土修筑田埂。将田埂上的土踩实，用铁锹将埂壁拍实。再从沟里取土，一层层垒放到田埂上，踩实、拍实，循环往复。当田埂达到一定高度时，将这一层田埂围起的坡地整平，最后将熟土撒到上面，一层梯田就修好了。我们一般是流水作业，大家一字排开，最前面的人起埂子，这些人有经验。他们后面的人将前面开出的沟里的土往田埂上堆，上面有人专门负责踩实和拍实埂壁。后面的人重复前面的动作，直到这层梯田埂壁到达预定高度，然后大家一起整平这层梯田，并将熟土撒到梯田表层。因此修梯田就是要不断地将沟里的土往上扔，埂壁越来越高，沟越挖越深，挖到最后，伸直胳膊再加一把铁锹的高度也够不到埂顶了。用铁锹往这样的高度扔土，一天下来腰酸胳膊疼。一次，大队席书记到基建队和我们一起修梯田，看到我总是站在最后，说："你真行，这样干一天，我也受不了。"其实我也是在咬牙坚持，不断挑战自己的身体极限。

陕北是黄土高原，每年山洪暴发，水土流失严重。大量的泥沙从山上冲下，不仅堵塞河道，而且造成土地贫瘠。淤地坝，是指在沟道内修建的以滞洪拦泥、淤地造田为目的的水土保持工程。由于洪水带下来的是地表土，因此淤地坝中的土壤肥沃，农作物产量较高。

我们队用夯土建造坝基，土取自两侧的山体。打坝就是将一层层的土堆积在两山之间的狭窄位置，然后逐层用夯打实，形成顶窄、底宽的梯形坝体。当下大雨引发山洪暴发时，山洪裹挟着泥沙冲进大坝，水蒸发和渗入地下后，泥沙会沉积在坝体，形成坝地。随着每年坝体的不断加高，淤地坝的面积就会逐年增加，因此每座大坝都需要适时加高或修补。

打坝取土是个既需要技术又十分危险的活。为了提高工作效率，老乡们先用镢头在山体的底部掏出一个深槽，然后用镢头从上面往下敲，大面积的山体就会塌落。村里有位智障的青年，在一次打坝取土时反应慢了些，被塌下的土压死了。由于干这个活儿危险，老乡一般不让知青干。

取到土后，就用铁锹将土铲到一种木制的平板小推车上。在车轴上拴上一根粗绳子，推车时手握车把，将那根绳子套在手腕上。一般取土的地方高于坝基，故可借着惯性一路下坡推车冲上坝基。到达卸土点，将车把猛地向上一掀，同时拉那根绳子，一车土就全部倒光了，车也不会翻下坝基。

刚开始，我们很难控制装满土的小车。由于是下坡，跑快了很难把控方向，跑慢了没有力气拉住小车，经常不是翻车就是把土撒得到处都是。有一次，我往大坝边上卸土，掀车把时慢了些，小车顺势滑下高高的坝基。我紧抓着绳子不肯撒手，结果小车由于惯性带着我一起往下滑。最后在大家的帮助下，才把车子又拽了上来。后来我逐渐掌握了技巧，推起车来也得心应手了。

夯实坝体使用的是四人抬的石头夯。打夯比较简单，但是件卖力气的活，抬夯的人还要协调一致。一人喊号子，四个人随着号子同时将夯抬高，然后借助惯性砸向坝面，夯印要一个挨着一个，布满整个坝基，有时一遍不行还要再夯一遍，直到坝基夯实。打坝一天干下来腰酸腿疼的，胳膊都抬不起来。但那热闹的劳动场面，"放土"时大家四处逃散的欢快，推着小车像鸟儿在空中自由翱翔的快感，随着号子的节奏、石夯起落的舞蹈韵味，又让人感受到无尽的乐趣。

"天将降大任于是人也，必先苦其心志，劳其筋骨，饿其体肤，空乏其身，行拂乱其所为，所以动心忍性，增益其所不能。"三年多的陕北插队生活，我们强壮了体魄，磨炼了意志，有了不屈不挠、敢于战胜困难的勇气和魄力，这为我们后来的职业生涯打下了坚实的基础。

再回安塞

1972年离开陕北后，我曾三次回村看望那些曾经朝夕相处的老乡，目睹了畔坡山所发生的翻天覆地的变化。

第一次是1974年4月，化工大学四系到西安仪表厂实习，我们几个从陕北出来的同学相约，各自回了一趟原来插队的地方。分别两年了，村里的变化不大，老乡们还是过着日出而作、日落而息的生活。知青都走了，村里请了教书女先生，带着娃娃住在我们女知青的窑洞里。那次我在村里待了三天，白天和乡亲们一起下地春耕，晚上和大家一块拉家常。临行前，老乡送给我一个麻油灯壶，让我不要忘了畔坡山，不要忘了他们。

第二次是在2009年7月，当时正好是插队四十周年。我和朋友一起到蒙、陕、晋自驾游，途中从内蒙古包头经陕西榆林进入安塞，那次的感觉就是两个字：震撼。陕北退耕还林，天是蓝的，山是绿的。村里分田到户，可以看到梯田上搭起的塑料大棚。村里用上了电，家家户户通了自来水，窑顶上架着接收电视信号的"大锅"，窑前停放着农业机械。各家都装了固定电话，有的家中还摆放着沙发、电视、冰箱、微波炉。不少年轻人用上了手机，穿着与城市孩子无二。但遗憾的是，我们回去得太仓促，没有事先打招呼，村里青壮年们外出打工，婆姨们陪着娃娃在沿河湾镇上念书，老一代人好多已去世，我们在村里待了半天，只见到了四位熟悉的老乡。

第三次是2014年9月，插队四十五周年。我和一起插队的陈红相约，各自带着先生一起回村。我们吸取上次的教训，提前和村里打了招呼。老乡们从四面八方专程聚集到延安迎接我们。通往畔坡山的公路已经修好，一路上蓝天白云、满目葱绿。山上梯田层层叠叠，山下坝地郁郁葱葱。望着我们曾付出青春和汗水的地方发生了翻天覆地的变化，我们感到无比的自豪。在这些造福

子孙后代的工程中，留有我们的印记。畔坡山建起了三十个日光温室大棚，种植了樱桃、蟠桃、水蜜桃、葡萄等水果。村里还配备了延安来的帮扶干部，很多问题可以及时解决。村里安装了冲水厕所，这在偏远的山村简直是不可想象的。村头竖起高高的井架，长庆油田的勘探队在这里勘探。村头站满了前来欢迎我们的老乡，畔坡山像块磁石，将他们从延安周边召唤回来，好像是集体回娘家。村里不少人在外打工、做生意，或在油田上帮工，在村里务农的人很少了，就连自家的果子挂在树上都顾不上回去采摘。老乡告诉我们，村里很多人家的孩子都考上了中专、大学，不少在外面成家立业，有的甚至在北京工作。农村经济飞速发展，人民生活水平不断提高，畔坡山从一个侧面见证了我国改革开放取得了伟大成果。同时，在畔坡山日新月异的变革中，也有我们曾经播撒的文化种子，在这片土地上生根、发芽、结果。

在离开陕北的五十多年间，不论是学习还是干工作，我都会用陕北的那段经历激励自己，不怕困难，刻苦学习，努力工作，团结同志，不计较个人得失，圆满完成了组织交给我的各种任务。我也从一名普通的知青，成长为高级工程师和企业管理者，成为对国家和人民有用的人。不负韶华，砥砺前行，是对年轻一代的期望，也是我们这一代人的真实写照。

结束语

2013年，延安地区遭遇百年不遇的强降雨袭击，造成城乡居民大量房窑倒塌和严重受损。为了保障百姓安居乐业，延安提出了实施避灾移民搬迁规划，并对群众实施避灾移民。沿河湾镇后街的安置社区就是该工程中安塞区的一个安置点。畔坡山被列入了这次避灾移民的范围。2014年回陕北，我们还专程参观了老乡的安居房。在七万多平方米的区域内，修建了二十四栋六层住

宅楼，共计七百零八套住房，还建有幼儿园和商店等配套设施。看着老乡家正在装修的一百三十多平方米的新家，我由衷地为他们感到高兴。现在老乡们已经照明用电灯，做饭用天然气，取暖用地暖。有些人家还买了农用机械，甚至是小汽车，彻底摆脱了贫穷落后的状况，跟上了中国社会主义现代化的前进步伐。随着避灾移民工程的顺利实施，畔坡山这个小村庄将不复存在了，也许若干年后会渐渐从人们的记忆中消失。但我永远不会忘记那个让我魂牵梦萦的小村庄，不会忘记我走向社会的第一步，不会忘记那山、那水、那人。

作者简介

兰晓苹：女，高级工程师，1951年7月出生。1964年在北京市第54中学上学，1969年1月到陕西省安塞县沿河湾公社方家河大队畔坡山生产队插队，1972年4月在北京化工大学（原北京化工学院）上学，1975年11月分配到北京市化工局技术情报中心工作，1983年6月调到化工部计算机中心工作。现已退休。

征税记

齐育才

1969年1月,我和同学们响应毛主席的伟大号召,离开北京,奔赴革命圣地延安,接受贫下中农再教育。我们十名同学被分配到安塞县郝家坪公社郝家坪生产队插队落户。经过近一年的劳动锻炼,公社抽调我到杨桐大队担任民办小学教师。1971年,我又被推荐到县税务局真武洞税务所工作。

当时税务稽征工作有一项重要的税收征管工作,需要下乡入户征收,那就是屠宰税。屠宰税是一个古老的税种,历朝历代都是国家经济收入的重要来源之一,它和农业税、牧区的牧业税、农林牧副业特产税一样,为国家的强盛积累了财富。我们征收的税源收入同交公粮一样,要上缴到国库。国库充盈了,对地方的经济发展也是非常有益的。经过单位的职业培训,我明白了自己工作的重要意义,同时也深切体会到作为一名纳税人的光荣感和使命感。

每次下乡入户,我都积极主动地向老乡宣传、普及税收政策与知识,为我们顺利完成任务打下良好基础。每年的冬春季节,都是农户杀年猪的时候,而在阴历六月份,农村都有一个风俗,即"六月六,新麦子馍馍炖羊肉",所以冬春一、二月和六月,都是我们税收征管员下乡入户征收猪、羊屠宰税的重要时间。我和真武洞税务所的其他征管员,冬天踏着厚厚的积雪,夏天顶着滚滚热浪,沿着崎岖不平的山路,翻山越岭到各个村子,挨家逐户地开展征收工

作。屠宰一头猪征税两元钱，杀一只羊征税五角钱。我们靠着一双脚，走遍了真武洞公社下辖的十多个大队的九十多个生产队、三千多个农户家，竭尽所能地为国家经济建设做贡献。尽管当时安塞县还处于贫穷落后的状态，可老区人民觉悟高，我们下乡征税，没有遇到一户农民与我们红过脸，闹过别扭。他们常说："征收税款是你们公家人的职责，我们种粮完税也是为国家尽我们的义务。"

有时碰到困难家庭，他们东挪西凑也要缴完税款。我们也见到有些农户因为贫困或是孤老残疾人而养不起猪羊，生活极端困难。我们就主动反映给大队和公社，申请让上级给予适当的救济，为他们解决实际困难。这既是我们的职责所在，也是我们最乐意做的事。我们认真负责地工作，也得到了乡亲们认可。去农村工作遇到饭点，我们通常吃派饭。那时，老乡的生活不富裕，但他们也尽量拿出当地可口的饭菜招待我们。他们的热情好客常常令我们感动不已。

下乡征税，我还遇到过一次险情，说来至今心有余悸。那天，我带着征收的税款准备回局里解款缴库。我骑着自行车，从龙安出发，当行驶到县林场那长近百米的下坡路时，自行车前叉子突然断裂。我猛地被摔下自行车，连续翻了几个滚，倒在公路上，昏迷了过去。不知过了多久，当我昏昏沉沉地从地上爬起来时，我才知道自己捡回了一条命，而我的自行车前轱辘已经滚到老远了。我忍着周身疼痛，把轱辘捡回来，然后解下鞋带，把它与自行车架子绑在一起，咬牙扛起自行车，一瘸一拐地走了近十里地，才回到了县税务局。局长雷生贵、所长晋玉昆见我灰头土脸地扛着破自行车回来，忙问我出了啥事情。我顾不上回答他们的话，先把收缴款交给财务，然后才把发生的事情向局、所领导做了汇报。局长急忙带我到县医院检查身体。万幸，骨关节、脑部等重点部位没有受伤，仅是胳膊、腿等处严重擦伤。大夫对伤口进行了处理，开了些

外伤药。那时年轻，没现在人这么娇贵，过了数日我就好了。

人常说，大难不死，必有后福。我的事故给全县的税务人员敲响了警钟。原来各税所只有一辆使用多年的旧自行车，这次事故后，领导决定将旧自行车全部淘汰。局里打了报告，地区局给批了经费，为每位税务人员配发了一辆带保险叉子的永久牌自行车，这下可把同事们高兴坏了。

我在税务局工作了七年多，在各级领导的帮助和自己的努力下，先后入团入党，多次受到县局、下派工作所在公社和税所的表扬嘉奖。随着改革开放的步伐加快，国家经济实力逐渐增强，为了给农民减轻负担，2006年1月，国家取消了农业税、屠宰税、牧业税和农林牧副特产税四项涉农税收。税务系统也由过去一把算盘一本税票，进入了计算机联网计征阶段，稽征工作进入了现代化新时代。而我在安塞插队和工作了十年多，早在1978年就奉调回京。

回北京后，我在北京王府井东安集团组织部老干部工作处工作。老区的艰苦朴素、艰苦奋斗的工作作风和勤勤恳恳为人民服务的初心已经印在了我的骨子里，我一辈子也不会改变。几十年来，我年年都被单位评为先进工作者、优秀党务工作者，并多次被评为市级先进个人。我将永远怀念、感恩、感谢在安塞帮助过我的每一位第二故乡的亲人。

作者简介

齐育才：1948年7月出生，北京地安门中学66届初中毕业。1969年1月赴延安地区安塞县郝家坪公社郝家坪生产队插队，1971年在安塞县税务局真武洞税务所工作，1978年回北京后在北京王府井东安集团有限责任公司组织部老干部工作处工作，2008年退休。

点滴记忆

杜惠英

包饺子

我们村有三块集体菜地，一个五十多岁的老人天天在这菜园里干活，隔三岔五地采摘一次成熟蔬菜，然后分给各户。有块菜地就在我们住的窑洞的坡底下。一次我路过这块菜地，看见韭菜长得不错，想起即将过年时来到陕北插队，至今还没吃过饺子。眼前的韭菜吸引着我，我回到窑洞和同住的知青朱宗娟说："咱们吃顿饺子吧！"她说："谁不想吃饺子呀！哪儿来的馅啊？"我说："你等会儿，我去弄馅。"炎热的夏天，中午大家都在家午休，菜地也没人了，我直奔韭菜地，用镰刀割下估计够我俩吃的韭菜，赶回窑洞。其实村民的应季蔬菜还是不足的，因为没有大面积的平地，菜地又不能缺水。像韭菜这种蔬菜，村民每户一次只能分一小撮，他们切成碎末放菜里或面条汤里当调味品，就像我们现在使用香菜一样。我俩中午做好准备，和了面，切好韭菜，等收工回来再包。晚上收工回来我们开始包饺子，看到就要吃上的饺子，心里美滋滋的。那时最常吃的就是土豆酸菜，没什么油水，实在是太亏嘴了。正包着，队长走了进来。我们愣了一下，生怕他批评我们。我马上主动开口说："队长，我们今天包饺子吃，好长时间不吃饺子，都不会做了，我们太想饺子了。"队长一直没接茬说饺子的事，只说了几句其他的话，转身就走了出去。我俩继续包，虚惊一场。

回京后我们提起这件事，觉得队干部和乡亲们拿我们知青还是当孩子来看待的，对于一些即便是出点格的小事，他们也是睁一眼闭一眼，并不和我们较真。后来我们回北京后一直也没忘记他们，一直用我们的方式回报乡亲们。知青插队四十周年时，我们真武洞公社知青回访第二故乡去了八个人，献爱心五千多元，指定给真武洞所属小学，支持那里的教育事业。我们多次给村里人家寄去衣服、药品和年货等。现在村里熟悉我们的老人越来越少了，生活越来越好了。希望我们都有一个如意的晚年。

有惊无险

我插队的关仙咀村是一个小山村，村民们沿着河流，向阳而居，窑洞都在半山腰以上的位置，高低不齐地排列开来。平常经常能听见孩子们的嬉闹声，还有牛羊鸡狗的叫声，是一个祥和、安静、充满生活气息的村落。可一到雨季，下起大雨，情况就变了，那气势，仿佛是谁惹怒了天神，天兵天将来发威了，势不可挡。眼见倾盆大雨从天而降，随即和各个山头的黄土搅在一起倾泻到河里。这条小河也突然隐去了以往的温柔，汇成黄泥军团，咆哮着、翻滚着，直奔下游而去。人们都提前躲避起来，静等着或念叨着大雨快过去，除此之外什么也做不了，真是无能为力。人类在大自然面前，是那么渺小。

村民们几乎每户都养着狗。据说大山里有狼，村里人告诉我，不要独自走山路。由于没见过狼，我倒是不在意，有时独自走山路去安塞街上或去开教师会也没怕过什么。

队长家养着两条狗，一只黑白花的，一只黄狗，高大健壮，大家都公认它们是全村最厉害的狗。我们每次出工路过他家坡底下都小心翼翼，怕惊动它们，其实它们并没伤过人。夏季的一天晚上，我和知青里敏去队长家找他有事。他家住的窑洞要比其他村民住的地势高。我俩顺着通往队长家的小路向上

走,她走前我在后。我边往上走边和她说:"不管那两条狗怎么叫,你不要往回跑,站在那里不动就是了,如果你要往回跑,狗会追来的。"我俩边爬坡边叫着队长。狗听见有生人来,站在自家院子里顺小路看下来,汪汪叫着。

我俩小步往上走。狗见我们还不停下脚步,也往前冲了两步,把里敏吓得慌不择路,转身就跑。我在她后面也被她撞倒在地,我俩都倒在偏离小路的坡地上往下翻滚。两条狗也不叫了,而是追了下来,可能是惯性,它们反而越过我俩跑了出去。当时我想:完了,最底下就是河沟,摔下去后果不堪设想。夜间,什么也看不清,一会儿停止了滚落,我俩觉得身体并无大碍,爬起身,仔细一看,原来我俩滚停在了村里的一个场院上,两条狗也在不远处蹲坐着,看着我俩。

随后队长也循着声音找过来了。那时候我俩皮实,没现在的年轻人这么娇贵,和队长边说刚才的经过边大笑起来。队长一路训斥着狗,把我俩带到他家,我俩反倒觉得这两条狗好可爱。它俩对我俩是好奇还是担心?后来我想起这件事,庆幸没被狗咬,庆幸没滚落沟底,不然还有今天的我吗?

虽然我是一个平凡的普通人,没有轰轰烈烈的人生,但我感恩知青经历和往事,是它使我日趋成熟。回忆知青经历,我非常感恩、珍惜当下的一切。

作者简介

杜惠英:1951年出生,1958年至1964年在北京国子监小学就读,1964年至1967年在北京安定门中学就读,1969年1月到安塞县真武洞关仙咀插队,1971年调到徐家沟大队曹庄,其间从事教学和路线教育工作。1978年回京,1980年开始在北京东城区安定门精装厂工作,2001年退休。

第二辑

知青文苑

安塞琐忆

丰连福

时间可以淡化记忆，风霜能够磨平棱角。而那刻骨铭心的经历，却永远隐藏在心底。

——题记

过 年

1969年初，我到安塞楼坪公社洛平川自然村插队。我到达那里的时候，天灰蒙蒙的，满目尽是土黄色的山峁。没有树叶的树干，被萧萧寒风吹得缺少了生机。干枯的玉米秆，在呼啸的朔风中左右摇摆。野鸽子、麻雀逆风飞翔转一个圈，就赶紧找避风处落了下来。

勤劳的村民，身穿露着棉花的破袄，腰间紧扎着腰带（这样既防止胸腔的热气外泄，也能抵御刺骨寒风的侵入），肩搭绳索，手持利斧，不慌不忙地进沟壑去砍柴。

婆姨们都在抓紧时间，忙着给家人缝制过年时的新衣裤、新鞋帽。碾子、石磨昼夜不停，小麦面、玉米面、黄米面、荞麦糁子、五谷杂粮粉墨登场，都是为过年时准备的吃食。

用出过麻油后的残汤所做的麻汤饭，像是将往日里稀稀的米汤施了魔法，让人吃了一碗，还想吃一碗，舍不得停下碗筷。

杏醋香气扑鼻，醇香四溢，酸酸的气味中蕴藏着淡淡的清香，酸味恰到好处，略微有点甜的回味，是农家自制精美调味品中的佳品。

娃娃们追逐嬉闹，惊吓得全村鸡飞狗跳。老母猪哼哼地拱着猪食槽。大公鸡昂头挺胸，伟岸地直立墙头"喔喔"地打着鸣。

这一热气腾腾的景象，冲淡了因离开北京、离开家人所造成的没着没落的阴霾沮丧心情。目睹眼前村民们忙忙碌碌的身影，我们知道，该过年了。这是离开北京后的第一个年。

欢喜唢呐

高昂的唢呐声划破那沉闷山谷，回音撞击人们的耳鼓，使人不由得登高望远。一小队人畜，款款而来，吹鼓手逢村过庄必要展示自身的手艺。

那唢呐悠扬动听的旋律，划破幽静寂寞的荒野，没有龙腾虎跃、锣鼓喧天的震撼，也没有震惊天地、鼓舞人心的喧嚣。人们争先恐后涌向脑畔、高岗，伸长了脖子，朝来路上张望。

转过山坳的背阴处，就看见吹鼓手白羊肚手巾缠头，腰间系着红腰带，唢呐早已没有了耀眼的金黄色，略带沧桑的古铜色里透着历史的厚重和岁月的沧桑。

一支小小的唢呐，一头连着山川河流，一头连着日月星辰，在那并不悠长的声音里，人们总能听见一份希望、一份热烈、一份欢腾、一份快意。

吹手先行。迎送队伍以迎人婆姨为先，新娘居中，送人婆姨在后，有序而行。此时，唢呐声声声入耳，毛驴四蹄摆动，随即一位头戴前进帽、身着蓝色

制服的后生映入人们的眼帘。他手里紧紧抓住牵驴的缰绳,那娇嫩的面孔看着只有十四五岁的样子。

山丹丹

山丹丹,植物学名叫细叶百合,又名红百合、连珠,百合科,多年生草本植物。《本草纲目》云:"其叶狭长而尖,颇似柳叶,与百合迥别。四月开红花,六瓣四垂,亦结小子。"茎高二十到七十厘米,茎直立,叶细长,披针形,叶互生。地下鳞茎颇小,卵形,数个相集合,秋冬采挖可入药,性平,味甘,具有润肺止咳、清心安神之效。春日开花,花色橘红,六瓣,向外反卷,基部内侧常有暗紫色斑点。《安塞县志》载:"色赤,蕊若胭脂,五月间,山陬水湄,最蕃艳。"其多野生于山坡灌丛、林地岩石间。如果你是第一次在黄土山坡上看见山丹丹花,你一定会被它那娇艳似火、嫣红魅人、热情洋溢、姿态秀丽、气质典雅、略带羞涩的娇容所迷恋。

陕北人民历来喜爱山丹丹花。山丹丹在七八月份的盛夏季节里怒放,人们的心情随季节的变更,一夜之间都豁然开朗起来。山丹丹花被视为热情奔放、不屈不挠、追求美好生活的化身。民歌中有"山丹丹开花背洼洼红,你看见哥哥哪达亲""山丹丹花儿隔沟沟红,听见你的声音照不见你的人"。这从一个侧面说明山丹丹花在男女豆蔻年华时期,是表述朦胧恋情所不可或缺的标志物。

1935年,中央红军到达陕北,这种红遍黄土高原的花朵,又被人民赋予了新的内涵。"山丹丹开花红艳艳,毛主席领导咱们打江山""山丹丹开花红满山,红军来了大发展""山丹丹开花背洼洼红,我送哥哥当红军"……山丹丹花逐渐成了延安的象征,成了陕北的象征,成了陕甘宁边区的象征。

山丹丹花是革命圣地延安最绚丽、最具代表性的红色花朵。山丹丹花是象

征着希望、革命、成功和胜利之花。它的颜值之高，让陕北人民无不为之骄傲和自豪。红格艳艳的山丹丹花和红格蛋蛋的太阳照耀着陕北大地，给人以奋进向上的自信和力量，而它见证了这片红色热土从穷变富、由黄变绿的喜人变化。

婆 姨

婆姨的读音是 póyí，泛指妇女妻子。"婆姨"为陕北、山西一带方言，陕北地区主要指妇女，山西一带主要指妻子。

婆姨作为结婚后女人的通用名词使用。前面冠以某姓或孩童的乳名就是有所指的专用名词，比如张三婆姨，表明属性专一。婆姨旧时的任务有推碾子、磨面、缝衣服、做饭、喂猪、喂鸡、撵狗，当然更重要的是繁育子孙、传宗接代，使家族香火不断。

让人不解的是，在陕北，婆姨吃饭时不能上桌，只能站在灶台旁，一碗一碗给家人盛饭，最后剩下什么就赶紧扒拉两口，糊弄一下自己饥饿的肚子。

天暖了，婆姨都脱下黝黑锃亮的棉袄，穿上大红大绿能显示出腰身的裤褂，头上扎着三角头巾，腰间总不会忘记再系上一条腰带，那里面包裹着鞋底、鞋帮、鞋垫。受苦半路歇下时，男人们抽烟喘口气，婆姨们忙不迭地坐下，嘴里拉着闲话，手上不停地做着针线活，还时不时地把针尖在鬓角的头发中蹭一蹭。我想，应该是让针尖粘上一点头油，以便刺破布面时，更顺畅一些。

盛夏午后，婆姨坐在树荫处，手里不停地纳着鞋底，口里慢悠悠地哼着酸曲，思绪早就被"三哥哥吃了八路军的粮"的往事扯开了口子，想当年卿卿我我、海誓山盟时曾许下的天长地久、海枯石烂、私跟上的初心，久久不能释

怀，大脑追逐着一波三折的曲折情节跑远了。

许多婆姨的女红都是童子功，孩童时刚能拿针，就比划着扎鞋垫，接着就是纳鞋底、做鞋、做衣裤、准备嫁妆、给对象做定情信物——稳根鞋。

地方病

洛平川村是地方病的高发区。男性常得"柳拐子病"，其特点是四肢的骨关节肿大，骨骼发育畸形，朝内弯曲，患者走起路来一摇一摆，直接影响着患者的生活质量，使患者的生活空间受到限制。到了老年，因致残率极高，有些患者行走困难，更有甚者寸步难行，极其痛苦。

女性常得心脏方面的克山病。它是一种地方性心肌病，于1935年在我国黑龙江省克山县发现，由此得名。克山病和硒缺乏有密切的相关性，临床表现主要是急性或者慢性心功能不全的相关症状，会合并有多种类型的心律失常，严重者会发生猝死。慢性心功能不全的主要症状为劳累时呼吸困难，而急性心功能不全的主要症状为静息下呼吸困难，会出现不能平卧甚至端坐呼吸，严重者咳粉红色泡沫痰。如果合并有右心系统衰竭，会出现下肢浮肿甚至是腹水等。

当年陕北缺医少药的状况十分严重。处于大山沟壑中的村民，没有这方面的知识，对于病痛基本上都是扛着、挺着。那时"不挡吃，不挡喝，就不是病"的观点十分流行。许多民间捉鬼驱病的手法都用尽了，患者还不见好转，人们这才将患者用架子车或四人抬块门板往医院里送，那时患者已经气息奄奄，就是华佗现世，也难妙手回春。更何况当时的医疗诊治手段有限，许多婆姨就这样被耽误了最佳治疗期，失去了性命。

1969年初，洛平川村娶了两个新媳妇。后生们笑逐颜开，村内洋溢着喜

气洋洋的气氛。然而仅过了一年多的光景，这两位新媳妇就先后离世！

村内一位何姓后生，四年内先后迎娶了三位婆姨，山坡上增加了两座新坟。当时他就没有想想，是什么原因夺去了婆姨的性命？父母只是一味地求媒人，四处联姻。但背地里众人都传说这后生命太硬，是克妇命。

有位婆姨在生育期内连续生了二十几个孩子，没有一个成活。就连村里的小牛犊、小羊羔都会不时莫名其妙地死亡。

这些事儿当时每年都会发生多起，眼见得多了，村民的神经都麻木了，反而见怪不怪。村民议论中说什么的都有，建议求神问卦、打鬼驱邪，提倡烧香拜佛、诚心许愿。风水先生也拿着罗盘测方位，前后左右忙个不停。香也烧了，愿也许了，神也跳了，邪也驱了，天天打鸣的大公鸡都献身了，病情还是没有得到及时的控制。其实这些人就是患上了克山病，没有得到及时的治疗。落后与愚昧是一对难兄难弟，随时随地紧密地连在一起。无知必无措。文化缺失，知识匮乏，信息闭塞，这些才是严重地摧残村民身心健康的根本原因。

现在洛平川村人畜兴旺，经济发展与科学进步改变了他们的生活环境，人们早就摆脱了地方病的折磨。柳拐子病、克山病早已销声匿迹，朗朗乾坤，换了人间。

娶媳妇后就分家

有这样一个故事：有人遇到一个放羊的，问他为什么放羊，他答道放羊能赚钱，给儿子盖房子，给儿子娶媳妇、生孙子。一辈子就是这点事儿，熬光景过日子。儿子以后还是要放羊，为孙子熬光景，过日子。子子孙孙都是这样。

给儿子娶媳妇，生儿育女，传宗接代是一个家庭延续的头等大事。儿女多，就意味着兴旺发达。暂时缺吃少穿，欠村里的粮食款，咬咬牙就过去了。

有苗不愁长，儿子大了慢慢还。一个家庭要有三四个大小伙子，村里人都不敢多他们家的事。没有儿子的家庭，头都抬不起来，背柴、担水都指望不上谁搭把手。

婆姨只能怪自己没本事，连个儿子都生不出来，说话、办事都要看婆婆的脸色，小心翼翼，唯恐哪一点做得不合适，招来一顿指桑骂槐的数落。

当年在陕北说媳妇也是要彩礼的，粮食、银元、衣裳一样也不能少。婆家如果家境殷实，还能对付得过去。烧房砭村的王五，为娶媳妇，给了媳妇娘家二十石粮食、二十块银元（没有银元，可以一顶二十地给人民币。没有二十块银元，就要给四百块钱的人民币）。此外，媳妇的里外四季服装，全套归置齐整。这是当年花费最多的一次娶亲，当时传得很广。前几年回村时还有村民说起这件往事，津津乐道。王家兄弟多，地处梢林深处，天高无人管。他们那些年开荒种地收获了不少粮食，所以才能出手那么大方。腊月里娶媳妇，办婚宴用白面、荞麦面、黄米面、清油，杀猪宰羊，好不风光。要知道，那些年的光景，很多人家都是糠菜半年粮。小麦、荞麦、黄米、小麻籽一家人分不到多少。贫寒之家办婚事，只能是东家借钱、西家借粮，街坊四邻都借遍，将就着婚事结束，一算账，拉下一屁股饥荒。通常的做法是"冤有头，债有主"，为谁花费的，谁就自己承担。新婚之后就分家，早就见怪不怪了。有些新媳妇精得很，早就跟婆家狮子大开口，为今后过日子打下了基础。谁想到婆家也不傻，为谁拉下的饥荒，谁自己还。债务剥离后婆家自己还能勉强过日子，新婚的小两口就惨了，新媳妇是只身一人过来的，口粮都留在了娘家。分家时，只能分得新郎一人的口粮，两个人吃一个人的，这日子怎么过啊！

家境殷实的、兄弟少的，分家时还能有住的、吃的、用的。家境贫寒的、兄弟多的，分家时除了新婚债务外，房无一间，锅碗瓢盆不全，缺粮断顿时有发生。

没有地方住，就找个阳坡，刷个窑面，自己动手，有一半个月就能打好一孔窑洞。再做门窗，盘炕。忙活两三个月就能有个新住所。

遇到勤快的新媳妇，求人赊下猪娃、鸡娃，下苦之余，顺便打下猪草，一半年的光景，就能将小日子打理得有模有样。家贫如洗，寒门崛起的例子不在少数。

开　荒

洛平川村地处梢林的边缘，村庄与耕地的四周都是灌木丛、落叶林。我们去了以后，为了解决口粮问题，在后山开了几片荒地。其实所谓荒地，就是找一个山势平缓的阳坡地，自下而上，一次性地将灌木丛、落叶林砍光，露出地面，待树木的水分挥发得差不多，就集中起来放火焚烧。陕北的山坡地开垦，通常都是这样干的。

所谓放火烧荒，其实没有明火。因为树木还是湿的，灌木、杂草被点燃后，树木只是冒烟，慢慢沤着。十天半个月，烟不冒了，就算大功告成。冬季寒冷，人们趁着泥土里的余温，挥起老镢头，自下而上地翻地，残余的树根刨出堆积到地边，焚烧后的草木灰混合着泥土搅拌到一起，土地的黄色中都带了点灰色。此举改变了黄土地的成分，增加了土地的肥力。这样的土地特别适合种谷子，赶上风调雨顺之时，五谷丰登是不成问题的。但这样的毁林开荒方式，造成当地水土流失日益严重。

当年有些胆大的农民与榆林地区的逃荒者甘愿沦为盲流，冒着被民兵抓捕的危险，钻进大山里砍树开荒，艰苦奋斗一两年就能翻身，就会衣食无忧。

开荒的人员之间总有些往来或原本就是亲属关系，大家相互扶持帮衬，有事就通风报信，逃避公家的搜捕。俗话说："要想人不知，除非己莫为。"在深

山老林开荒种地，总有些蛛丝马迹，被抓捕也就在所难免了。我就亲眼看见过双臂被捆绑着的破衣烂衫、面黄肌瘦的开荒者。公家都会在秋收的时候派民兵进山去搜剿，驱赶盲流。现在想，如果不是饥饿难耐，谁愿意背井离乡，去干这种事呢！

农　事

阳历三月天，春雨绵绵，已是初春，犹觉寒意袭人。

春寒料峭时，备耕就开始了。保管员在保管室整理着去年秋后堆放的犁铧，将牛具、缰绳、拿绳、粪箕等农具拿到室外见见太阳、吹吹风，该修补的修补，该添置的添置。

从仓窑的囤里将谷种、糜子种、豆种、玉米种，分门别类地倒腾到有太阳的地方，簸去灰土，晾晒着。

农谚称："七绺的犁绳，八绺的缰，九绺的拿绳缰打缰。"绳子之类的物件，是不用花钱买的，自己队里有去年留下的麻，找几个老一点的村民，用不了几天时间就绞出合成多股、漂亮耐用的麻绳。

村里每年都会种不少麻。成熟后，果实就是小麻籽，可以榨出清油，浓浓的暗绿色，剩余的麻汤可以做麻汤饭，可香啦！队里留足麻秆后，剩下的按工分分配给每户村民，多劳多得。大家将麻秆捆扎好，留下各自的记号，就放到村庄公用的涝池或水坑里沤着，直至绿皮发黑，熏人的气味弥漫旷野，才用钩子一捆一捆地拉到坑边，摊开晾晒着。等干透了，村民们也忙完了场院里的活计，就悠闲自在地边晒太阳边剥麻皮。这时候的麻皮经过沤制，都成了雪白色，可以从头到尾一次剥开，中间不会断。最后剩下的麻秆也是雪白的，村民将它铡成小段捆扎好，以便作为自己吸烟时的引火物品。俗话说得好："麻籽

麻秆一身宝，村民生活离不了。"

早晚气候虽凉，但朝阳处绿草茵茵，羊儿们跟随着头羊爬高下低，欢蹦乱跳地啃食着嫩草，劲头十足。万物复苏之风吹爆天地，风调雨顺之时不忘农事。驴驮粪，牛犁地，马拉车，老汉、婆姨、后生、小娃娃，不分男女老幼齐上阵，坡地、川地、丘陵地、田边地，牛耕、马犁、人工镢头刨，既广种薄收，又寸土不废。

俗话说："豆子地里卧下鸡，还嫌豆子稀；玉米地里卧下牛，还嫌玉米稠。"夏季间苗，以求高产，同时还要给玉米苗培土，顺垄沟一锄一锄地前伸后拽，前腿弓，后腿蹬，腰上要用力。

雨后，玉米拔节孕穗，几天时间就形成了青纱帐。锄二遍玉米时就要披上褂子，保护自己的胳膊不被玉米叶锯齿般的边缘划伤。日头下，玉米地密不透风，头上的汗水由滴汇集成流，顺着鬓角淌下来，劳作者只能不时地用搭在脖子上的白羊肚手巾擦擦汗。

延安籍著名散文领军人物师银笙先生曾这样绘声绘色地描述了颗粒归仓的场景："山上收割的庄稼全归拢到小场上，由那汉子挥动着链枷啪哒啪哒地拍打着。这家的婆姨端起簸箕，趁着四周刮来的风，扬弃了秕糠，把半袋稞子艰难地背回山窝窝里的窑洞……"

俗话说："受苦人三件宝，丑妻，近地，破棉袄。"破棉袄是受苦人随身携带、不可或缺的物件。早上，受苦人披着它抵御初春的露水；歇晌时，铺在地上防潮吸汗；晚上，收工背着收捡的柴火时，将它垫上以防硌腰；严寒的冬夜，身下是烧热的土炕，身上就盖着破棉袄睡觉。对受苦人来说，破棉袄是件宝，一年四季不能少。

春耕，夏锄，秋收，冬藏，一年四季，除了下雨天，村民没有休息的日子，日出而作，日落而息，周而复始，永无穷尽！

牛

西班牙斗牛，在世界上闻名遐迩，各国民众争先恐后前去观看，其激烈场面令人兴奋不已。斗牛士的动作迅猛敏捷，矫健灵活。随着激情四射的鼓乐齐鸣，观战者的高声喧叫惊天动地，场上的人兽斗智斗勇、进退有序，扣人心弦的危情险境跌宕起伏，将牛与人之间的斗争推向了高潮。在马戏团的驯兽演出中，你可以看到老虎、狮子、大象、熊、马、羊、猴、狗等的表演，可是谁见过驯牛表演？没有人见过。专业人士说：马戏团没有驯服过牛，不是因为牛笨，听不懂指令，而是因为牛是一种非常有骨气、倔强的动物，它们宁愿被杀死，也不愿被驯服去表演。宁死不屈、牛脾气、犟牛筋这些词语就是这样来的。

1972年初，我曾有过一次驯牛的经历，场景至今历历在目。春耕前的某日，队长说：要调驯一下小牛犊。村里的后生们都兴高采烈、有说有笑地集中在场院，每人手持一柄牛鞭，个个摩拳擦掌、跃跃欲试，等待着大显身手。两头仅有两岁的小牛犊被从牛棚里牵出，分别拴在场院的木桩上。平日活蹦乱跳的小家伙，被周围的阵势吓蒙了，双目圆瞪，恐惧地望着四周，鼻腔中发出"哞哞"的低鸣声。这时候，队长一声令下，众人挥动牛鞭一齐抽在小牛犊的背上。突如其来的袭击把小家伙打傻了，它们嚎叫的同时跳跃了起来。那凄惨的高音，像是在诉说着不明不白遭受虐待的委屈。它们奋力挣扎，左右躲闪，无奈穿过鼻孔的缰绳将它们牢牢固定在木桩上，能活动的范围有限。

后生们使出吃奶的劲，一下一下重重抽打在小牛犊细皮嫩肉的脊背上，没一会儿工夫，其中一头就没精打采地跪下了前腿，耷拉下脑袋，鼻孔里喘着粗气，嘴里的吼叫也有气无力，最后瘫软在地，任皮鞭抽打在身上，毫无反应。

见此情景，队长挥挥手："好啦！今天就到这儿。"这时，饲养员老汉赶紧走过来，解开缰绳。小牛犊前腿跪在地上，努力地往起站，反复了好几次，才踉踉跄跄地站立起来。它用鼻子蹭着饲养员的手，同时发出低低的哞哞声，好像在诉说着刚才受到的委屈，又好像在责怪饲养员没有出手相救。经过数日的群殴，一头小牛犊败下阵来，见到手持皮鞭者，身体就瑟瑟发抖。给它戴上笼嘴时，它也不左躲右闪、摇头晃脑了，懂得察言观色，乖巧地俯首帖耳，不再活蹦乱跳、调皮捣蛋了。为了安抚它，队长派了一位慢性子的村民教它犁地。它偶尔偷懒怠慢或犯牛脾气，听人高声吆喝，见人挥起皮鞭，就马上转变态度，听从指挥，任劳任怨，不用扬鞭自奋蹄了！

另一头小牛犊一直没有驯服下来，牛脾气越来越大，见人就顶，只有饲养员才能安抚住它，最后队长只得罢休。总打也不是办法，牛不喝水强按头，也不行。打牛是驯服它，以便使唤它耕地，一旦打坏了，就赔本赚吆喝，划不来账了，缓缓再说。随后，小牛犊的情况并没有得到好转，吃得越来越少，精神越来越差。日子一天天过去，小牛的食欲没有了，两只牛眼昏暗，充满了血丝。最后的日子里，它对草料连闻都不闻，偶尔喝点水，窝在干草上喘气，连站起来的力气都没有了。队长采取了一切挽救手段，依然无效，看看已经没有回转的希望，就忍痛决定杀了。有经验的村民提醒队长这牛不一般，一定有宝。我当时搞不明白宝是什么，就好奇地询问："这头牛能有什么宝？"老村民说："小牛犊不怕鞭打，越打越勇，火气盛，火归肝。肝火旺，食欲差是外表现象，其实是小牛犊的内脏有问题了，问题出在肝上。肝上要是有黄，就是中药里的牛黄，天然牛黄可珍贵啦！"牛黄可以入药，这我知道，因头痛、嗓子疼、嘴角红肿，我吃过"牛黄上清丸""牛黄解毒丸""牛黄清心丸"。虽然是蜜丸，吃到嘴里还是苦苦的，解出的小便是黄色的。一般吃两次，上述症状就会减轻或者消除。

事后听说果然在这头牛身上发现了牛黄，至于是在哪个部位发现的，就不清楚了，也没忍心问。牛黄挂在饲养室的房梁上，很长时间就挂在那里，安然无事。当时民风淳朴，没有人去打牛黄的歪主意。偷鸡摸狗等歪门邪道没有市场，若有人有此类恶习，必将会遭到人们的唾弃。队长去延安时，带上牛黄卖到了公家的药材公司。听他回来讲，鲜牛黄要泡到水里冷却，剥掉外皮，再阴干。我们的炮制不得法，少卖了钱。

事后了解了这方面的资料我才知道，有牛黄的多是病牛，表现为食欲不振，营养不良，入冬后日渐消瘦，精神倦怠，毛发蓬松，皮紧毛竖，拱背夹尾，颈部颤抖；耳朵和四肢发凉，眼睛赤黄，眼泡肿胀，流泪不止。牛黄实际上就是牛的胆囊、胆管或者肝管中的结石，也就是牛的胆结石。牛的胆结石有的生在胆囊里头，有的是生在胆管里头，还有的是生长在肝管里头。如果牛的胆道出现炎症，胆汁排泄受到阻碍，胆汁中的胆固醇、钙盐、胆色素就形成沉淀，而凝结形成粒状或者块状的东西，堵塞在胆管、胆囊里头，被人取出来就是牛黄。

平时，牛不爱叫，只有奶着牛犊子的母牛才爱叫。太阳偏西，奶着牛犊儿的母牛就急着要回村了，你要是不让它回，它就"哞哞"叫个不停，急得团团转，无心再吃草。更有甚者就不辞而别，径自寻路返回村里。这时饲养棚里也会传来一声声小牛叫声，儿一声，娘一声，似乎一天不见，母子间有说不完的贴心话。牛犊在母牛肚子底下一下一下地撞着吃奶，母牛的目光中充满了温柔、慈爱，神态是那么满足、平静。小牛犊冲它伸伸脖子，它就会耐心地为之舔毛。"舐犊情深"，所记述的大概就是这种情景。

有生就有死，这个自然规律适用于一切生物，牛也不例外。我亲眼见过老牛去世后，其他牛悲哀追思的场景。那是1972年秋后，已经是在场院里剥玉米的时候，一头老牛死了。几位村民在场院外忙活着剥皮、分肉。血水洇湿了

周围的土地，空气中弥漫着浓郁的血腥气。后响，分了牛肉，队长就让婆姨们提前回家了，我们则忙着做些收尾工作。这时就听见牛的哀鸣声，一声高过一声，从河对岸传过来。我好奇地停下手里的活计，看着牛群蹚过小河，爬上河岸，一步一步地走着，哀嚎声一阵紧似一阵，临近场院时哀声大作，似人类的号哭。牛儿一头紧跟着一头，首尾相连，围着刚才剥牛、分肉的场地，沿着血水洇湿土地的外沿，一圈一圈地边走边嗅，哀嚎之声惊动了四周原野，凄凉之情震撼了目睹此情此景的村民的心灵。后来听饲养员讲，那天晚上牛进食极少，也不似平日里那般喧嚣，静悄悄的……

猪

众所周知，在古代猪被称为"豕"。《说文解字》中说，"宀为屋也；豕为猪也"，二字合写为"家"字，无"豕"不成"家"。由此可见猪对于一个家庭的重要性。1972年，我修完王瑶水库回到村里后，就脱离了知青集体，向村民借了一孔土窑洞，过起了独立自主、无拘无束的单身汉生活。在农村生活的第四个年头，我已经融入和习惯了当地生活。我挑水、背柴，日出而作，日落而息，把一个人的日子安排得井井有条、像模像样。推磨滚碾子的技术活与婆姨们换工，婆姨们顺手就帮我干了。剩下的谷糠、麦麸，积攒了不少。这时有村民出主意，可利用这些养头猪，既可以消耗掉谷糠、麦麸以及每日的剩饭菜，等猪养肥了，杀掉吃肉还能落下猪油，平日里炒菜用，一举多得。想想是这个道理，说干就干，我找房东借了一孔废窑，用木棒做了一扇门，这样，一座猪圈就算安顿好了。村民帮忙花了二十多块钱买了一头架子猪（壳朗子猪），并告诉我，就凭我这些吃食，这猪三四个月就能长到一百斤。剩饭菜、刷锅水，舀些谷糠、麦麸，一搅和就成了猪的美食。这猪似乎此前从来没吃过这样好的，食欲特别好，每次看到我就"哼哼"地走过来，猪头扬起，两只小眼睛盯着我的举动。看到我端着锅，它就在猪食槽旁等着，不时偷眼观望一下。

等猪食倒进猪食槽，它就急不可待、旁若无人地吃起来，不时还吧唧吧唧嘴，回味一下。这时我就想象着不远的将来，这头膘肥体壮的吃货被屠宰的样子。

但是舒心的日子没几天，就出现麻烦了。这家伙忒能吃，好像从来就没有吃饱过，见到我就"哼哼"。日子一长，猪饲料即将告罄。我一个人那点谷糠、麦麸根本不够它吃。

别人家是一家人的剩饭菜、刷锅水，外带一些青饲料，并且猪是散养的，能四处打野食。我一个人，是个体户；村民是一家人，小集体，在体量上就不在一个等级，有本质区别。知道了问题所在，解决起来就得心应手，我立即通知其他村的男知青们，让他们发扬"一方有难，八方支援"的共产主义精神，赶紧支援谷糠、麦麸以解我燃眉之急，不能让猪断顿，并承诺杀猪时请大家来吃肉。哥们儿们真给面子，从那以后，我的猪再没有出现过粮荒。秋季是收获的季节，有些瓜菜是按人头分，知青算单身，一个人按一个半人的量分。一次性分得太多，来不及处置，就统统便宜了猪，也让它换换口味。南瓜、嫩玉米都有甜味，猪特别爱吃。吃饱了，它就卧在干草上打盹。

1972年11月，新的一轮招工开始，体检、政审有序进行着。一切都预示着，农村的插队生活即将结束。大家想提前杀猪，不等过年，博个好彩头，还个心愿，大家吃个散伙饭。杀猪那天，房东家忙活着烧水，借长凳，卸门板，搭起临时台案，用木棒支撑起架子，瓦盆里放上水和盐准备接猪血。村里几位与我相好的后生帮忙，揪耳朵的揪耳朵，拉尾巴的拉尾巴，抓腿的抓腿，好一阵工夫，才把尖叫的肥猪擒住。

那肥猪也许知道末日临近，死活不肯挪步，拼命地挣扎，恐惧地嘶嚎着。

大家使出吃奶的劲儿，硬是把它摁倒，侧卧在台案上。这时，杀猪匠不慌不忙地把手里的烟袋锅在鞋底上磕一磕，将烟袋和烟荷包别在腰带上，咳嗽两声，清清嗓子搓搓手，慢步走到临时的台案前，用力按一按，看看它的承受力。一切都检查过后，他用大拇指试了试刀，不放心又在磨刀石上蹭了几下，那刀一瞬间寒气逼人。杀猪匠用刀将猪脖颈处的毛刮一刮，用刀柄锤了锤下刀处。说时迟，那时快，没等旁人和猪反应过来，他冷不防一刀子从猪的脖子窝向后捅进去。猪发出凄惨的嚎叫，四蹄乱刨，脖子里的血如箭一样喷了出来。

渐渐地，猪的嚎叫声停止了，四肢的抽搐由急而缓，没了力气，浑身一哆嗦，没有了声息。此时杀猪匠招呼我们将猪的后腿提起来，把血控干净，防止血淤在腔体里，影响猪肉观感，也会影响他的名声。之后，杀猪匠在猪后肢靠蹄处开一小口，用铁棍贴着腿皮往里捅。叫作梃的铁棍约有食指粗细，长约两米。杀猪匠将挺杖从皮下捅入，分别捅至猪头及另外三只腿，捅出沟后，用嘴在后脚割开的口子上用力吹气，腮帮子一鼓一鼓，把猪吹得圆滚滚的。他再扎住吹口，使猪皮绷紧，以便充气后刮洗煺毛。煺猪毛可是个技术活，水温是关键。水温过高，会把猪皮烫熟；水温过低，毛煺不尽。杀猪匠凭经验试了试水温，然后用大瓢舀水，一瓢一瓢均匀地淋在猪身上，反复翻了几次，而后用手试着从猪身各处拔几绺猪毛，蛮好，不老不嫩，恰到好处，随即连刮带薅，不一会儿工夫，猪毛纷纷落下，一头白白净净的肉猪就出现在众人面前。

煺了毛的猪被大家撂到门板上，白花花的，在风中十分耀眼。随后杀猪匠用尖刀在猪背上从头至尾部，划开一条分割线，然后用一个连环铁钩，从猪屁眼口插入、钩紧，几个人再合力把猪高高地挂在木架上。杀猪匠手持一把柳叶尖刀自上而下剖开猪身，先前吹进去的气体直往外冒，嗤嗤之声不绝于耳。他将猪身左右分开，接下来摘心、下肺、掏肝，手脚十分麻利。而后，肚子、小肠、大肠落入猪身下的大盆。杀猪匠那娴熟的技术和书中的那个庖丁解牛的故事有一搏。头、蹄、心、肝、肺、肠、肚，分门别类归置停当，砍下槽头肉送给房东家做杀猪菜用。

我这边，弟兄们一早就不约而同地聚齐了。十几个人站了半个院子，每人手里都拿着自己的碗筷，就等着开吃。杀猪匠赶紧砍了几斤肉，连秤都没有称，就递给了我们。这时的肉与骨头是连在一起的，必须用砍刀破开猪骨头，再用小刀将猪肉分割成条。

乡俗习惯是由杀猪匠负责砍肉称秤，以示公正公平。肉现场砍开过秤，一条一条地用绳子拴好挂起来。重量是这样标记的："斤"，在肉皮上竖着用刀划道，几斤就竖着划几道；"两"，在肉的砍开处横着划道，几两就划几道。买肉或赊肉的，依据自己的需要，选择如意的肉条，或付钱，或记账。我们这帮馋鬼等不及走这个过程，洗肉、切肉，将肉下锅和土豆一起炖起来。分割好的肉条，卖够了本钱，又留够了第二天的用量，其余的由房东帮我切成大块过油后，腌制在猪油内，留着平日里改善生活用。两天我们吃了十几斤小米的干饭，猪肉炖土豆都是用脸盆装的，吃完饭聊聊天就散伙，各回各庄，反正不远，第二天吃饭时再来。这种生活在1972年底特盛行，十里外都能闻到肉的香味，知青们不请自到，吃饱了就走。那时大家都心照不宣，知道要各奔前程，同甘共苦的四年农村生活，称不上唇齿相依、荣辱与共，冲突分歧之事随着时间推移淡忘了，同情怜悯之心油然而生。大家隐隐地感到分别时刻越来越近，难舍难分，一股惜惜离别之情溢于言表。

村民们大都是在快过年时才杀猪。"小雪宰羊，大雪杀猪！"每到大雪节气，天冷了，肉能放住了，猪也长肥了。这个时候村里家家户户陆续杀猪，意味着开始准备过年啦！

每个村里都有擅长杀猪的人，他们"掌刀"，不仅活干得漂亮，干净麻利，而且不糟践（浪费）有用的东西，把猪的肉和头、蹄、下水（内脏）、血、骨

头等各部分收拾得井井有条、各持其用，拿民间的话说就是"能多杀出来五斤肉"。因为是留作自家食用，接猪血也有一定讲究。首先在盆里放少许凉水、盐、淀粉，屠刀抽出后让血稍流一会儿再接。这样接下的猪血干净，凝固得快，开水煮后血块中间呈蜂窝状，有咬劲，好吃。煺下的猪毛和着落地的猪血趁热与黄土揉在一起阴干，待以后抹灶台时使用。黄土、猪血、猪毛混合在一起抹出来的灶台，耐水，不裂，时间长了，油光锃亮的，给人以厚重感。

年猪杀完以后，帮忙的人要在主人家里吃上一顿饭，一般在猪肉的杀口处砍下几斤猪肉，配上农家腌制的酸菜，再加上粉条，炖上满满的一锅烩菜，也叫杀猪菜。参与杀猪的人吃完后，也就预示着杀年猪的结束。杀猪匠给本村的人杀猪是不挣钱的，但要挣个猪尾巴。有的一刀子剜下的就是个猪尾巴，有的则要在猪屁股蛋子上狠狠地割一块肉。也有大方的村民，通常把头、蹄、下水中的一部分赠送给杀猪匠作为酬劳，杀猪匠也不推辞，因为这是约定俗成的惯例。娃娃们不会错过了这凑热闹的机会，熙熙攘攘、叽叽喳喳地围在四周，猪的嚎叫声与他们的四下里奔跑嬉闹声混合在一起。猪的喘息声又将他们归拢来，他们看着杀猪匠的一刀一式，连眼珠都不转。直到一切收拾停当，他们还围在那里，等着。杀猪匠故意催促他们："散啦！撒尿啦！"他们呆呆地看着，你推我挤地伸着小手说："还没给呐！""啥嘛？"杀猪匠明知故问。"球球！球球！"几个小娃齐声答道。杀猪匠随手将猪尿泡甩出老远，娃娃们一哄而散追逐而去。忙碌的场面这才真正结束。

羊

在陕北，养羊是一种有着悠久历史的生活方式，羊也因此成为陕北人居家生活的必不可少之物，生活里的吃穿用度，都离不开羊。陕北羊肉肥而不腻，

香而且鲜，羊肉食品多种多样。神木、府谷、志丹、吴旗等县的人爱吃手抓羊肉；三边（定边、靖边、安边）人好吃宰羊羔肉；米脂、绥德、清涧、子长、延安、子洲的人爱吃羊肉炒细粉。榆林城内的羊杂碎、米脂的麻辣羊肝花，脆嫩，鲜美，麻辣可口，也是陕北有名的风味小吃。此外，还有清蒸羊肉、羊肉水饺、羊肉丸子、羊肉臊子饸饹、荞面饸饹羊腥汤、新麦子馍馍熬羊肉、羊头滚白菜，可以说风味独特，令人赞不绝口。农历二月二龙抬头之日，群众给龙王爷、山神爷祭献羊牲，让山神爷管好他的神犬——狼，保佑村民的羊只一年安全无恙，祈求一年风调雨顺、五谷丰登。六月六，要吃新麦子馍馍熬羊肉。中秋节，要吃羊肉水饺庆团圆。九月九，要吃荞面饸饹羊腥汤。冬至节，要熬冬。所谓熬冬，即把猪羊骨头熬煮为一锅，众人围坐，一块儿啃食。俗语云："冬至熬一熬，来年好一好。"1935年10月，中央红军到达陕北吴起时吃的第一顿饭就是羊肉剁荞面。毛主席吃了也夸奖说："这是我在长征路上吃得最好的一顿饭！陕北真是个好地方哟！""树叶黄，吃老羊"，深秋初冬时节，为羊只肥硕之时，也是宰羊的季节，村村宰羊，户户吃肉。此时也是农人闲暇之时，大家聚于一处，打平伙吃羊肉，说东道西，谈天论地，更是十分欢乐的事情。

在杀羊的时候，羊常常蹲在地上，死活推不走。在几个村民们的牵扯、推搡下，羊似乎意识到了自己的灾难已然来临，恐惧又害怕地发出"咩咩"的叫声，那是一种绝望的哀求声。它跟人唯一的区别就是不会说话，却跟人一样，也有泪腺，以至于羊被抬上那长条凳的一刻，人们分明可以看到羊的眼角处残留着泪水。最后羊在"咩咩"声中，被按倒、绑住羊腿，杀羊人用一把尖刀直接刺透羊的喉咙，放出羊血。羊的喉咙直接被切开。杀羊人拔出连接肠道的管子，打上一个结，防止羊肠道内的食物和粪便流出，然后从腿部将皮毛拉开，左手提着羊腿，右手握成拳头，使劲插进皮与肉之间，一下一下揣。羊的皮肉之间有一层膜，杀羊人找准了地方几下就将羊皮肉分离了。力气大的双手提

羊，脚踩着羊皮往上提。羊皮剥离后，整只羊用铁钩挂在木架上，羊皮就成了地上的"垫子"。将羊开膛破肚，内脏全部掏出来，羊头割下，羊下水可以食用。那时的山羊毛重只有五十多斤，屠宰去内脏后净重是毛重的一半。头蹄除了皮，可食用的肉极少。另外，杀羊人还要对羊进行燂毛处理。羊的下水的量也不大，一般都给杀羊人拿去顶替酬劳。村民们吃羊肉的机会比较多，几个人凑上十来块钱，买上一只羊打平伙，沾点荤腥，解解馋。

成年羊蝎子肉，用凉水洗干净后，将骨肉切成三五厘米见方大小的块头下入冷水铁锅中，先行旺火加热，略加搅拌，待烧开后撇去表面浮沫，将肉和汤分离，待汤沉淀后再将清亮的汤倒入羊肉中，这样就保持了羊肉的原汁原味。再加中火炖制，同时下调料包（内有花椒、辣椒、生姜、红葱），待羊肉五成熟时放盐，随后改小火慢炖，直至肉烂。打平伙的村民都将老碗放在灶台上，由主家负责先分肉，后舀汤，甚是平均公道。主家负责制作、分配，免费提供锅、柴火、调料，这样他理所当然分得一份羊肉，不用出钱。

村民一般都是打回家与家人共同享用，也有耐不住馋虫的勾引的，喝一口汤吧唧吧唧嘴，转身就走，窑里的一家老小都等着呢！买一只羊十来块钱，一张羊皮还值三元钱，十块钱就能吃一只羊，现在是想都不敢想的事儿了。陕北羊多，农民几乎家家养羊。羊有站羊、草羊的区别。一年四季在家中饲喂的羊叫站羊，上山放牧的羊叫草羊或跑羊。一般山羊全身皮毛为白色或黑色，毛绒混生，体格中等，结实紧凑，头轻小，面部清秀，额顶有长毛，颌下有须，公母羊均有角。拦羊人手拿拦羊铲或小镢头到山上、草滩放牧，吆喝着羊只，唱着一首首悠扬、多情的信天游，吟咏着人生的喜怒哀乐，吟咏着陕北人的美好追求，特别是吟咏着爱情的信天游更令人陶醉："羊羔羔跑在那草滩滩，想起了干妹子泪不干。"

羊不仅是一种美食，更是一种文化符号。民歌中将羊与美好的爱情联系在一起，以羊肉吃食表述为上句，为含情脉脉、刻骨铭心的下句进行铺垫。"荞面饸饹羊腥汤，死死活活相跟上。""手提上羊肉怀揣上糕，我冒上性命往哥哥家里跑。""小米干饭羊肉丁丁汤，主意打在你身上。""大骨头羊肉没啃够，难难为为不想走。""一碗碗羊肉一疙瘩糕，我一辈子也忘不了妹妹的好。""羊腥汤挂面红碗里捞，你还嫌妹妹心不好。""吃了一碗羊肉没喝汤，你有钱财我不想。"而离别之情最苦，同样以羊肉来喻指，亦即抛妻别子、离家舍业是不得已的，放弃了最美好的东西。"初一走了十五来，一碗羊肉直放坏。""三根鞭子走南路，小砂锅子熬羊肉。""白面馍馍烩羊肉，我知道你这回没盛够。""一锅锅羊肉半锅锅油，你哭成这么个我咋走。""山羊绵羊五花羊，受苦人盼个好光景。"陕北人把毛巾叫作羊肚子手巾。陕北的后生喜欢拢羊肚子手巾，并且有："羊肚子手巾三道道蓝，你看活人难不难？羊肚子手巾三道道红，看见哥哥格外亲。羊肚子手巾拢头上，谁不知道哥哥俊模样。"一句句信天游，一首首酸曲，有对羊的赞美、欣赏、依赖，也凸显了羊在陕北人心目中的地位高，羊已成为陕北人生活中不可或缺的一种文化符号与实体，"羊大为美"得到了进一步阐释。

"猪草包，羊好汉，牛的眼泪打转转"，写了牛、猪、羊。但世人对它们面临死亡时的反应表现，给予了不同的评价。说"猪草包"，是因为被杀前的恐惧最容易被理解的就是猪，毕竟猪本身就喜欢叫，没事的时候"哼哧哼哧"的，吃东西的时候也是一样。看过杀猪的人都深有体会，几个大汉把猪从猪圈里又拖又拽地拉到案板上，在这个过程中猪龇牙咧嘴，眼里透着惊恐，四肢带动身体拼命挣扎，奈何无济于事，只能大声地哀嚎、嘶叫，哀哀欲绝的样子，一般人看了都会动恻隐之心。猪的这般怂样，配上其响彻天际的惨叫声，让人以为猪真是一个草包。在被杀时，看到很多人围了过来，它显然知道了自己接下来的命运，所以发出惨叫声也是正常的。杀猪匠先用放血的刀从猪的脖子处

捅进大动脉，将血放干。在这个过程中，猪的生命是逐渐地流逝的，这就给了它们宣泄痛苦的机会（惨叫）。由此，猪落下了贪生怕死"猪草包"的评语。

说到"羊好汉"，一般我们都会用"领头羊"来表扬一个人有领导能力和实干精神。现在的安塞区盖河广场南侧小公园里，就有一尊巨大的"领头羊"雕塑屹立在中央，其意不言而喻。由此可见羊在安塞人心目中的分量。羊平时喂养的时候叫声细腻委婉，声音更像是一个未出阁的小姑娘，就算是它非常饿，也不会像猪那么嚎叫。一般羊会在主人来临的时候象征性地"咩咩"叫两声，表示自己饿了。而羊在被宰的时候更像是一个勇士。首先，羊儿的眼神非常坚定。其次，羊儿在死亡面前不会叫出声来。羊之所以不叫，可能是因为它本性胆小，巨大的恐惧让它无法发声，加上尖锐的声音会引起天敌的注意，所以面对危险时，羊一般都保持沉默。但这反而给人的感觉是它面对死亡临危不惧，像个好汉一样，因此就有了"羊好汉"的说法。

"牛的眼泪打转转"，一般来说牛都会活上一二十岁，但当牛老了不能耕地的时候，它就会被杀掉。人们认为老牛在面临死亡时候往往会有很大的委屈，所以牛死之前一定会有眼泪流出来。村民们说：牛的眼泪可以通阴阳，说的就是牛去世时流的眼泪。其实牛流眼泪主要是受到蜱虫刺激，还要代谢盐分。还有一种说法，就是牛这种动物聪明，通人性，被屠宰时，表现镇定，不吵不闹，但是眼里会含着泪花，就像知道要离开主人，有些舍不得主人一样，所以就有了"牛的眼泪打转转"的说法。

做豆腐

相传当年淮南王刘安为求长生不老之药，在安徽寿县八公山以黄豆、盐卤等物炼丹，无意中竟炼出了白如纯玉、细若凝脂的豆腐。

可见，做豆腐包含有一系列化学反应过程，还是个技术含量较高的活。虽说一般农家都会做，但是要做得好吃，那就要看手头上的功夫了。"豆腐"与"头富""都富"谐音，取吉祥如意的好兆头。

制作豆腐离不开石磨。石磨是我国农村一种古老的加工面粉、面浆的器具，它的制作材料是一种坚硬的青石。将厚约十五到二十厘米的青石，凿成直径五十到一百二十厘米的两扇圆形磨石，一个做底盘，一个做顶盘。磨石底盘中央凿一个洞，把一个铁轴固定在中央。石块中间有一个矮柱子，是固定上面磨盘的，叫磨脐。顶盘中央也凿一个洞，将一个铁圈固定在洞内，铁圈正好套在底盘的轴上，底盘固定不动，顶盘上套上一个长木杆，用人推或者牲口拉动顶盘转动。顶盘上还要凿两个洞眼，磨面的时候，粮食从两个洞眼里流入两扇磨石之间。由于底盘和顶盘上凿出很多向外移动的波纹似的凹凸的槽，顶盘和底盘的纹路正好相反，顶盘转动的时候，从顶盘洞眼里流进去的粮食就会被磨碎，并顺着纹理向外运移，最后从两扇磨石缝里流出来。

做豆腐的石磨和磨小麦、玉米的石磨一样，只是尺寸比较小，直径只有四十厘米左右，而且顶盘上是凹进去的，底座有凸起的边缘。之所以做成这样，是因为做豆腐前要把豆子磨成浆，磨时需要加水，防止水和磨碎的豆浆流走。这种石磨因为制作复杂，平日里使用不多，经常闲着，所以村庄里的存量极少。

做豆腐的第一道工序就是要选豆子和泡豆子，先将黄豆中的杂物、虫豆和不饱满的通通拣出扔掉，再用清水把黄豆漂洗干净，然后放到桶里泡上。水过一掌厚即可。待到豆皮松软，豆子膨胀易碎，这时就可以磨出豆浆了。磨豆子的磨是底座有槽的，这样磨出的豆浆才能聚拢在沟槽，从缺口处流到下面的水桶里。

磨豆子一般要两个人，一人推磨，一人向磨子眼里添豆子。添豆子也是有技术含量的，当磨柄刚过去到转一圈回来的这个当口，你得把豆子稳稳当当放进磨子眼里面，不能撒出来一粒。一次不能放得太多，只能是一小汤勺上下，放多了浆就会太粗，到时豆浆少、豆渣多。同样，推磨的人也不能太快，用力要均匀，否则结果是一样的。转身一旋磨，流膏即入桶。磨子推起来后，酽酽的豆浆从上下磨片间哗哗地流出来，落到磨架下的水桶里，洁白而黏稠。将磨好的豆浆舀到布袋里，在铁锅中反复地洗，直到没有浆液，只剩下豆渣为止。然后猛火加热煮沸浆液，边煮边撇去上面浮着的泡沫。要不停地搅动，避免豆浆粘在锅底，煮至锅面豆浆泡沫破裂，撤火便得熟豆浆。在陕北农村，点浆一般用盐卤作凝固剂（一千克干黄豆需配用盐卤约十克，将盐卤溶解成 25%～30% 浓度的液态盐卤水三十克）。待温度降至 80℃时即可点浆。点浆时用小勺将豆浆顺时针向前不断搅动，慢慢加入盐卤水（盐卤水下面如有沉淀物，则沉淀物不能加入）。当豆浆粘匀后，搅动放慢，加盐卤水的速度也相应放慢，直到豆浆中出现玉米大小的豆腐粒时，停止搅动。接着，一锅白花花的玉液琼浆般的豆浆，慢慢地变成了一朵朵雪莲花般的豆花。锅里的水清了，豆花宛如盛开的朵朵莲花，漂浮在水中央。一锅豆浆，变成一锅豆花，水与豆蛋白分离，这真是"卤水点豆腐，一物降一物"。把做好的豆花倒在铺有棉布的荆条筐内，包好，用重物把水挤压出去，就成豆腐了。

做豆腐很有讲究。在制作过程中，所用器具必须干干净净，不能沾有任何污浊的东西，哪怕沾上一点脏东西，这豆腐就会变坏。盐卤汁就是氯化镁、硫酸镁、氯化钠等成分的浓缩溶液，又叫苦卤、卤碱，是将海水或盐湖水制盐后残留于盐池内的母液蒸发冷却后析出氯化镁结晶而形成的卤块，味苦，有毒。盐卤能使蛋白质溶液凝结成凝胶，是中国北方制豆腐时常用的凝固剂，但对皮肤、粘膜有很强的刺激作用，并对中枢神经系统有抑制作用。豆腐好吃，但制作起来太麻烦，没有两下子的人，一般都会等着别人制作后去买或赊。村民们不做就不做，一做就是做几十斤的豆腐，除了自己吃、还账以外，净落下的豆

渣可以喂猪。这是个辛苦活、技术活。1970年底，我在洛平川王治生家搭伙，赶上他家做豆腐，我帮着提水、烧火，见过王治生婆姨点盐卤水、成豆花、制豆腐的全过程。

豆腐为补益清热养生食品，常食可补中益气、清热润燥、生津止渴、清洁肠胃，更适于热性体质、口臭口渴、肠胃不清、热病后调养者等群体食用。现代医学证实，豆腐除有增加营养、帮助消化、增进食欲的功能外，对牙齿、骨骼的生长发育也颇为有益。豆腐味甘性凉，有益气和中、生津润燥、清热解毒的功效。不过豆腐虽好，多吃也有弊，过量也会危害健康，比如会引起消化不良。豆腐含有丰富的蛋白质，一次食用过多不仅会阻碍人体对铁的吸收，而且食用者容易出现腹胀、腹泻等症状。

剪　纸

据史料记载，陕北的剪纸中保留有古老的、其他地方早就消失了的图腾。它主要是延续了原始社会的图腾文化和龙凤文化。比如在洛川挖掘出的蛇身人首、狮身人首、鱼身人面的剪纸，安塞的鹿头树剪纸、手拉手娃娃剪纸，正是这一时代的文化遗存。剪纸艺术的历史源远流长，发展到今天，成为大众喜闻乐见、贴近百姓生活的艺术形式。安塞人将自己想到的、看到的、遇到的以及不能告人的小心思、不可言传的小秘密或因缺钱一时半会儿买不起而又不能忘怀的心愿，统统按照自己的所思、所想、所恋、所欲、所情、所念，随心所欲地在大红纸上镂空出来。剪纸成了他们的精神寄托和情感交流的载体。

久婚不育的剪出观音送子图、百子闹春图。大胖小子手舞足蹈、憨态可掬的视觉效果，令人不得不将自己的心事托付于此。朝思暮想许心愿，早得贵子显灵验。盼五谷丰登、六畜兴旺的人，剪出来的谷穗沉沉弯了腰，麦垛垛得有

房高。小娃娃上面直蹦高；老汉拍手、婆姨撑腰；小伙儿仰脸朝天开怀笑；女子们幸福美感挂眉梢。喜剪肥猪满圈，鸡鸭鹅满院；瓜果梨桃漫山遍野，香气四溢扑鼻而来；飞鸟盘旋，鸟语花香跃纸面，情趣盎然，令人心旷神怡。

富有创作天赋的安塞人，给这些剪纸以生命和激情，将真情实景呈现在你的眼前，同你心灵相通，与你情感共鸣，给你身临其境的感受。为欢乐喜悦，为悲哀忧愁，为丰收满足，为儿女情长。剪纸的魅力就在于：鲜活人物跃然纸上，绘声绘色令人动容；百年风云尽收剪端，一气呵成万里云天；世间诸事包罗其中，魂魄恢宏活灵活现。它能让人驻足长视，使人回味无穷；会令人浮想联翩、如歌述曲，许久不忍离去。安塞人用心去品味着人生中的酸甜苦辣；用情去体味着四季里的暑热寒霜。走进新世纪，是保持老传统，还是改变创新？是顺其自然，还是主动出击？如何让大众透过剪纸精美的外表，深入领略安塞剪纸文化内涵？传承创新面临新举措、新考验、新发展，也为安塞人提供了大显身手的绚丽舞台。探索创新，保护经典新课题，促使安塞婆姨能由心而发、思从所想、随情而欲地创作与时俱进的作品，将独属于自己的艺术语言，展现在世人的面前。

新世纪安塞人，为安塞剪纸传承重笔描绘新蓝图，不让须眉，方显英雄本色，塑造出新世纪气象万千的历史丰碑。

安塞婆姨

大树的记忆有着年轮的承载，岁月的痕迹留下皱纹的沧桑。时间在沙漏的计时中悄然流逝，经历了岁月斑驳的人们，脸上写满了人生阅历。用笔去记录婆姨们共同经历过的命运；用心、用情、用爱去奋笔疾书这些艰苦卓绝的践行人；用言、用词、用句去讴歌赞美这些创新进取的女闯将；用景、用图、用画

去描绘这些砥砺前行的奋斗者。要让受苦人的付出，得到应有的尊重。婆姨们流淌了汗水，也要得到应有的赞扬。她们的奉献不应被忽略，她们的事业不应被雪藏。为历史留下篇章，方显出英雄本色；颂巾帼不让须眉，让美名万世传扬，这就是我撰写安塞婆姨的初衷、期盼与遐想。

面对安塞区日新月异的蓬勃发展，我心潮澎湃、思绪万千。在钦佩、敬仰的情感驱使下，我追随着各行各业中无数李秀芳、张莲莲、王二妮等这样的女子们的足迹，去体验人生的磨难，去感受岁月的凄凉，去经历创业的艰辛，去承接收获的分享，去记录她们屡建奇功的新业绩，去见证她们再创奇迹的硕果辉煌。

在安塞区的沟沟壑壑、坎坎梁梁上，留有她们坚实的脚印；在油田、高铁建筑工地里，舞动着她们矫健的臂膀；在《星光大道》录制现场，她们将激情火辣的信天游高唱，歌声能绕梁三日仍有回响；在温室大棚里，各类瓜果、四季蔬菜伴随着她们的汗水成长；在高原苹果树旁，修枝剪叉、培土施肥、掌握了科学技能的她们，是新时代的弄潮儿，是致富路上的领头羊；在习近平总书记视察过的南沟村，那里点点滴滴的变化，饱含着她们对未来生活的憧憬，蕴藏着她们的追求与梦想。

历史将浓墨重彩地记录她们的辉煌壮举，人们将领略她们平和、谦逊、低调、寡言的举止所蕴含的风采，永世铭记不忘。婆姨们有双勤劳手，小康的光景有奔头。那是一双双绣门帘、绣鞋面的手；那是一双双点缀锦绣山河的手；那是一双双改变乾坤世界的手；那是一双双描绘绿水青山就是金山银山的手。

在振兴中华民族的大业中，她们是自信的歌者！她们是自立的舞者！让我们为她们鼓劲！让我们为她们呐喊！不惧艰苦，安塞婆姨！努力奋斗，安塞婆姨！建功立业，安塞婆姨！创新进取，安塞婆姨！砥砺奋进，安塞婆姨！再立新功，安塞婆姨！向你们学习，安塞婆姨！向你们致敬，安塞婆姨！

我的知青岁月

王 里

一帘旧梦

深夜，书桌旁，飘散心中的记忆，用笔敲打着那首远去的歌谣。我们这代人上山下乡的历史，是每个曾经历过的人心中永远忘不了的一段虽然远去却铭记在心的记忆。

在落魄的日子里，深刻的记忆大多和吃有关，馋是我们想念的主旋律。

那一年，因为山洪冲走了山上的庄稼，黄土高原的麦子，在那个夏天遇灾后大多数再没能醒来。麦收的苦受完后，我们十三个知青只分到十五斤麦子。不是面粉，是皮粮，这便是这一年仅有的细粮。同时，我们还分到五斤黄盖油，也是十三个人总共分得的一年的定量。

那年八月，从一月份到陕北算，我们已经七个月没有吃到白面了，我们心中常有两个字：馋呀！

于是，大家商量该慰劳一下自己了。那一天，我们全体请假，油下锅，面和好，十来个人你拥我挤地炸起了久违的油饼。

这一下，村里也炸开了锅，老老少少的一群人都聚到我们的灶房里来看热闹："看这些娃娃糟蹋成了甚！这白面要伙土豆面一搭吃，活活瞎了这白面！"

队长也赶来了，瞪着眼睛摇着头，好像我们是一群无可救药的败家子。

我们想，活一天就自在一天吧，我们要欢天喜地地背负大地、面朝青天地满足自己，做自己想做的事，行自己想行的路。

那一年的麦子，那一年的食用油，被我们一顿吃光。

那一天，过得很开心，当然，也很彷徨。

既然是庄户人了，也要养头猪才对。一来，泔水、剩饭剩菜可以不糟蹋；二来，猪粪可以积肥；三来，年底不仅可以宰了吃肉，还能留下点猪油。于是我们用六元钱，去集市买了一头小猪仔，并且在队里的配种站劁了（节育手术），据说这样猪才长得快、肉质好。

方圆二十里之内都有我们六十五中的同学，大家提前约好，哪个队宰猪，大家就都去那里一起饱餐一顿。

金秋十月，我们队的猪第一个到了预定的宰杀日期。但是因为喂得不好，常常没有专门的东西喂它，饥一顿、饱一顿的，没有揣肥。乡亲们说再喂两个月吧，这时宰，划不来。可是知青们却忍不住了，好容易盼到了日期，都馋得不行，于是一致同意：杀！

又是全体休工的一天，大家你呼我唤地招呼来邻队的同学，杀猪、煺毛、清洗、下锅……所有人都比往常勤快，足足忙活了一上午。

虽说我们是北京来的见过世面的孩子，但快一年没闻过肉味了，保持不了矜持，总是你一趟我一趟地围着煮肉的锅转，忍不住！高兴啊！馋啊！肉香味搅动着每一个人胃里的欲望。

一场猪肉宴终于开席啦！

窑前的大院是宴会堂，除每人一瓶六毛五分钱的红葡萄酒外，我们还买了许多廉价的散白酒，二三十人大吃大喝起来。

男生聚在台阶上呼噜呼噜地吞，女生坐在砖头上大口大口地咽，吃相的雅

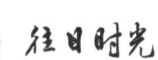

俗早已顾不上了。

院子里，老乡家的黄狗、花狗追着人跑，小猪哼哼着到处乱窜……

很多人喝醉了，丑态百出。我喝了一瓶劣质的葡萄酒，也喝多了，头剧烈地痛，这是我人生中喝的第一瓶酒，也是我人生中第一次冲锋。从那以后，我的一生似乎永远在冲锋中了。

一大口肉就一口酒，这场战争足足打了一个下午加一个晚上。

酒入愁肠，喝多了有东倒西歪的，酒醒了有掏心掏肺的。那一天，我们喝的已不是酒，是寂寞，是失去了城市生活的空落，是没有人呵护的无所适从，是愤懑，是宣泄。

酒，成了我们暂时的精神寄托，让我们举杯消愁。也只有喝了酒，我们才可能如此粗犷，自由地表达思家的情绪。

遥远的回忆充实着现在的生活，很有一种知足感。

遥远的思绪，又惊醒了心里早已安睡的一帘旧梦。

夜袭瓜地

光阴似箭，在陕北插队落户的生活已经过去了五十多年，当年的很多故事也早已被岁月冲淡，但是有桩不堪回首的往事却留在我心中了。每每回忆起来，都牵动出发自内心的一种苦笑。

那些年，我们在迷茫、生疏中生活劳动，在困难、贫穷中经受考验。

黄土高原上川地极少，我们周围方圆数十里只有小沟生产队有几亩川地（就是川道平地），那是全村的副业——用血汗浇灌的一片西瓜地。

瓜秧铺满瓜地时，就引得我们垂涎欲滴。每天上、下工路过此地，我们都会自觉或不自觉地瞟上几眼。

开花了，结瓜了，西瓜一天比一天大了，同时，吃西瓜的欲望也跟着一天比一天地增强了。可是哪有买西瓜的钱呀！这种欲望又不肯轻易破灭，越是压抑，越是生长。人们平常都懂得道理，然而却不能次次都按照道理去做，因为缺乏必要的心理力量。

西瓜的诱惑，让我们着迷。

终于有一天，不记得谁出的坏主意："夜袭瓜地。"此点子居然还获得了一致同意。

那个夜深人静的夜晚，月亮知趣地回避了，真正的伸手不见五指。几个男生连滚带爬地出了村，还能清醒地避开有狗的门户。有人持疑："我们真是人穷志短了吗？"有人却安慰："付出得不到回报，冒天下之大不韪，实属无奈。"

这种不光彩的行为，对我们这些人来说，恐怕真是生平第一次。

看瓜老汉的鼾声从高高支起的小棚子中传出，我们七手八脚地脱下裤子，每人装了几个，顺利返回。

村与村之间距离不远，小沟丢瓜的消息一大早就传得沸沸扬扬，乡亲们一口咬定是知青所为，但又空口无凭，弄得周边三个队的知青愤怒至极。

我们住的窑洞对面是牲口棚，值夜班的饲养员说起了昨晚上的疑惑："对面窑的北京娃娃们走马灯似的起夜。"

于是，周边各村扬起一片嘈杂声。

驻我们队的北京干部老张和老宋赶紧来查询，看见了扔在猪圈里的瓜皮，人赃俱获。我们一伙被叫去开会，村里人有骂"丢人"的，有叫"偷儿"的，难听的字眼铺天盖地包围了我们。连平时对我们最好的队长也气红了眼睛。我们如同霜打的小苗，个个低头不语。我经历过许多令人尴尬的事，但像这样尴尬的事还是第一次。

我们的行为激怒了乡民只是其一，还让清白的邻队知青背了黑锅，说起来

真是有些挂不住脸。

我们心里明白，在这贫困的黄土高原上，光是口头承认错误不行，人们要的是实际行动。怎么办呢？

突然，队长周志明站起来说："不说了，不说了！这些娃娃远离娘老子（父母）到我们这疙瘩来，我们就要负责任帮助他们，认识到错了就行了。不过小沟队也很穷，要有些表示，以挽回影响。"说完，周队长把我们扫了一眼。

两个北京干部并没有呵斥，只是冷冷地一笑，而这笑足以令人肝颤。

老张只说了一句："你们应该知道怎么办。"

一句话就让大家无地自容。我们都低下头，纷纷小声说："我们去小沟队承认错误吧。"我是理财当家的，急忙表态："明天去小沟队道歉，带上灶上仅存的一袋小米做赔偿吧。"在座的人一致点头同意。

第二天，北京干部老张带我们一伙知青一起来到了小沟村，说明来意，承认错误并赔上小米。

小沟村干部笑了："算了，知道错了就好，娃娃们也是太苦了，我们理解，回吧！"

听他这么一说，我们窘迫到想要钻进地缝。

一场风波过去了，它给我们八个人留下了终身的隐痛。多年以后，知青聚会，仍不免谈起这段往事。

是啊，只有像周队长、老张这样正义和理解我们的人，只有朴实、善良的乡民们，才会帮助和谅解我们这些在挣扎中生活的知青。

受到关怀、理解，就如同花朵开遍的暖季，河流汩汩流淌，枯枝缀满新叶，冬天变成了春天。

感谢过往生活，感谢过往那些帮助过我们的安塞人民！

安塞十年杂忆

高澎生

砍 柴

我插队的地点是沿河湾公社杨家沟大队新庄沟生产队（1971年底又迁到白家沟生产队）。新庄沟地处安塞县东南与延安河庄坪大队交界处，北距安塞县城至少二十五公里，南距延安市城区至少三十五公里。这是直线距离，如果按婉延曲折的路长算，那差不多五十余公里。从杨家沟沟口到新庄沟是一条深达十五里的长沟，沿沟有宽约二米的盘山小路，蜿蜒曲折。从新庄沟步行至杨家沟，快步走也得一个多小时。全庄有十六户人家，以罗、谢、高姓为多。新

二十世纪七十年代的安塞县城全貌

庄沟虽然贫瘠，但有一处亮点，那就是村子对面有好大一片山林。这山林不是自然生长的，而是新庄沟人在二十世纪六十年代人工栽种的，且那里长期封山育林，社员不可进入林地，当然也包括我们知青，不过那天砍柴是生产队特许的唯一一次。

刚到村的那些的日子，由于是冬闲时间，我们知青几乎每天东游西窜，爬山看雪景、侃大山、唱歌。我时不时还吹吹口琴，倒也快乐。但一周后，新鲜感消失，我们的心情开始低落消沉。特别是我们班的五个同学，住的是不知有多少年历史的破土窑，没窗户，两片门板陈迹斑驳，门板合上，中间还露着好大的缝隙。还有那土炕，烧炕常漏烟，火进不了烟道，弄得满窑是烟，再加上跳蚤、虱子小咬大咬、贴身袭咬，令大家不胜烦恼，大家的情绪逐渐低落起来。生产队干部社员对我们的思想教育也是抓得很紧，经常晚上开会，让我们逐个汇报思想、提问题。我们把遇到的困难提出来，生产队也尽力予以解决，例如对我们所住的土窑用柳条进行了加固、改造了烟道等，令我们倍感欣慰。

春节前几天，队长安排张玉龙带我们去林地砍柴。张玉龙时年二十六岁，是公社党委委员、大队党支部副书记兼大队民兵连长。第二天上午吃罢早饭，张玉龙便来到我们窑前场地，分发给我们每人一根背绳和一把老镢头，又教我们如何捆柴、背柴，并叮嘱我们只能砍枝条不能伤树干，只能跟着他干，不能远离，并吓唬我们，林子里可能有豹子和狼。我们一一允诺。张玉龙带着我们七个男生进入山林。冬季的山林里，地上还有残雪，林子里树高林密，多是洋槐和杨树，也有叫不上名的灌木丛。张玉龙现场给我们示范砍枝条，他很麻利地砍下了洋槐的细枝条。我们照他的样子做，但洋槐枝条上布满硬刺，砍时将枝条拢起时不小心就易刺伤。我们的手指都被扎出了许多小眼，鲜血染满了手掌。尽管如此，大家都没有叫苦或埋怨。约两个时辰后，我们各自砍下一堆柴。王贵伦砍了一根酒瓶粗的杨树叉，遭张玉龙嗔怪，意不该砍那本来只有杯

口粗的杨树。我们各自将砍下的枝条捆好，但张玉龙教我们的捆法还是没学会。我们的捆法背法虽然简单，但不利于长行，而且背起来且累，中间休息时容易散开。经过这样的几次经历后，我们才学会了正确的捆柴方法。

张玉龙砍了满满一大背枝条，估计有百来斤。我们远远不如他，都是一小捆，然后蜿蜒下山走出林地，将一捆捆柴堆放在我们土窑外的场地。实际上，在知青到来之前，生产队早已给我们备足了柴，足够我们过冬的。安排我们这次砍柴，其实是生产队看到我们整天东游西窜、无所事事，有意锻炼我们一下。

这是我们下乡插队的初次劳动。我们知青从小娇生惯养，除了学校组织学生麦收时参加捡麦穗劳动和到八宝山公墓参加清扫墓地活动外，插队前我们都没怎么劳动过。这次砍柴，虽然累一些，但看到自己砍柴的收获，心里还是充满了满足与成就感。砍柴只是我在安塞漫长岁月中的首次劳动锻炼，万里长征只是走了第一步。

遇 狼

1970年下半年，新庄沟知青出现了变化，人员构成分化疏离，有的病亡了，有的调走了。先是我班同学刘宗兴因患肝病年初回京就不幸离世。接着，杜家端也迁往河北老家。新庄沟就三个女知青，都是六八届初一生，年龄小。刘芸调到了别的大队。印秀兰嫁给了谢大队长的儿子谢迈花。谢迈花当了两年兵复员分配到地区（今延安市）某单位工作，这样印秀兰也随夫去了延安。高秀英去了白草庄落户。白草庄沟深路远，只有几户人家，闭塞贫穷，生活条件还不如新庄沟。她为什么独身一人去那儿？至今我都未解。二六班印有文和杨栋他俩是否在队已无印象。印和杨及女生一开始就住老乡家，与我班五个人住

作者在安塞工作期间在延安延河大桥留影

的牛圈旁的土窑洞距离都比较远，1969年分灶后也不大来往，缺少交流，但他俩肯定还没有迁走调离。这就是1970年下半年我队知青各自的情况。

1970年6月我回京再次返陕后，其他知青都不在陕了，我不得不独立生活、劳动，孤独寂寞可想而知。六七月上山除草，八月割谷割麦，打谷场打抛。那年挣了多少工分忘了，但我记得我分了十几斤麦子、七十多斤谷子、七八十斤玉米、二十多斤黄豆、百余斤土豆、六百斤红薯。虽然不多，但够我吃半年了。当然，麦子、谷子还要上碾推磨，全是靠我人力拉磨。队上有两头驴，各家都要借用，不知什么时候轮到你。反正那会儿年轻，人拉磨虽累，但身体还能扛得住。

日子一天天过去，转眼到了寒秋，每日烧柴，柴自然日渐减少，该去打柴了。虽然队里有一大片人造林，但有严格规定，封山禁入，老百姓都自觉遵守无一违犯。其实，我若进林砍些树枝，估计社员们亦不会阻止。但我本属老实人，农家人人自觉遵守，我干嘛要特立独行呢！农人能到远山砍柴，我何不

能为!

是年，十月深秋的一天，我开始了独自砍柴劳动。那一天如往常一样，我吃过早饭，扛着老镢头就上山了。每次砍柴去的都不是同路同地，这次走了五六个山峁，在后晌时分走到一处塬上（大概是河庄坪地界）。见塬下山坡长了不少黄蒿，我大喜过望，忙下坡抡起老镢不停地砍掘，很快砍了一大背。我背起爬坡上到塬上，撂下柴禾，顺势倒在地上枕着镢头把，松快地休息。但在这不见人影的荒山野地，我还是有些警惕，先环顾四周，见没啥异常，便稍有放松。但没过一会儿我再环视，突然就发现在我右边约两米处蹲着一只野兽，正虎视眈眈地盯着我。我定睛一看，那绝对是狼。我顿时吓得毛发直竖，心怦怦跳着。时间不容我多想，我暗自告诉自己一定要镇定，心想：不是它死就是我亡，一定要先下手为强。稍作镇定，我慢慢挪动，随即迅速地将老镢头从脖子下抽出，左手拿镢，右手撑地，突然跃起，双手抡起老镢头大吼一声，朝着近在咫尺的狼抡去。那狼突然跳起，后退几步，竟然逃之夭夭，我则边吼边追。附近有几座荒坟，那狼窜入坟地，跳入荒草中不见了。我不停环顾四周，不敢穷追不舍，随即赶紧回到原地，迅速背起柴草，双手紧握老镢这唯一护身武器，照原路翻峁走塬，傍晚时分，总算安全到家。

这次咫尺遇狼，说不怕是假的，幸亏只是孤狼，如果是两只或多只，那我必定命丧狼口了。事后总结：荒野遇狼，一定要镇定，一定不能怕，一定要正视面对，敢于奋起出手，放手一搏，则狼亦惧也。

积　肥

过了春节没几天，生产队召开社员会议，布置春耕前的积肥生产劳动。队干部特别叮嘱知青，要在积肥劳动中好好表现。我代表我班知青也慷慨激昂地

表示，一定不辜负贫下中农对我们的教育和期望，听从生产队的安排，无论吃多大苦受多大累，保证完成给知青布置的任务。

第二天早晨，天还没大亮，我们七个知青便集合到村口路边场地。队长罗文银嘱咐我们到保管员那里领挑担子。生产队的生产工具都存放在一孔很深的土窑里，那里堆满了各式各样的劳动工具。保管员给我们每人分发了一根扁担和两只类似装粮食的斗（四方形，上大下小），扁担两头各系麻绳，麻绳下端系有铁钩，铁钩钩住两个斗就是担毛粪的工具。我们挑着这副担子，跟着罗队长到社员家茅厕开始劳动。

社员家的茅厕都十分简陋，低矮的土墙内有一粪池，上面铺着两块石板。一进茅厕，臭气扑面而来，熏得大家无不掩鼻，眉头紧皱。但看罗队长无一丝不悦，开始用长把粪勺舀粪汤，再倒进粪斗里，同时招呼我们照着做。我们几个面面相觑，竭力克制恶心欲呕的生理反应。我屈身用粪勺从粪坑里舀出粪汤倒进粪斗。粪斗约八成满时，我便挑起担子跟着罗队长上山了。其他知青也挑着担子跟随其后，沿着羊肠小径上山。这小径弯弯曲曲、崎岖不平，不知要走多少Z形路，才能到达山上积肥场。要命的是，这一路没一处平坦地面，想撂挑子歇会儿都不可能，只能右肩累了换左肩，左肩累了换右肩，就这么双肩倒换着躬身前行。

幸亏此前我们学会了担水，村子离大沟壑不远有一口水井，我们每个知青都从那儿担过水。井离住窑距离也不远，坡也不高，每天担水并不感觉累。但没想到的是，今天担毛粪是往山上挑。这山有多高、路有多长，没计算过，和北京景山差不多高。我们都反复将担子互换左右肩负重前行，不一会就气喘吁吁了，真想停下歇一歇，但坡路不平，没法歇。就在这时，伦子突然摔倒在地，粪斗也随即翻倒，粪汤全流了出来。伦子爬起来坐在地上大喘粗气。

罗文银队长见状，突然对伦子吼出一句："这些都是粮食！"我们听了先是

一愣，但一想没错啊，粮食是在粪肥里长出来的。

快晌午时，我们总算将粪挑到了积肥场，倒在积肥坑里，一时如释重负，我们纷纷丢下挑子倒在地上。罗队长见状，对我们说，后晌不用干了，回家好好休息。

到家后大家脱下上衣，只见双肩都磨得又红又肿。事实上，回窑后还引发了一场争论，有的知青抱怨不满，我说既来之则安之，我们是来接受再教育的，贫下中农能干，我们为什么就不能干？总之，争论激烈，闹得也不愉快。但无论怎么说，大家都没有逃避这场劳动。虽然这活儿又脏又苦又累，但我们都经受住了考验。正是：双肩虽红肿，意志上层楼。

虽然担毛粪把我们累得够呛，真想歇几天，但新庄沟有几百亩土坡耕地，全庄只有二十几个劳动力，加上知青也不过三十余个，地多人少，而时令紧张任务重，社员都起早贪黑积极出工，我们当然不能自甘落后，也积极参与了这场积肥战役。

第二天早上，队长吩咐我们五个知青不用担毛粪了，我们被安排到驴圈捣粪，二六班印有文和杨栋被安排牵驴送粪。

驴圈在村庄下面的沟畔上，约二十平方米，四周有一米多高的干打垒土墙。陕北的二月还是很冷的，我们虽然穿着棉衣棉裤，但寒气袭来，仍然冻得我们瑟瑟发抖，不时搓手哈气。圈里的粪土冻得硬邦邦的。我们各自挥着老镢头用力砸向粪土，要连砍带砸几下才能将冻硬的粪土砸裂成一块一块巴掌大小的粪块，再将每一块小的粪块用镢头捣碎，然后用铁铲铲出圈外。圈外立有一个长方形铁筛子，将捣碎的粪土扬铲过筛，颗粒小的从筛子中漏出待装运，颗粒大的要继续捣，直到碎如米粒方可装运。碎粪装进干草编织的草袋，装满用细绳扎紧，然后再用力把粪架在驴背上，左右各一袋。印和杨各赶着一头驴沿昨天担毛粪走过的崎岖小路上山送粪。

约半晌，我们捣粪的五个知青已捣出了一半粪肥，这时我们脸上冒汗，浑身的热气驱赶了寒冷。这真是个力气活。收工的时候，我们的手掌全磨出了血泡。虽然这活儿又苦又累，但大家谁也没有埋怨，都是默默地干，没有一个偷懒。

就这样连干了三天，积肥战役终于胜利结束。晚上开会，队干部对我们十个知青都做出了表扬。专管我们思想、生活、劳动的三管队干杜大叔表扬我们后又语重心长地说："你们今后要再接再厉，迎接春耕生产。你们的劳动表现贫下中农都看着呢，将来你们离开这里时，我们会对你们的表现做表扬评价的。"

能得到贫下中农的一致好评，我们心里都热乎乎的，这将激励我们在今后的生产劳动中继续接受考验。

积肥是我们经历的第一次生产劳动，不但锻炼了我们的身体，也使我们积累了生产阅历，开阔了眼界，认识了农村的生产方式和社会形态，更从贫下中农那里学到了以队为家、吃苦耐劳的精神。

作者简介

高澎生：男，大学文化水平。北京第96中学67届初中生，1969年1月赴延安地区安塞县沿河湾公社杨家沟大队插队务农，1973年参加工作，先后在安塞县谭家营公社任团专干，在安塞一中任美术教师。1978年底回京，2009年从北京科技大学退休。

印第安玉米

孙东彦

我是1969年到延安地区安塞县招安公社上山下乡插队落户的。当年收玉米时，有我认识的白色白马牙玉米、黄色金皇后玉米，还有少量红色、紫色玉米粒散布在白色、黄色的玉米果穗上，这是以前在北京农村劳动时从未见过的。我好奇地问身边的老农，他们说那是美国黏玉米。我感觉又开了眼界。因为过去我只知道有黏大米（北方人叫江米、南方人称糯米）包粽子，陕北老乡请我们吃的黏糕是黏糜子（软黄米）做的，玉米难道也有黏的？由于红色、紫色玉米粒太少了，不知道黏玉米是怎样的味道，而且那时正是"打倒美帝，打倒苏修"的年代，没听说过和它们有国际粮食种子交流。美国玉米是怎么漂洋过海来到黄土高原上的？它又是经过多少代自然授粉顽强地遗传到其他品种的玉米棒上的？纯黏玉米究竟长什么样子？我早晚要弄清楚这一系列问题。

二十世纪九十年代，北京市场上出现了白色的黏玉米，既香又黏，深受市民欢迎，我终于知道黏玉米原来这么好吃。但是我还想查清楚美国黏玉米这一说法源自何处。

最早种植玉米的印第安人关于玉米的传说是这样的：太阳神从天国带来金色的种子和长把木锄，勤劳的印第安人用木锄刨开沉睡的大地，撒下了金色的种子，玉米从此在美洲土地上茁壮成长。在漫长的岁月里，印第安人靠着种植

和采集太阳神赐予的玉米作为食物，用它的秸秆作为柴薪，用它的苞叶编织衣物，世代相传，繁衍壮大。

考古研究告诉我们，大约六千到九千年前，类蜀黍在墨西哥巴尔萨斯河谷开始被人类种植，通过农民不断选择育种，逐渐改良才成为今天的玉米。那么玉米又是何时与美国人扯上关系的？1620年9月6日，一批英国清教徒不能忍受宗教迫害，搭乘"五月花"号木船驶往美洲，他们在经历了长达六十五天的疲劳、疾病、寒冷和饥饿围绕的艰苦旅程后，到达北美洲。当时正是冬天，缺衣少食，印第安人慷慨地拿出了储藏的土豆和玉米招待他们。春天来了，印第安人又教英国人种植玉米和南瓜。美国科技发展了，培养出更加优良的玉米品种，那是后来的事。美国有一种印第安彩虹玉米，五颜六色，其中就有红色、紫色颗粒。

我退休后到北京郊区生活，既有时间，又有土地，便开始亲自种植黏玉米，这才有机会继续深入了解黏玉米。我在2013年收获的白色黏玉米棒上惊喜地发现了少量红色、紫色玉米粒，没想到参加工作四十多年后，能再次见到它们。我细心地把它们挑选出来，计划着来年单独种植，看看能否结出纯红色、紫色黏玉米。这时，我听说黏玉米是转基因品种，如果不使用新购买的种子，能否结出玉米棒都难说。我决心试一试。2014年5月，为了通过自然授粉提纯，我种下一百颗紫色种子，八月中旬第一次采摘嫩玉米。我剥开玉米苞皮，眼前是由白、黄、红、紫色的玉米粒组成的花玉米棒，红色、紫色玉米粒明显增多，这说明选育品种是有效的。我决定再次挑选成熟的紫色玉米粒作为种子，最终在2015年收获的众多玉米中挑出四个纯紫色的玉米棒。我知道市场上有同样的品种，我之所以实践这个过程，就是为了给自己几十年前当知青时产生的问题一个完美的答案。

那么，黏玉米是不是转基因品种呢？有资料是这样介绍的：玉米引入中国

后，我国云南傣族、哈尼族喜爱黏食，在长期栽培实践中发现、选择黏食型玉米突变体，精心培养。1908年，美国传教士法南从云南收集了几个黏玉米品种，寄给美国农业部，由植物学家柯林斯种植成活五十二株，并将其命名为"中国蜡质玉米"。此后经过一百多年各国专家的选育，营养丰富的黏玉米才被培育出来。因为不是人工导入新的基因，所以不能称为转基因品种，大家可以放心食用。

物种在变化，时间在变化，当年的知识青年也变成了今天的退休人员，然而始终不变的，是我对知识的追求。

作者简历

孙东彦： 1969年1月到陕西省安塞县招安公社高坪村插队，1971年1月招工到陕西省延长油矿七里村油田，1980年5月调河北省涿县合成革厂，1985年5月返京就职于北京仪器厂，1989年7月调新华通讯社，现已退休。

第三辑

塞北情深

两代人的共同心愿

袁大明

2017年6月的一个下午，在友人张福社的引导下，我们穿过曲径通幽的县医院宿舍林荫小路，最后在一座红砖楼房前停了下来。为了抢救历史素材，今天我们要访问的是一位年事已高的中央红军后代，战争年月，她被托孤寄命给陕北老乡。她的名字叫彭忠英，退休前在县计划生育站工作，任站长。父母生前曾和她团聚，后来父母再一次把她派回陕北安塞工作，就是为了报答延安人民的养育之恩。

彭忠英（左）和她老伴郭银海

离开曾经上山下乡的安塞，"手抓黄土我不放，紧紧儿贴在心窝上"。对黄土高原第二故乡的情怀一直在我脑海中挥之不去。虽然之后我开始了新的学习，走上了新的工作岗位，但还想常回去看看安塞的新气象、新变化，竭尽所能地向革命老区人民回馈一份绵薄之力。讲好延安百年故事，记录安塞历史文化，成了我梦寐以求的心愿。当我听到彭忠英的老红军父母的经历与心愿和我不谋而合时，我由衷地感觉这是红军和知青两代人都在努力追求的一种延安精神和中华美德。从中，你可以感受到她的父母这两位老红军对"母亲"延安的

那份永不泯灭的真情。

中央红军长征到达陕北后,党中央于 1935 年 11 月进驻陕北红色根据地瓦窑堡。1936 年 6 月中旬,东北军分三路由南面进至永坪、蟠龙、安塞一线,国民党 86 师高双城所部则从北面抢攻瓦窑堡,形成南北夹击之势。红军主力都在外线作战,城内空虚,只有一个连的保卫部队。6 月 21 日,毛泽东、周恩来、朱德、张闻天、博古等中央领导率中央党政军机关主动撤离瓦窑堡,迁往保安。6 月底,周恩来亲自断后,与朱德等途经安塞蔡阳坪村时留宿于此。为了保卫中央首长的安全,在距蔡阳坪十里远的新尧坪村驻扎了一个骑兵排,由副连长彭泰元带队。

战马饿极了,甚至把牲口圈草顶棚都拽下来啃食了。村里的清末秀才、"乡约"张文学看见后,动员村民上山砍茅草根,给战马备足草料,自己则率先把家里仓窑中装粮食的草垛子拆了救急喂战马。

彭泰元是江西吉安人,1930 年加入红一方面军,爱人胡桂香是四川通江人,也是 1933 年参加红四方面军的老革命。长征路上,胡桂香身怀六甲,在延安生下一女,取名彭忠英。平时,胡桂香跟着丈夫的部队,用布袋把婴儿紧紧地绑在身上。张文学看见刚满月不久的彭忠英十分可爱,在她的小手里塞了几角边币的红包。

不久,老彭和爱人又接到了新的剿匪战斗任务,实在无法继续抚养身边的孩子。早在长征出发前,中央红军就做出严格规定:无论职务高低,谁也不允许带孩子行军。许多红军女战士在行军打仗的路上,都把自己的孩子寄养在当地老乡家里。那时候,新的战斗马上就要打响,情急之下,彭泰元夫妇二人把孩子托付给了延安柳树店路上一位素不相识的老乡抚养。他们约定,等到革命胜利后,一定加倍偿还老乡抚养费,那位老乡也说了许多安抚红军夫妇的话。临别时,彭泰元和胡桂香摸遍了全身,把仅有的三百元边币全都交给了那

位老乡。母亲胡桂香担心孩子的冷暖，又把自己身穿的军棉袄脱下裹在婴儿身上，军棉袄里面印有当时部队的番号和本人姓名。正当父母与亲骨肉难舍难分之时，部队突然吹响了集合出发的号角，夫妇二人情急之下，竟然忘了问清那位老乡姓甚名谁及所在村名，便急匆匆加入已经出发的部队行列里，奔向新的战场。

可谁承想，"虎豹不堪骑，人心隔肚皮"，那个披着人皮的"坏种"，是外地来延安游荡的二流子，心比锅底还黑，抽大烟，犯上烟瘾什么都不顾，很快花光了孩子的寄养费。他见红军走远了，就想把孩子卖掉，再赚一笔钱。几天后，他把彭忠英带到真武洞镇沙渠湾村，卖给了郭启洲老人。老郭有三个儿子，盼着再要一个闺女，正好有人送来女孩，夫妇俩非常高兴。此后多年，他们一直把彭忠英当亲闺女抚养。

红军骑兵团完成了剿匪任务，上级组织把彭泰元、胡桂香二人派往延安南山军区（今安塞南部至下寺湾一带，二十世纪三四十年代下寺湾归安塞县管辖）担任领导职务。临行前，他们二人去柳树店找那个"老乡"，想再看一眼自己心爱的宝贝女儿，可到了村里才发现那儿早已是人去房空，急得夫妇二人团团转，四处打问孩子的下落，却没有半点音讯。面对此情此景，他们不由得流下了悔恨交加的泪水，悔不该当初把孩子交给陌生人。最后，两人束手无策，只能带着无比惆怅的心情奔赴新的工作岗位。

时光荏苒，转眼过去了十多年。1947年，国民党胡宗南部进犯延安，彭泰元和胡桂香接到上级命令，转战陕北，回到延安搞联防保卫工作。有一天，彭泰元和胡桂香要去三关口界华寺（今名建华寺）布置任务，骑马路经沙渠湾，在河滩看见一个穿军棉袄的小女孩。也许胡桂香思女心切，她觉得小女孩越看越像是自己的孩子。她对老彭说："咱们的孩子要是活着，也应该有这么大了，你看，老乡的孩子怎么会穿一件不合身的军棉袄呢？走，咱们去看看到底是怎

么回事！"胡桂香递过一个恳求的眼神，彭泰元心里一动，催马来到孩子跟前。他们端详着女孩，那双水灵灵的大眼睛越看越像彭泰元的眼神，脸型和五官与胡桂香别无二致。胡桂香拉过女孩嘘寒问暖，趁机翻看内袄的番号，这一眼，却惊得她差点叫出声来，忍不住紧紧把孩子搂进怀里。

彭泰元见此，早明白了情况，但他考虑问题比较理智，就把胡桂香悄悄地拉在一旁，低声商量：现在最好不要急于认领孩子，她与养父母有多年的感情，如果马上认领抱走，孩子养父母的身心会受到伤害；在生死离别之际，养育了孩子几年的养父母会比亲生父母还要难受，再说这孩子也不会突然接受新的陌生父母。

"小妹妹，你家住在哪儿啊？"

彭忠英的小手指了指河岸边的村庄。

"家里都有什么人？"

"有三个哥哥，还有俺大、俺娘。"

"走，咱们一起去你家里看看！"

笔者返回安塞期间看望本文主人公彭忠英并与其合影

彭泰元、胡桂香由彭忠英带路，来到沙渠湾村郭启洲老人家里。郭老汉是安塞本地人，虽然家徒四壁，但是这些年在吃穿上从来没有亏待过小女儿彭忠英。夫妻俩待人和蔼可亲，心地善良，非常善解人意。他们看见小女儿带回两位军人，心里咯噔一下，着了慌，一下子就猜出了八九分来意，但两位老人还是热情地把彭泰元夫妻迎进家门。交谈中，胡桂香首先讲述了自己和女儿失散多年的经历，拜托郭老汉帮助寻找。而郭老汉也非常理解彭泰元夫妇与彭忠英12年来与女儿失散的心情，他猜出两位军人极有可能就是养女的亲生父母，便让彭泰元、胡桂香仔细辨认。在与亲骨肉重逢相认的重要时刻，彭泰元和胡桂香既高兴又悲痛，高兴的是终于知道了自己孩子的下落，激动得热泪盈眶；悲痛的是在与亲人悲欢离合的灵魂拷问面前，却不能当场认领失散多年的孩子。彭泰元夫妇为了郭老汉两口子晚年的幸福生活和天伦之乐，并没有当场认领孩子。不久之后，彭忠英也知道了自己的身世，她为自己有两对父母而觉得很幸福：一对是革命父母，有血缘关系的亲生父亲、母亲；另一对是农民父母，是给了自己第二次生命的父亲和母亲。

新中国成立后，彭泰元、胡桂香夫妇回到了江西省军区司令部工作，此时，他们的女儿彭忠英也十四五岁了，这反而使亲生父母犯起愁来。他们并不是为女儿的生活发愁，而是为她在陕北山沟里没有受到良好的文化教育、目不识丁而着急。郭老汉虽然解决了孩子的温饱问题，但是他并不重视女孩的文化教育，认为女孩迟早要出嫁，学知识没用。考虑到孩子的未来发展与前途，双方老人几经接洽，郭启洲老两口最终同意让养女彭忠英到江西亲生父母那边的学校去读书，彭泰元顺便又把郭启洲的三儿子郭海银招到洛阳部队去当兵。彭忠英很争气，三四年下来，从小学一路跳级到初中，后来又到父亲战友在河南洛阳开办的部队卫生学校速成班学习。几年后，彭忠英与郭海银这对青梅竹马、两小无猜的"兄妹"走到了一起，结成了一个幸福新家庭。

二十世纪七十年代初,在延安的北京知青因大规模招工、征兵,纷纷走上了新的工作岗位,安塞县医院各个岗位也在扩招中。老红军彭泰元、胡桂香认为,自己的女儿生在延安,长在安塞,正当陕北老百姓缺医少药的困难时期,更应该用所学到的医疗卫生知识服务安塞人民。而且夫妇俩曾经13年战斗生活在延安,对延安有深厚的感情,为报答延安人民的养育之恩,也为方便彭冠英照顾年迈的养父母,1974年,彭泰元、胡桂香动员女儿、女婿返回安塞县医院工作。

彭忠英、郭海银的儿子郭永亮也不负众望。他出生在河南洛阳,在当地农村插过队,入伍后参加了对越自卫反击战,复员后进入洛阳妇幼保健站从事医疗卫生工作。1986年,郭永亮遵从老红军爷爷奶奶报答延安人民的嘱托,为加强老、少、边、穷地区医疗卫生工作,也为照顾已是内科副主任的郭海银和彭忠英的生活,主动回到安塞县医院工作,最终成为医技娴熟的放射科主任。

2019年11月,部分知青带着1900多名曾经在安塞插队的北京知青的委托,带着他们的希望和牵挂,返回安塞探望当年的父老乡亲,受到当地政府与群众的热烈欢迎。当我们返回安塞郝家坪村、镰刀湾小学、苗家河村时,我们再一次受到当地人民群众的夹道欢迎。

延安的小米饭把我养育,风雨中教我做人。

赤卫军,青年团,红领巾,走着咱英雄几辈辈人……

赴安塞捐书

高澎生

在安塞插队工作十年，我在返京后先后在2009年、2010年、2014年、2016年四次回安塞。前两次我是与知青们集体去的，受到了安塞县和各乡镇政府及老乡们的热情接待，深情厚谊、热烈气氛感人至深。后两次我是应延安市档案局之邀赴延安捐书、为校修家书书稿事宜而去，顺至安塞一住。特别是2016年回去那次，让我记忆深刻。那次我赴安塞是专为向我曾经工作过的安塞一中（现称安塞区初级中学）捐书而去的。那年7月，延安市档案局局长方勇平给我来电，邀我赴延就《一个北京知青的家书》书稿做最后的校对定稿。我想，不如趁此赴延机会，顺便去安塞捐书，因为这是我早就有了的心愿。

行前，我在北京新华书店购买了各科新书百余本，又将家里收藏的各类书籍和军事杂志百余本，收集装满六大箱，让我老伴驾车送至延安。由于车辆载重原因，我只能于当月9日乘火车赴延。10日抵达延安，市档案局朱立平副局长受方勇平局长委托，专程将我安置在延安隆华园宾馆。第二天早晨，老伴驾车抵延。在宾馆休息了一会儿，我俩便驱车前往安塞。

近乡情更怯，行前我给老朋友马克强打了电话，又给县中学白校长打了电话。白说要搞个捐书仪式，我说不用搞这些形式主义，顺利接收即可。

上午九点，我们抵达安塞县中学门口，只见马克强弟早已在那里迎候。随

后我们一行进了一中校园，白校长及各老师亦早已在办公室楼下迎候。我从车上卸下六箱书，然后与县教育局延永军、副局长郭生成、白校长等多位当地官员及教员合影。后我与老伴和马弟参观了校史展。校史馆墙上布满关于安塞中学发展历程的老照片。很多当年一起工作过的老师，有的已经不在了，有的则退休或调回了原籍。虽然我没见到这些老战友，但他们的身影都留在一张张照片上，令人欣慰。睹照思人，我不禁感慨岁月沧桑易变。

中午时分，在县教育局各位领导的盛邀下，我们在一家饭店聚餐，都是地道的安塞传统美食。几十年后又吃到这些曾经吃过的美食，忆苦思甜话往昔，令我不禁思绪潮涌。这些传统的地方特产美食，在北京是吃不到的，如今箸不暇食，快哉！美哉！饭后，返回中学，我在校园徜徉良久。观学生作画时，我想起当年风华正茂的岁月，再去寻找我当年住的石窑洞，却发现它早已灰飞烟灭、无迹可寻，取而代之的，是在原址新建起的高大壮观的教学楼。

回忆过往岁月，我不禁感慨万千。下午在马克强召唤下我见了冯学福、陈志龙、县档案局陈海军等一干好友。说起陈志龙，我们俩在2014年我去安塞时与他曾有一段传奇经历。记得那年11月7日，我独自在县城一家饸饹面馆自斟自饮，此时打门外进来三个青年。当他们听说我是北京知青时，其中一青年（后得知他是县科技局干部，叫陈志龙）对老板说，这位北京知青的饭钱他付了，我忙说使不得。小陈却对我说，你们北京知青当年插队为建设安塞吃了不少苦，我给你付个饭钱算什么。却之不恭，我不便再争，受其美意，心里就有了许多的温暖。次日一早，在县汽车站不意又与小陈相遇，我们同乘一辆车至延安火车站，上下车都是小陈帮我搬沉重的提箱，令我很是感动。追忆往事，又见小陈，不亦乐乎，我遂与各同仁合影留念，以志留史。

是日下午，我带老伴看安塞街景，在延河广场流连至晚。回想当年，这里曾经是大片大片的庄稼地，如今，周围几公里内都变成了几十层高的高楼大厦

与广阔优美的广场，傍晚时分，散步与跳舞的人群络绎不绝。与当年相比，可谓翻天覆地，天渊之别！家乡人民也都过上了丰衣足食、与北京几无差别的美好生活。据说许多有条件的干部群众，都在延安、西安甚至北上广等沿海一线城市购房，过起了两地生活，为的是使下一代有更好的教育与生活环境。由此可见，文化与教育在家乡已深入人心。

  本拟捐了书当日返回延安，但因各方人士邀约，盛情难却，我又在安塞住了一晚。次日早晨，我们驱车前往延安，在下榻的宾馆，连续六日校对书稿。其间市档案局两次宴请，并叫来市知青办主任同刚及党校领导作陪，令我感动不已。安塞情、延安情，情深谊长。作为曾在安塞插队工作十载的我，虽然离开五十余年，但那根植于心的陕北情，则永志难忘。祝愿安塞人民今后的生活更加红火美好！

顽强的小草——琴

杜惠英

陕北的女子——琴，插队时她是和我接触交流最多的陕北姑娘。我与她感情深厚，当年她甚至陪我同住知青窑洞。

刚插队时，我们村有7个女知青，由于生活艰苦和劳作艰辛，知青很难适应，不到一年工夫，有些知青就陆续回京了。那时我教小学，要回家也得等学校放寒假。琴的父母对知青很

这是作者和琴的照片，左为作者，右为琴

热心，家里吃点好饭，就让琴给我们送来分享，琴也愿意更多地接近我们。那时候，可能是一个陕北女子出于对知青的好奇，愿意多了解我们，想知道更多的外面世界。总之，琴一有空就来和我们聊天。而我们刚到村里时，对农村的情况一无所知，也想更多、更全面地了解当地的一切，较快融入农村生活，所以，两下里一拍即合。有时琴和几个伙伴一块来，有时她一个人来。就这样，我们越聊越亲近。他们问火车、飞机、高楼是什么样子，问我们那么大了为啥不嫁人，为什么到这么远的陕北来等等，我们就尽我们所知讲给他们听。我一

个人时，琴就晚上过来给我做伴。她很聪明，善解人意，什么事都能积极地帮助我。然而令我没想到的是，她竟是一个没有十指的残障女子。

琴是个坚强、善良、自尊心强的秀气姑娘。在人前她总是把手放在隐蔽处。我从来不把她当残障人，事实上，日常生活中她确实无所不能，没有她干不了的活。后来她对我说：在她两岁的时候，她妈妈去邻居家帮忙，她在家熟睡。就那么一会儿工夫，等妈妈回到家里，就看到年幼的琴因为醒来哭闹着爬到灶台上，双手按进了烧开水的锅里。就这样，她没了十个手指，还从腿上植皮到手心手背，万幸的是保住了手掌。那时山里人重男轻女，许多家庭不重视女孩子的教育。而琴的父母不一样，为了抚平她的心理创伤，弥补对琴的亏欠，到了上学年龄，父母让琴在村里读了小学，又进县城读了中学。中学毕业后，她在村里做了一段时间的服装加工工作就出嫁了。我后来也回了京，各自都忙着自己的家庭和工作，没有闲暇再联系。十多年过去了，1994年我回安塞时，到村里去找琴，老乡说他们举家去了延安的哪个村落户了，失联了。

知青插队四十周年，安塞北京知青联谊会和安塞方面组织了一次知青回访第二故乡，我回到村里，看到琴近八十岁的老母亲。老人虽然腿脚有些不便，但精神尚好，她很快就认出了我，我们兴奋地双手握在一起笑着说着。我把带的所有吃的留给老人，又给她手里塞了些钱。我们这次是集体活动，时间安排紧凑，我只能给她留下我的联系方式，以便琴联系我。

回京不久，琴就联系了我。她和我讲了她这些年的大体情况。她丈夫是个健全人，婚后夫妻感情很好，并育有三个儿子。天赐良机，他们后来又捡了一个弃婴女儿，他俩把这个女儿视如己出，对女儿比三个儿子还偏爱。一家人其乐融融，虽然家庭负担很重，但夫妻俩都勤俭，尤其琴又有文化，日子过得还算殷实，凭借二人的努力修建了三孔石窑。可人有旦夕祸福，就在琴三十五岁那年，丈夫查出白血病，花光了家里所有的积蓄，还借了高利贷，最后人财

两空。

丈夫走了，给她留下四个孩子，最大的十四岁，最小的两岁。琴是个顽强、不向命运屈服的人。她擦干泪水料理了后事，用无手指的双手和强大的内心扛起了家庭的重担。琴和我讲她早年这些事的时候，她已经五十多岁了，虽然她讲得那么平静，我却听得心潮起伏，可以想象当初她吃过多少苦、流过多少泪！她说："生活里，我要更加地吃苦耐劳，才能活得不比别人差。"在山上收割麦子，背一捆下山挣一分工，她就多背两捆，多跑几趟。收割时节，我也从山上背过麦子，我认为那是最苦的农活了，我能背两捆下山，已经觉得自己很能干了。

祸不单行，琴家里的三孔石窑被大雨冲塌了，她又重新修建了四孔石窑。在建窑时，她能抱起上百斤的石头放在男劳力的背上，还能抱着这么重的石头走路。秋天，琴将从山上收获的土豆装在长长的毛口袋里，一口袋一口袋地背回家。她要把欠债还了，她要把日子过好。为了节省时间，她常在出工的路上边走边吃饭。这些，她说的时候很平静，我听的时候既心疼又感到震撼。

在村里劳作了几年后，为了更好地生活，琴带着孩子们来到延安市里做起了卖水果的生意。她勤奋，吃苦耐劳，从不轻易歇工。现在，三个儿子都成了家，女儿也出嫁了。六十岁后精气神不如以前，她就做起了保姆，伺候一个老太太。老太太非常信任和依赖她，别看她双手无指，有的事情正常人都不见得比她做得好。她尽职尽责，什么活也难不倒她。

她在那个老人家干了些年，后来觉得真的力不从心了，便回家了。可回家没几天，老太太又让子女把她找了回去。又干了一段时间，实在体力不支，琴和老太太说好后才安心地回到自己家。

陕北的节多，一年里每个月都有节，每个节都有每个节的吃食，例如正月十五、二月二、三月清明、四月八、五月端午、六月六等。尤其是过年和过端午，要做的吃食很多，例如蒸黄馍馍、炸油馍馍、包粽子等，每个节子女都回来聚会，连吃带拿。有时琴会把她做的节日佳肴的照片发给我，照片中，油馍馍就炸了好几百个，粽子也做了上百个。我常劝她不要太累了，毕竟岁数不饶人。前几年通过政策照顾和自己的努力，琴在延安市里买了一处安居房。琴是个闲不住的人，回到家没多久就在自家开了个棋牌室，春天到了，还在离家不远的地方开出一小块菜地，自给自足。琴这棵小草有着顽强的生命力，真是生命不息、战斗不止，使我由衷地佩服。

琴和妹妹来京去医院看望谷辅昆。右起依次为：琴、杜惠英、谷辅昆、琴的妹妹

这些年，我们有空了就用手机微信聊聊天。每年春节前，琴都会给我快递来油馍馍、陕北特产等。她常问我想吃陕北的啥吃食，她说现在生活都富裕了，苦日子总算熬过去了，丰衣足食，不愁吃穿花用。她每次寄的东西我吃不完，就送给有陕北情结的知青朋友，大家互相关心，互通有无。前些年，琴和一个妹妹乘飞机来北京，我把她俩接到家里小住了几日，带她们游览了北京的名胜古迹，带她们登上了天安门城楼，她们非常兴奋。琴这次来京，还看望了本大队插队时摔伤的北京知青谷辅昆，她俩相互鼓励，倍感亲切。从那以后，每年过年寄吃的东西，琴都叮嘱我送些给谷辅昆。

2019年底，安塞北京知青联谊会为了纪念我们安塞插队五十周年，开展

了回报第二故乡的公益活动，号召向安塞小学捐资助学，向贫困地区的老人捐款捐物，活动得到广大知青朋友的广泛支持。捐赠的物资给山区的孩子、老人送去了温暖。因为捐赠的东西走快递，也很多，需要找个接收人和存放货物的稳妥地方，等我们人到了后再通知各地方来拉货。我和琴说了这事。琴让我问问她在安塞县城干物业的弟弟刘佃宏。她弟弟二话不说，爽快答应，帮我们解决了燃眉之急。我们到了后，她弟弟又帮我们分拣、装车，帮了大忙。我们非常感激他。

  琴现在对生活很是知足。她常说："政府对我们残疾人的政策好，我很满意，家里孩子也都懂事孝顺，我很开心。"我说："你是苦尽甘来，也该你享福了。"

恩重如山安塞情

谷辅昆

仰望着窗外的星空,我静静地坐在轮椅上。已记不清有多少次了,在这寂静的夜晚,我回忆起当年插队的知青生活。

又是一年端午节,两位村里婆姨亲手为我们知青包粽子的情景又浮现在我眼前。那清香的苇叶里裹着红红的大枣和糯黄米,灶台上煮着满满一锅粽子,整个窑洞散发着浓浓的粽香味。当年乡亲们生活很苦,温饱都成问题,还时常惦记着我们。过大年时,淳朴厚道的乡亲们把平时舍不得吃的扁食(饺子)、油馍馍、炸糕这些用来款待客人、透着喜庆的美食送到我们知青手里。乡亲们对待我们就像对待自家的孩子,这份恩情怎能忘记?

1972年,我们远离家乡,离别亲人来到这偏远的小山村。从初来时的不适应、吃不惯、念家,上山气喘吁吁、腰腿发软,到上山健步如飞,逐步适应了当地生活,艰苦的生活环境让我们改变了自己,得到了很好的锻炼。我们完全把这里当作了第二故乡。我们吃惯了农家饭,担起过延河水,干过农家活,耕过亲人地,乡亲们就是我们最亲的家人。

然而,不幸的降临是如此突然与难测,这天我去山下挑水,返程的路上,不幸就发生在瞬间,一个趔趄脚没站稳,我连人带桶,一起滑坡滚下沟底。撕心裂肺的疼痛让我失去了知觉。事后多日我才知道,是淳朴、善良的乡亲们用

双手轻轻地把我挪动到门板上，抬出深沟，又用架子车一步一步地将我送到县医院。那可是二十五里崎岖不平的山路呀！我从心底感谢故乡的父老乡亲们。

令我至今遗憾的是，因身体原因，我没能亲自再回到托桃湾跪拜感谢对我有大恩大德的父老乡亲们。2010年，北京部分知青重返故乡安塞时，我拜托知青朋友杜惠英、刘子仁（已故）回到托桃湾向乡亲们致谢！在这里，我再次向为我赢得宝贵的营救时间的父老乡亲们鞠躬致谢！

当时我的伤势情也惊动了县委、县政府及真武洞公社的各级领导们。恰巧当时北京医疗队就在安塞，经医疗队和县医院的大夫初步诊断，我伤的是脊椎，伤势较重，建议将我送往北京治疗。县里领导听取了这个建议，派人专门落实此事。为了抢时间，县里安排我乘飞机回京治疗，还安排北京干部李洪勋及一名女知青护送我回京。当天并没有延安飞往北京的航班，经与延安机场联系协商，决定临时增加一趟航班。延安机场工作人员予以大力支持，拆掉客舱内几排座椅，以方便放下担架。

大约三小时后，飞机降落在首都机场停机坪。救护车和医务人员早已等候在那里，随后一路绿灯将我送到积水潭医院。当医院的医务人员得知我是从延安乘坐飞机专程来北京治疗的，他们都非常感叹延安安塞各级领导是如此重视关怀知青。随即，由骨科专家蔡主任团队亲自主刀为我做了脊椎减压手术。由于我是脊髓受损，需进行长期康复。1979年，我由北京市人民政府上山下乡知青办公室、东城区人民政府知青办公室的领导亲自安排，住进了中国人民解放军总医院，做进一步治疗，并由脑外科主任段国升主任亲自挂帅，为我做了脊椎前路减压手术。后来我常想，我摔伤是一件不幸的事，但我生活在伟大的社会主义新时代，那么多的领导、医务人员和故乡的父老乡亲为救治我的伤病，付出那么大的努力，我又是幸运的。

我要由衷地说：我非常感恩感谢我们伟大的中国共产党！感谢北京的各级

领导对我的关心关爱！感谢故乡安塞县委、县政府的领导！感谢家乡安塞的父老乡亲们！感谢医德高尚的医务人员！

时间飞逝，多少年过去了，我时常想念我的知青同学们，也不知道他们在哪里工作，过得好吗。我们彼此惦记着。2009年3月的一天，我接到好友的电话，在电话里她激动地说，终于联系到你了。3月7日上午，北京知青网姜成武主任率众多知青兄弟姐妹，专程来医院看望我。久别重逢，见到大家的那一刻，我从心底里高兴呀！我们相拥在一起，别提多激动了。我那被封存的记忆又被打开了，而我那即将燃尽的信心，似乎又有了新的动力与源泉，他们就是我的亲人啊。从那以后，他们对我不离不弃，真诚关爱与陪伴我。说到这里，一桩桩、一件件的往事涌上了心头。

那是2013年的春天，我们关仙咀大队的书记曹元忠在其女婿的陪同下，千里迢迢来到北京，专程来医院看望我。见到老支书的那一刻，我顿时泪流满面，我和老支书的手紧紧握在一起，那是高兴的泪水，是幸福的泪水。此情此景也感动了同病区的病友及家属，有位三十多岁的小伙子激动地连连说道：太感人了，太感人了。我为此还写了一篇小文《亲人的到来》。

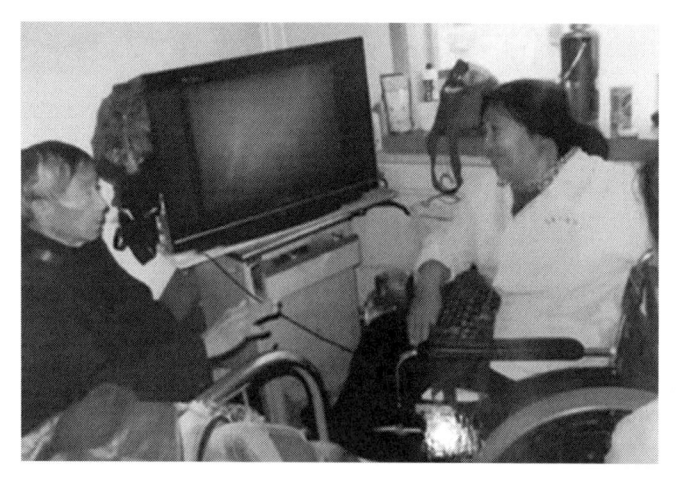

2013年，谷辅昆当年插队时的关仙大队老支书专程到北京看望她

又是一个春节将至的喜庆日子，这天，北京知青网姜成武站长、安塞北京知青联谊会荣乐乐（已故）会长、任建华、夏宝庆、曹庆生、杜惠英、王春元、李淑满、张静洁等老朋友和新朋友们带着温馨真诚的关爱来看望我。他们中间

任建华、夏宝庆、曹庆生、梁广智、杜惠英、方继红等同学看望谷辅昆并合影留念

  有一位八十多岁慈祥的老妈妈，她是任建华的母亲。老妈妈执意要来看望我、安慰我。前来医院看望我的，有我的同窗、我的校友。他们中间有些同学和我素不相识，只因听了我的一段故事，拥有一段我们共同走过的知青岁月，所以带着真诚关爱之心来看望我。这是多么好的知青同学们啊！

  多年来，给予我关心厚爱的知青兄弟姐妹太多太多了。每逢春节、中秋节、国庆节、端午节，安塞北京知青联谊会的梁雅琦大姐、任建华、曹庆生、夏宝庆以及杜惠英、方继红、梁广智、王慕玲、洪茜、袁兵、赵惠贤等同学们，还有胡宗昆老师及陈冬生夫妇、刘锡恩夫妇、周一红夫妇、刘子仁夫妇，纷纷从京城的东南西北，不顾舟车劳顿来医院看望我。感恩感谢这些给予我精神支持、物质帮助的每一位知青兄弟姐妹、朋友。感谢故乡安塞每一位关心惦记我的亲人。

感恩大家！感恩一切！我之所以精神状态如此好，这与多年来知青兄弟姐妹们、朋友们的支持鼓励是分不开的。我的相册里的每一张照片都记录着美好感人的瞬间，每一张照片都有一段感人的故事，这也是激励我坚强生活的动力。

知青大家庭的情谊深啊！一切美好与感恩都会如常青树般永存我心！

作者简介

谷辅昆： 1952年生，安定门中学毕业，1969年元月赴安塞真武洞公社关仙咀大队插队，1972年下山挑水时不慎摔伤，因伤残返京，在轮椅上乐观、坚强地度过半生，至今仍在东直门中医院治疗。

年味浓浓思故乡

鲁米嘉

2023年春节的钟声即将敲响，不知从何时开始，过年，不再是一种期盼和喜悦。年的味道是我们青春岁月的味道，年永远是铭刻于心的回忆……我们年年在唱同一首歌，却再也找不回儿时的那种奔放与激情……

不变的是日出日落的一年四季，变了的是苍老的容颜。岁月待每个人都公平，插队的生活经历在我们的心上，留下了深深的烙印……翻开日历，年越来越近，年味越来越浓，但我们仿佛不再那么在意了。日复一日，年复一年，好像刹那间，岁月已经催人老去。

回忆五十四前的今天，1969年1月13日下午，我们一批知青几经颠簸、风尘仆仆到达延安后，按当地安排与划分，终于到达安塞县王窑公社插队所在地。

时光匆匆，往事如烟，无论何时、身处何地，我依然怀念第二故乡安塞，怀念与父老乡亲们战天斗地、甜酸苦辣的经历，想念那个遥远的插队时住过的简陋土窑洞，想念那夜晚暗淡的煤油灯，想念那记忆中的芳华岁月，想念那些偏僻、分散的土窑洞和沟沟岔岔里的家家户户……

我想念的故乡那高低不平的陡峭的土坡与羊肠小道，现在已变成宽阔的盘山公路以及直通延安到西安的高速公路。我更加想念那和我们知青住在一个院子里的知心大姐和她淳朴、热心的一家人，在我们人生地不熟、举目无亲的艰苦插队岁月里，他们对待我们如同一家人，尽其所能地关心帮助我们知青。

同时我也思念所有的父老乡亲，永远让我记忆犹新的是，陕北地方风俗的年味……那时只有在春节到来时，我们才能尽尝舌尖美味，感受与京城不一样的年味。

陕北家家户户从过小年开始就拉开了过年的序幕，腊月二十至正月十五，再穷、再难，年味也会萦绕着村庄里的家家户户，家家窑洞上的烟囱里飘出的炊烟都飘荡着我们此前从未体验过的年味……

我们插队刚到生产队不久，正好赶上过大年。我们北京知青不管是在同院大姐家，还是到村里大队长、贺书记和任何派饭的村民家吃年饭，都会受到热情接待。淳朴善良的乡亲们即使自己少吃甚至不吃，也会保证知青们年饭吃饱吃好。这是当时支部书记和大队队长为关心知青，让知青过好在安塞的第一个春节而落实给各家各户的政治任务。我们感动的同时也目睹了当时延安地区的生活状况，亲身体验和目睹了这里的贫苦，懂得了什么叫"贫穷"，什么是自力更生、艰苦奋斗的延安精神。

喝着那滚烫的米酒，吃着那甜甜的油炸软黄米年糕和喷香的油馍馍，还有带红点的开口笑白面玉米面掺在一起的两面馍……品尝这些陕北特有的年味，让我们感受到了身在异乡过年的温暖，也让我们和老乡的心贴得更近了。同时，浓浓的年味也使我们接受贫下中农再教育的决心更加坚定了。

记得插队第一年，我们分了成粮，大家商量尽量节约一点，给曾经帮助过我们的乡亲各分一升，以表达我们的心意。结果，乡亲们都谢绝了，说那点粮食，还不够我们知青自己吃，送了人，年底可要恓惶了……

我们所住的窑洞的主人是热情的知心大姐，叫吉海珍，长得眉清目秀，十分淳朴善良又干练，用陕北人的话讲，就是叫人佩服的有知识有文化的好婆姨。村里的人都夸我们房东这对大哥大姐是天仙配。大哥申孝清任大队会计，还是个赤脚医生，标准的朴实憨厚、本分的陕北人。因为我们住在一个院里，

朝夕相处，大哥大姐就成了我们的生活顾问，给我们艰苦的插队生活带来了很多温暖和帮助。

我们知青平时除和村民披星戴月、翻山越岭地到五六里甚至十里外的荒山峁上开荒，完成每年的交公粮任务，还要解决自家糠拌菜过半年日子的问题，这时候，我们才真正体会到了什么是广种薄收、什么是靠天吃饭。每一粒粮食都来之不易，当时的粮食亩产平均不到两百斤。我们除上山受苦外，每天还要轮流担水、劈柴、做饭……插队第二年，队里就开始按我们的工分分配原粮（没有加工带皮的粮食）了。我向房东吉海珍大姐学习滚碾子推磨。我用心模仿，碾碎原粮后，像大姐一样熟练地揣着编织的簸箕，一遍又一遍地将小米或黄米的原粮皮簸干净。借助驴拉磨，我把有限的小麦加工成面粉，虽然手法笨拙，却总能赢得大姐的肯定。艰苦生活与劳动中遇到这么好的大姐大哥，可以说是我们人生中遇到了贵人。每当我想起陕北，这些情景都历历在目。

我插队的生活阅历不仅充实了我人生的道道年轮，也给我的五味人生留下了美好回忆……在生命有限的岁月里，我们应该释然过往，乐观向上，珍惜眼前拥有的，好好守护自己的亲人和朋友，微笑面对余年。

北京知青轶事

李增春

北京是我们的根，延安是我们的魂

2018年5月19日，留延北京知青、陕西知青、陕西中洲知青帮困基金会在延安举行庆祝改革开放四十周年暨北京知青赴延安插队五十周年座谈会。会前，全体参会人员参观了延安北京知青博物馆。座谈会上，七位留延北京知青讲述了难忘的知青岁月。中洲帮困基金会王农发言时动情地说："北京知青为建设延安贡献了青春年华，做出了不可磨灭的贡献。我们希望，通过我们的努力，让更多曾经在延安工作的插队知青，关注延安发展。"

2017年9月13日，陕西省慈善协会"慰问留延知青启动仪式"举行，省慈善协会刘维龙会长在讲话时说道："北京知青们当年来的是我们陕西最贫穷荒凉的地方，他们年龄那么小，出这么远的门，我们不能亏了他们！"说实话，我们非常感谢刘维龙会长这番讲话，他的话从一定程度上肯定了知青精神与知青的贡献！五十年风雨，五十年沧桑岁月啊。会上大家畅所欲言，谈我们的人生经历，讲怎样继承发扬延安艰苦奋斗精神，讲共和国知青的故事，说用延安精神建设好延安的故事，都表示还要将这些事讲给子孙后代听，使他们也成为传承延安精神的新生力量。这种无限的力量是实现中国梦的基石。

周总理获悉知青遇难，邀请邵父出席国庆观礼国宴

2018年5月20日上午，我陪香港一家杂志社的记者来到仙鹤岭公墓北京知青园采访，并向知青纪念碑献上一束鲜花，为长眠在知青园的邵英才、王雄冀等北京知青祭扫。

2018年春节我回京探亲，受邀参加安塞知青贺新春活动，遇到安塞北京知青联谊会曹庆生先生，约定正月初七与邵英俊（遇难安塞北京知青邵英才家属）在北京和平里聚会，观看安塞电视台制作的邵英才迁墓座谈会新闻报道，并对留延知青和延安市民郝世雄等同志为迁墓所做的工作表达感谢。

安塞县沿河湾镇闫家湾村插队北京知青邵英才因其居住的窑洞坍塌不幸遇难，时年仅十八岁。这件事在北京知青中影响很大，曾引起知青们思想上的巨

迁墓后于墓园留念。左一为作者，左三系邵英才亲属邵兵，其余人为当地政府与仙鹤岭公墓工作人员

大波动，产生返京思想。安塞县政府当时为此颇为焦急。

邵英才的父亲当年在国家科委工作，获知儿子不幸去世，深感悲痛。但邵父做出了一个令人意外又感动的决定，他考虑运送遗体有困难，决定不给国家和延安各级领导及政府增添麻烦，告诫邵家子女不要去延安，也不要提出任何条件。邵家父母的态度让安塞县干部群众、插队北京知青很是敬佩。邵英才的遗体就地安葬在闫家湾山坡上。这个决定很快稳定了在延安插队的北京知青的情绪，利于上山下乡大局。

1969年国庆庆典前，周总理得知这一情况后，亲自签发邀请函，邀请邵父邵金章参加建国二十周年国庆招待会及观礼活动。这件事多年来没有外人知晓，和邵英俊聚会时我们才听说此事。邀请函邵家子孙保留至今，已成邵家"传世之宝"。

昔日插队洒热血、今朝遗骨迁新园

2015年深秋，我在延安乘公交车时偶遇市电影公司退休职工付文，他谈起闫家村遇难知青邵英才迁墓的事，想听听我的意见。我觉得做这件事情是有意义的，必须做好！不久，征得邵英才家属同意，安塞区政府、延河湾镇政府及村委会、仙鹤岭公墓都积极表态支持，全部条件都已具备。

2016年4月初，我接到郝世雄电话，得知北京安塞知青联谊会曹庆生副会长及邵英才家属邵英俊抵达延安，准备迁墓至仙鹤岭北京知青园。

4月15日，天气阴沉，傍晚又下起了小雨，迁墓工作就在这种气氛中紧张有序地开始了。多年水土流失引起地形地貌的变化，墓地已经难以辨认，经过老支书指点，几经周折我们才确认位置。我们将墓地打开，将遗骨重新装棺运回延安。回到枣园宾馆时，已是深夜，大家的衣服都被雨水淋透了，但都毫无怨言。

次日上午，邵英才遗骨安葬仪式在仙鹤岭北京知青园举行，下午在枣园宾馆举行了邵英才迁墓仪式座谈会。安塞区政府、延河湾镇政府、闫家湾村干部及留延知青和延安有关人员参加了座谈会。闫家湾村支书回忆了邵英才遇难的经过。安塞区政府负责同志、留延知青代表作了发言。陕西中洲帮困基金会王农专程来延安参加本次活动，并向邵英才家属捐款两千元。座谈会上，大家追忆那段过往历史。插队期间酸甜苦辣的经历和陕北父老乡亲的呵护，让北京知青懂得了爱与包容。北京知青用汗水和牺牲给延安带来了发展，使当年处于困境中的延安人民看到了一种新的希望。

2019年清明，邵英才的姐姐邵兵怀着复杂的心情来到延安仙鹤岭公墓看望弟弟邵英才。看到亲人被妥善安置，邵兵十分欣慰。追忆姐弟往昔深情，她又禁不住热泪滚滚而下。那场面感人至深。

在庆祝建党百年之际，我追记下这几段真实故事，深感我党奋斗历程的艰辛，而在这漫漫征途上，有我们北京知青洒下的热血和汗水！"要奋斗就会有牺牲！""幸福，都是奋斗出来的！"愿我们铭记领袖的教诲，开创下一个更伟大的新长征吧！

作者简介

李增春： 北京月坛中学毕业。1969年到延安县下坪公社插队，1971年招工到延安市水电工程处工作，2004年退休，现生活在延安宝塔区。

永远的大背头

黄德鹏

永远是一件洗熨得平展展的衬衫，永远是一副洋气的西装背带，永远是生长茂盛一丝不苟的大背头，一根龙头拐杖在手，撑着地，顶着天；永远是乡土味加上大学问家的谈吐，永远是一副黑边大框眼镜，眼镜的后面又永远是和蔼儒雅又略带矜持的微笑。

哪怕是天塌地陷之事，他都青松不倒，不慌不忙，娓娓道来。不知不觉，老先生已进入耄耋之年，却仍是激情不减，鹤发童颜，待人接物谦虚和蔼，诗人气质跃然脸上。他的诗词散文，朗朗上口，富有音乐性，被路遥称为"老镢头"诗人。

他，就是曹谷溪。

他不但能作诗，还能用山里的红胶泥为列宁和毛主席塑像，延川中学图书馆那座两米高的高尔基泥塑也是他的作品。那年他才十八岁。他早在一个公社当炊事员时，就写了一个剧本叫《脚印》，还写了一百首秧歌词，由此奠定了他在延川的文学地位。那年他不过二十岁。

他曾是《延安文学》主编、编审，中国延安文艺学会理事，陕西省作家协会主席团顾问。他1963年开始发表作品，1991年成为中国作家协会会员，是陕西文学界的著名作家、社会活动家。他没有长篇巨著，却培养了一个以路遥

为代表的"山花作家群",包括路遥、史铁生、陶正、梅绍静、陶海粟等第一代作家和第二代、第三代作家。

后来,谷溪进了县宣传组的通讯组,在那里辛勤耕耘,培养了包括路遥在内的一大批精英,最后都成了中国文学界的栋梁。

1983年,我和一些青年作者有幸被《延河》和陕西省作协邀请到西安开笔会。为了便于聊天,路遥和我在离《延河》编辑部很近的张学良公馆住了三晚。

闲谈中,我跟他说起有关恩人的话题。我说,当年安塞县革委会主任常向忠是我的恩人,正是他在我人生的关键时刻给我拨正了航向,这才有了如今的我。说到这儿,路遥拍了一下桌子,突然有感而发说了一通让我至今难忘的话:"我的恩人非曹谷溪莫属!他没有写过大部头的作品,是因为忙于各种事务。那是一个甘为人梯的人。他甘愿让他喜欢的人踩着他宽厚的肩膀往上走,走上通往文学的康庄大道。别人上去了,他就乐了。我只想说他更像我的老师,因为他比我站得高、看得远。我俩的名字,他叫曹国玺,我叫王卫国,都是吃钢咬铁舍我其谁的名字。后来他改名曹谷溪,从至高无上的皇权下架为山谷里的小溪,清澈见底,不慌不忙。而我呢,改名路遥。名字倒是好记,却注定了我一生的艰难困苦。你看,改名这一步他就比我高。还有,我第一个恋人是你们北京人。为了爱情我没底线,直接把宝贵的招工名额给了她。谷溪当时就提醒我,留神人家把你甩了。我不以为然,不听那个比我大八岁的人的话。结果一语成谶,被人甩了!在生活经验上,人家又比我高。我现在这个婆姨还是你们北京人,介绍人是我的恩人谷溪。我带着婆姨去谷溪家蹭吃蹭喝,他家人看不惯,我知道。但他对我宽容得像个菩萨。没有谷溪,我跌到谷底的日子怎么过?还有在财富上,人家汗牛充栋有的是书,我穷得只能借书看,还总忘记还,有点钱都花在抽烟喝酒糟蹋身体上了。精神上我真富有,生活中却总

是在最底层挣扎。不说了。这老兄比我强的地方多了去了，回头介绍你们认识认识。"

谷溪多次说：我和路遥不是师生关系，是"文学挚友"。在采访西安话剧院《路遥》编剧唐栋时他说过这个话，并写进了剧本："全世界最伟大的那只母鸡，也无法把一块鹅卵石孵化成小鸡！"

谷溪确实不是路遥的老师，尽管他没有在课堂上按部就班地给路遥讲过课。但若把谷溪与路遥定位为文学挚友关系，却也不能概括二人多年交往的全部内容。因为谷溪对路遥的帮助远比讲过课的老师要巨大、具体、及时。在路遥的人生跌入谷底的危急时刻，是桃李不言的谷溪抛出一根结实的缆绳，绳的一头是《山花》，另一头是路遥。正是这朵"山花"，后来成了西北作家的摇篮，并在全国绽放异彩！而最绚烂的那一朵，便是路遥。

千里马常有，而伯乐不常有。谷溪是伯乐！

如今，争着当路遥老师者众，而谷溪则不言不语。这使我联想起他的名字。

谷溪，没有波涛汹涌、没有巨浪滔天，只静静地在小河里流淌，水润万物而不争。水的性格在谷溪身上体现得淋漓尽致。

是啊，曹谷溪是路遥人生路上的贵人。他提携了眼看就要淹没在茫茫人海中的奇才路遥。这使我想起了孙阳先生和那匹被压在盐车之下的白马。若不是孙阳的奋力一掀，那匹马早已死于非命。

春蚕到死丝方尽，蜡炬成灰泪始干。好就好在，谷溪在照亮别人的同时，自己还活着，而且越活越硬朗，越活越健康。有一次，当著名作家史铁生乘车来到壶口瀑布因找不到最佳观赏位置而束手无策时，谷溪二话不说，背起史铁生跑到瀑布旁边。这胆略、这气魄，只有谷溪拥有；这壮举，只有谷溪做得出！

如今，他标志性的背带裤、标志性的大背头，外加温文尔雅的微笑，已成了他的名片。

桃李不言，下自成蹊。

我见过太多被废了的一辈子蒙着双眼绕着磨盘周而复始碾米拉磨的千里马，也见过不少乱点鸳鸯谱号称自己是孙阳的伪伯乐。

正因为此，真正的伯乐才弥足珍贵。

身在北京，我却常常想念着远在延安宝塔山下的那位身着背带裤、梳着大背头的曹谷溪。谷溪早过古稀，成了耄耋老人，却仍是那么清醒、那么沉静、那么谦逊。我愿他一切安好。希望天气暖和的时候和他老人家见面，最好是在壶口瀑布，听着他带着浓重鼻音的充满感染力的陕北话嘶吼：一条巨蟒在西北高原的峡谷里穿行……

尽管老年的孙阳已掀不起那辆盐车，但他敏锐的可洞穿一切的目光，仍能在芸芸众生中挑选出一等一的千里马来……在此，我向永远的大背头曹谷溪老先生致敬！

宋坪之家

郝继明

一

今年的 7 月 4 日早晨，我接到少年时的朋友和平的电话。他告诉我："早上北京知青李天慈打电话说，她看到你的散文《快乐的少年时光》后，从安塞王安平那里打听到你的电话，问你愿意不愿意加入知青群'宋坪之家'。"宋坪，是延安市安塞区的一个自然村。当年有十一个北京女知青在宋坪插队落户。

宋坪也是我的故乡。和平接着用哽咽的声音说："原来咱们宋坪的部分北京知青回来过一次，她们就建立了'宋坪之家'这个群。赵崩崩一直负责和她们联系。崩崩在病重的时候把我叫到跟前说：'北京知青打算今年五月份再回来，我现在病成这样，还不知道能不能活到五月，麻烦你以后联系大家。老一辈仅剩几个人了，这件事情只能托付给你了。'"崩崩五月份因为肺气肿去世。崩崩病逝的消息如同晴天霹雳，令我悲痛不已。和平、崩崩都是我的发小，他们都六十五岁了，年长我一岁。

我们家 1974 年迁至榆林市横山区。那年北京知青已经离开宋坪，招工就业或上了大学。有一次，我与和平在电话里说了很长时间，随后向他要来李天

慈的电话。我和李天慈姐姐在电话里交谈了四五十分钟。回忆起许多往事，我们谈笑风生，好像又回到了从前的岁月。她们来我们村的时候，我才十一二岁，她们离开的时候我十四五岁。相处的几年里，我向她们学习北京话，听她们唱歌吹琴，和她们一起劳动、一起打扑克……那时候，我家离八班和十班知青住的土窑洞很近。八班六个人，十班五个人。因为我爸爸是大队书记，她们家里人经常给爸爸写信，我给爸爸读她们家里的来信，常常替爸爸给她们家里写回信。那时候我叫她们姐姐，和她们一起的快乐往事也是我快乐少年时代的重要组成部分。

晚上，我加入了"宋坪之家"群。天慈姐姐给我发来了她们十班五个人回宋坪的照片，还有她们这次从北京到宋坪一路制作的四个美篇，有她们在西安旅游、在安塞县城参观游览的情景，在延安、南泥湾旅游的片段和在延安北京知识青年纪念馆的活动内容。特别值得一提的是，她们按照当年拍照的顺序在延河大桥再次合影。她们对这里的山山水水，对这里的乡亲们依然充满着深厚的感情。

她们又在群里发了许多照片，有她们的单人照、合影。群里的人看着她们的照片，仔细辨认每一个人，呼唤着她们的名字，讲述着她们的个性和有趣的故事。

程美荣、王玉兰、丛维莉、朱美荣、刘淑琴、张燕侠、杨鲁齐、张宝珍、李天慈、佟仲琴……可惜，胡雨岚姐姐英年早逝，没有出现在这些照片中。她们和宋坪这个小小的村庄结下了不解之缘。她们成了宋坪的女儿，宋坪成了她们的第二个故乡。宋坪的山山水水留下了她们的歌声与笑声，也洒下了她们的泪水和汗水。

渠沟桥，她们记得，这是她们从北京来时踏进宋坪过的第一座小桥，是看见宋坪的第一条小河的地方。她们记得井渠沟、庙渠沟，这两个地方是她们天天担水的地方，她们走的最多的路在这两个地方。刘台山、白杨树台、大寨沟、小寨沟、庙华沟、王陵洼是她们劳动过的地方。她们也一定记得，她们在这些地方学会了各种农活，也是她们流泪流汗最多的地方。

她们还发来了十班姐姐与村里姐妹们一起在延河大桥的合影，还有爸爸在张思德牺牲的地方给知青讲述革命传统的照片，以及爸爸和知青们一起劳动的照片。我把姐姐们发来的珍贵照片一一收藏。如果爸爸活着看到这些照片，一定会很开心的。

二

在当年的上山下乡运动中，北京两万八千多名知识青年来到革命圣地延安。当时还非常贫穷的延安农民，敞开胸怀接纳了这些北京娃。在一个个小小的村庄里有了知青点。宋坪也有幸成为知青的家。

东风浩荡，红旗飘扬，一路高歌，满怀革命激情的北京知识青年来到延安。宋坪这个不到百口人的小村庄迎来了十一位北京女知识青年。

八班的六个女生被安排在我家原来的半窑半房旧宅里。十班的五个女生住在生产队的一孔土窑里。泥巴抹墙，门上顶着一个小方窗，这就是她们未来的家。家里只有一盘土炕，没有电灯，没有桌椅……敞口灶火里塞满了木柴，不停地往外冒烟。一口大铁锅、一口小铁锅、一些瓷碗瓷盆便是她们的灶具和餐具。

李天慈姐姐在微信里向我讲述了她们当年在宋坪的生活生产情况："我们坐军车到楼坪公社的，我记得非常清楚。公社给我们准备的面条，黑乎乎的，我们知青基本上都没吃。宋坪来的老乡好像是刘秀他爹、张队长、高林海，他们接我们回队里。因为窑洞没有收拾好，我们先住在了郭文喜他爹郭干大的

窑洞里。那时没有电灯，点的是煤油灯，一个小小的墨水瓶注入煤油，一灯如豆，我们十班几个女知青就这样住下了。"

"我记得非常清楚，当我把从北京带的被子和褥子从箱子里拿出来，郭干妈小心翼翼地用那双粗糙的双手抚摸着我的被褥时，我从郭干妈的眼神中看得出惊奇、诧异和好奇。我跟她说着话，我不知道她嘴里喃喃自语着什么，我只觉得一阵阵心酸。从她那满脸皱纹、尽显沧桑的脸上，看得出，那时候陕北还很贫穷。我们去砖窑湾买粮，我们去石峡峪打柴，割麦子、背麦子到场院，等等。"

"我再给你描述一下我们担水上山浇玉米苗的事吧！从小在城市生活的我，从未担过水，因家里都用自来水。我记得非常清楚，那天当我看见那一副水桶时，吓得我差点喊出声来，我的妈，这么大一副木水桶。那一刻，我的眼泪差点流出来，但内心的那种不甘，促使我咬了咬牙，想把它担起来。你知道，要从咱村小河用马勺舀满两桶的水是多么不容易啊，还要担到半山腰。当时我心里是酸甜苦辣、五味杂陈，但最终还是咬了咬牙，眼泪在眼眶里打着转儿。看到村里的姑娘们挑起木桶，颤悠着扁担有说有笑地走着，我心一横，蹲下身一挺身，竟然担了起来。但没走几步，水便溢出了许多，弄了我一身水。是老乡扶着我一步一摇地往半山腰走，我的双肩火辣辣地疼。那时的我，哪受过这个罪呀！当我们担了好多天后，我们终于从一步一摇到一步一步稳健地赤脚担着一副沉甸甸的水桶上山了。清澈的河水浇在玉米苗上，看着玉米苗被水浇后挺直腰杆时，一切痛楚、伤感、无奈都沉寂在无言的情感中。"

"从那时起，我内心变得强大了，面对农村的艰苦贫穷生活，也能够乐观面对了。后来我们去石峡峪砍柴，翻几座山走几十里路去砖窑湾粮站买粮。我们学会了许多农活，学会了笑对现实、直面艰难。我虽然在农村插队时间不长，但我工作在公社医院。当时缺医少药，我们下乡看病、搞计划生育工作。

作为医疗战线的一个兵，我没有退缩，尽力而为，抢救治疗着每一位病患，报答陕北农民对我们知青的恩情。"

程美荣姐姐也在微信里讲述了她们的故事："我们去插队，是响应毛主席号召。到了陕北就后悔了，对自己的选择打了问号。尤其是到了宋坪，第一顿饭是馒头、酸菜炖肉片。黑馒头有点黏，有的同学把肥肉扔到猪圈里。村里赵崩崩等几个小娃，看着我们就笑，我们也看不懂他们什么意思。第二天早上，张队长给我们送来一些面粉，有十斤左右，另外有一小罐油。当时队里派女生产队长给我们做饭。我们也不会烧柴火，除了一个灶台一个大锅，没有什么了。队长大姐给我们做的面条，也没有什么拌面的调料等，就放点盐，就这样吃了。可能是因为一路走，饭一顿不如一顿，一路颠簸得肚子也空了，白水面也吃饱了。还剩一些面粉和油，有同学建议，第二天做炸油饼。我们一帮孩子折腾，又不太会烧柴，弄得满窑洞的黑烟，黑烟从门口往外窜。"

"面粉和油没了，我去找张队长要。他说那是你们一年的油和面粉，接着让我们拿回来一些老玉米粒。从此，吃苦的日子才真的开始了。我们哪知道乡亲们根本吃不饱饭！刚开始出工，带个闹钟，两点了才下工吃午饭，晚上天不黑不收工。"

"春节到了，家里来信说没有插队的同学统一分配到北京市的工厂了。我们八班的几位同学都哭了。"

"在陕北劳动期间，身体受伤是常有的事。我双腿半月板损伤。张宝珍有一次担水，刚下坡，一脚踩空滑下水坝，赶紧抓住坡上的树根爬了上来。胡雨岚在插队时患了肝炎，在延安住院治疗。我们相约去看她，来回要走一百二十里路。她回北京后三十八岁去就去世了，据说和肝炎没治彻底有关。"

"那几年，乡亲们对我们的照顾，也使我们终生难忘。他们手把手地教我们种地。我们到了一年多都还分不清楚锄头与镢头。队长让我们锄地，我们扛

上了镢头……闹了几次笑话。女社员帮我们擀杂面，面擀得又薄又大，有土炕那么大，在北京没有见过。"

"乡亲们吃不饱饭，但是给我们分粮食时，总要多分一成，也就是多分百分之十。在延安插队虽说吃了苦，受到了不少挫折，但是我们受到了教育。吃苦耐劳的精神永远激励着我们。从那以后，我们这些人到哪里都是骨干。一提起插队过往，人们都称赞我们能吃苦、善良，同时也佩服我们在那个年代，十几岁就离家去奔波劳碌，四十岁又折腾回京。回到北京，我们每个人都是单位骨干，给咱们陕北人增了光，也给北京人增了光。"

"我们现在已经是七十多岁的人了，回忆这一段插队生活，我们感到骄傲，我们在延安有了亲人。这些亲人，他们的儿孙都有出息有成就，我们为他们高兴、自豪。陕北是我们的第二故乡。"

李天慈姐姐对她们上山下乡的经历做了非常精辟而理性的概括："我们当初只是十几岁的孩子，告别父母亲人，靠着自己稚嫩的双肩，担起了过于沉重的生活。我们带着热情、带着希望、带着理想，也带着无奈、困惑、哀怨，在这块古朴厚重的黄土地上，迈出了人生第一步。曾经的追求、向往、冲动、狂热……没有什么故事能够讲完当年的经历，没有什么语言可以描述当年的心境，没有什么音乐可以表达如此复杂的情感，只有去读这块沉默而古老的黄土地，那上面洒满了既新鲜又苦涩的汗水，还有我们年轻的鲜血和晶莹的泪珠。"

"我们这一代人付出了太多原本不该付出的，是不幸的。但不幸中的万幸，我们收获了生活的磨难，以及磨难所铸就的知青精神。我们虽然离开了陕北，但不管是爱是恨，还是欣慰、甜蜜、辛酸、苦涩，都教育了我们这一代人。安塞的小村庄，注定是令我们一生一世魂牵梦绕的地方。因为我们在此苦难中体验了真正的生活，从困境中感悟到了人生的真谛。"

后来，程美荣姐姐用五十年前的通信地址——"楼坪公社宋坪大队宋坪生

产队"给几位健在的老人寄来了白面、大米和菜籽油，天慈姐姐给村里寄来了衣服、纱巾等。

正是这种牵挂与思念，牵动着大北京与小村庄，才有了"宋坪之家"，才有了回故乡之旅，才有了知青姐姐们把生活用品从北京快递到宋坪的历历往事……"宋坪之家"又把我们这些五十年来没有音讯的人联系在一起。宋坪——我们永远的故乡！

作者简介

郝继明： 1957年1月生于安塞县高桥公社宋坪大队，陕西省榆林市横山区人。大学文化，高级教师。榆林市榆阳区诗词学会会员，中华诗词学会会员。

附录：

北京知青来延安插队人数考证

延安市档案馆

从 1969 年 1 月 9 日首批 1200 名北京知青到达延安，到 1980 年 5 月中央决定停止知识青年上山下乡，这十二年间，延安先后有北京、南京、四川、武汉、兰州等外地知青以及本省的西安、咸阳、铜川等地知青和各地复转军人、大学生等来延安插队落户。

近年来，关于知青方面的书籍大量出版，有知青回忆插队生活的，有当地领导或参与过知青工作的老同志写的回忆文章，而北京知青来延安插队的总人数难免被涉及。然而，这个看似简单的数字统计工作却远非逻辑上的那么简单，关于知青的书籍和见诸报刊的文章，在北京知青来延安总人数的问题上说法不一。据统计，基本有四种说法：30000，28000 多，27000 多，26000 多。不管什么原因，每个数字都有它的道理，无可厚非。

2012 年，我馆开始知青档案资料的征集工作，全市各级档案馆开始查阅知青档案、收集资料、走村串户登记名单，编写知青大事记等。而考证北京知青人数也成为此项工作的一个重点。档案中关于北京知青来延安插队的总数是多少？笔者来与大家共同探讨。

1969年有多少北京知青来延安

北京知青先后五次来延安，最早而且最多的一次为1969年。

1968年10月，延安专区"革委会"接到省"革委会"电话通知，北京市有30000名左右初、高中学生，到延安地区农村插队落户，要求进行研究部署，做好接收、分配、安置前的各项准备工作。12月9日，延安专区给各县下达了安置任务，计划安置北京中学毕业生的总数为30000人，由原计划安置的八个县调整为十一个县，分别是延安县6000人，延长县3000人，延川县1200人，安塞县3000人，甘泉县2000人，富县县3000人，洛川县2900人，宜川县3200人，黄龙县1000人，黄陵县2700人，宜君县2000人。12月15日，专区成立了赴京迎接北京知青来延工作组（后改为迎接团）。

1969年1月7日，首批1200名北京知青从火车站出发，经过三天两夜，于1月9日到达延安。截至2月10日，四十多天时间里，共有二十四批北京知青来延安插队落户。

那么，二十多天到底接待了多少人？

从1969年2月23日知青办《全区三届毕业生及北京知青情况统计表》里看，"全区共安置本地、北京学生36748名，其中，本地学生10171名，北京学生26577名"。这是当时的统计情况。

然而，从1969年5月5日、1969年6月25日、1969年7月6日的安置情况统计表以及当年的工作总结里看，关于1969年北京知青的统计数字均变为26200名。截至1978年底，陆续还有几批北京知青来到延安。

1979年，全区范围内对知青插队情况又进行了一次全面统计，表头设计了当年下乡的北京知青、外省知青、复转军人、大学生、当地知青、省内其他

市知青几个主要项目。而这次重新统计后，1969年北京知青来延安十二个县区（安置县区中增加了志丹县）的人数累加为26601人，数字同1969年相比，除黄龙县和延长县外，其他县均有变动。

而从这次统计以后，关于1969年安置北京知青总数的官方说法均为26601人。此数字跟《北京市劳动志》关于北京知青来延安的数字吻合，也和1969年2月份的统计基本吻合（二者相差24人）。

随后几年，又有几批北京知青来延安插队。

关于北京知青来延的批次

关于北京知青来延的批次，所见书籍及文章的说法似乎都是一致的，即：除1969年外，1974年、1975年、1976年又来了三批。

而档案中，除以上四个年份外，1977年还有一批北京知青来延安插队。

我们在档案里查到了1977年北京市给延安的名单，档案中说明了此批人员的情况，包括男女人数、党团关系等。

所以关于北京知青来延的批次我们认为应该是五批，即1969年、1974年、1975年、1976年、1977年。

关于1974—1977年来延4批北京知青人数的几种说法

从档案里关于北京知青1974—1977年来延的数字，除1974年和1975年的人数一直没有变化外，1976年和1977年的人数出现了不同的说法。

说法最多的当属1976年。据笔者统计，在当年的统计、总结以及汇报材料中，关于北京知青来延安的人数先后出现了102人、103人、104人、105人、

114人几种说法，但档案里没有名单，也无从考证哪个数字是准确数字。

1977年来延安知青人数有两种说法，即26人和28人之说。

那么，到底以哪个数字为准呢？

前面我们提过，1979年，关于知青下乡的情况，全区进行了重新统计。而北京知青1976年来的人数是按114人统计的，1977年的统计数字是28人。

因此，以1979年的统计为准，1974年—1977年各年度的人数分别为44人、68人、114人和28人。

十多年来延安到底接待了多少北京知青

1981年，延安地区知青办撤销，其在工作总结中这样说：14年共安置北京知青26855人（1969年为26601人；1974年为44人；1975年为68人；1976年为114人；1977年为28人）、支延干部1248人，共有27103名北京知青和干部来延安。

还有些文章写过来延北京知青总数为26815人，二者相差40人。这是因为把1976年来延的北京知青按102人统计，比按114人统计少12人，加之1977年的28人没有统计，二者相加刚好等于40。这就是26815人和26855两个不同数字的由来。

我们想说的是，知青下乡已成为一段不可磨灭的历史，关于档案中人数统计变化的过程我们没必要探究它的来龙去脉。因为通过采访北京知青了解到，当时有些北京知青没有通过组织来延，有直接跟从好友或兄弟姐妹来的，有来了之后又被调配离开或者返京的。所以，不同阶段的统计数字都有变化的可能，但最终它总会有一个固定的数字作为说法。

在此，我觉得有必要简单提一下南京知青，因为所见文章中关于南京知青

来延安插队的数字和档案中的数字也有出入。

在北京知青来延安的同时，还有四川、武汉、兰州等外地知青来延安插队。除北京外，南京知青人数相对多一些。关于南京知青来延安人数的说法也出现了两种情况，即15人和37人（档案），但这两种说法都和笔者调查统计的结果无法吻合。

1975年，南京知青来延安插队。当时的地方报纸《延安通讯》1975年11月26日第1版是这样报道的：1975年11月21日，南京市一批知识青年自愿来我区农村插队落户，受到延安地、市领导和四千多名群众的热烈欢迎。这批插队知青共15人（其中男8名，女7名），都是1975年应届高中毕业生、共青团员。24日下午，这批知识青年已赴延安市南泥湾公社三台庄大队插队落户。从这则报道我们看出，15名南京知青被分配在延安市（现在的宝塔区）插队。

而从档案里的统计报表中我们发现，1975年除延安市安置15人外，富县、吴起、甘泉还安置了7人，所以1975年插队的南京知青总人数应为22人。另外，1976年来了18人，在统计表里和富县档案里均有反映，这18人全部安置在富县。1978年的4人也分配在富县。

那么15人和37人之说是如何产生的呢？

笔者分析，问题出在报纸上。报纸作为新闻报体，只报道了当天的情况。在此我们无法得知22人是同时到达还是先来了15人，随后又来了7人，所以光看报纸难免造成错觉。15人之说，是只算了1975年的，后面两个年度来的人数没有统计上。至于37人的说法，虽然把三个年度的人数进行了相加，但把1975年的人数也按照15人进行统计了。当然，这只是笔者的推测。

所以，根据档案，南京知青先后来了3批44人，分别是：1975年22人，1976年18人，1978年4人。

总之，一个看起来比较简单的统计数字，可考证起来确实会费很大的功夫。我认为，我们没有必要去纠缠数字的来龙去脉，但我们起码要有一个统一的口径，不论任何结论，都能够自圆其说。所以还希望大家进一步探讨。

在此，我把地区知青办 1981 年总结的有关内容呈现给大家。

1981 年，据地区知青办统计："十四年来，地区先后共安置上山下乡知识青年 42147 人。其中，我区知青 14119 人，北京知青 26855 人，南京知青 37 人，西安知青 171 人，铜川知青 618 人，咸阳知青 15 人，铁道部第一工程局顶替民工 300 人，下乡大学生 11 人，城市籍复转军人 10 人，下乡职工 11 人。分别安置在我区 14 个县、市，166 个公社，659 个大队，1062 个生产队和 26 个知青农林场中。到目前为止，我区除北京知青张革一人仍在宜川县寿锋公社卓里大队后义沟生产队插队外，有 2251 人升学，1384 人参军、1216 人提干，31087 人招工。有 5856 人病困退回城，16 人脱钩后在农村安家。还有 213 人被判刑，89 名知青死亡，有 34 人下落不明。全区知青先后有 1357 人入了党，有 14517 人入了团、2895 人曾担任县、社、队各级领导职务。全区知青中担任赤脚医生、民校教师、拖拉机手的有 5500 余人，被省、地、县表彰的先进分子有 1195 人。北京市知青办还派来 1248 名带队干部，具体负责管理知青的思想教育工作。

（注：此文由延安市档案馆编研科马江同志提供。）

安塞县知青名录

自1969年起,安塞县共接待安置北京知青1941人,其中西河口金盆湾大队8名知青性别未注明外,男962人,女971人,分布在11个公社的67个大队。

真武洞公社

(六十五中　七十三中　七十九中　鼓楼中学　安定门中学)

东营大队 ·· 七十九中

东营队　男　陈扣宝　王文生　徐原斌　张焕林
　　　　女　权玉珠　苏玉菁
雷坪塔　男　王　琪　闫恒大　赵耕宇
　　　　女　韩　颖　鲁建英　宁培云
兔川队　男　霍抗帝　路秉俊　王志援
　　　　女　王秋兰　魏白萍　张文兰
西营队　男　包福弟　胡金良　李天成　刘　甦　刘守山　裴文江
　　　　　　祁永来　谢文启　杨福华　赵天祥
　　　　女　刘春香
大南沟　男　白德全　李玉明　燕书凌

女　白连琴　李璟华　张玉萍

李家沟　男　关嘉明　关小金　刘德成　汪　卫　王希武

杜庄大队 ………………………………………… 七十三中

杜庄队　男　陈兰吉　李红茹　王大为　于文学　张连奎　赵世彪
　　　　　　赵晓明

观音庙塔　男　王继贤　赵　福

闫　桥　男　吉　喆（鼓楼）　吉靖波（九十一中）

雇　塔　男　郭永生

陈家圪大队 ………………………………………… 七十九中

陈家圪　男　曹　珵　杜秋利　高福利　焦桐声　李　涛（八中）　刘庆华
　　　　　　王胜利（二十八中）　奕　宁　袁　兵（二十八中）　张新房
　　　　女　关淑敏　李淑萍　王欣欣　熊啟荣　袁　朝
　　　　　　张玉玲（四十二中）

后窑则沟　男　崔吉存　崔怡平　刘俊荣　王宝华　王世潜　扎贵宝
　　　　　女　何文英　焦俊英　金大谦　李桂英　李秀珍　张桂琴

大西洼大队

小草峪　男　廖春宝　曲学礼　翟克春　张增贵
　　　　女　陈桂玲　宋寅平　吴慧珍

牛新湾　男　陈立堂　李鸿祥　王德军
　　　　女　金美林　燕新兰　张秀珍　赵美荣　张宝英

佛殿沟　男　李昌贵　李建东　鲁振国　王立成
　　　　女　樊桂秋　金雅贤　金雅稚　刘俊英

大西洼　男　曹仁杰　董深泉　高建奎　赵长秋
　　　　女　董玉凤　李凤兰　梁美竹　赵云霞

中咀岇大队 .... **七十三中**

男　顾正林(九十一中)　何　明　何建勋　刘长河　单金龙　徐建军
　　于胜利

关仙咀大队 .... **安定门中学**

李家洼　男　石荣光　邬学新　于德烈
　　　　女　齐惠清　石艳芝　田春兰　王玉华　邬学敏　赵惠贤

背庄队　女　杜惠英　李永红　里　敏　刘迈伦　柳　勤　赵博玲
　　　　　　朱宗娟

托桃湾　女　曹瑾瑞　谷辅昆　梁如惠　刘敏华　王秀敏　吴淑敏
　　　　　　张　毅(分司厅)　张红霞　张淑英

真郊大队 .... **六十五中**

真郊队　男　丁进军　冯志翔　马延岭　王文宁　徐铁人
　　　　女　冯伟玲　傅静芝　姜秀春　焦　颖　马秀清　徐　静

滴水沟　男　白　峰　白　眉　洪克白　姜省玉　孔祥燮　马国全
　　　　　　王章林　许竟成　周绍琪

郝家坬　男　陈　立　孙益兰　温新民　徐昌年　杨存林　朱存仁
　　　　女　陈　瑛(河北北京中学)　杨素琴(外校)

郝家窑　男　陈　耀　黄　巍　王东瑞　严维亮　张树桐
　　　　女　宝美全　李　真　佟宇明　王　竞　周玉美　欧阳安武

白坪队　男　陈东宁　高倬贤　李占山　林星山　刘小兰　曲正国
　　　　　　王吉生　王吉庆　姚锦仁　赵文彦
　　　　女　郭小蓉　沈小兰(北海)　王　萍　王爱英(二十七中)
　　　　　　姚锦纹　张晓知

徐家沟大队 .... **六十五中**

徐家沟　男　程晓军　刘志刚　王占安(北航附)　辛　健　薛伟璞　张秉谦
　　　　　　张金榮　张金桓　赵福生(北航附)

女　倪　虹　倪　霓　王　里　张玉新(北航附)

曹村队　男　国久元　黄小涛(二十七中)　经幼亭　刘玉增　王玉平
　　　　　　夏弘玄(三十四中)　严　政　杨西泉　曾　进　赵福恩
　　　　　　周保英

石峁子　男　陈鹏翀　李　峰(良乡电校)　李长江　李国庆　李津铃
　　　　　　彭湘林　汪世成(机械)　王铁海

　　　　女　顾君德　李　芳(三里屯一中)　唐亚男(三里屯一中)

马家沟　男　陈冬生　程哲民　郭奉滨　李东平　刘志明　颜小宁(八一)
　　　　　　张兰柱(安定门)

　　　　女　李　芳　颜小林

曹庄队 .... **安定门中学**

　　　　男　耿博海　刘福成　刘锡恩　刘子仁　宋抗宝　王艾印
　　　　　　王庭禄　王万林　杨占傑　周　海

下李家沟大队 .... **鼓楼中学**

前　队　男　李建国　李忠旭　张学周

　　　　女　刘　平　闫淑清　杨绍兰　杨志敏　张爱兰　张锦屏
　　　　　　赵曙光

后　队　男　李清涛　刘伯宁　魏克复

　　　　女　李　华　李玉兰　马国敏　王建华　杨少华　赵荣英
　　　　　　周淑贵

郭家峁　男　李继宽　齐俊华　叶永强　钟景琨　钟祖宏

　　　　　　女　董宛茹　郭淑娟　海孟玉　洪　彬　马开宁
　　　　　　　　李乃芬(二十三中)　李玉兰　谢长艳
冯家营　男　陈　和　王京萱　袁继生　张佩忠
　　　　女　暴素珍　陈宝惠　顾亚男　韩淑琴　洪　茜(分司厅)　贾振英
　　　　　　王京若(女一中)　徐小凤　延博颖
小草沟门　男　丁立仁(六十五中)　李树扬
　　　　　女　李　维　刘大顺　彭志华　于婉华　于婉柱
陈家砭　男　暴新华　孙立群　宗实利
　　　　女　董嗣敏(女十中)　范连娣　苏华丽　许瑞兰(女十中)　许瑞琴
中窑则沟　男　王学晏　张瑞露　朱庚寅
　　　　　女　符淑君　李树华　王慕玲　张　雷

刘坪大队 ·················· 七十三中

刘坪队　男　刘海波　刘克明　刘金惠　许哲明　左子明
井居队　女　华　敬　刘　延　王玉茹　杨玉香
汪岔队　男　娄天祥
　　　　女　刘凤阁　赵心爱

崖尧大队 ·················· 七十三中

神山塌　男　张宝乡(鼓楼)

砖窑湾公社

（五中　二十一中　二十二中　女十一中）

砖中大队 ·················· 二十一中　女十一中

砖窑湾　男　纪　伦　李在深　谈维学　张金光　赵宝祥　钟万瑞

			钟万升				
	女	关国华	贺 芳(女十三中)	贾迎光	吕钟平	马 玲	
新窑台	女	白振熙	常 玲	高 兵	桂福懿	王 斌	王 军
		文 虹	赵 臻				
沟槽渠	男	樊 合	范 昭	黄建明	李 强	李石虎	杨增福
		赵桂森	钟国强	德格吉夫			
水磨砭	男	刘锦华	石小光	时敏捷(五十四中)	王小明	王小宁	
		张立军	张利华				
杨家沟	男	关国良(地坛)	马燕祥(一中)	邵 厚(一中)	陶贵和(一中)		
		佟适新(分司厅)	张士保(地坛)	钟 珩(一中)			
	女	谷 炤	关 军(地坛)	关秀兰	桂永东(八十中)	何 莹	
		那素静	沈 松	叶稚珊	朱 仁(女二中)		
纸厂队	男	李 宁	刘洪涛	岳宗成			
	女	杜 丽	郭少妹	韩 庄	郝志莹	于作芳	

苗店大队 .... 五中 女十一中

前新庄	男	焦恩德	索继生	索幼新(外校)	于 洪(二十一中)		
		赵保山	左佳齐				
	女	白 镛	郝素馨	李俊英	卢玉湘	米文敏	牛正允
		张开芬	张智谦	周慧庄	周敏庄		
后新庄	男	韩 红	蒋德江	万季飞	王秉佑		
	女	高 军	何方方(女二中)	何圆圆	何正正(女十四中)		
		魏执玉	张和平	朱燕英			
段庄队	男	晋秉钧	李小强	王树青	翁心林	赵德臣	
	女	陈凤英	何元良	康立红	李晓图(女附)	柳泽燕	吕淑兰

　　　　　　　石嘉瑞　　王诚玉　　王东月(女附)　　杨爱莲

　　　　　　　杨心红　　伊乃英　　张　暄　　赵曼玲

苗店队　男　金其平　　李　哲　　李燕生　　刘惠民　　罗炳文　　吴　铮

　　　　　　　张　强　　郑建华　　邹　博

　　　　女　迟建军(外校)　迟小焱　　戴言洁　　李保珍　　李素英　　李幼鸿

　　　　　　　刘向红　　石桂珍　　唐纯青　　田小玲　　汪荣平　　王淑兰

　　　　　　　吴晏臣　　肖丽明　　许　严　　杨淑华　　杨文华　　杨振兰

　　　　　　　赵志云　　朱淑萍

杏树坪　男　陈　绥　　高庆祥　　罗志平　　闫铁球

六联大队 ………………………… 二十一中，女十一中

苗家河　男　黄术强　　唐保民　　王良堃　　张燕山

　　　　女　陈巧玲　　梁雅琦　　沈蕾蕾　　王　俐　　张宛佳

　　　　　　周惠兰(七十四中)

石马科　女　郭邯生　　胡肖兰　　李　军　　任　滨　　任建华　　文　兰

　　　　　　闫　敏

崖窑坪　男　杜　勋　　葛志强　　李雨林　　梁广智　铁二刘宝华　　王德志

苗东大队 ………………………… 二十二中，女十一中

贾居队　男　顾林林　　李纪平　　王管奇　　王云海　　杨再邦　　赵章虎

　　　　女　安奇志　　傅晓黄(五十四中)　魏瑞苓　　张红梅　　张敏珠

黑龙沟台　女　陈　星　　高　竞(一零三中)　李秀智　　杨桂芝　　赵志宏

　　　　　　郑树香

岔路坪　男　胡昌浩　　刘乃铭(二十一中)　徐　来　　周勇毅　　朱荫培

　　　　　　朱荫萱

西河口公社

金盆湾大队

1974年后　何素新　井好明　李继生　肖丙民　徐塞如　杨爱莲
　　　　　袁小龙　邹　博

沿河湾公社

（二十七中　五十四中　九十一中）

后街大队 .... 二十七中

后街队　男　曹庆生　李　平　王子峰　朱亦民（十一中）
　　　　女　白　燕　白振英（九十八中）　高　巍　姚婉茹　俞晓华（景山）
　　　　　　张京媛

砖窑沟　男　白　蔚　毛玉廷　吴宝庆　殷志群　张陆明
　　　　女　曹云霞　陈胜利　邓文怡

东渠队　男　葛幼力　李津波（灯市口）　罗　霆　汪富钢　俞晓敏　张明才
　　　　女　崔玉环　马红玉　王春元　王跃华　武光玲　张淑芬

马家沟大队

前　队　男　高继昌　李　虎　王　伟　郑克明
　　　　女　潘克明

后　队　男　刘全寿　王家华　王友多　张铁山　甄志玉
　　　　女　常世华　赵桂芬　甄玉淑

杨家沟大队 .... 九十一中

杨家沟　男　房照明　郝嘉兴　金　国　刘　勇　刘德林　刘全福

|||刘世藻 邱永达 秋承达 郁寿春 张　岭 张世泽
周宝生
|||女|黄素兰 李　敏 李　钰 刘晓晴 佟　红 王　惠
尹建华 郑静怡
|新庄沟|男|曹铁刚 杜家瑞 高澎生 刘宗兴 王贵伦 杨　栋
印有文
|||女|高秀英 刘　芸 印秀兰
|白家沟|男|李玉海 张　奇 张振达 赵永才
|||女|何培芬 李秋英 刘瑞云 王凤玲 薛云华

李家湾大队

|一队|男|董亚昌 谷志达 彭国强 王占庆 徐平生 宣天真 叶永利
赵书国
|||女|陈继红 范丽娟(二十七中) 何锦美 李金英 刘　彬
|二队|男|范冀生 李树才 刘双贵 鲁　军 盛惠文(二十七中) 邢文林
赵小宝
|||女|成　焰 李贵华 彭　杰(彭秀华) 孙京帝 孙京华
俞淑梅
|三队|男|安桂青 付友贵 黄铁流 李瑞华 李新华 潘　源 王新民
吴承国 吴家琪
|||女|李淑珍 刘白艳 宋永娜 宋永慧 肖婉荣 杨素琴
杨素秋
|前街队|男|郭建强 栗克宁 梁玉忠 周清泉(景山)
|||女|安筱连 程美琴 高秋兰 高淑兰 古若芙 顾燕琴
李　念 李淑云 魏佩琳 杨爱玲

小花渠	男	艾青贤	董来财	杜进涛	韩奇石	李金山	马文真
		梅达旬	王双六	杨泽民			
	女	韩江澜(景山)	韩奇澜	韩小澜(景山)			
大花渠	男	董永林	孙亮杰	王金棣	徐汤志	赵 刚	
	女	边丽茹	彭会英	王汝兰	王三利		

方家河大队 .... 五十四中

方家河	男	安大年	白阔臣	李 军	孙和平	徐家齐	徐立评
		赵五一					
	女	笪惠群	冯照晴	耿聿红	黄静芬	刘丽喜	刘玉玲
		王树萍	王一兵				
畔坡山	男	曹丑新	梁春友	宋志杰	杨勇平		
	女	陈 红	蒋克玲	兰晓苹	曾小蕾		

黄崖根大队

黄崖根	男	关 琪	郝维明	黄 钊	刘 平	张文哲	
	女	薄以匀	关振英	路永红	门雪琴	阴桂兰	阴桂琴
		张永红					
碟子沟	男	刘志刚	杨维福	袁华山	张宏泽	张双庚	
	女	倪 东	王小玲	赵 瑛			
新窑湾	男	何绍平	李 镜	孙怀忠	王 捷	张朝华	张朝阳
		张瑞祥					
	女	曹玉梅	龚桂荣	刘延红	赵玉珠		

闫家湾大队

闫湾前队	男	丁子文	李金宝	马 骏	孟昭礼	阮增志	
	女	曹 琦	侯富建	侯建华	李小玲	刘雨薇	潘淑芬

　　　　　　　　　张俊玲　左鸣明

闫湾后队　男　韩希宝　宋建华　宋润平　孙　克　张万刚　赵泽石
　　　　　　　郑大文
　　　　　女　储　平　方　萍　高　俭　梁晓梅　王　颖　谢　莹
　　　　　　　张建华

花湾前队　男　彭利民　邵英才　王　雷　杨福友　周桂元
　　　　　女　皮玫影　皮敏蓉　尹香廷　张兰凤　张荣棉

花湾背队　男　邓宗福　姜志勇　金广禄　赵世维
　　　　　女　李敏霞　李玉娟　宋玉梅　宋玉秀　吴　正　杨燕平

何家沟　　男　程良琪　崔玉林　章开先　赵　昭　郑宗明
　　　　　女　金玉茹　靳　宁　唐荫琪　张宏毅　张晓玲

侯沟门大队 ………………………………………… 九十一中

侯沟门　　女　陈　燕　侯建军　李红卫　王淑英　吴金妹　杨　青
　　　　　　　张吉坤　赵增新　周　平

樊家沟　　男　冯蕴芝　耿铁群　王　进　温长林

桃树洼　　男　巴庆森　董国懋　李亨通　刘振良　赵千里

云坪大队 …………………………………………… 二十七中

一队　　男　刘运波　王海龙　杨福成
　　　　女　葛玉玲　关淑华　关志萍(二十三中)　魏玉华　杨桂芳(二十三中)

二队　　男　王涤平　王建国　魏振东　魏振生
　　　　女　李荣生　马秀莲(二十七中)　庞维隆　吴　筠(灯市口女中)

三队　　男　杜保国　张大衡(二十三中)
　　　　女　陈宝珠　刘存敏　柳秋萍　马桂玲　马桂荣　马晓云　乔燕佳

茶坊大队 .... 五十四中

茶坊队	男	陈红斌	陈顺宝	刘　无	马裕国	王大深	徐道和
		张毅民	朱　河	朱　彦			
	女	顾淑清	郎小华	孙惠珠	许桐萱	杨　杞	殷登芳
		张洁芬	翟惟莹	甄小章			
纸坊沟	男	沈建军	孙爱民	杨复成	张来喜	赵永成	
	女	曹　敏	方继红	贾玉华	于　玲	周云珍	

贾家堎大队 .... 九十一中

贾家堎	男	杜新忠	韩岗奇	刘宝生	刘增寿	孙福安	王世奇
		吴建军	张　维	钟振华			
	女	柴艳茹	刘黄生	王　琴（二十七中）	邬玉珍	线维琴	
		张雪萍	张逸芳	李桂林（韩岗奇的母亲）			
边墙队	男	杜长顺	关振元	贾建华	李加祥	李连旺	马云从
		毛　平	穆　华	吴之江	肖维明（七十四中）	杨　明	
		赵志飞					
	女	邓淑贤	马美英	穆宝兰	王晓荣	肖维玲	
范家沟	男	常惟德	葛晓明	郭振平	石美泉	王立宝	邬惠国
		解建国	张玉宝	张志明			
	女	常怀德	崔　红	张文英			
沙渠湾	男	程启泰	郎志国	李　放	李立民	屈国利	魏全生
		俞文军					
	女	董淑芬	郭连琴	李克琼	廖静静	汤　丽	吴晓兰
		张　慧	赵连秀	卓维秋			
石窑沟	男	房金强	满开奇	庞宝和	隋东方	孙承志	王群立

文　丙　张一顺　张友立

女　郝学敏　杨艳玉　张金芳

招安公社

（二十一中　女二中　女十三中　国子监中学　河北北京中学　景山学校）

招安大队 .... 女十三中，二十一中

招安队　男　句　顺　李存有　李小岩　梁匡新　石国华　唐国成
　　　　　　汪小炎　邢志亮　张敬增　张伟民

　　　　女　刁会兰　杜季华　任雪迪　苏荣昭　檀　放　杨　方
　　　　　　詹易筠　赵志敏

灰堆沟　男　冯好转　李盛波　孙惠良　王正东　卫元民　叶世铭
　　　　　　朱　伟　朱　勇（和平街）

　　　　女　金桂凤

谢屯大队 .... 景山学校

谢屯前　男　邱居放　荣乐弟　王力田　王友和　吴北英　许增源
　　　　　　张小波

　　　　女　陈莉莉　唐苏海　吴小英　杨伊红　于小红

谢屯后　男　陈　雄　王荣年　王永强

　　　　女　陈婴婴　姜娜琳　徐海林　徐幼琳　张文珊（外国语学校）
　　　　　　赵伟秦

中嘴队　男　陈　丹　梁小叶　刘海宇　苏　宪

　　　　女　傅　伟　李小冰　张乐然

白坪大队 .... 河北北京中学

高坪队	男	李卫利	吕大中	孙东彦	周瑞喜		
	女	关幼芦	李秀画	杨艳华	赵长荣		
武圪堵	男	胡宝生	齐继刚	许 浩	姚有富		
	女	崔育英	高玉茹	胡亚珍	李慧冬	宋惠敏	杨玉荃
白坪上	男	孟广增(六十五中)	孙祚卿(六十五中)				
	女	贾文华	李陆萍	刘明联	刘玉萍	卢连喜	孟广塏
		徐汝玲					
白坪下	男	戴书祥(安德路)	何成子	刘玉琪			
	女	黑静玲	林建华	任永慧	陶 毅	张雪生	赵晓春
后招安	男	冯连勋	傅明深	刘鸿章			
	女	雷海萍	李文玺	李秀矗	芮耀英	吴桂荣	

杨咀大队 .... 国子监中学

杨咀队	男	崇来顺	刁兰生	于炳哲	张庆昌		
	女	董红旗(外校)	李天真	李香兰	吕兰香	穆瑞琴	赵晓惠
新庄队	男	范成春	高孔勤	李存信	于铁芳	张长江	
	女	贺 平	李桂兰	王富英	叶玉兰	甄怀英	
刘塔队	男	安惠民	李连生	李新建	马维全		
	女	陈燕翔	邱月桂	王淑德	赵彬革(外校)		

闫庄大队 .... 河北北京中学

王庄队	男	居维纲	刘 宇				
	女	白玉萍	丁慧中	胡金霞	苏渭华	朱克平	翟秀琴
		张 洁	赵慧芳				
闫庄前	女	陈毓英	韩慧杰	姬小娜	王 玲	王 平(二十三中)	

　　　　　　　王树琦　王跃春

大台队　男　丁克光　杨　放　杨达强　杨联安
　　　　女　何　鑫　李士华　孙瑞芝　臧淑桂　张玉萍　周海宁

水草沟　男　邓　亨　高大放　李英林　周葆功
　　　　女　高培英　郭　芮　胡桂芬　陆学敏　马晓玫　孙勖敏

枣湾大队 ……………………………………女二中，二十一中

枣湾上　男　金延刚　刘宏刚　刘志强　王德禄
　　　　女　陈向阳　杜小玲　孙瑞雨

枣湾下　男　陈燕明　郭林栓(东直门)　何连生　王志元　杨　昆
　　　　女　杨　健　赵小东

龙石前　男　陈祖跃　李鸿儒(东直门)　齐鸿义　张英杰
　　　　女　范　红　汪　杉

龙石后　男　胡德贵　罗九庄　王　惠　郑春生
　　　　女　黄盛群　李秀琴(七十二中)　王雪梅

道渠湾　男　张　正　张春霖
　　　　女　何秀英(河北北京)　金启荣(女十三中)　廖素洁(女十三中)

王沟门大队 ……………………………………国子监中学

前　队　男　陈　晓　初世仆　李延科　张立德
　　　　女　高佩琴　高树先　金学敏　苗崇茹　张　宏　张月明

后　队　男　马可义　任玉杰　王凤祥　周福生
　　　　女　李亚萍　佟明荣　王淑英　闫　东　张淑华　赵莉莉

大　湾　女　叶永惠　叶永媛　原锁琴　张俊娣(女十三中)

周屯大队 ……………………………………国子监中学

周砼队　男　崔国安　魏富宽(三十一中)　杨　桦　杨　震

350

		女	冯菊荣	焦克玲	唐琳琳	王淑英		
周屯前	男	郭晓桂	韩根茂	刘全山			
		女	刘英华	马玉茹	佟慧英	线春玲	张玉荣	赵淑琴
周屯后	男	秦道东(外馆)	汪 冰	王大可(五十四中)	徐 海
		徐生力(二十一中)
		女	白瑞英	杜秀亭	刘玉琳	宋美华	徐 淮(女十一中)
王米沟	男	刁重远	高来源	毛利利	王中顶
		女	陈桂霞	刘顺利	赵 晔	赵星清
羊塔队	男	段发然	高树众	谷振祥	李泽祥
		女	胡玉兰	李云红	宁秀文	王惠霞	武秀清

张新窑大队 .... 景山学校

张新窑	男	韩建武	刘国建	吴光伟	吴景相	闫永安
	女	蓝 健	刘 兰	刘天台	刘小茁	张 莉
新庄科	男	夏 征	夏小远	熊文平	周 丹
	女	陈蔼兰	李红兵	马 光	马国清	石小援	臧爱萍
		张彤英
大庄河	男	崔玉亭	缪 青	孙 建	吴南展	吴稚松	线振华

王窑公社

（二十三中　七十四中　一二八中）

王窑大队 .... 七十四中

| 陈则沟 | 男 | 陈 南 | 黄 迅(二十五中) | 黄新潮 | 王 瑛 | 夏宝庆 |
| 王窑队 | 男 | 陈广水 | 洪德顺 | 宋孟礼(外校) | 吴济平 |

　　　　　　女　鲍希敏　高新国　郝玉珍　刘桂芳　宁淑霞　曲中媛
　　　　　　　　宋穆坤　王　亦　张淑礼　郑雪芬

胡雁沟　男　李进禄　李孟九　雒明燕　王建中　吴成珩
　　　　女　马慧兰　马秀兰　潘连娣　闫和秀　张秀朵　张秀鱼

李家沟大队 .... 一二八中

一队　男　白国栋　关东明　李　维　刘振生　赵俊江
二队　女　康彤贤　宋倩平　温淑珍　张峰岚
羊圈沟门　男　胡卫祖　吴　巍
寺沟　男　刘　扬　沈长发

高沟口大队 .... 二十三中

高沟口　男　何如松　柳铁良　孙茂祥　田　义　魏长友　谢炳利
　　　　　　闫寅华　周　迅
　　　　女　冯菊娣　刘桂珍　周敦莲
白渠队　男　蒋志桥　刘　恕　孙存信　汪贵奇　王燕中　王志刚
　　　　女　金淑英　刘秀兰　刘秀芹　宇文英　赵文媛
前东湾　男　李桂全　姚奇志　张永利（一中）　钟向东
　　　　女　李立新　孟　堃　祁金华　王抗美（一二八中）
庙湾队　男　段　玖

白台大队 .... 一二八中

白咀队　男　王文松　徐双庆　张　升
　　　　女　崔俊红（八十七中）　侯淑静　徐惠兰（八十七中）
勒家畔　男　秦家顺
　　　　女　高桂英（外校）　肖慧兰　杨　虹　周桂珍
白界队　男　牛立明

	女	侯松玲	胡庆珍	尚桂绵	田春芬	魏晨阳
白台队	男	郭景春	王震山	赵乐中		
	女	付荷青(七十四中)	王兰香			
王家湾	男	孟宪元(外校)				
	女	孟福军(外校)	孟福珍(外校)			

庄科大队 .... 一二八中

水打磨	男	刘志强	
庄科队	男	李寿宽	张 俊
	女	耿亚义	王茂良

白家洼大队

白家洼前	男	陈培芝	李 锟	李万寿(六十中)	宋学范	汪 洋
	女	杜秀兰	王存和	叶淑兰		
白家洼后	女	程 军	李治平	刘金英	苗俊生	牛国珍	齐佩书
		唐占肖	杨卫东			
小坬子沟	女	刘 葳	马艳敏	杨玉梅	要亚娟	张 婷	章笑明
		赵金秋				
马家圪堵	男	石作民	孙立刚	杨广平		
井庄队	女	常文革	李培玉	刘秀荣	孙 慧	邢新绮	张红军
		张思红				

康庙大队 .... 七十四中

岔路川	男	梁 刚	于桂林	张维嘉
	女	张小玲		

道地湾大队 .... 一二八中

道地湾	男	刘立中	张东升(七十四中)

女　鲁米嘉　任思杰　章洁燕

郭家沟 .... 二十三中

　　　　　　男　高崇华　罗鸿升　张庚臣　赵　慧

　　　　　　女　高春芬(外校)　乔茂珍　王　娜　王　燕(五十五中)

吴家湾　　　男　于金和

　　　　　　女　李春生　徐桂林　杨小会

高桥大队

高桥队　　　男　郭宝连(外校)　何万英　刘铁民　马连贵　尤德源　周红光

　　　　　　女　冯秀琴　郭宝玲　姜秀兰　刘毓秀　罗　微　苏　洁

　　　　　　　　孙秀云　王秀兰　吴志洁　严玉珍　张砚泉

李家沟　　　男　周一红

　　　　　　女　樊艳生　秦阿娣　周雅琴

化子坪公社

（一二七中）

化子坪大队

化子坪　　　男　洪和鹏　马恩桥　王恩德　王文义

　　　　　　女　李秀莲　倪宝玲　张京华

尧则湾　　　男　何　琨　佟柏仁　张玉江

　　　　　　女　果文清

寺沟队　　　男　王玉华　谢学武　赵世秋

鲍家营　　　男　张全增

　　　　　　女　陈艳秋

鲍家峁	男	胡二东	李德顺	马崇温	王新声 (二十四中)
女	王燕平
沙湾队	女	柳延红	王新农
下沟队	男	李启强

杨家园大队

| 郭家铺 | 男 | 陈亚文 | 杜三乐 | 郝 和 | 李东山 | 路大利 | 毛建华 |
| | | 毛建民 | 王小京 |

周河大队

| | 男 | 董旭生 | 吴家釜 |
| | 女 | 宋淑琴 |

嘴头峁大队

| | 男 | 马 洁 |

谭家营公社

（五十五中）

龙安大队

阳 队	男	赫德勤	沈曾广	王 海	张世臣	周嘉星
	女	艾 松	李新华	潘秀兰	曲桂英	杨婉章	张 燕 (外校)
背 队	男	王炳旭	王学强	杨少成	叶宝海
	女	马 明	马焕文	孙爱红	孙玉京	张静娴	张秀玲
黄后石庵	男	薄立民	王吉宁	解书才
	女	胡文俭	王瑞颖

谭家营大队

前　队　男　李　忠　宋志坚　王恩昌
　　　　女　李桂荣　李静英　李秀莲　王燕敏
中　队　男　郭星魁　李宝全　孟宪增　赵建国
　　　　女　丁素梅　胡宝珍　李婉贤　牛传玫　王淑玉　尹桂芬
　　　　　　臧淑兰
二道河　男　陈宝国　李满群　石宝元
梁坪队　男　崔　虎　谢秋林　张占山
　　　　女　常大荣　常淑兰　樊燕生　洪玉华　井世玲　吕思兰

孟新庄大队

　　　　男　盛宝常　王志忠　于家冀

桃树湾大队

　　　　女　林芝兰（二十三中）

沐浴大队

乔家尧　男　何　军　焦光超　李旺伦　宋文元
　　　　女　苗　凯　吴秀英　张仲琪
沐浴前　男　白家聚　李连才　佟泽光　王玉林　张星生
　　　　女　李洪敏　秦联娣　张丽萍　周美华
沐浴后　男　安国禄　安国雄
　　　　女　程春英　胡淑清　梁红敏　闵国培　沈桂珍　孙妮杰
　　　　　　吴淑兰　杨三荣

郝家坪公社

（地安门中学）

新窑坪大队

	男	李再城	刘俊岭	马春富	王德福	徐大忠
	女	费 萍	付培娣	商继玲	王小燕	于桂芬

肖官驿大队

蔡阳坪	男	贾 英	李宝林	毛玉庆	尤助生	袁大明	郑季琛
	女	刘 红（刘宇红）	王慕芝	尹淑英	赵桂珠
赵家沟	男	黄德鹏	彭再生	赵广强
	女	傅建华	傅月华	涂 馥	吴丽丽	解小芳	杨坤儒
野家砭	男	张万林	张永利	赵 君	赵建军
	女	齐凤林	张晓锦	张秀荣
肖官驿	男	孙 照	杨礼乐	周福生（八十八中）
	女	常林娥	霍秋梅	姜愿龄	孙 燕	唐文英	王淑秀
		杨礼婷	张连薇

郝家坪大队

桥坪队	男	陈建国	戴建民	方 杰	吴连生	吴兆宏	杨利声
	女	何秀荣	何秀英	贾丽筠	李 莉	闫 华
郝家坪	男	陈玉发	韩志刚（外校）	齐育才	王 毅	杨春林
	女	曹树芳	侯炳然	温秋华	武佩华	张振英

王窑大队（仙仁桥）

仙仁桥	男	冯绪昆	韩志祥	齐宝利	孙有新	杨庄泰（安定门）
		于小宝	张宝刚	郑永明

	女	樊军生	李明姬	杨丽媛	杨永红	严欣成
白老庄	男	冯志明	胡平原	鞠克勇	李墨丹	
	女	胡大玲	马云光	周家玲		
王窑队	男	蒲　曼	邵小明	王佑民		
	女	温小宁	温小青	张思慧	张思敏	

高桥公社

（地坛中学　外馆中学）

高桥大队 .... 外馆中学

陈家沟	男	金世藻（七十九中）	李连华	吕宝平（外校）	王永年	
		徐京宽（二十一中）	张文天（外校）	张增和		
	女	冯　浩	国桂香	国玉华（外校）	张淑芳	赵京英
高桥二	男	冯志远	高少宽	刘文静	姚永亮	朱彦平
	女	王桂云	赵继云	赵秀云（地坛）		
高桥三	男	白庆福	樊来生	韩　栋	金利民	徐贞顺
	女	金玉华	刘若英	孙秀英	武长先	
闫桥队	男	高文波	侯宝成	尚德增	王伟华	王兆家　吴治衡
		徐少敏	于恒滨	钟　安		
	女	郭继荣	孙玉兰	许成湘	尤佩之	张秀芝　赵春棣
任家河	男	郎玉林	林树刚	刘增启	张孝国	
	女	白敬敏	胡绪平	贾喜荣	孟　军	
前陈塔	男	郭保礼	韩　琦	吕卫国	生孟斌	
	女	李京平	袁秀珍	张国英	张淑敏	

后陈塔	男	胡毓平(外校)　马云山　王永龙(外校)　赵奎祥
	女	关桂清　胡毓馨　刘　红
新庄科	男	曹志远　刘双印　张降生　张连生
	女	刘宝荣　刘雅英(刘亚英)　孙安琼　杨建华

刘坪大队 .... 地坛中学

东沟门	男	吴庆顺　尹承山　张福祥
	女	曹京生　郝丽惠　吴俊清
刘坪队	男	荣乐乐　张佩春
	女	闫俊丽　岳红英　赵爱英
孙家沟	男	耿瑞田　姚静平　张瑞喜
	女	李肇荣　王连英　张胜云
烂泥湾	男	郭少其　史少华　杨启华　郑洪林　郑泽林
	女	吴　革　谢岫岚　张秀华　赵恩荣

刘塔大队 .... 外馆中学

刘塔队	男	蔡　农　石福增　孙培元　王德启　王久俭　杨述安
		殷金昌
	女	刘　雪　王淑琴
杨庄科	男	何立林　李连生　刘立伏　邵振声　汪忠仁　于长山
		虞和源(地坛)　张鸿弟

宋庄大队 .... 地坛中学

后南屯	男	蔡玉宽　唐太祥　赵忠恕
	女	胡美云　荣慧珠　王桂兰　张桂芬
郭家砭	男	满连弟　孙金城　王友仁(五十四中)
	女	宋永华　王笑云　姚淑敏　袁美兰

三胜队	男	刘振怀	王文斌	肖振生		
	女	贾瑞兰	贾瑞珍	孙小华	孙玉华	
后宋庄	男	杨立英	张保存	曾振江		
	女	寇学竹	李玉玲	马文荣	张丽英	
前宋庄	男	刘树才	张志平			
	女	李淑春	潘学琴	戚方红	许大秀	张如新
大桥队	男	李金生	孟振平	于 伟		
	女	曹荣琴	连秀玲			

楼坪公社

（分司厅中学）

乔庄大队

赵家湾	男	韩志刚	胡宗晁	金世禄（六十一中）	奎青山	李俊刚
		李庆祥（一中）	刘 明	孙增光	杨瑞祥	永焕章 张春生
	女	韩淑珍	杨秉懿			
鲍家湾	女	陈菊苹	刘云丽	孟庆茹	单荷英	孙立群 王桂英
		吴克艰	徐明辉	赵恒萍	赵丽蓉	
乔庄队	男	常启兴	崔耀曾	洪小虎	孙立宇河北北京	徐启林
		杨文斌	杨忠和	尹小明	赵占英	
楼坪前	男	韩培华	纪领强	齐 平	王立民	魏庚寅 张 群
		祝鸣山				
	女	栗 新	尚邦勤	徐汉芬		
楼坪后	女	董正华	姜 丽	姜衍芳（女十中）	齐 莹	尚新妹 宋金静

　　　　　　宋燕娜　孙兰芬　杨　军(杨亚沙)　杨青兰　张光耀

宋坪大队

宋坪队　女　程美荣　丛维莉　胡雨岚　李天慈　刘淑琴　佟仲琴
　　　　　　王玉兰　杨鲁齐　张宝珍　张燕侠　朱美荣

谢家沟一　女　陈卫红(陈淑敏)　卢立香　缪小红　宁　静　宋树华
　　　　　　孙淑香　吴淑琴　张翠娟　赵惠茹

谢家沟二　男　郭　维　乔凤强　王　杰　吴维廉(五十四中)　张锁柱
　　　　　女　吴家艾

贺坪大队

贺坪队　男　何佳威　孟宝森　欧阳驰　尤孝鹏
　　　　女　郭莲芝　郭淑萍　李桂珍　刘宝荣　武祥萍　张先铭
　　　　　　张秀萍　张玉兰　祝金萍

槐树庄　男　陈万雨　高志强　季宝庆　廖宗霖　徐宝义
　　　　女　陈瑞芬　董树柳　寇玉凤　李淑兰　刘丽水

冯庄大队

冯庄一　女　丁丽珠　韩玉琴　洪宴芬　姜　芳　刘淑静　沙玉玲
　　　　　　陶代生　张国红　张国婷　赵文英

冯庄二　男　董武铭　苏雨生　吴颖春　杨　义
　　　　女　郭秀君　李朝东(李丽娜)　梁福荣　刘玉兰

张新窑　男　陈洪才(陈洪才)　吴维月(五中)
　　　　女　戴桂琴　邓秀芳　傅美华　张学增

新胜沟　男　陈　新　金华序　王文亮　吴志虎
　　　　女　郭善文　李金钟　佟淑珍　夏淑玲　张桂茹

洛平川大队

前　队　男　才建秋　罗成义　姚学文
　　　　女　何俊玲　邵惠英　佟　庆　徐　竹　杨席端　叶　瑢
后　队　男　丰连福　王玉琨　张长生
　　　　女　白建秀　高凤春　马树兰　张金花
刘新窑　男　李振江　郑永光　郑永杰

（名录由安塞北京知青联谊会供稿）

后　记

著名作家、书法家李春晖所赠墨宝

我的童年是在宜川县乡下度过的。对二十世纪七八十年代农村的艰苦质朴的生活，我至今记忆犹新、难以忘怀。记得幼年母亲曾同我说过村里知青："那些知青娃，可年轻、可聪明了。"由此，"知青"一词令我记忆深刻。随着岁月流淌，年岁渐长，我自己也过了"知天命"之年，"知青"一词在记忆里渐渐淡去。

2022年秋，中共延安市委〔2022〕66号文件出台，文件批传到我案头时，"知青"一词在我的意识词库里又渐渐清晰起来。那时候，我市部分县区已先后启动了第二轮知青题材图书征编工作，延安市档案馆的《一个北京知青的家书》，延安市作家协会的《回首岁月》，《社区文化》杂志社的《北京知青名录》等先后出版或紧锣密鼓地进行着征稿编辑。是啊，这些知青是曾经为地方经济

建设出力流汗、做出过贡献的前辈。如今，他们已经步入垂暮之年。作为后辈，我们理应尊重他们、感谢他们，也有责任、有义务在力所能及的范围内为他们做点什么。由此，我萌生了编辑出版第二卷知青图书的念头，并就此请示了区委常委、时任统战部部长、现区委常委、区政法委书记高流同志，获得了他的首肯。

旋即，我联系到当年曾在安塞插队落户与工作生活过的许多北京知青，沟通了上述计划，大家都众口一词地表示感谢与支持。由于这些知青出生于二十世纪五十年代初，大多年过古稀，甚至不少知青已经先后去世，其中，包括曾多次回安塞的老一辈革命家荣高棠之子、原安塞北京知青联谊会长荣乐乐等。因此大家都认为这是项与时间赛跑的记录历史、抢救历史的重要工作，非常及时且刻不容缓。随即，几经斟酌与征求意见后，我们发布了征文通知。

通知发给部分北京知青后，北京知青联谊会克服困难，及时召开了领导班子专题线上会议，进行了周密部署。征文通知随即通过各个公社知青微信群，迅速在知青间传播，活动就此拉开帷幕。

很快，我陆续接到来自北京、宁夏、西安、延安、榆林等地通过各种渠道传来的知青文稿。对这些文稿，我及时择优在我馆"安塞档案"微信公众号为此设立的"知青岁月"专栏予以发布。这些文稿中，虽然有些文笔欠佳，但内容翔实感人。"十三个十七八岁的女娃，辛苦劳动一年，年底十三人拢共分到十五斤麦子，不仅没有挣到钱，甚至还倒欠生产队钱款……"这样的情节，比比皆是，读来令人动容。阅读这些文字，你的脑海里会徐徐展开一幅当年生活场景的生动画卷……然而，由于作者大多是七十岁以上的古稀老人，这些文字，是他们戴着老花镜，一笔一划地从岁月长河里打捞所得。他们不是散文家，更非专业作家，因此，我们在阅读的时候，应本着"史料第一，文字第二"的精神，对文笔火候的欠缺予以理解与宽容。

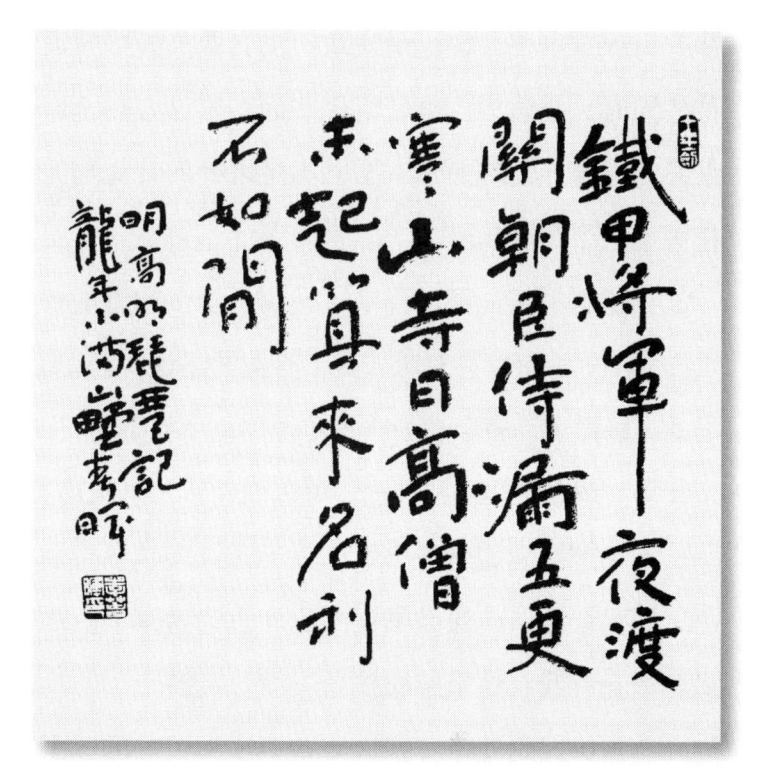

需要说明的是,"安塞档案"公众号发布这些文章时,除了明显的错漏,基本未做修饰。一是人力原因,因为仅有我一人主持与完成这项工作,日常既要完成本职工作与单位其他文件材料的起草,又要做好"安塞档案"公众号发布的所有文章的撰写、编排、校审、发布与维护管理、留言回复等,同时还要兼顾兼职的社会事务,因此面对数十万字的来稿,实在是力有未逮。那段时间,由于我每天十几个小时面对电脑久坐与熬夜,身体亮了红灯,迁延日久,经久未愈。二是知青作品非严格意义上的文学作品,内容属于作者本人在那段特殊历史时期的亲身经历与见闻,作为后来者,我们不能篡改历史,当本着"读史"的眼光去看待、去欣赏它,而不是用艺术化的文字与语言去苛求完美。因此于我而言,不应、也不能随意修饰这些文字。三是考虑文章发布后,作者看到,如有错漏,自行修改,当更接近史实与作者本意。就此,我在公众号做了专题说明。

遗憾的是,文章在"安塞档案"公众号发布后,尽管赞誉有加,却很少有作者主动修改。不得已,书稿提交出版社前,立足不改变原文结构与作者本意原则,我再次对书稿进行了逐字逐句的通读修改。然而,囿于各种杂事缠身,左支右拙,可能仍有错漏,在此向读者、作者一并致歉。

出版这本书，在记录安塞历史，服务经济建设，推动全区各项工作提档进位的同时，我认为，也是给那些为安塞这方热土奉献了青春年华的知青的一个最终的肯定，是对上一本图书不足之处的补充与完善，从而为我区知青历史工作画上一个圆满句号。

在这本书的征稿过程中，得到了众多知青的帮助：梁雅琪联络组稿并提供了许多图片；李登科对版式提了有益的建议；区委统战部副部长王涛同志亦为本书的出版做了许多奉献……凡此种种，令我感动。正是有了这许多支持，才保证了征稿与编纂工作顺利推进。可以说：从北京到延安，已不复当年、不再遥远！

本书的顺利编辑与出版，离不开许多领导与朋友的关怀和支持。

区委常委、政法委书记高流同志为这本书的顺利编辑出版，倾注了大量心血，请允许我在这里感谢他！

感谢中共延安市安塞区委曹振宇书记。阅读书稿后，他非常高兴地表示鼎力支持，嗣后又欣然亲笔撰序并且高屋建瓴地指出：我们要大力弘扬传承北京知青精神，激励广大干部群众坚定正确的政治方向，不忘初心使命，勇担时代重任，不断开拓进取，为实现祖国复兴与崛起的"中国梦"贡献智慧和力量。希望全区广大干部群众努力学习与发扬北京知青挥洒热血、奉献青春的豪情，学习他们坚韧不拔、自强不息、艰苦奋斗、勤勉踏实、勇往直前的精神，奋力谱写中国式现代化新征程、安塞高质量发展新篇章！

感谢延安市安塞区人民政府李延武区长，曾为国内顶尖学府清华大学博士、研究生会主席的他，来到安塞短短几年，在他和曹书记的共同领导下，安塞政治生态更加清明，干事创业氛围更加浓厚，各项事业都有了显著创新与进步。在此，请允许我再次向他致敬！

原省委常委、省委秘书长、省人大常委会副主任、著名书法家白云腾又一次为我题词并为本书题写了书名；国务院参事、著名作家、传记文学家、书画

▶ 后 记

家、延安老领导忽培元在为我挥毫泼墨《陋室铭》的同时，还为本书亲笔撰写特稿和题词："黄土情深似海、知青意浓如山。"他们早年都曾经分别为我的《燃烧的智慧》《探索集》两本书题写过书名并题词。在此，向他们献上我深深的敬意与谢忱！

感谢华夏出版社陈学英老师，为本书付出了许多辛劳，保障了本书顺利出版并以全新面貌与大家见面。

如果书中仍有错漏，欢迎读者善意地批评与指正。希望本书能发挥存史、资政、育人的作用，有益于社会，有益于地方。

袁延峰

2024 年 10 月

图书在版编目（CIP）数据

往日时光 / 袁延峰编著. -- 北京 : 华夏出版社有限公司, 2024. -- ISBN 978-7-5222-0808-4

Ⅰ. I267.1

中国国家版本馆CIP数据核字第20245YD804号

往日时光

编　　著	袁延峰
策划编辑	陈学英
责任编辑	李春燕
责任印制	周　然

出版发行	华夏出版社有限公司
经　　销	新华书店
印　　装	三河市少明印务有限公司
版　　次	2024年11月北京第1版 2024年11月北京第1次印刷
开　　本	787mm×1092mm　1/16
印　　张	24
彩　　插	12
字　　数	330千字
定　　价	88.00元

华夏出版社有限公司　地址：北京市东直门外香河园北里4号
邮编：100028　网址：www.hxph.com.cn
电话：（010）64663331（转）

若发现本版图书有印装质量问题，请与我社营销中心联系调换。